Les sœurs d'Auschwitz

DU MÊME AUTEUR

Le tatoueur d'Auschwitz, n° 13006

Le voyage de Cilka, n° 13396

HEATHER
MORRIS

Les sœurs d'Auschwitz

ROMAN

Traduit de l'anglais (Australie)
par Marie-Axelle de La Rochefoucauld

J'AI LU

TITRE ORIGINAL
Three Sisters

ÉDITEUR ORIGINAL
Zaffre, une marque de Bonnier Books UK Limited

Images fournies par les archives personnelles
des familles Meller, Ravek, Lahav-Lang et Guttman.

Cibi, *z"l* **– Magda,** *z"l* **– Livia**
Merci pour votre force et pour l'espoir
auquel vous vous êtes cramponnées
lors des heures les plus sombres de l'histoire,
afin de vous forger une vie sur une terre nouvelle
aux côtés de familles aimantes, pour nous
inspirer, tous autant que nous sommes.

Mischka, *z"l* – Yitzko, *z"l* – Ziggy, *z"l*
Vous avez votre propre histoire de survie.
Vous avez votre propre histoire de courage,
d'espoir, d'amour et de perte de membres
de votre famille. Vous aviez l'amour de trois
femmes remarquables et des familles
que vous aviez fondées.

Karol (Kari), Joseph (Yossi)
– Chaya, Judith (Ditti)
Oded (Odie), Dorit
Vous avez grandi en entendant
les histoires de vos parents.
Leur endurance, leur résilience, leur courage
et leur volonté de raconter leur passé
pour que jamais aucun de nous n'OUBLIE,
tout cela vous enrichit.

Randy, Ronit, Pam, Yossi, Joseph,
Yeshai, Amiad, Hagit – Noa, Anat – Ayala, Amir,

Ariela – Daniel, Ruth, Boaz – Lee-Or, Nogah,
Pnina, Galil, Edan, Eli, Hagar,
Dean, Manor, Alon, Yasmin,
Shira, Tamar – Carmel, Albie –
Maayan – Doron, Ofir,
Maor – Raphael, Ilan – Romi
ET LES GÉNÉRATIONS À VENIR

À noter : Le suffixe *z"l* a été ajouté à certains noms pour honorer et garder en mémoire ceux qui nous ont quittés. Il s'agit de l'abréviation de *Zichrono livracha* – bénie soit sa mémoire.

Première partie

LA PROMESSE

Prologue

Vranov nad Topl'ou, Slovaquie, juin 1929

Les trois sœurs, Cibi, Magda et Livi, sont assises en cercle étroit avec leur père dans le petit jardin de leur maison. Dans un coin, les branches du buisson de laurier-rose que leur mère a tout fait pour ramener à la vie pendent tristement.

Livi, trois ans, se relève d'un bond : rester immobile n'est pas dans sa nature.

— Livi, s'il te plaît, assieds-toi. Tu sais que Père veut nous parler, intervient Cibi qui, à sept ans, est l'aînée de la fratrie et considère qu'il est de son devoir de réprimander ses sœurs lorsqu'elles se conduisent mal.

— Non, rétorque Livi en sautillant autour des silhouettes assises, leur tapotant la tête au passage.

Magda, cinq ans, la sœur cadette, dessine des formes imaginaires dans la terre à l'aide d'une branche de laurier desséchée. C'est une après-midi d'été chaude et ensoleillée. La porte arrière de la maison est ouverte, invitant la chaleur à l'intérieur et envoyant dans le jardin une douce odeur de pain tout juste sorti du four. Deux fenêtres, celle de la cuisine et celle de la petite chambre que partage la famille, ont connu des jours meilleurs. Des éclats de peinture jonchent le sol ; l'hiver a laissé des traces. Le portail du jardin claque sous l'effet d'un coup de vent. Il ne ferme plus ; encore une chose que Père doit réparer. Celui-ci fait signe à Livi.

— Viens là, mon chaton. Veux-tu t'asseoir sur mes genoux ?

Obéir à une grande sœur est une chose, mais obéir à son père quand il lui parle avec tant de douceur en est une autre. Livi se laisse tomber sur ses genoux, son bras lui frappant la tête au passage. Elle ne se rend pas compte de la douleur causée par son geste maladroit.

— Est-ce que ça va ? s'inquiète Magda.

Elle a vu la grimace de son père au moment où il reculait vivement la tête. Elle caresse sa joue mal rasée.

— Oui, ma chérie. Je vais parfaitement bien. J'ai mes filles autour de moi – qu'est-ce qu'un père pourrait demander de plus ?

— Tu as dit que tu voulais nous parler ?

Cibi, toujours impatiente, en vient au fait.

Menachem Meller regarde ses jolies filles dans les yeux. Elles sont insouciantes, elles ignorent les dures réalités de la vie hors de leur petite maison bien tranquille. Des réalités cruelles qu'a vécues Menachem et qui l'accompagnent encore aujourd'hui. La balle qui ne l'a pas tué lors de la Grande Guerre demeure logée dans son cou et voilà que, douze ans plus tard, elle menace d'achever sa mission.

Cibi, si forte et impétueuse... Menachem lui caresse les cheveux. Dès sa naissance, elle avait annoncé que le monde ferait bien d'être sur ses gardes – malheur à quiconque se mettrait en travers de son chemin. Lorsqu'elle s'énerve, ses yeux verts ont tendance à prendre la couleur des flammes.

Et Magda, la gracieuse et belle Magda, comment a-t-elle pu avoir cinq ans si vite ? Il craint que les autres ne profitent de sa gentillesse pour lui faire du mal et se servir d'elle. Ses grands yeux bleus le contemplent et il ressent son amour, il voit qu'elle comprend la précarité de son état de santé. Il distingue en elle une incroyable maturité pour son âge, une compassion qu'elle a héritée de sa mère et de sa grand-mère, ainsi qu'un ardent désir de prendre soin d'autrui.

Livi cesse de se tortiller tandis que Menachem joue avec ses boucles soyeuses. Il l'a déjà décrite à leur mère comme étant la sœur sauvage, celle qui risque de s'enfuir avec les loups et de se rompre comme un arbrisseau si elle se retrouve acculée. Ses yeux bleus perçants et sa carrure menue lui évoquent un faon, sursautant facilement et prêt à déguerpir.

Demain aura lieu l'opération pour extraire la balle de son cou. Pourquoi celle-ci ne pouvait-elle pas rester où elle était ? Il n'a cessé de prier pour avoir davantage de temps auprès de ses filles. Il doit les guider jusqu'à l'âge adulte, assister à leur mariage, porter ses petits-enfants. L'opération est risquée et, s'il n'y survit pas, il s'agit peut-être du dernier jour qu'il passe avec elles. Si tel est le cas, même si cette pensée l'horrifie en cette merveilleuse journée ensoleillée, il doit leur parler sans plus attendre.

— Alors, Père, que veux-tu nous dire ? insiste Cibi.

— Cibi, Magda, savez-vous ce qu'est une promesse ?

Il s'exprime avec lenteur. Il faut qu'elles l'écoutent sérieusement.

Magda secoue la tête.

— Je crois que oui, répond Cibi. C'est lorsque deux personnes gardent un secret, n'est-ce pas ?

Menachem sourit. Cibi tente toujours, c'est ce qu'il aime le plus en elle.

— Tu n'es pas loin, ma chérie, mais une promesse peut impliquer plus de deux personnes. Je souhaite que cette promesse-ci soit partagée entre vous trois. Livi est trop jeune pour comprendre, alors je compte sur vous pour lui en parler, jusqu'à ce qu'elle comprenne.

— Mais *moi*, je ne comprends pas, Père, intervient Magda. Tout cela n'est pas clair du tout.

Menachem sourit. Rien ne lui fait plus plaisir que de discuter avec ses filles. Quelque chose se contracte dans sa poitrine. Il doit se rappeler cet instant, cette journée ensoleillée, les yeux curieux de ses trois filles.

— C'est très simple, Magda. Je veux que vous me promettiez et que vous promettiez chacune à vos deux sœurs de toujours veiller les unes sur les autres. Que vous serez toujours là les unes pour les autres, quoi qu'il arrive. Que vous ne laisserez rien vous séparer. Compris ?

Magda et Cibi acquiescent et l'aînée demande, l'air soudain grave :

— Je comprends, Père, mais pourquoi quelqu'un voudrait-il nous séparer ?

— Je ne dis pas que ce sera le cas, je veux juste que vous me promettiez que, si quiconque essaie de vous séparer, vous vous souviendrez de notre conversation d'aujourd'hui et ferez tout ce qui est en votre pouvoir pour l'éviter. Vous êtes plus fortes toutes les trois ensemble, ne l'oubliez jamais.

La voix de Menachem vacille et il se racle la gorge.

Cibi et Magda échangent un regard. Livi observe tour à tour son père et ses sœurs. Elle sait qu'un sujet important a été abordé, mais elle n'a pas vraiment idée de ce que cela signifie.

— Je le promets, Père, déclare Magda.

— Cibi ? interroge Menachem.

— Moi aussi, je le promets, Père. Je promets de veiller sur mes sœurs – je ne laisserai personne leur faire du mal, tu le sais.

— Oui, je le sais, ma Cibi chérie. Cette promesse deviendra un pacte entre vous trois et personne d'autre. Expliquerez-vous ce pacte à Livi lorsqu'elle sera en âge de le comprendre ?

Cibi saisit le visage de Livi entre ses mains et lui tourne la tête pour la regarder dans les yeux.

— Livi, promets. Dis : « Je le promets. »

Livi examine sa sœur. Cibi hoche la tête, l'encourageant à prononcer ces mots.

— Je pomets, déclare Livi.

— Maintenant, dis-le à Père, dis « Je promets » à Père, indique Cibi.

Livi se tourne vers Menachem, les yeux pétillants. Le rire dans sa gorge menace de se déverser, le sourire chaleureux de son père fait fondre son petit cœur.

— Je pomets, Père. Livi pomet.

Il serre ses filles contre sa poitrine et sourit à l'autre femme de sa vie, la mère de ses enfants, qui se tient dans l'embrasure de la porte, les joues brillantes de larmes.

Il a trop à perdre ; il lui faut survivre.

1

Vranov nad Topl'ou, mars 1942

— S'il vous plaît, dites-moi qu'elle va s'en remettre, je suis si inquiète pour elle, implore Chaya tandis que le médecin examine sa fille de dix-sept ans. Depuis plusieurs jours, Magda souffre de fièvre.

— Oui, madame Meller, Magda n'a rien de grave, la rassure le docteur Kisely.

La chambre minuscule contient deux lits : un où dort Chaya avec sa plus jeune fille, Livi, et l'autre que Magda partage avec l'aînée, Cibi, lorsque celle-ci est à la maison. Un grand placard où s'amassent les affaires des quatre femmes du foyer couvre toute la largeur d'un mur. La bouteille de parfum en cristal taillé, ornée de son ruban et de sa pampille émeraude, occupe une place de choix et, à côté, se trouve une photographie granuleuse. Un bel homme est assis sur une chaise, une toute jeune enfant sur un genou, une fillette sur l'autre. Une troisième fille, un peu plus âgée, se tient à sa gauche. À sa droite se trouve la mère des filles, la main sur l'épaule de son mari. Mère et filles portent chacune une robe blanche en dentelle et, tous les cinq, ils forment une famille parfaite. Ou plutôt, ils formaient une famille parfaite.

Lorsque Menachem Meller est mort sur la table d'opération, la balle ayant enfin été extraite mais l'hémorragie étant trop importante pour lui permettre de survivre, Chaya s'est retrouvée veuve et les filles privées de père. Yitzchak, le père de Chaya et grand-père des filles, s'est installé dans la petite maison pour les aider de son mieux. Le frère de Chaya, Ivan, habite quant à lui en face de chez elles.

Malgré son ressenti, Chaya n'est pas seule.

Les épais rideaux sont tirés dans la chambre, privant Magda, fiévreuse et frissonnante, du soleil éclatant de cette journée.

— Pouvons-nous discuter dans l'autre pièce ? s'enquiert le docteur Kisely en prenant Chaya par le bras.

Assise en tailleur sur le deuxième lit, Livi regarde Chaya placer une autre serviette humide sur le front de Magda.

— Tu restes avec ta sœur ? demande sa mère, et Livi hoche la tête.

Lorsque les adultes quittent la chambre, Livi va s'allonger à côté de sa sœur et entreprend d'éponger son visage en sueur à l'aide d'un gant de toilette.

— Ça va aller, Magda. Avec moi, rien ne peut t'arriver.

Magda esquisse péniblement un sourire.

— Ce serait à moi de dire ça. Je suis ta grande sœur, c'est moi qui veille sur toi.

— Alors remets-toi vite.

Chaya et le médecin parcourent les quelques mètres qui séparent la chambre de la pièce à vivre de la petite maison. La porte d'entrée donne directement dans ce salon douillet, pourvu d'un espace cuisine au fond.

Yitzchak, le grand-père des filles, se lave les mains dans l'évier. Une traînée de copeaux de bois l'a suivi depuis le jardin, et d'autres jonchent le feutre bleu délavé qui couvre le plancher. Surpris, il se retourne et éclabousse le sol.

— Que se passe-t-il ?

— Yitzchak, je suis heureux que vous soyez là, venez vous asseoir avec nous.

Chaya se tourne rapidement vers le jeune médecin, la peur dans les yeux. Le docteur Kisely sourit et la guide vers une chaise de cuisine, avant d'en tirer une autre pour Yitzchak.

— Est-elle très malade ? interroge ce dernier.

— Elle va vite se remettre. C'est une fièvre, rien de grave pour une jeune fille en bonne santé.

— Alors que se passe-t-il ? s'inquiète Chaya.

Le médecin trouve une autre chaise et s'assoit à son tour.

— Je ne veux pas que mes propos vous effraient.

Chaya se contente de hocher la tête, attendant désormais désespérément qu'il lui dise ce qu'il doit lui dire. Depuis que la guerre a éclaté, elle a bien changé : des rides se sont installées sur son front autrefois lisse et elle est si maigre qu'elle flotte dans ses robes.

— Qu'y a-t-il, mon garçon ? enchérit Yitzchak.

La responsabilité qu'il porte vis-à-vis de sa fille et de ses petits-enfants l'a vieilli bien au-delà de son âge et il ne souhaite pas perdre de temps.

— Je voudrais faire admettre Magda à l'hôpital...

— Quoi ? Vous venez de dire qu'elle allait vite se remettre ! explose Chaya.

Elle se lève et s'agrippe à la table pour ne pas tomber. Le médecin lève une main pour qu'elle se taise.

— Ce n'est pas parce qu'elle est malade. Une autre raison m'anime et, si vous voulez bien m'écouter, je vais vous l'expliquer.

— De quoi diable parlez-vous ? lance Yitzchak. Crachez le morceau.

— Madame Meller, Yitzchak, j'entends des rumeurs, de terribles rumeurs : on parle de jeunes Juifs, filles et garçons, emmenés de Slovaquie pour travailler pour les Allemands. À l'hôpital, Magda sera à l'abri, et je promets de veiller sur elle.

Chaya s'effondre sur sa chaise, la tête dans les mains. Voilà qui est bien pire qu'une fièvre.

D'un geste distrait, Yitzchak lui tapote le dos. Il écoute à présent attentivement le docteur Kisely.

— Qu'avez-vous entendu d'autre ? demande-t-il en croisant le regard du médecin, le priant instamment de parler sans détour.

— Comme je l'ai dit, des rumeurs et des commérages, rien de bon pour les Juifs. Si les nazis viennent chercher vos enfants, c'est le début de la fin. Et *travailler* pour eux ? Nous n'avons aucune idée de ce que cela signifie.

— Que pouvons-nous faire ? interroge Yitzchak. Nous avons déjà tout perdu – notre droit de travailler, de nourrir notre famille... Que peuvent-ils nous enlever de plus ?

— Si ce que j'entends est fondé, ils veulent vos enfants.

Chaya se redresse. Son visage est rouge, mais elle ne pleure pas.

— Et Livi ? Qui protégera Livi ?

— Je crois qu'ils s'intéressent aux jeunes de seize ans et plus. Livi a quatorze ans, n'est-ce pas ?

— Quinze.

— Encore un bébé, sourit le docteur Kisely. Je pense que Livi ne risque rien.

— Et combien de temps Magda restera-t-elle à l'hôpital ? demande Chaya, avant de se tourner vers son père. Elle ne voudra pas y aller, elle ne voudra pas laisser Livi. Tu te souviens, Père, qu'avant de partir Cibi a fait promettre à Magda qu'elle s'occuperait de leur petite sœur ?

Yitzchak prend les mains de Chaya dans les siennes.

— Si nous souhaitons la sauver, elle doit partir, qu'elle le veuille ou non.

— Je pense que quelques jours, une semaine peut-être, suffiront, reprend le médecin. Si les rumeurs sont exactes, cela se produira bientôt, après quoi je la ramènerai à la maison. Et Cibi ? Où est-elle ?

— Vous la connaissez, elle est partie avec la *Hakhshara*.

Chaya ne sait pas quoi penser de la *Hakhshara*, un programme de formation visant à enseigner aux jeunes comme Cibi les compétences nécessaires pour commencer une nouvelle vie en Palestine, loin de la Slovaquie et de la guerre qui fait rage en Europe.

— Encore en train d'apprendre à labourer la terre ? plaisante le médecin, mais cela ne fait sourire ni Chaya ni Yitzchak.

— Si elle émigre, c'est ce qui l'attendra à son arrivée : de vastes terrains fertiles, prêts à être cultivés, déclare Yitzchak.

Chaya garde le silence, perdue dans ses pensées. Une fille à l'hôpital, une autre assez jeune pour échapper aux griffes des nazis. Et la troisième, Cibi, l'aînée, désormais membre d'un mouvement sioniste pour les jeunes, dont la mission est de créer une patrie pour les Juifs, le moment venu.

Tous sont déjà conscients qu'ils ont besoin d'une Terre promise, dès que possible. Au moins, pour le moment, suppose Chaya, ses trois enfants sont en sécurité.

2

Zone boisée aux environs de Vranov nad Topl'ou

Cibi se baisse pour éviter un morceau de pain. Elle gronde le jeune homme qui l'a lancé, mais ses yeux scintillants expriment autre chose.

Lorsque l'appel lui est parvenu, elle n'a pas hésité à répondre avec enthousiasme au désir de forger une vie nouvelle sur une terre nouvelle. Dans une clairière au milieu des bois, loin des regards indiscrets, des dortoirs de fortune ont été construits, ainsi qu'une salle commune et une cuisine. C'est là que, par groupes de vingt, des adolescents apprennent à être autosuffisants, à vivre et à travailler au sein d'une petite communauté, afin de se préparer à un nouveau départ vers la Terre promise.

La personne ayant permis cette opportunité est l'oncle de l'un des garçons qui suit l'entraînement. Malgré sa conversion du judaïsme au christianisme, Josef demeure solidaire de la détresse des Juifs slovaques. Riche, il a acheté un terrain dans la forêt jouxtant la ville, un espace sûr où garçons et filles se retrouvent pour s'entraîner. Josef n'a qu'une règle : chaque vendredi matin, tout le monde doit rentrer chez soi, avant le shabbat, et ne revenir que dimanche.

Dans la cuisine, Josef soupire en regardant Yosi jeter un croûton de pain sur Cibi. Le voyage a déjà été organisé pour ce groupe : les jeunes gens partiront dans deux semaines. Son camp de formation fonctionne ; huit groupes sont déjà partis pour la Palestine – et pourtant les voilà qui font les imbéciles.

— Si la chaleur de la Palestine ne nous tue pas, ta cuisine s'en chargera, Cibi Meller ! lui crie son assaillant. Tu devrais peut-être te contenter de *cultiver* de la nourriture.

Cibi rejoint le jeune homme à grandes enjambées et enroule un bras autour de son cou.

— Continue de me jeter des choses à la figure et tu ne vivras pas assez longtemps pour voir la Palestine, lui dit-elle en serrant légèrement son étreinte.

— Écoutez-moi tous ! lance Josef. Finissez et sortez. On reprend dans cinq minutes. Cibi, ajoute-t-il après une pause, as-tu besoin de plus de temps pour peaufiner tes compétences boulangères ?

Cibi lâche le cou de Yosi et se redresse.

— Non, monsieur, je n'observe aucune amélioration, peu importe le temps que je passe en cuisine.

Pendant qu'elle parle, vingt chaises crissent sur le plancher du réfectoire de fortune et les jeunes filles et garçons juifs se dépêchent de finir leur repas, impatients de reprendre leur ouvrage.

Formant des rangs peu soignés, ils se mettent au garde-à-vous tandis que Josef, leur enseignant, s'approche, rayonnant. Il est fier de ses courageuses recrues, si désireuses de se lancer dans un voyage dangereux, laissant derrière elles leur famille, leur pays, alors que la guerre et l'occupation nazie font rage autour d'eux. Plus âgé, plus avisé, il avait prévu l'avenir des Juifs en Slovaquie et avait invoqué la *Hakhshara,* convaincu qu'il s'agissait de leur seule chance de survie face aux événements.

— Bonjour, les salue Josef.

— Bonjour, monsieur, répondent-ils en chœur.

— Et le Seigneur conclut une alliance avec Abraham… ? amorce-t-il, testant leur connaissance des versets du premier livre de la Bible.

— À ta descendance je donne le pays que voici, depuis le Torrent d'Égypte jusqu'au Grand Fleuve, l'Euphrate, enchaîne le groupe.

— Et le Seigneur dit à Abraham… ?

— Quitte ton pays, ta parenté et la maison de ton père, et va vers le pays que je te montrerai, terminent les adolescents.

La solennité de l'instant est brisée par le grondement d'un camion luttant pour traverser la clairière. Une fois qu'il s'est garé près d'eux, un agriculteur local descend du véhicule.

— Yosi, Hannah, Cibi, vous serez les premiers à prendre une leçon de conduite aujourd'hui, annonce Josef. Et, Cibi, je me moque de tes compétences culinaires, tu dois apprendre à conduire un camion. Fais-le avec autant d'enthousiasme que pour attaquer Yosi tout à l'heure et tu seras en mesure de former tes camarades en un rien de temps. Il faut que vous excelliez chacun dans un domaine afin de pouvoir aider à l'entraînement ici. Compris ?

— Oui, monsieur !

— Bon, les autres, rendez-vous à l'abri. Vous y trouverez toutes sortes d'engins agricoles que vous devrez savoir utiliser et entretenir.

Cibi, Hannah et Yosi se rassemblent près de la portière du camion, côté conducteur.

— Allez, Cibi, après toi. Tâche de ne pas tout casser avant que Hannah et moi puissions essayer aussi, la taquine Yosi.

Cibi saisit de nouveau le cou de Yosi.

— Je parcourrai les rues de Palestine en camion avant même que tu saches passer la première vitesse, lui grogne-t-elle à l'oreille.

— Ça suffit, vous deux. Cibi, monte ; je vais m'installer de l'autre côté, indique le fermier.

Au moment où Cibi grimpe dans le véhicule, Yosi la pousse par-derrière. À moitié dans la cabine, à moitié dehors, Cibi réfléchit à sa riposte. Elle décide d'aider Yosi de la même façon quand viendra son tour.

Yosi et Hannah explosent de rire tandis que Cibi, au volant du camion, actionne le moteur et fait tressauter le véhicule sur la route. Un bras sort de la fenêtre du conducteur, majeur pointé vers le ciel.

3

Vranov nad Topl'ou

— Livi, cesse de regarder par la fenêtre, implore Chaya. Magda rentrera quand elle ira assez bien pour quitter l'hôpital.

Elle n'est pas certaine d'avoir eu raison de l'y envoyer. Comme toujours, elle aimerait tant que Menachem soit auprès d'elle. Elle sait que ce n'est pas rationnel, mais elle a le sentiment que la guerre, les Allemands, la capitulation de son pays face aux nazis – rien de cela ne serait arrivé s'il était encore en vie.

— Mais, Mumma, tu as dit qu'elle n'était pas malade, alors pourquoi est-elle encore à l'hôpital ?

Livi pleurniche et Chaya préférerait qu'elle lui pose une autre question. Elle a répondu à celle-ci de trop nombreuses fois.

— Tu connais la réponse, Livi. Le docteur Kisely estimait que quelques jours de repos, loin de toi, l'aideraient à se remettre plus vite. Ici, tu l'étouffes.

Chaya s'accorde un léger sourire.

— Mais je ne l'étouffe pas du tout !

Boudeuse, elle s'éloigne de la fenêtre, laissant retomber le rideau pour les couper d'un monde de plus en plus déroutant et menaçant. Désormais, sa mère est réticente à la laisser sortir de la maison, ne serait-ce que pour aller faire des courses ou voir ses amis. Selon Mumma, les yeux de la Garde Hlinka sont partout, avides de repérer les jeunes Juives comme elle.

— Je me sens prisonnière ! Quand est-ce que Cibi va rentrer ?

Livi envie la liberté de Cibi, ses projets de partir pour la Terre promise.

— Elle sera de retour dans deux jours. Ne t'approche pas de la fenêtre, c'est tout ce que je te demande.

On frappe lourdement à la porte et Yitzchak accourt de la cuisine où il sculptait une étoile de David dans un morceau de bois. Alors qu'il s'avance vers la porte, Chaya lève une main.

— Non, Père, laisse-moi y aller.

Elle ouvre et découvre deux jeunes membres de la Garde Hlinka. Elle frissonne. La milice de l'État et, surtout, les fantassins d'Adolf Hitler se tiennent devant elle dans leur uniforme noir et inquiétant. Ce ne sont pas ces hommes qui la protégeront, ni elle ni aucun Juif de Slovaquie.

— Bonjour, Visik, comment vas-tu ? Et ta mère, comment va Irene ?

Chaya refuse de leur montrer sa peur. Elle sait pourquoi ils sont là.

— Elle va bien, merci…

L'autre garde fait un pas en avant. Il est plus grand, visiblement en colère et bien plus menaçant que l'adolescent.

— Nous ne sommes pas là pour bavarder. Vous êtes Mme Meller ?

Le cœur de Chaya tambourine jusque dans sa gorge.

— Vous le savez très bien. Que puis-je pour vous, les garçons ?

— Ne nous appelez pas comme ça, crache le plus âgé des deux. Nous sommes des gardes Hlinka patriotiques en mission officielle.

Chaya sait que ce sont des âneries. Ils n'ont rien de patriotique. Formés par les SS, ces hommes se sont retournés contre leur propre peuple.

— Pardonnez-moi, loin de moi l'idée de vous manquer de respect. Comment puis-je vous aider ?

Elle reste calme, espérant qu'ils ne voient pas ses mains trembler.

— Vous avez des filles ?

— Vous savez que oui.

— Sont-elles ici ?

— Vous voulez dire en ce moment ?

— Madame Meller, veuillez nous dire si elles habitent avec vous, *en ce moment*.

— Livi, la plus jeune, vit ici en ce moment.

Le deuxième garde fait un autre pas en avant.

— Où sont les autres ?

— Magda est à l'hôpital. Elle est très malade et je ne sais pas quand elle rentrera à la maison, quant à Cibi… eh bien, Visik, tu sais ce que fait Cibi et pourquoi elle n'est pas là.

— S'il vous plaît, madame Meller, veuillez arrêter de prononcer mon prénom, vous ne me connaissez pas, implore Visik, embarrassé.

— Livi, dans ce cas, devra se présenter à la synagogue vendredi à cinq heures, annonce le deuxième garde tout en regardant dans la maison par-dessus l'épaule de Chaya. Elle peut emporter un sac avec elle. Elle sera ensuite emmenée pour travailler pour les Allemands. Elle doit venir seule, sans personne pour l'accompagner. C'est compris ?

Chaya est soudain terrifiée, ses yeux la brûlent.

— Livi n'a que quinze ans, vous ne pouvez pas l'emmener ! supplie-t-elle en tendant la main vers le garde. C'est encore une enfant !

Les deux hommes reculent, ne sachant pas de quoi Chaya est capable. Le deuxième garde pose la main sur l'étui de son revolver.

Yitzchak s'avance et prend Chaya par le bras.

— Vous avez entendu nos ordres. Le nom de votre enfant sera inscrit sur la liste des filles qui partent, déclare Visik. Ce sera pire pour elle si elle ne vient pas, siffle-t-il en se penchant en avant.

Il bombe le torse, désireux de retrouver son autorité, et lève le menton en poussant un rire triomphal. Puis il s'éloigne en se pavanant.

Chaya se retourne vers Livi qui s'est blottie dans les bras de son grand-père. Le visage affligé de Yitzchak exprime la colère et la culpabilité qu'il ressent de ne pas pouvoir protéger la plus jeune de ses petites-filles.

— Ne t'en fais pas, Grand-père. Mumma, je peux aller travailler pour les Allemands. Je suis certaine que ce ne sera pas pour longtemps. Ce n'est que du travail – cela ne doit pas être bien difficile, si ?

La pièce est soudain plongée dans l'obscurité. Le soleil qui, plus tôt, dardait ses rayons par la fenêtre, est à présent dissimulé par des nuages noirs. Un coup de tonnerre ébranle la maison et, un instant plus tard, une forte pluie s'abat sur le toit.

Chaya regarde Livi, sa petite guerrière, dont les yeux bleus et la cascade de boucles démentent la détermination. L'adolescente soutient le regard de sa mère et c'est Chaya qui se détourne, serrant dans ses mains l'avant de sa robe, signe qu'elle s'effondre de l'intérieur, la douleur physique dans sa poitrine traduisant son impuissance.

Il n'y a pas de mots. Tandis qu'elle se dirige vers sa chambre, Chaya tend la main pour toucher le bras de Livi, les yeux baissés. Livi et Yitzchak entendent la porte se refermer.

— Faut-il que... ?

— Non, Livi, laisse-la. Elle sortira quand elle sera prête.

4

Vranov nad Topl'ou, mars 1942

— Qu'est-ce que tu fabriques, Livi ? Retire ces bougies de la fenêtre, je t'en prie.

Essuyant ses mains pleines de farine sur son tablier, Chaya s'avance vers l'adolescente. Pourquoi insiste-t-elle pour rôder près de la fenêtre ? Cela fait deux jours que la Garde Hlinka lui a ordonné d'abandonner la plus jeune de ses filles. C'est leur dernière soirée ensemble, sous le même toit. Chaya ferme les yeux, emplie de regrets. Pourquoi lui a-t-il fallu la gronder ? Pourquoi a-t-elle passé ces deux derniers jours dans le silence, à broyer du noir, quand elle aurait dû profiter de ces heures précieuses pour parler à Livi, pour aimer Livi ?

— Non, Mumma, je dois les laisser sur le rebord de la fenêtre. J'illumine le chemin de la maison pour Cibi.

— Mais tu sais bien que nous n'avons pas le droit…

— Je m'en fiche ! Que peuvent-ils me faire ? M'emmener ? C'est déjà ce qu'ils feront demain ! Si c'est ma dernière soirée chez moi avant un moment, je veux faire briller des bougies sur le rebord de la fenêtre.

Pendant cet échange, Cibi s'est approchée de la maison, à l'insu de sa mère et de sa sœur. Elle jaillit par la porte d'entrée et lance :

— Chaton, où es-tu ?

Livi crie de joie et se précipite dans ses bras. Chaya lutte pour retenir ses larmes, en vain.

— Il me semble avoir entendu ma plus grande petite-fille rentrer avec sa discrétion habituelle ? déclare Yitzchak, de son ton chaleureux et malicieux.

Chaya et lui rejoignent Cibi et Livi dans une forte étreinte.

— Mumma, je sentais l'odeur de ta bonne cuisine depuis le bout de la rue. Cela fait bien trop longtemps que je mange mes propres plats – je suis affamée.

— Et pourtant te voilà, encore en vie, plaisante Yitzchak.

Chaya laisse Livi raconter à sa sœur l'admission de Magda à l'hôpital, tout en précisant que le docteur Kisely a dit qu'elle se remettrait très bien. Lorsque Livi a terminé, Chaya adresse un signe de tête à son père.

— Livi, dit-il, viens m'aider à chercher du bois pour le feu. Il va faire froid cette nuit et nous voulons garder un peu de chaleur dans la cuisine.

— Je suis obligée ? Cibi vient à peine de rentrer et je veux qu'elle me raconte ses aventures, se lamente Livi.

— Vous aurez bien le temps pour cela. Allez, viens donner un coup de main à ton vieux grand-père.

Lorsque Yitzchak et Livi ont quitté la pièce, Cibi se tourne vers sa mère.

— Bon, que se passe-t-il ?

— Suis-moi, répond Chaya en l'emmenant dans sa chambre avant de fermer la porte.

— Tu me fais peur, Mumma. Dis-moi.

Chaya prend une profonde inspiration. Elle n'a pas la force de regarder Cibi, mais elle se fait violence.

— Ta sœur va partir travailler pour les Allemands. La Hlinka est venue la chercher. Elle doit se présenter demain à la synagogue. Je ne sais pas où ils vont l'emmener, mais nous espérons que ce ne sera pas pour longtemps et que… que…

Chaya s'assoit lourdement sur le lit, mais Cibi reste debout, fixant l'espace qu'occupait sa mère jusque-là.

— Mais ils ne peuvent pas faire ça. Ce n'est qu'une enfant – que peut-elle faire pour les Allemands ? demande Cibi, davantage à elle-même qu'à sa mère. Oncle Ivan ne peut-il pas nous aider ?

Chaya sanglote, la tête entre les mains.

— Personne ne peut nous aider, Cibi. Je… je n'ai pas réussi à les arrêter. Je n'ai pas réussi…

Cibi s'assoit à côté de sa mère et écarte ses mains de son visage.

— Mère, j'ai promis de veiller sur mes sœurs. Tu te rappelles, n'est-ce pas ?

Autour d'une table éclairée à la bougie, la famille Meller partage un repas. Chacun se demande quand une telle occasion se représentera. Ils prient pour Magda, pour leur défunt père, ainsi que pour feu l'épouse de Yitzchak, leur grand-mère. Ils essaient de profiter de la présence des uns et des autres, mais ce qui se profile forme une ombre terrible au-dessus de leur table.

Une fois les assiettes vides, Chaya saisit la main de Livi. Cibi tend une main à Yitzchak, à côté d'elle, et l'autre à sa mère. Livi prend la main de son grand-père, sans quitter des yeux Cibi, assise en face d'elle. Le cercle familial ne bouge pas. Cibi soutient le regard de Livi. Chaya ne lève pas les yeux, tandis que les larmes coulent le long de ses joues, sans retenue. Ce n'est que lorsque Chaya ne parvient plus à étouffer ses sanglots que ses filles la regardent. Yitzchak se libère du cercle pour la serrer dans ses bras.

— Je vais débarrasser, annonce Livi d'une petite voix en se levant.

Elle attrape une assiette, mais Cibi la lui prend.

— Laisse, chaton, je m'en occupe. Si tu allais te coucher ?

Chaya et Yitzchak ne manifestent aucune objection et Livi quitte la cuisine en silence.

Cibi repose l'assiette sur la table.

— Je pars avec elle, murmure-t-elle. C'est le bébé et elle ne peut pas y aller seule.

— Qu'est-ce que tu dis ? demande Yitzchak, le front ridé par la perplexité.

— Demain, je partirai avec Livi. Je veillerai sur elle, puis je vous la ramènerai. Tant que je n'aurai pas expiré mon dernier souffle, rien ne lui arrivera.

— Ils n'ont que son nom à elle ; peut-être ne te laisseront-ils pas l'accompagner, sanglote Chaya.

— Ils ne pourront pas m'en empêcher, Mumma, tu le sais. Quand Cibi veut quelque chose, elle l'obtient. Prenez soin de Magda jusqu'à notre retour.

Cibi lève le menton. Sa décision est prise. La lumière des bougies illumine le roux de ses cheveux, la lueur dans ses grands yeux verts.

— Nous ne pouvons pas te demander de faire une chose pareille, dit doucement Yitzchak, en jetant un coup d'œil vers la porte de la chambre.

— Vous n'avez pas besoin de me le demander, j'y vais, tout simplement. Bon, nous allons devoir préparer deux sacs.

Chaya se lève pour étreindre son aînée et murmure dans son épaisse chevelure :

— Merci, merci.

— J'ai raté quelque chose ?

Livi hésite près de la porte de la chambre, peu désireuse de s'approcher davantage tant la tension est palpable dans la pièce. Yitzchak va à sa rencontre et la prie de bien vouloir se rasseoir autour de la table.

— Chaton, devine quoi, je viens avec toi demain ! s'exclame Cibi en faisant un clin d'œil à sa petite sœur. Tu ne pensais quand même pas que j'allais te laisser t'amuser toute seule, hein ?

— Comment ça ? Ils n'ont pas ton nom, uniquement le mien.

Livi semble aussi perplexe que Yitzchak, quelques instants plus tôt. Le courage de Livi l'abandonne ; elle a du mal à parler et renifle en essayant de retenir ses larmes.

— Ne t'inquiète pas pour ça, d'accord ? Je m'en chargerai. Sache simplement qu'à partir de maintenant nous serons ensemble pour cette aventure. Sinon, qui d'autre te tirerait les oreilles quand tu fais des tiennes ?

Livi regarde sa mère et son grand-père.

— Vous lui avez dit de venir avec moi ?

— Non, non, chaton, personne ne m'a rien demandé. C'est moi qui veux t'accompagner. J'insiste. Tu te souviens de notre promesse à Père, comme quoi nous resterions toujours ensemble ? Magda est malade, et nous n'y pouvons rien, mais toi et moi, nous tiendrons notre promesse et reviendrons à la maison en un rien de temps.

— Mumma ?

Chaya prend le visage de Livi entre ses mains.

— Ta sœur va partir avec toi, Livi. Tu comprends ? Tu n'as pas à faire ça toute seule.

— Si seulement Menachem était là, il saurait quoi faire, comment protéger ses filles, déplore Yitzchak, la gorge serrée par l'émotion.

Chaya, Cibi et Livi regardent le vieil homme qui se met à pleurer tellement il se sent impuissant, coupable de ne pas pouvoir les protéger.

Les trois femmes l'enveloppent de leurs bras.

— Grand-père, tu es le seul père dont je me souvienne – tu me protèges depuis toujours et je sais que tu veilleras sur Cibi et moi, même quand nous serons séparés. Ne pleure pas, s'il te plaît, nous avons besoin que tu t'occupes de Mumma et de Magda ici, le supplie Livi.

— S'il était encore parmi nous, il n'y a rien que Menachem aurait pu faire que tu n'aies pas déjà fait, Père, ajoute Chaya. Depuis sa mort, tu nous protèges et assures notre sécurité, crois-moi.

Pour une fois, Cibi n'a rien à dire. Elle essuie les larmes des joues de Yitzchak, son geste exprimant les mots qui lui manquent.

Livi brise la tension qui règne dans la pièce, regardant tour à tour les membres de sa famille, puis la table de la cuisine.

— Je débarrasse ?

— Je m'en occupe, répond Yitzchak en empilant aussitôt les assiettes. Allez vous reposer, les filles.

Cibi entre dans la chambre, mais ne fait aucun geste pour se déshabiller.

— Est-ce que ça va ? lui demande Chaya depuis son lit, Livi blottie contre elle.

— Y aurait-il une petite place pour moi ? J'aimerais dormir avec vous ce soir.

Chaya pousse la couverture pendant que Cibi se change, après quoi les trois femmes se serrent les unes contre les autres, pour leur dernière nuit ensemble. Cibi regarde le lit vide de Magda et ne peut qu'imaginer sa colère quand elle découvrira que ses sœurs sont parties sans elle. Elle repense à la promesse de leur père, mais ont-elles le choix ?

Une fois que ses filles se sont endormies, Chaya se redresse et serre ses bras contre sa poitrine pour se réchauffer. Ce soir, elles n'ont pas tiré les épais rideaux et la lune jette des éclats de lumière sur le visage de ses filles.

De petits tas de vêtements – robes, pulls, collants épais et sous-vêtements – sont disposés sur les lits. Chaya les saisit les uns après les autres pour les examiner, se rappelant le moment où ils ont été achetés ou confectionnés, avant de les placer dans l'une des deux petites valises. Elles laissent les plus belles pièces – Chaya a insisté pour que celles-ci demeurent dans le placard pour leur retour. Néanmoins, elle veille à inclure leurs vêtements préférés. Cibi ne porte que des jupes et des chemisiers unis – ses choix sont la source des nombreuses colères de Magda, forcée de porter les vieilles affaires de son aînée, quand elle ne rêve que de jolies robes à fleurs et de foulards assortis. Livi préfère elle aussi les robes, mais davantage pour l'aspect pratique qu'autre chose : il est plus rapide d'enfiler une robe que deux vêtements différents, pourquoi perdre du temps ? Trois robes sont glissées dans la valise de Livi, avec un assortiment de foulards pour attacher ses cheveux rebelles.

Yitzchak entre dans la pièce en jonglant avec de petites boîtes de sardines, un gâteau sous le bras – le gâteau qu'a préparé Chaya pour fêter le shabbat plus tard ce jour-là, un dîner auquel ni Cibi ni Livi ne participeront. Il s'approche et pose le tout sur le lit.

— Grand-père, tu veux bien emmener Livi faire un tour ? Je suis sûre qu'elle adorerait se promener avec toi. Je peux m'occuper de ça avec Mumma, déclare Cibi.

— Vous ne voulez pas que je vous aide ? demande Livi.

— Ce n'est pas la peine, chaton. Va avec Grand-père.

Livi, qui n'aime pas voir sa mère si triste, n'insiste pas.

— N'emballez pas de gâteau pour moi, vous savez que ce n'est pas mon préféré. Mangez-le avec Grand-père, dit-elle en quittant la pièce.

Cibi est effondrée de quitter la *Hakhshara* sans dire à ses compagnons où elle va. Ils s'attendent à ce qu'elle revienne dimanche. Elle pense à Yosi, à ses yeux rieurs… combien de temps sera-t-elle absente ? Pour l'heure, la Palestine devra attendre, mais un jour elle partira, avec ses sœurs, et même sa mère et son grand-père.

— Mumma, nous n'avons besoin que de quelques affaires – inutile d'emporter tout ça ! Et il nous faut des vêtements plus chauds – des gros pulls au cas où il ferait froid la nuit, un manteau chacune. S'il te plaît, range ces robes.

Chaya se surprend à sourire, malgré son désespoir.

— Tu es maligne, ma Cibi. Je sais que tu trouveras un moyen de protéger ta sœur. Et aussi, ajoute-t-elle après un soupir, je voulais te dire d'obéir quand tu seras là-bas, s'il te plaît – depuis toute petite, tu t'en sors en n'en faisant qu'à ta tête, mais je crois qu'il va falloir que tu arrêtes de répliquer quand on te dit quelque chose.

— Je ne vois pas ce que tu veux dire, répond Cibi en essayant de contenir un fou rire.

— Je crois que tu sais pertinemment ce que je te demande. Réfléchis avant de parler, c'est tout.

— Je ferai de mon mieux, d'accord ?

— D'accord. Bon, finissons ces valises. Nous devons y glisser de la nourriture.

— J'espère quand même qu'on nous donnera à manger ! s'exclame l'adolescente. Il nous faut des livres également, je vais en choisir deux ou trois.

Elle se rend au salon pour examiner les ouvrages qui se trouvent sur les étagères.

— Apporte-moi aussi du tilleul ; c'est une infusion que vous pourrez boire froide s'il n'y a pas d'eau chaude, lance Chaya. Si jamais vous vous sentez malades, l'une ou l'autre, cela fait des miracles.

À présent seule dans la chambre, Chaya prend de nouveau des vêtements et enfouit son visage dans chacun d'eux, inhalant l'odeur si familière de ses filles. Elle doit se montrer forte ; ses filles sont courageuses et feront tout ce que les Allemands leur demanderont, puis elles reviendront à la maison. Magda comprendra pourquoi on a dû l'éloigner. La guerre cessera et la vie reprendra son cours. Peut-être même pour Hanoukka.

5

Hôpital de Humenné

— Je veux voir le docteur Kisely, exige Magda, à moitié hors de son lit, à l'infirmière qui soigne une vieille dame deux lits plus loin.

Dans la salle, les deux rangées de douze lits en métal sont pleinement occupées. Toux, ronflements, pleurs et gémissements rendent impossible un sommeil digne de ce nom. Magda a compris ce que cela signifiait d'avoir son lit entouré d'un écran formé d'une structure en bois et de toile : quelque chose de désagréable se prépare pour la patiente. Sur sa table de nuit, elle a posé une photo de sa famille.

Au bout de la salle, l'infirmière principale est assise à un petit bureau. De là, elle veille sur son domaine et donne des instructions.

— Magda, retourne dans ton lit. Le docteur Kisely viendra bientôt faire ses visites, tu le verras à ce moment-là.

— Je ne veux pas me recoucher, je veux rentrer chez moi. Je vais parfaitement bien.

— Si tu ne fais pas ce que je te dis, je dirai au docteur Kisely que tu t'es mal comportée.

Avec toute l'irritabilité caractéristique des adolescents, Magda relève les jambes et s'assoit en tailleur sur ses couvertures, en poussant un profond soupir. Elle s'ennuie et ne comprend pas ce qu'elle fait encore là puisque sa fièvre est tombée la veille. Elle meurt d'envie de retourner à la maison avec Mumma, Grand-père et Livi. Sa mère ne lui a pas rendu visite une seule fois, ce qui accroît sa perplexité : quelque chose ne va pas, mais quoi ? Une fois de plus, elle regrette que Mumma ne l'ait pas laissée rejoindre Cibi pour la *Hakhshara*, mais, en tant que cadette toujours si obéissante, son aide à la maison était trop précieuse.

Elle est encore perdue dans ses pensées lorsque le docteur Kisely entre dans la salle et s'approche de sa première patiente.

— Docteur Kisely ! s'exclame la jeune fille.

L'infirmière se précipite vers elle pour lui intimer l'ordre de se taire et d'attendre son tour.

Le médecin regarde l'échange et dit quelques mots à son patient, avant de se diriger vers elle.

— Bonjour, Magda. Comment te sens-tu aujourd'hui ?

— Très bien, docteur. Je n'ai mal absolument nulle part et je veux rentrer à la maison, maintenant. Ma mère et mon grand-père ont besoin de moi.

Le docteur Kisely prend son stéthoscope et écoute la respiration de Magda. Les femmes des lits voisins tendent le cou pour voir ce qu'il fait, entendre ce qu'il dit. Tout le monde s'ennuie tellement.

— Je suis navré, Magda, mais tu as encore une petite infection dans la poitrine. Il est trop tôt pour rentrer chez toi.

— Mais je me sens très bien ! insiste Magda.

— Veux-tu bien écouter le docteur ? gronde l'infirmière.

Le médecin s'assoit sur le lit de l'adolescente et lui fait signe de se pencher vers lui.

— Magda, écoute-moi, s'il te plaît, chuchote-t-il. Ce serait mieux pour toi et ta famille si tu restais ici quelques jours de plus. Je ne voulais pas te le dire ainsi, mais tu ne m'en laisses pas le choix.

Les yeux bleus de la jeune fille s'arrondissent de peur. Le docteur Kisely se dit qu'elle fait bien moins que ses dix-sept ans : avec ses tresses et sa chemise de nuit toute fine, elle pourrait avoir treize ou quatorze ans. Elle hoche la tête, pour qu'il poursuive ; elle avait raison, il se passe quelque chose de très étrange.

— Je ne veux pas t'effrayer, mais la vérité est ce qu'elle est, reprend le médecin en soupirant et en regardant son stéthoscope, avant de croiser de nouveau le regard de Magda. La Hlinka vient chercher les jeunes Juives pour les emmener travailler pour les Allemands. Si je le peux, j'aimerais faire en sorte que tu restes avec ta famille, et à l'hôpital tu es à l'abri. Tu comprends ?

Magda regarde tour à tour le médecin et l'infirmière. Elle lit inquiétude et sincérité sur leur visage. Elle-même a ouï dire que les Allemands avaient besoin de jeunes pour travailler pour eux, elle n'avait simplement jamais imaginé que ces « jeunes » pourraient inclure ses sœurs et elle. Son cœur s'accélère. Ses sœurs ! Cibi est-elle encore en sécurité dans les bois ? Et Livi ?

— Mes sœurs ! souffle-t-elle, à présent si terrifiée que sa voix est à peine audible.

— Ne t'inquiète pas, Magda. Cibi n'est pas là, et Livi est trop petite. Tu dois juste rester tranquille le temps que les gardes trouvent assez de jeunes, après quoi tu rentreras chez toi. Je te demande d'être forte quelques jours encore. Laisse le personnel s'occuper de toi ici. N'oublie pas que ta mère et ton grand-père ont donné leur permission, donc ne les déçois pas, Magda, s'il te plaît.

L'infirmière prend la main de Magda et lui sourit pour la rassurer, mais elle n'est pas rassurée du tout. Elle a fait une promesse à son père, conclu un pacte avec ses sœurs, et les voilà toutes trois à des endroits différents, sans moyen de savoir comment s'en sortent les deux autres.

Magda ne peut que hocher la tête pour accepter de rester à l'hôpital. Elle s'allonge dans son lit étroit et fixe le plafond, les yeux inondés de larmes de colère, de frustration – et de peur.

6

Vranov nad Topl'ou

— Ne te retourne pas, Livi, je t'en prie. Je t'en supplie, ne te retourne pas, implore Cibi.

Les filles quittent l'allée de leur maison pour rejoindre la rue. À la porte, leur mère sanglote dans les bras de leur grand-père. Livi a néanmoins jeté un coup d'œil en arrière en fermant le portail. Son gémissement de douleur en apercevant la détresse de Chaya a eu l'effet d'un poignard dans le cœur de Cibi, mais il lui faut être forte pour Livi, pour leur mère.

L'aînée se redresse et, passant sa petite valise d'une main à l'autre, elle attrape Livi par la taille et les deux sœurs poursuivent leur chemin.

— Contente-toi de marcher, voilà, aligne ton pas sur le mien, c'est très bien, Livi. Nous serons de retour en un rien de temps.

C'est une belle après-midi de printemps. L'air est doux et le ciel arbore un bleu céruléen profond. Les boucles brunes de Livi brillent sous le soleil, tandis que les cheveux ondulés de Cibi se balancent au rythme de ses mouvements. Les deux sœurs sentent que les voisins les observent tandis qu'elles et les autres Juives se dirigent vers la synagogue. Instinctivement, elles regardent droit devant elles.

Cibi n'est pas certaine que ses mots de réconfort aient un effet quelconque sur Livi. Sa sœur se penche contre elle, légèrement tremblante. Où vont-elles ? Qu'attendra-t-on d'elles ? Mais, plus que toute autre, la question qui tourmente Cibi concerne Livi : aura-t-elle le droit de rester avec elle ?

À quinze ans et petite pour son âge, comment Livi se débrouillerait-elle toute seule ?

— Magda devrait être à nos côtés, déclare Livi, coupant court à ses réflexions. Ne sommes-nous pas censées rester toujours ensemble ?

— Magda est en sécurité, c'est ce qui importe pour le moment. Nous sommes ensemble, toi et moi – nous allons faire ce travail, revenir à la maison et la retrouver.

— Et notre pacte, Cibi, de ne jamais nous séparer ?

— Nous ne pouvons rien y faire à l'heure actuelle.

Cibi n'avait pas l'intention de prononcer ces mots de façon aussi véhémente ; voilà que Livi pleure.

— Promets-moi, Cibi, dit-elle entre deux sanglots. Promets-moi que nous rentrerons à la maison et que nous retrouverons Magda, Mumma et Grand-père.

— Mon chaton chéri, je te promets que, bientôt, nous parcourrons cette rue en sens inverse pour rentrer à la maison. Je ne sais pas quand – mais je te protégerai jusqu'à mon dernier souffle, qui n'est pas près d'arriver. Est-ce que tu me crois, Livi ?

Les larmes de Livi se sont calmées. Elle serre le bras de sa grande sœur.

— Bien sûr. Tu es Cibi. Personne n'empêche Cibi d'obtenir ce qu'elle veut.

Les sœurs échangent un sourire embué de larmes.

Cibi regarde les autres jeunes filles qui, comme elles, portent une petite valise. Toutes marchent dans la même direction. Elle remarque les mères en larmes, que les pères désespérés tirent en arrière, à l'abri de leur maison. Elles avancent dans un cauchemar. Certaines des filles sont seules, d'autres sont avec leurs sœurs ou leurs cousines, mais aucune ne traverse la rue pour faire le trajet à côté de ses amies. Bizarrement, elles savent qu'il leur faut effectuer ce voyage seules.

— Livi, sais-tu pourquoi il n'y a aucun garçon ? s'étonne Cibi.

— Peut-être ont-ils déjà été emmenés.

— Nous l'aurions su.

— Pourquoi uniquement les filles, alors, Cibi ? À quoi peuvent servir des filles pour un travail physique ?

Cibi se force à rire, prête à tout pour alléger l'atmosphère.

— Peut-être que quelqu'un s'est rendu compte que nous étions aussi capables que les garçons.

Les ordres avaient été clairs : se présenter à la synagogue à cinq heures de l'après-midi le jour du shabbat. Elles sont accueillies par des gardes Hlinka, qui se tiennent de part et d'autre des portes du bâtiment consacré à l'enseignement, à côté du temple. C'est là, dans une grande salle de classe, que les filles, depuis leur plus tendre enfance, reçoivent une instruction religieuse. Cibi, comme toujours, est en admiration devant la synagogue, ce grand édifice où sa famille et elle ont prié et ont été consolées par leurs amis à la mort de leur père et de leur grand-mère. Ce lieu qui symbolise la sécurité parmi les leurs n'offre aujourd'hui aucun réconfort. Les nazis l'ont détruit. Les gardes Hlinka l'ont détruit.

Les filles sont conduites dans la classe pendant que les quelques parents ayant choisi d'ignorer l'ordre de rester chez eux sont violemment insultés, frappés et sommés de déguerpir.

— Ne bouge pas, intime Cibi à Livi en lâchant sa sœur et sa valise.

Elle se précipite à l'extérieur et saisit une jeune fille qui s'agrippe à sa mère, refusant d'en être séparée. Un garde frappe la femme dans le dos, sans discontinuer, mais celle-ci ne veut pas lâcher sa fille. Une petite foule assiste à la brutalité de ce spectacle dans un silence horrifié. En cet instant, le courage de Cibi prend le pas sur sa peur.

— Je suis là, viens avec moi.

Cibi entraîne la fille, la détachant de sa mère. La fille pleure, hurle en tendant de nouveau les bras vers sa mère qu'éloignent à présent les gardes.

— Je veillerai sur elle, madame Goldstein ! crie Cibi en poussant la fille, Ruth, à l'intérieur.

De plus en plus de filles pénètrent dans la salle, la terreur clairement inscrite sur leur visage baigné de larmes. Chagrin et désespoir emplissent la classe.

— Ruthie, Ruthie ! Par ici, appelle une voix.

Cibi aperçoit Evie, sa jeune voisine, qui fait signe à Ruthie Goldstein.

— C'est ta cousine, n'est-ce pas ? interroge Cibi.

Ruthie acquiesce et essaie de sourire malgré ses larmes :

— Ça va aller maintenant.

Cibi regagne l'endroit où elle a laissé Livi.

— Nous ferions mieux de trouver une place près du mur, si nous voulons être bien installées.

Les sœurs restent debout, en attente des instructions, les yeux rivés sur les filles qui continuent d'affluer. Malgré la fraîcheur de l'air extérieur, la pièce est étouffante, et assourdissante, tandis que les filles s'interpellent les unes les autres, et sanglotent. Cette classe, qui renfermait tant d'heureux souvenirs d'enfance, s'est transformée en un lieu hostile.

Alors que décline la lumière du jour, deux petites ampoules au plafond sont allumées, éclairant la pièce d'une lueur jaune et terne.

Soudain, sans crier gare, on claque la porte et la terreur des filles s'intensifie.

— J'ai peur, Cibi ! Je veux rentrer à la maison ! pleure Livi.

— Je sais, moi aussi, mais c'est impossible. Asseyons-nous un peu.

Elles sont à présent adossées au mur et Cibi place la valise de Livi entre ses jambes avant de faire la même chose avec la sienne.

— Tu dois la surveiller coûte que coûte, compris ? Ne la quitte pas des yeux, poursuit l'aînée.

— Que va-t-il nous arriver ?

Cibi passe un bras autour des épaules de Livi, attirant sa tête contre sa poitrine, la serrant fort contre elle.

— Il est possible que nous restions ici pour la nuit, alors essayons de trouver une position confortable. As-tu faim, mon chaton ?

Livi s'est remise à pleurer et secoue la tête.

— Alors ferme les yeux et essaie de dormir un peu.

— Je ne vois pas comment je pourrais dormir.

Du plus profond d'elle-même, Cibi se remémore les paroles de la berceuse tchèque qu'elle chantait il y a bien longtemps à Livi, quand celle-ci n'était encore qu'un bébé. Doucement, elle se met à chanter.

Mon petit ange
Allonge-toi mon petit ange, allonge-toi
Et dors,
Maman berce son bébé.
Allonge-toi, dors bien, mon petit,
Maman berce son bébé.
Allonge-toi mon petit ange, allonge-toi
et dors,
Maman berce son bébé.
Allonge-toi, dors bien, mon petit,
Maman berce son bébé.

Hajej můj andílku
Hajej můj andílku hajej
a spi,
matička kolíbá děťátko svý.
Hajej dadej, nynej, malej,
Matička kolíbá děťátko svý.
Hajej můj andílku hajej
a spi,
matička kolíbá děťátko svý.
Hajej dadej, nynej, malej,
Matička kolíbá děťátko svý.

Cibi serre Livi dans ses bras. En l'espace de quelques minutes, elle entend sa respiration ralentir. Elle envoie tout l'amour qu'elle ressent pour sa petite sœur à l'enfant endormie.

— Je ne laisserai personne te faire du mal, murmure-t-elle dans ses boucles au doux parfum.

Cibi se redresse contre le mur et regarde les autres filles lutter pour trouver un espace où s'asseoir, s'arrangeant pour s'adosser les unes aux autres ou contre le mur. Certaines ouvrent leur valise et en sortent de petites boîtes de conserve, de gros morceaux de pain, du fromage. Elles proposent la nourriture autour d'elles. Cibi pense à la *Hakhshara* et se demande ce que font ses camarades du camp. Dimanche, ils s'étonneront de son absence et se poseront des questions. Elle essaie de ne pas penser à Mère et Grand-père attablés autour d'un dîner frugal à la maison. Parviendront-ils d'ailleurs à avaler quoi que ce soit ? Et Magda, va-t-elle mieux ? Elle regrette qu'elle ne soit pas là, mais peut-être est-elle mieux à l'hôpital.

Réconfortée par cette pensée, Cibi ferme les yeux et se remémore des jours plus heureux.

— *Nous organiserons les dortoirs demain, une fois que nous saurons combien parmi vous souhaitent rester s'entraîner, pour participer à la* Hakhshara. *D'ici là, trouvez une place et tâchez de dormir un peu. Demain, vous aurez tous matelas, oreillers et couvertures, promis.*

— *Où sont tous les garçons ? lance l'une des filles.*

Cibi remarque son sourire effronté, ses yeux brillants.

— *Dans une autre partie du camp. Et avant que tu n'ailles les chercher, je préfère te prévenir que c'est loin d'ici.*

— *Je m'appelle Cibi, et toi ? se présente-t-elle à cette fille.*

Elles sont allongées côte à côte sur le plancher, leur manteau enroulé tout contre elles pour se protéger du vent qui s'engouffre à travers les grands trous dans les murs.

— *Aliza. Enchantée, Cibi. D'où viens-tu ?*

— *De Vranov. Et toi ?*

— *De Bardejov, mais plus pour longtemps. J'ai hâte d'arriver en Palestine.*

— *Et moi donc. Je n'arrive pas à croire que je suis bel et bien là, répond Cibi en gloussant nerveusement.*

— Crois-tu que nous nous entraînerons avec les garçons ? s'enquiert Aliza.

La fille allongée à côté d'elles intervient :

— Est-ce la seule raison qui t'amène ici, rencontrer des garçons ?

— Non, je veux aller en Palestine, lui répond Aliza.

— Moi, en tout cas, je ne suis là que pour les garçons, lance une voix au fond de la salle.

— Levez la main si vous êtes là parce que vous voulez aller en Palestine, sonde Cibi, assez fort pour être entendue.

Toutes les filles de la salle se redressent et toutes lèvent la main.

— Maintenant, levez la main si vous êtes là pour rencontrer des garçons, poursuit-elle.

Les filles échangent des regards, gloussent et, une fois de plus, toutes lèvent la main.

Au lieu de dormir, comme indiqué, elles bavardent et plaisantent, échangeant noms, villes ou villages d'origine, ambitions.

Cibi ressent une intense fierté d'avoir décidé de se joindre à ces étrangères, unies par un même objectif. Afin de poursuivre son rêve de devenir une pionnière sur une terre nouvelle, une Terre promise, elle doit quitter sa famille, mais ce sacrifice en vaudra la peine. Elle travaillera dur pour atteindre la Palestine, puis elle fera venir ses sœurs, Mumma et Grand-père. Dans cette petite pièce, dépourvue de lits mais emplie d'une soif d'aventure, la camaraderie entre les femmes renforce le souhait fervent de Cibi de commencer la Hakhshara *dès que possible.*

Elle fait partie des filles qui auront un lit demain soir.

Aliza se lève.

— Et les garçons, pourquoi sont-ils là à votre avis ? crie-t-elle.

À l'unisson, les filles crient elles aussi leur réponse :

— Pour aller en Palestine ET POUR RENCONTRER DES FILLES.

Cibi se réveille en sursaut. La plainte d'une des filles résonne dans la pièce :

— Je veux ma mumma ! Je veux ma mumma !

Livi remue et gémit doucement dans son sommeil. Cibi lui chuchote des paroles réconfortantes et la benjamine se tranquillise.

Alors que le soleil de printemps se faufile de bonne heure à travers les hautes fenêtres, les filles se réveillent, se lèvent et s'étirent. De nouveau, elles s'interrogent les unes les autres : *Où allons-nous ? Qu'attend-on de nous ?* Personne n'a de réponses et, bientôt, le silence s'installe et les filles s'effondrent de nouveau sur le sol pour attendre. Certaines sortent de quoi manger de leurs valises. Au moins la salle est moins lugubre sous le soleil et ressemble davantage à ce qu'elle était autrefois.

Cibi secoue légèrement Livi qui, encore assoupie, a la tête sur ses genoux :

— Réveille-toi. Il est l'heure de se réveiller.

L'adolescente se redresse et, hébétée, observe la pièce, l'air perplexe.

— Veux-tu manger quelque chose, Livi ?

— Je n'ai pas faim, répond-elle à Cibi en regardant les filles dont certaines pleurent.

— Il faut que tu manges un peu. Nous ne savons pas combien de temps nous resterons ici.

Cibi ouvre sa valise, à la recherche des aliments enfouis sous ses vêtements. Elle sort le gâteau qu'a préparé sa mère pour le dîner du shabbat. Elle défait le torchon, si familier que son cœur se serre, et inspire les arômes de la cuisine de Mumma. Elle en rompt un petit morceau et le tend à Livi.

— Je n'en veux pas, tu sais bien que je déteste ce gâteau, se plaint sa sœur, repoussant la main de Cibi.

— Que tu l'aimes ou non, il faut le manger. Il se gâtera vite et nous devons garder les boîtes de conserve. Cela ne signifie-t-il rien pour toi que Mumma l'ait fait de ses propres mains ? ajoute Cibi en tendant de nouveau le gâteau.

À contrecœur, Livi l'accepte et commence à grignoter, levant les yeux au ciel à chaque bouchée, faisant mine d'avoir des haut-le-cœur quand elle avale. Cibi se force elle aussi à engloutir sa part – elle a la bouche sèche et le gâteau a un goût de cendres.

— J'ai soif, il me faut quelque chose pour le faire passer, commence à gémir Livi.

Cibi se sent soudain épuisée. Elle aussi aimerait gémir.

— Tu vas devoir attendre. Je suis sûre qu'on nous donnera bientôt quelque chose.

Elles n'entendent pas la porte s'ouvrir, mais se lèvent d'un bond quand une voix retentit.

— Debout, c'est l'heure de partir !

Le garde Hlinka laisse retomber sa matraque dans la paume de sa main.

Cibi ferme aussitôt sa valise et attrape celle de Livi.

— Cramponne-toi à tes affaires, lui rappelle-t-elle. Ne laisse personne les prendre, d'accord ?

Livi hoche la tête, les yeux rivés sur les portes à l'avant de la salle d'où d'autres gardes envahissent leur espace. Les filles sont assemblées en deux files et conduites à l'extérieur. Elles plissent les yeux sous l'éclatant soleil d'une journée magnifique.

Cibi pousse Livi devant elle, agrippant l'arrière de son manteau. Il ne faut pas qu'elles se séparent, quoi qu'il arrive. Les gardes Hlinka sont alignés d'un côté de la rue et, de l'autre, les familles des adolescentes appellent désespérément leurs filles, petites-filles et nièces. Ces proches ont bravé le couvre-feu pour être là – les Juifs ne peuvent plus déambuler à leur guise. Ils risquent d'être battus et emprisonnés mais, pour beaucoup, voir leurs enfants bien-aimées en vaut la peine. Cibi sait que sa mère et son grand-père ne figurent pas parmi la foule. Ils ne quittent jamais la maison lors du shabbat.

Les gardes Hlinka commencent à emmener les filles à marche forcée le long de la rue, loin de la synagogue et du désespoir.

— Où allons-nous ? chuchote Livi.

— C'est le chemin de la gare, indique Cibi. Peut-être allons-nous prendre un train.

Alors que faiblissent les plaintes de leurs familles, de nouvelles voix – des voix furieuses, haineuses – les accueillent le long de leur traversée de la ville. Leurs anciens voisins et amis leur lancent fruits pourris et pain rassis à la tête, criant leur joie de voir partir les Juifs, enfin. Cibi et Livi sont sidérées d'entendre les railleries et les injures proférées à pleins poumons. Qu'est-il arrivé à ces gens ? Ceux-là mêmes dont leur grand-mère a mis les enfants au monde ; ceux-là mêmes qui faisaient leurs courses au magasin de leur mère ou venaient la trouver pour lui demander conseil. Elles passent devant Mme Vargova, l'épouse du cordonnier. Cibi leur apportait les chaussures de la famille lorsqu'il fallait remplacer semelles ou lacets. Souvent, Mme Vargova ne permettait pas à son mari de se faire rémunérer pour son travail, lui rappelant que les filles avaient perdu leur père des suites d'une blessure qui lui avait été infligée alors qu'il se battait pour leur pays. Et voilà qu'elle fait partie de cette foule enragée. Au lieu d'être noués en un chignon soigné, comme d'ordinaire, ses cheveux sont lâchés et décoiffés sur ses épaules, tandis qu'elle lance à Cibi, à Livi et à toutes les autres jeunes filles qu'elle les déteste, qu'elle souhaite leur mort.

Cibi attire Livi contre elle. Elle ne peut pas empêcher sa sœur de voir ou d'entendre ce qui se passe, mais au moins elle peut l'envelopper de ses bras. Elle lève le menton, contrairement aux autres filles qui, autour d'elles, pleurent et gémissent. Cette foule haineuse n'aura pas ses larmes.

— Salut, Cibi, je ne pensais pas que tu avais été choisie pour partir aujourd'hui.

Visik, son « ami » d'enfance devenu traître Hlinka, se dirige vers elles. La promesse d'un bel uniforme noir a suffi à transformer Visik en monstre. Cibi l'ignore.

— Qu'est-ce qui se passe ? l'interroge-t-il en la dévisageant de ses yeux ternes. Pourquoi ne pleures-tu pas comme toutes les autres poules mouillées de Juives ?

Il marche avec elles, comme s'ils se promenaient agréablement au soleil. Cibi attire Livi encore plus près et, en même temps, fait un pas de côté pour se retrouver côte à côte avec Visik. Elle se tourne pour croiser son regard.

— Tu n'auras jamais le privilège de me voir pleurer, Visik. Et si un jour les larmes me montent aux yeux, il me suffira de me remémorer ta laideur et je rirai au lieu de pleurer. Quant aux poules mouillées, ce n'est pas moi l'idiote qui ai besoin de me cacher derrière un uniforme de brute, crache-t-elle.

Un garde plus âgé rejoint Visik et lui ordonne de remettre les filles en rang.

— Quant à vous, ramenez ce petit garçon à sa mumma, lance Cibi avec mépris.

— Qu'est-ce qui te prend ? demande Livi, la peur plein les yeux.

— Rien du tout, Livi. Ça m'a fait un bien fou.

La gare apparaît ; Cibi avait raison. Elle se remémore l'agréable voyage qu'elles ont fait l'année précédente, à Humenné, pour rendre visite à des parents. Cette fois-ci, les gardes les font entrer à marche forcée jusqu'au quai et, à grand renfort de cris, les poussent dans le train qui les attend. Elles placent leurs affaires au-dessus de leurs têtes et s'assoient. Plus personne ne pleure ; en silence, les jeunes femmes songent à la famille qu'elles laissent derrière elles et à l'avenir insondable qui les attend.

Lentement, le train quitte la gare. Livi pose la tête sur l'épaule de Cibi. Elles regardent par la fenêtre ; sous un beau soleil de printemps, les champs familiers défilent. À plusieurs reprises, le train s'arrête sans indication de l'endroit où ils se trouvent – des champs à droite et à gauche et, au loin, les éblouissantes Tatras qui, encore coiffées de neige, disent au revoir à leurs citoyennes.

Le conducteur parcourt les allées du train, une carafe d'eau dans la main droite et des tasses vides accrochées aux doigts de sa main gauche.

Au moment où il tend à Cibi et Livi une tasse chacune, avant de les remplir jusqu'au trait qui marque la moitié, il articule « Désolé » en silence, en leur adressant un sourire triste. Cibi lui lance un regard furieux, mais Livi le remercie avant de boire l'eau d'une traite et de lui rendre sa tasse.

Le train finit par entrer en gare, et des panneaux leur indiquent qu'elles sont arrivées à Poprad. Les portes des wagons s'ouvrent en grand. Des gardes Hlinka montent dans chacune des voitures et hurlent « Sortez ! Sortez ! ».

Sur le quai, d'autres gardes Hlinka brandissent de longs fouets noirs, les faisant claquer devant le visage des filles au fur et à mesure qu'elles descendent du train.

— Ils ne vont pas nous frapper, hein, Cibi ? Nous n'avons rien fait de mal, si ? murmure Livi.

— Bien sûr que non, répond l'aînée, espérant que sa voix ne trahisse pas sa propre terreur.

À quelques mètres de l'endroit où elles attendent les prochaines instructions, une fille s'approche de l'un des gardes et ouvre la bouche pour dire quelque chose lorsque celui-ci lève son fouet et lui donne un coup sur le bras. Plusieurs filles réagissent, criant des reproches au garde et éloignant leur camarade blessée. Cibi s'agrippe à Livi tandis que davantage de gardes inondent le quai, ordonnant aux centaines de filles de se ranger les unes derrière les autres, afin de se remettre en route.

Elles ne marchent pas depuis très longtemps lorsqu'on les arrête devant une énorme barrière en acier et en barbelés derrière laquelle Cibi aperçoit une série de bâtiments sombres et imposants.

Tandis qu'elles pénètrent à l'intérieur de ce qui est, sans équivoque, un camp militaire, les filles remarquent les insignes de l'armée sur les véhicules, ainsi que la caserne qui s'étend des deux côtés de la route isolée. Cibi et Livi rejoignent un groupe de filles qu'on emmène vers un bâtiment à deux étages. Une fois qu'elles sont à l'intérieur, on claque la porte derrière elles. Lentement, les filles s'écroulent sur le sol, cherchant un endroit où s'asseoir, s'allonger ou se recroqueviller, désespérées.

— Crois-tu qu'on nous donnera à manger ? interroge Livi.

— Je ne pense pas que nous aurons quoi que ce soit de plus que ce que nous avons reçu hier soir, répond Cibi.

— Mais, hier, nous n'avons rien eu.

— Exactement. Attendons encore un peu avant de sortir quelque chose de nos valises.

Sanglots et murmures retentissent dans cette pièce et celle du dessus. Mais il n'y a rien à faire. Cibi et Livi s'allongent et, utilisant leur pull en guise d'oreiller et leur manteau comme couverture, elles finissent par s'endormir, trop fatiguées pour ressentir la faim, la peur ou le manque.

Le lendemain matin, sans nouvelles des gardes, les filles sont sombres. Cibi est convaincue que les laisser seules dans cette salle à imaginer le pire fait partie du plan des Hlinka. Il sera bien plus facile de faire obéir des femmes affamées et terrifiées.

Livi saisit sa valise et grimpe dessus pour regarder la cour par la fenêtre.

— Qu'est-ce que tu vois ? lui demande Cibi, tandis que d'autres se rassemblent autour d'elles.

Se hissant sur la pointe des pieds, Livi plisse les yeux pour tenter de voir quelque chose à travers le verre glauque. Elle lâche le rebord de la fenêtre d'une main pour essuyer la poussière à l'aide de sa manche. Elle perd alors l'équilibre et son bras cogne violemment contre le carreau, brisant la vitre, et elle tombe à la renverse, provoquant une pluie d'éclats de verre.

Cibi l'éloigne aussitôt de la scène, tandis que les autres filles regagnent également les profondeurs de la pièce, ne souhaitant en aucune façon être associées à la fenêtre cassée.

Cibi débarrasse les cheveux et le manteau de Livi des petits morceaux de verre.

— Est-ce que ça va ? Tu t'es fait mal ?

— Ça va, répond Livi à la hâte.

— Laisse-moi vérifier.

Cibi commence à examiner le visage de sa petite sœur à la recherche d'éclats de verre, puis elle lui prend les mains. Une longue entaille part du milieu de sa paume droite. Du sang goutte sur le sol. Cibi soulève sa jupe et saisit le jupon en lin blanc au-dessous. Elle se penche, enfonce ses dents dans l'étoffe pour y faire un petit trou, puis déchire de longues bandes de tissu pour envelopper la blessure de Livi. Presque aussitôt, le bandage de fortune s'imbibe de sang.

Sous le choc, Livi regarde sa sœur prendre soin de sa main abîmée. Elle ne ressent aucune douleur.

À cet instant, la porte s'ouvre dans un grand fracas et trois gardes entrent dans la salle. Sans un mot, chacun attrape deux filles par le bras et les traîne dehors.

Les autres filles observent ce spectacle avec horreur, s'agrippant les unes aux autres tandis que les gardent claquent la porte.

Une heure s'écoule, peut-être davantage, avant que la porte ne s'ouvre à nouveau. On ordonne aux filles de sortir. Celles qui prennent leur valise se la voient arrachée au moment de franchir le seuil. Cibi entend un garde dire à une fille que sa valise sera là à son retour. Pourtant, elles ne les reverront bientôt plus jamais.

Les filles sont conduites dans un autre bâtiment, un vaste espace doté d'un coin cuisine au fond. Elles se mettent en rangs et se retrouvent face aux six filles qui ont été emmenées plus tôt et qui leur tendent à présent une petite assiette en étain, un misérable tas de chou trop cuit et un morceau de pain de la taille de leur poing. Il s'agissait peut-être autrefois d'un réfectoire, mais il n'y a là ni tables ni chaises, alors les filles s'assoient par terre et se forcent à avaler ce repas insipide pour remplir leur estomac vide.

À leur retour à la caserne, elles sont accueillies par des seaux d'eau, des balais à franges et des brosses à récurer. On leur annonce qu'elles doivent astiquer la salle jusqu'à ce qu'elle brille. Elles lavent et relavent le sol à tour de rôle, chaque fille travaillant jusqu'à ce qu'elles aient toutes récuré au moins une fois, sous la surveillance des gardes.

Elles passent le reste de la journée à s'asseoir, à se lever, à pleurer. En fin d'après-midi, on les conduit à nouveau au semblant de réfectoire où elles reçoivent chacune un petit morceau de pomme de terre et une tranche de pain.

De retour à la caserne, l'une des filles leur rappelle que c'est Pessa'h, la Pâque juive. Mais comment peuvent-elles s'adonner ici aux rituels qu'exige la tradition ? La fille indique une adolescente blonde, assise toute seule.

— Son père est notre rabbin. Elle doit connaître les prières.

Tous les yeux se tournent vers l'adolescente en question qui hoche la tête et ouvre sa valise pour en sortir la *Haggada*. Bientôt, toutes sont assemblées autour d'elle pour la rejoindre dans sa prière. Une profonde tristesse descend sur elles.

Le lendemain matin, sans avoir rien avalé, encore une fois, les filles sont conduites à la gare. Encore une fois, des gardes Hlinka munis de fouets rythment leur voyage. Le train les attend, moteur en marche, prêt à partir. Toutefois on ordonne aux filles d'aller au-delà des voitures, vers les wagons réservés au bétail, en queue de train.

— Montez ! hurlent les gardes, encore et encore.

Mais les filles ne bougent pas. Cibi a l'impression d'être un animal tétanisé par les phares d'une voiture. Ils ne veulent quand même pas dire qu'elles sont censées monter dans un véhicule destiné au transport des vaches, si ?

— Cibi, que se passe-t-il ? se lamente Livi.

— Je ne sais pas, mais… mais ces wagons, ce sont des wagons pour les *bêtes*.

Cependant, les gardes Hlinka sont on ne peut plus sérieux. Les fouets sont déployés et utilisés pour faire monter les filles dans les wagons. Les coups, les injures, les hurlements se poursuivent, laissant de côté toute tentative d'organisation. Les filles doivent escalader les wagons, tant ils sont hauts, avant de tendre les bras pour aider les autres à se hisser.

Cibi pousse Livi dans les bras d'une fille qui la soulève dans le wagon. La puanteur du fumier se mélange à l'odeur bien réelle de leur terreur.

Les filles sont si serrées les unes contre les autres qu'il est impossible de s'asseoir. Les lourdes portes sont verrouillées et la seule lumière qui leur parvient est celle du soleil qui s'infiltre à travers les lattes des murs. Presque tout le monde pleure désormais ; les plus proches des parois hurlent, criblant les planches en bois de coups de poing, exigeant d'être libérées.

Cibi et Livi sont entrées dans un cauchemar éveillé. La proximité des autres corps, les plaintes, la soif terrible et la faim qui leur ronge les entrailles ne leur offrent aucun répit. Le train s'arrête à plusieurs reprises, parfois brièvement, parfois plus longtemps, mais les portes demeurent closes. Cibi déchire de plus en plus de bandes de son jupon pour changer le pansement de Livi, jusqu'à ce qu'il ne reste plus que l'élastique autour de sa taille.

Enfin, les portes s'ouvrent en grinçant. Le soleil a glissé en deçà de l'horizon, mais cette demi-lueur suffit à les éblouir. Le cœur de Cibi menace de s'arrêter lorsqu'elle entrevoit les uniformes des nazis. La SS. Elle n'a vu ces uniformes que dans le journal de Grand-père, mais les vestes gris foncé, la bande rouge vif ornée d'un swastika sur leur manche… le doute n'est pas permis. Alignés sur le quai, face aux wagons, ces hommes tiennent leur fusil d'une main et, de l'autre, la laisse de gros chiens qui aboient.

Les filles commencent à sauter des wagons tandis que les chiens grognent et tirent sur leur laisse pour essayer de les atteindre. Deux filles se font mordre à l'instant même où elles posent le pied sur le quai.

— Plus vite ! Plus vite ! hurlent les Allemands, frappant de la crosse de leur fusil celles qu'ils jugent trop lentes.

Cibi et Livi se dépêchent de descendre du wagon et se rangent sur le côté. Manifestement, elles sont arrivées à un autre camp militaire. Des projecteurs illuminent des bâtiments, des rues entières derrière le portail. Elles regardent l'inscription au-dessus de la clôture en barbelés et lisent : *ARBEIT MACHT FREI.* Cibi connaît assez bien l'allemand pour traduire ces mots. *Le travail rend libre*.

Mais ensuite, les deux sœurs sont paralysées par la vue des hommes à la tête rasée et aux joues creuses qui déferlent sur le train. Vêtus de chemises et de pantalons rayés bleu et blanc, ils se déplacent comme des rats fuyant un navire en train de couler, puis ils se hissent dans les wagons et commencent à lancer les valises des filles sur le quai.

Cibi et Livi regardent un homme ramasser une boîte de sardines vide, passer son doigt à l'intérieur et le lécher avant de porter la boîte à ses lèvres pour récupérer les dernières gouttes d'huile. Livi en a des haut-le-cœur. Il lève la tête et voit que les sœurs l'observent, mais il continue de lécher la boîte de conserve, sans honte.

On fait alors avancer la file de filles vers le portail.

— Écoute-moi, Livi, chuchote Cibi avec insistance. Nous mangerons des cailloux, des escargots, tout ce qui nous tombe sous la main, mais nous devons survivre à ce qui nous attend ici. Compris ?

Sans voix, traumatisée, Livi ne peut que hocher la tête.

Deuxième partie

LES PORTES DE L'ENFER

7

Auschwitz, avril 1942

— Continue de marcher, Livi, c'est tout. Reste dans le rang, murmure Cibi à sa sœur.

Une fois qu'elles ont franchi le portail, les filles sont conduites le long d'une rue bordée d'arbres sur lesquels les premières feuilles du printemps se balancent au gré de la brise. Les projecteurs puissants émettent de la chaleur ; ironiquement, cela rappelle à Cibi une chaude soirée d'été. Elles passent devant un bâtiment gris en béton et croisent le regard vide de jeunes gens qui, dénués d'expression, les observent en retour depuis les fenêtres. Cibi frissonne – cela pourrait être les membres d'une Yechiva, ces jeunes hommes rasés qui étudient la Torah. Néanmoins, elle ne peut pas se permettre de penser à son pays, à ses amis. Il lui faut rester vigilante. Des casernes en briques rouges s'étendent des deux côtés de plusieurs des rues que traversent les filles. De grands arbres et de jolies fleurs dans des plates-bandes soignées ornent le lopin de terre devant chaque bâtiment, donnant l'illusion d'une maison accueillante.

Enfin, on les fait entrer dans un bâtiment à deux étages, où elles se retrouvent nez à nez avec les autres occupants. C'est une vaste pièce, dotée de hauts plafonds mais, malgré ses dimensions, elle n'en demeure pas moins étriquée pour les centaines de personnes qui y habitent. Au moins mille, songe Cibi. La paille sur le sol lui évoque une grange ou une écurie, un endroit où dormiraient des animaux – pas des jeunes filles. L'odeur de fumier ne fait qu'ajouter à son impression que cette salle est destinée à du bétail.

— Ils nous ont mises avec des garçons ! chuchote Cibi, incrédule.

Néanmoins, elle voit qu'il y a aussi des filles... Livi et elle finiront-elles comme elles ? Toutes maigres et les yeux écarquillés ? Inexpressives et désespérées ?

Les garçons sont en uniforme – Cibi pense qu'il s'agit de l'uniforme des soldats russes : des pantalons de treillis usés et des chemises, une étoile rouge au contour jaune avec le marteau et la faucille. Cibi se dit qu'ils regardent les filles avec pitié, sans doute parce qu'ils ne savent que trop bien ce qui les attend. Ou peut-être ne veulent-ils tout simplement pas partager avec elles cet espace confiné.

— Je crois que ce sont des filles, intervient Livi, incapable de détourner les yeux des silhouettes émaciées qui continuent de les fixer, en silence.

Un garçon s'avance.

— Bienvenue à Auschwitz. Vous êtes désormais en Pologne, au cas où on ne vous l'aurait pas précisé. Voici l'endroit où nous vivons.

Il agite la main de part et d'autre de la pièce, montrant des sacs de paille éparpillés à terre. Elles ne vont quand même pas dormir là-dessus, si ? songe Cibi.

— Qu'est-ce qu'on fait maintenant ? lance une voix effrayée.

— Vous dormez avec les puces, répond une autre voix.

— Mais nous n'avons rien mangé, reprend la première en pleurant, apeurée, fatiguée.

— Vous êtes arrivées trop tard. Vous mangerez demain. Je vous préviens, on va vous raser la tête à vous aussi – et pas que la tête – et on vous donnera un uniforme comme le nôtre. Après quoi vous devrez travailler. Ne résistez jamais. Si vous résistez, vous serez punies, et peut-être que nous aussi.

Cibi remarque ses yeux : de jolis yeux sur un visage aux traits délicats. Livi a raison, ces garçons sont des filles.

— Les SS sont partout, poursuit-elle à voix basse, avec un air de conspiratrice, mais c'est des *kapos* qui s'occupent de nous que nous devons nous méfier. Elles sont parfois pires que les SS. Ce sont des prisonnières, tout comme nous, mais il ne faut jamais leur faire confiance – elles ont choisi leur camp.

Des *prisonnières*. Ce mot fait sursauter Cibi. Elles sont en prison et y resteront jusqu'à ce que les Allemands décident qu'elles peuvent partir. Essayant de masquer sa peur, Cibi se met à l'œuvre, agrippant un matelas grumeleux au milieu de la pièce obscure.

Elle prend la main de Livi et l'attire doucement sur le « lit ».

— Viens.

Elles s'allongent tout habillées, avec leurs manteaux. La paille craquelle sous leur corps, perçant la toile de jute rugueuse et leur grattant les mains et la tête. Cibi regrette qu'elles n'aient pas pu garder leurs valises – peut-être les retrouveront-elles demain.

L'une après l'autre, les filles trouvent des lits et s'installent, mais il n'y en a pas assez et deux, trois, quatre doivent se serrer les unes contre les autres, comme des sardines. Livi pleure, doucement d'abord, puis à gros sanglots. Cibi enveloppe sa sœur de ses bras et essuie ses larmes avec sa manche.

— C'est normal, Livi. Tu as faim ; nous avons faim toutes les deux. Demain nous mangerons, il fera jour et nous nous sentirons mieux. Arrête de pleurer, s'il te plaît, je suis là, avec toi.

Cependant, les larmes de Livi sont contagieuses et, bientôt, sanglots et reniflements retentissent partout dans la pièce.

Des filles se lèvent, trébuchant les unes sur les autres tandis qu'elles se dirigent vers la porte. Des voix leur intiment de s'arrêter, de revenir.

— Vous allez nous attirer des ennuis, à nous toutes ! crie une voix – une voix féminine, cela ne fait maintenant plus aucun doute.

— Retournez vous coucher. C'est pire dehors qu'ici ! crie une autre.

Les sanglots de Livi se calment peu à peu et le silence s'installe dans la pièce, jusqu'à ce que quelqu'un hurle :

— Quelque chose m'a piquée !

— Ce ne sont que des puces. Vous allez vous y habituer.

Il fait encore nuit lorsque les filles sont réveillées à quatre heures du matin par les *kapos* qui, en criant, leur ordonnent de se lever.

Il fait un froid glacial. Cibi et Livi ont dormi par intermittence, et elles ont maintenant froid, faim et soif. Elles se frottent les yeux et suivent les détenues qui connaissent le rythme du rituel matinal, consistant à faire la queue pour utiliser la salle de bains de fortune constituée de longs abreuvoirs avec des robinets qui fuient et des toilettes ouvertes.

Cibi et Livi se soutiennent l'une l'autre au moment de sortir de la pièce, mais Cibi pousse alors un cri et trébuche avant de tomber à genoux.

— Cibi, Cibi, que se passe-t-il ?

Celle-ci retire vivement ses chaussures et ses chaussettes pour dévoiler des pieds infestés de puces sautillantes. Ses chaussettes dans une main, elle fixe ses pieds, paralysée. Autour d'elles, les filles escaladent les sacs de paille pour sortir.

— Cibi, tu me fais peur. Nous devons continuer d'avancer ! gémit Livi en secouant le bras de sa sœur.

Cibi regarde ses chaussettes et les lance sur le côté.

— Ça va aller, ça va aller. Il faut juste qu'on te lave les pieds. Je vais t'aider. Viens.

Mais Cibi s'écarte de Livi. C'est son problème à elle et elle doit se montrer forte pour sa sœur.

Une jeune fille au crâne rasé rebrousse chemin à travers la foule et récupère les chaussettes de Cibi.

— Elle en aura besoin, indique-t-elle à Livi. Je les ai secouées pour enlever toutes les puces.

Livi est stupéfiée par le ton de cette adolescente : froid, entièrement dénué d'émotion. Cela n'en est pas moins un acte de gentillesse.

Livi hoche la tête, prend les chaussettes et les montre à Cibi.

— Il n'y a plus de puces. Remets-les, s'il te plaît.

Cibi ne dit rien mais ne résiste pas tandis que Livi lui renfile ses chaussettes avant de lui remettre ses chaussures.

Vite, les deux sœurs rejoignent les autres pour sortir du bâtiment. Dehors, on les sépare des anciennes, elles sont conduites vers un autre édifice. À la lumière du jour, les rues et les bâtisses sont bien moins engageantes. À présent, des gardiens SS occupent les rues, fusil dans le dos et pistolet à la taille. Les prisonniers se déversent de bâtiments identiques à celui où les sœurs viennent de passer la nuit. Un groupe d'hommes traîne les pieds à côté d'elles – un coup d'œil par-ci, par-là, mais personne n'ose se regarder.

Finalement, on ordonne aux filles d'entrer dans une pièce dépourvue de fenêtres et de se déshabiller. Cibi est reconnaissante qu'on ne les ait pas prévenues de ce qui les attend, reconnaissante qu'on ait épargné à Livi, ne serait-ce que pour quelques heures, la réalité qui se cache derrière le regard vide des détenues chauves.

Si certaines résistent, les gardiens à la fois hommes et femmes n'hésitent pas à les frapper. Cibi, Livi et toutes les autres tentent de cacher leur intimité à l'aide de leurs mains et de leurs bras. Leurs oreilles s'emplissent des rires des hommes qui leur crient des obscénités.

— Vos bijoux – n'oubliez pas ces jolis diamants que vous avez aux oreilles, les filles. Nous voulons tout, lance leur *kapo* en gloussant.

C'est une grande femme aux cheveux noirs, courts et bouclés, à qui il manque une incisive.

Cibi touche l'une de ses oreilles, puis l'autre. Les petites boucles en or serties de minuscules pierres rouges ont été fixées à ses lobes le jour de sa naissance par sa grand-mère, juste après que celle-ci l'a sortie du ventre de sa mère. Ce serait la première fois qu'elle les retirerait. Elle a du mal à trouver le fermoir qui les maintient à leur place. Elle regarde avec une horreur croissante la *kapo* arracher des boucles d'oreilles au hasard. Le sang coule des lobes déchirés et des cris hystériques retentissent dans la pièce. Elle espère que Livi, où qu'elle soit dans cette salle infernale, a réussi à enlever les siennes. Au moment où elle les détache, elle découvre la *kapo* debout devant elle, la main tendue pour récupérer ces précieuses marques de l'amour d'une grand-mère. Elle pense brièvement à Magda et remercie Dieu que sa sœur soit bien loin.

L'une après l'autre, les filles sont appelées au centre de la pièce, pour être inspectées par les gardiens de la *Schutzstaffel*, la SS, qui continuent de poser leurs regards lubriques sur le corps des jeunes femmes défilant devant eux. Cibi se souvient d'une phrase que lui répétait souvent son grand-père : « L'humour te sauvera. Ris et, si tu ne peux pas rire, plaque un sourire sur tes lèvres. »

Levant la tête face à ses examinateurs, elle sourit avec courage. Elle sent une centaine de papillons s'agiter dans son ventre. Lorsqu'on l'appelle, elle s'avance lentement vers un homme vêtu d'une chemise et d'un pantalon rayés. Le coiffeur. Il coupe de longues mèches de ses cheveux châtains et elle regarde ses boucles tomber sur le tas de plus en plus haut à ses pieds. Il allume une tondeuse rudimentaire et la passe sur sa tête, réduisant à néant la chevelure dont elle était si fière. N'ayant pas terminé, il pose un genou à terre. Pour la grande honte de Cibi, il lui écarte les cuisses et dirige l'appareil vers son entrejambe pour lui raser les poils pubiens. Elle essaie de ne pas penser à la petite Livi subissant la même humiliation. Sans croiser son regard, il hoche la tête, lui signifiant qu'elle peut y aller.

Les filles sont ensuite conduites dans une autre pièce.

— Allez, toutes au sauna ! crie une autre *kapo*.

Là, elles découvrent de grandes cuves en fer remplies d'eau sale. Des amas de cheveux flottent à la surface de chacune d'elles. Cibi grimpe dans la cuve la plus proche. Cela ne ressemble à aucun sauna dont elle a entendu parler. Son esprit se met à dériver hors de cet endroit, pour retourner chez elle, auprès de Magda, de Grand-père et de tout ce qui lui est cher. Si elle arrive à les garder dans sa tête, peut-être ne souffrira-t-elle pas tant que cela ici.

— L'eau est plus sale que nous, déclare une fille en se hissant hors du bain. Et plus froide.

L'eau gelée arrache Cibi à sa transe. Son corps est engourdi par le froid, tout comme sa tête et son cœur.

Une fois sortie, dégoulinante d'eau, Cibi prend les vêtements qu'on lui jette dans les bras. Elle endosse le même uniforme de prisonnier de guerre russe que les détenus plus anciens. Le tissu rêche de la chemise de treillis irrite sa peau délicate. Le pantalon assorti menace de glisser à chaque pas. Ces vêtements râpeux collent à son corps mouillé, ne lui procurant aucune chaleur. La *kapo* lui enfonce un morceau de papier dans les mains. Elle lit les chiffres qui y sont inscrits : 4560.

De retour dans le rang aux côtés des autres détenues lavées et rasées, Cibi ne résiste pas quand on l'appelle. Un autre homme en tenue rayée bleu et blanc est assis à un bureau à l'avant de la salle où ses cheveux viennent d'être tondus. Il tend la main pour recevoir le morceau de papier et lui ordonne de s'asseoir.

Les chiffres notés en gros caractères noirs sur le blanc crasseux sont gravés dans la peau de son bras. La douleur est intense, choquante, mais Cibi ne montre aucune réaction. Elle refuse d'offrir sa souffrance à cet homme.

De nouveau dehors, Cibi retrouve des centaines de filles qui, comme elle, recherchent désespérément un visage familier. Mais plus personne ne semble familier. Le crâne rasé et vêtues à l'identique, il ne reste plus rien pour les distinguer les unes des autres.

C'est alors que Cibi entend son prénom. Elle ne bouge pas tandis que Livi court vers elle pour l'embrasser, avant de s'écarter et de dévisager sa grande sœur. Elle passe la main sur la tête nue de Cibi.

— Que t'ont-ils fait ? Cibi, tu n'as plus de cheveux.

Regardant le crâne de sa sœur, rasé lui aussi, Cibi ne répond pas. Livi s'agrippe à son bras et grimace, des larmes de douleur striant ses joues roses. La douleur causée par le tatouage de Cibi est tout aussi intense – elle sent le sang couler dans le pli de son coude et s'interroge sur les risques d'infection. Plaçant son bras autour des épaules de Livi, elle la reconduit dans le bâtiment aux matelas infestés de puces. Ce n'est qu'une fois blotties l'une contre l'autre que les sœurs observent leurs bras.

— Ton numéro suit directement le mien, note Livi.

Elle essuie le sang séché pour que Cibi puisse lire les chiffres tatoués de façon si barbare : 4559.

Lorsque toutes les filles de Vranov sont revenues dans leur chambre, leur *kapo* entre, accompagnée de quatre hommes émaciés qui portent avec peine deux chaudrons, une caisse avec des tasses en métal et une autre contenant du pain.

— Mettez-vous en rangs par deux et venez prendre votre repas. Comme vous n'avez rien fait aujourd'hui, vous n'aurez qu'une demi-tasse de soupe et un morceau de pain. Quiconque pousse ou se plaint n'aura rien, rugit la *kapo*.

Emportant leur pain et leur tasse vers leur matelas, les filles comparent le contenu de leur « soupe ».

— J'ai un morceau de pomme de terre, constate Cibi. Et toi ?

Livi mélange le liquide marron aqueux et secoue la tête. Cibi sort la pomme de terre de sa tasse et en croque un petit morceau, avant de la laisser tomber dans la tasse de Livi. Elles passent le temps qu'il reste avant l'extinction des feux à se retirer l'une l'autre les puces du cou et des oreilles. Les anciennes reviennent après la nuit tombée. En regagnant leur lit, elles sourient aux nouvelles et secouent la tête, compatissantes.

Un nouveau réveil à quatre heures du matin. La *kapo* hurle « *Raus ! Raus !* », tout en martelant le mur à coups de matraque. Après un tour à la salle de bains pour éliminer autant de puces et de punaises de lit que possible, Cibi et Livi reçoivent leur premier petit déjeuner à Auschwitz : une ration de pain de la taille de leur paume, ainsi qu'un liquide tiède censé être du café, mais qui ne ressemble à aucun café qu'elles ont bu jusqu'ici.

— De la soupe et du pain pour le dîner, du café et du pain pour le petit déjeuner, marmonne Livi en se forçant à avaler la boisson insipide.

— N'oublie pas ce que j'ai dit à notre arrivée : nous mangerons des cailloux et des escargots, tout ce qu'on nous donnera, répond Cibi.

— Nous aurions dû garder le tilleul, regrette Livi.

Comme si on leur avait laissé le choix ; comme si elles avaient eu la possibilité de demander aux gardes d'attendre un instant, le temps qu'elles sortent les précieuses feuilles de leurs valises avant de laisser celles-ci dans le wagon à bestiaux.

Dehors, une bourrasque de neige tente de tapisser la route où les filles se tiennent à présent en rangs de cinq. Livi et Cibi grelottent et claquent des dents. Cibi prend la main de Livi pour essayer de la réconforter. Elle sent la douceur d'un morceau de tissu et, discrètement, écarte les doigts de sa sœur.

— Comment as-tu eu cela ? chuchote-t-elle.

— Quoi ?

Livi tient un petit sac renfermant une pièce sacrée que leur mère a cousue au maillot de corps de chacune d'elles le jour de leur départ.

— D'où cela sort-il ? demande Livi, comme si elle ne s'était pas rendu compte qu'elle la tenait dans la main.

— C'est à toi de me le dire. Comment as-tu fait pour la garder ?

— Je... je n'en ai aucune idée, balbutie Livi, les yeux rivés sur la pièce. Je ne savais pas que je l'avais.

— Écoute-moi, dit Cibi d'une voix brusque, la faisant sursauter. Lorsque nous nous mettrons en route, tu devras la laisser tomber. Lâche-la. Il ne faut pas qu'on nous voie avec.

— Mais elle vient de Mumma ; elle nous l'a donnée pour nous protéger. Le rabbin l'a bénie.

— Cette pièce ne nous protégera pas, elle ne nous attirera que des ennuis. Veux-tu bien faire ce que je te demande ? insiste Cibi jusqu'à ce que Livi hoche la tête. Bon, donne-moi la main et, quand je la lâcherai, tu laisseras tomber ta pièce.

Pendant deux heures, les filles se tiennent en rangs tandis que leurs numéros sont appelés. Cibi s'aperçoit qu'il s'agit des numéros tatoués dans leurs bras endoloris. Elle remonte sa manche pour mémoriser le sien et indique à Livi de suivre son exemple. Il s'agit désormais de leur identité.

Enfin, on appelle leurs numéros. Une fois qu'on leur a précisé leur affectation, elles passent le portail, dépassent la gare et se dirigent vers la ville d'Oświęcim. Hors du camp, elles sont entourées de champs déserts ; au loin, des volutes de fumée s'échappent de petites fermes et des chevaux hennissent pour indiquer leur présence. Les SS parcourent les rangs et encouragent leurs chiens à aboyer et à mordre les jeunes filles.

Au bout d'un moment, Cibi ralentit jusqu'à ce que les filles derrière elles les rattrapent. Après avoir vérifié qu'aucun gardien n'était dans les parages, elle lâche doucement la main de Livi. Elle entend alors le bruit sourd du sac à l'instant où il tombe dans le lisier boueux. Elle reprend la main de Livi et la presse dans la sienne, pour lui indiquer qu'elles ont fait ce qu'il fallait.

Elles entrent dans une rue où les maisons n'ont plus de toit ni, pour certaines, de murs. Des piles de décombres bordent la route déserte. Certaines anciennes se dirigent vers les ruines ; d'autres se hissent sur les toits et commencent à lancer tuiles et briques. Celles qui sont restées en bas cherchent à esquiver les projectiles, parfois sans succès.

— Vous deux !

Cibi se retourne et découvre leur *kapo* en train de les fixer, sa sœur et elle.

— Venez là ! ordonne-t-elle, et les filles s'empressent de la rejoindre. Vous voyez ça ?

Elle montre du doigt une charrette à quatre roues, une centaine de mètres plus loin. Deux filles sont attachées à l'avant pour la tirer. *Comme si c'étaient des chevaux*, songe Livi.

— Elles vont vous montrer quoi faire.

Les sœurs se précipitent vers elles et se retrouvent de nouveau face au regard vide des prisonnières qui sont là depuis bien plus longtemps qu'elles.

— Mettez-vous à l'arrière, indique l'une des filles.

Livi et Cibi s'exécutent, puis attendent d'autres instructions.

Les filles à l'avant tirent la charrette en direction d'une maison fraîchement démolie, où les briques sont empilées près des fondations. Plusieurs filles restent immobiles, dans l'attente. Livi et Cibi commencent à pousser.

Lorsqu'elles atteignent les décombres, les filles se mettent à charger les briques dans la charrette.

— Aidez-les, allez !

Donnant un coup de coude à Livi pour qu'elle fasse comme elle, Cibi prend les briques pour les hisser dans la charrette, au moment où la *kapo* arrive à leur hauteur.

Livi lance une brique qui, en atterrissant dans la charrette, en ébrèche une autre.

— Casses-en encore une et tu le paieras, lance la *kapo* d'un ton sec.

Cibi pense à Magda et sent une vague de soulagement l'envelopper. Cette torture lui est épargnée. Elle aimerait tant que Livi ne soit pas là non plus – elle semble tellement plus jeune que toutes les autres filles. Elle est courageuse, mais elle est encore si petite. Comment arrivera-t-elle ne serait-ce qu'à accomplir ce labeur ?

8

Vranov nad Topl'ou

Chaya est assise près de la fenêtre, exactement dans la même position que Livi quelques jours plus tôt.

— Nous l'entendrons quand elle arrivera, Chaya. Je t'en prie, éloigne-toi de cette fenêtre.

Yitzchak pose doucement la main sur l'épaule de sa fille et sent la raideur de ses muscles sous sa peau.

Chaya ne laisse pas tomber le rideau ; elle ne veut surtout pas rater l'arrivée de Magda.

— Père, dit-elle, les yeux toujours rivés sur la rue. Je ne sais pas comment lui expliquer ce qui est arrivé aux filles.

Yitzchak soupire. Il se pose exactement la même question.

— Je vais préparer du tilleul, répond-il, et Chaya hoche la tête.

Elle appuie son visage contre le carreau, et ses larmes coulent le long du verre tandis qu'elle marmonne des prières, se cramponnant à sa foi. Elle a besoin de croire que la puissance de ces mots atteindra Cibi et Livi, en dépit de la distance ; que, d'une façon ou d'une autre, elles les entendront et sauront qu'elle aspire à leur retour de toutes ses forces.

Se retournant pour prendre la tasse fumante que lui tend Yitzchak, Chaya rate le moment où la voiture du docteur Kisely s'approche de la maison. Magda descend du véhicule avant même son arrêt complet et se précipite dans l'allée.

Lorsque Magda entre en trombe, Yitzchak s'empresse de récupérer la tasse de Chaya et s'écarte pour permettre à la mère et à la fille de tomber dans les bras l'une de l'autre.

Le docteur Kisely apparaît sur le palier et pose le petit sac contenant les affaires de Magda. Yitzchak saisit les mains du médecin. Il n'y a rien à dire tandis que le docteur Kisely jette un regard autour de la pièce, sentant que Cibi et Livi ne sont plus là.

— Et Magda ? finit par demander Yitzchak. Est-elle guérie ?

— Elle est en parfaite santé.

La bouche du médecin esquisse un demi-sourire, mais celui-ci ne parvient pas jusqu'à ses yeux.

— Chaya, déclare Yitzchak en se tournant vers sa fille et sa petite-fille, encore enlacées. Il est temps d'annoncer la nouvelle à Magda.

La jeune fille s'écarte des bras de sa mère.

— Quelle nouvelle ? Et où sont Cibi et Livi ?

— Viens t'asseoir, ma chérie, déclare Chaya, des larmes dans la voix.

— Je ne veux pas m'asseoir. Savez-vous où elles sont ? poursuit-elle en regardant son grand-père.

Ce dernier ne répond pas et le docteur Kisely s'éclaircit la voix.

— Je dois maintenant vous quitter, mais si ta fièvre remonte, Magda, ou si tu es souffrante, je reviendrai aussitôt.

Yitzchak saisit de nouveau la main du médecin et le remercie. Il le regarde monter dans sa voiture avant de refermer la porte de la maison et de se retourner pour voir les visages inquiets de Chaya et de Magda.

— Assieds-toi, Magda, s'il te plaît. Ce sera plus facile.

Les deux femmes s'installent sur le canapé et Yitzchak prend place sur l'unique chaise confortable de la pièce. Magda serre la main de Chaya dans la sienne, et sa mère accueille cette douleur.

— Tes sœurs sont parties travailler pour les Allemands, Magda. Nous ne savons pas où elles sont, mais elles n'étaient pas seules ; beaucoup de nos filles ont été emmenées ce jour-là.

— Emmenées pour travailler pour les Allemands ?

Magda est horrifiée. Le docteur Kisely ne lui a-t-il pas dit que ses sœurs étaient en sécurité ? Ne lui a-t-il pas promis que Livi était trop jeune et que Cibi n'était pas là ?

— Ce n'est pas possible…

— J'aimerais tant que ce ne soit pas vrai, reprend son grand-père.

— Mais quand ?

— Il y a deux jours. Elles sont toutes parties il y a deux jours.

— Le jour du shabbat ?

Peu à peu, Magda prend conscience que ses sœurs ne sont pas à la maison, que Cibi n'est pas à la *Hakhshara* et que Livi n'est pas dans le jardin.

Yitzchak opine du chef.

— Mais pourquoi ? Pourquoi aller travailler pour les Allemands ?

— Elles n'ont pas eu le choix, ma chérie. Les gardes Hlinka avaient le nom de Livi sur une liste, et Cibi l'a accompagnée pour veiller sur elle.

— Pour combien de temps ?

— Nous n'en savons rien, soupire Yitzchak. Pas trop longtemps, j'espère. Des rumeurs disent qu'elles vont travailler dans des fermes allemandes. Elles y passeront peut-être tout l'été.

Magda se tourne vers sa mère.

— Mumma, pourquoi les as-tu laissées partir ?

Chaya fond alors en larmes, enfouissant son visage entre ses mains. Magda passe un bras autour de ses épaules pour l'attirer contre elle.

— Ta mère ne pouvait pas les empêcher, Magda. Personne ne le pouvait.

La voix de Yitzchak se brise et il sort de sa poche son grand mouchoir pour essuyer ses larmes.

Soudain, Magda lâche sa mère et se lève.

— Nous devons découvrir où elles se trouvent pour que je les rejoigne.

Chaya sursaute.

— Nous avons promis à tes sœurs que nous te protégerions. Ici, à la maison.

Magda regarde sa mère d'un air de défi.

— Nous aussi, nous avons fait une promesse, tu ne te rappelles pas, Mumma ? Avez-vous tous deux oublié notre pacte, comme quoi nous resterions ensemble ? poursuit-elle en se tournant vers son grand-père.

— Mais rester où ? répond-il. Nous n'avons aucune idée de l'endroit où elles sont.

— Oncle Ivan pourrait nous aider. Il est encore à Vranov, n'est-ce pas ?

Magda est toute rouge, sous le choc, mais déterminée.

Chaya hoche lentement la tête.

— Bien sûr qu'il est encore là.

— Je veux voir mon oncle *maintenant*, insiste Magda. Il connaît des gens. Il a des contacts. Il peut nous aider.

Peut-être a-t-il eu vent d'informations utiles, se dit-elle.

Elle fixe la porte de service, qui donne face à la maison de l'autre côté de la rue, où habitent son oncle et sa tante avec leurs trois jeunes enfants.

— Nous avons parlé à Ivan et il a promis de faire tout ce qui serait en son pouvoir pour qu'il ne nous arrive rien et que nous puissions rester chez nous – il ne peut rien faire de plus, déclare fermement Yitzchak.

Il s'essuie de nouveau le visage à l'aide de son mouchoir.

Lentement, à contrecœur, abasourdie par la terrible nouvelle, Magda s'effondre sur le canapé et Chaya l'étreint, essayant d'être le parent dont chaque enfant désespéré a besoin.

9

Auschwitz, printemps 1942

La *kapo* saisit la brique cassée et l'agite sous le nez de Livi avant de la placer dans ses mains et de lui ordonner de la remettre soigneusement dans la charrette. Cibi observe le sang qui s'échappe de la blessure de Livi et tache la brique au moment où celle-ci la repose. Lorsque la *kapo* s'éloigne, Livi entreprend d'envelopper sa main ensanglantée dans sa chemise.

L'entaille dans sa paume n'a pas cicatrisé et Cibi tente de déchirer une bande de son uniforme, mais le tissu est trop épais.

— Sers-toi de ta main gauche. Je vais te couvrir.

Ainsi, pendant qu'elles travaillent, Cibi cache Livi aux yeux de leur superviseur. Lorsque la charrette est pleine de tas de briques bien alignées, la *kapo* adresse un signe de tête aux deux filles responsables des sœurs.

— Remettez-vous à l'arrière, ordonne-t-on à Cibi et à Livi. Poussez.

Elles entendent les filles à l'avant tirer sur leur harnais. Les deux sœurs poussent la charrette, mais celle-ci ne bouge pas.

— Poussez, sales fainéantes. Plus fort !

Cibi place son épaule contre la charrette et indique à Livi d'en faire autant. Finalement, le véhicule commence à remuer.

Elles avancent lentement car le sol est jonché de briques et de tuiles cassées, de morceaux de bois, les ruines des maisons qui se dressaient là autrefois.

Bientôt, les filles transpirent sous l'effet de l'effort physique, malgré l'air froid et les bourrasques. Cibi n'a jamais travaillé aussi dur, pas même à la *Hakhshara*. Elle lance un regard de côté à Livi ; ne disposant que d'une main valide, sa sœur a bien du mal. La charrette progresse sur une route criblée de trous qui longe des champs où, pour certains, on voit de jeunes plants de pommes de terre percer la terre gelée. Elles arrivent à un champ désert où plusieurs hommes attendent leur chargement. Des piles de briques ont déjà été livrées et agencées. L'un des hommes indique aux filles où placer la charrette. Lui et un autre les aident à la décharger et, ensemble, ils ajoutent les briques aux piles existantes.

La charrette désormais vide, le trajet du retour est plus rapide. Elles répètent l'ensemble de l'exercice, après quoi leur *kapo* leur accorde une pause. Elles s'adossent à la charrette et Cibi examine la main de Livi.

— Il faut la montrer à quelqu'un, Livi. À notre retour, je demanderai s'il y a une clinique, ou une infirmière, chuchote Cibi.

— Il va aussi me falloir une chemise propre, répond Livi, la voix tremblante. Celle-ci est couverte de sang.

— Ta chemise, nous pouvons la laver. Allez, remettons-nous au travail.

— Mais on ne nous l'a pas dit. Ne pouvons-nous pas nous reposer encore un peu ?

— Nous le pourrions, mais je veux faire bonne impression à la *kapo*. Allez, tu peux y arriver.

À la fin de la journée, les filles ont accompli quatre trajets avec leur charrette. Cibi frissonne en se remémorant certaines scènes, quand plusieurs filles de leur groupe ont été percutées par des briques et des tuiles lancées depuis les décombres de façon désordonnée. Elles doivent aussi se méfier des gifles et des coups de poing allègrement distribués par leur *kapo* à quiconque, de son point de vue, ne travaille pas avec assez d'assiduité. Épuisées, elles regagnent d'un pas lent leur caserne et la maigre ration qui les attend.

Une fois qu'elles ont avalé leur pain et leur soupe, Cibi s'approche de leur *kapo*, traînant Livi derrière elle. Elle soulève la main blessée de sa sœur.

— *Kapo*, y a-t-il un endroit où ma sœur peut se faire soigner ? Elle s'est coupé la main lors du voyage jusqu'ici et ça saigne encore. Il faut lui faire un pansement, sans quoi elle ne pourra pas travailler.

La grande femme jette un œil à la main qu'on lui présente.

— L'hôpital se trouve dans le prochain bâtiment. Peut-être s'y occupera-t-on de toi, peut-être pas, déclare-t-elle à Livi avec un sourire narquois, en désignant la rue qui mène au portail de l'enceinte.

Alors que les sœurs descendent les premières marches, elle lance :

— Vas-y toute seule. Tu n'as pas besoin que ta grande sœur te tienne la main, dit-elle en ricanant de sa plaisanterie. Et ne m'appelez pas « *kapo* » ; je m'appelle Ingrid.

Elle sourit, révélant sa dent manquante, et Cibi a soudain la nausée.

— Tout ira bien. Je vais nous réserver un endroit pour dormir, encourage-t-elle.

Les projecteurs éclairent de nouveau l'édifice. Le soleil s'est couché et les filles ont terminé leur première journée de travail complète à Auschwitz.

Cibi s'installe contre un mur pour attendre sa sœur. Plus tard, alors qu'elle tente d'aplanir le matelas grumeleux, Livi entre en trombe en criant son nom.

Il y a au moins un millier de filles dans la salle ; certaines dorment, d'autres sont encore éveillées ou discutent doucement en petits groupes. Cibi se lève et agite les bras jusqu'à ce que Livi la repère et entreprenne de zigzaguer entre les matelas pour la rejoindre.

Cibi remarque des marques de larmes sur le visage de sa petite sœur – certains endroits où la peau rose est réapparue sous la poussière de briques qui recouvre ses traits délicats.

— Que se passe-t-il ? Est-ce que ça va ? s'inquiète Cibi tandis que Livi s'effondre dans ses bras.

Elle allonge sa sœur sur leur matelas et saisit sa main bandée. Au moins, elle semble avoir été soignée.

— Qu'est-ce qui ne va pas ?

Livi continue de sangloter, jusqu'à ce qu'elle parvienne enfin à articuler quelques mots :

— Pourquoi ne m'as-tu rien dit ? s'écrie-t-elle en pleurant.

— Te dire quoi ? Que s'est-il passé ?

— Je suis allée à l'hôpital.

— Et il t'est arrivé quelque chose ?

— J'ai vu.

Livi a cessé de sangloter. Elle ouvre de grands yeux terrifiés.

— Vu quoi ? interroge Cibi, soudain frigorifiée.

— Il y avait un miroir dans la pièce. Pourquoi ne m'as-tu pas dit ce qu'on m'a fait ?

Cibi prend le visage de Livi entre ses mains et l'approche du sien. Pour la première fois depuis plusieurs jours, elle sourit.

— C'est tout ? Tu as vu ton reflet dans un miroir ?

— Mes cheveux… balbutie Livi en passant les doigts sur son crâne avant de les écarter avec dégoût. Ils ont coupé mes boucles.

L'adolescente projette son regard au-delà de Cibi, vers les centaines d'autres têtes rasées. Ses grands yeux bleus sont vitreux, perdus. L'espace d'un instant, Cibi se demande si elle ne devrait pas gifler sa sœur, la ramener sur terre. Enfin, Livi se tourne vers elle.

— On me coupait les cheveux ? murmure-t-elle.

Elle porte de nouveau ses mains à son crâne. Ses yeux s'emplissent de larmes.

— Mais, Livi, que pensais-tu que faisait cet homme avec son appareil ?

— Je… je ne voulais pas y penser. Pendant que cela se produisait, j'imaginais que c'était Mumma qui jouait avec mes cheveux. Tu sais combien elle aime coiffer mes boucles.

Livi tombe dans le silence tandis qu'elle prend conscience de la vérité. Elle frémit.

Cibi comprend à présent : certaines choses sont tout simplement trop difficiles à accepter. Peut-être est-ce une bonne chose – qui sait ce qu'elles devront encore endurer ? Peut-être est-ce une capacité qu'elle aussi devra cultiver ?

— Je suis ton miroir, Livi. Désormais, nous sommes toutes ton miroir, ajoute-t-elle en montrant leurs camarades.

Livi hoche la tête et ferme les yeux.

— Allongeons-nous, d'accord ?

Cibi n'a rien d'autre à offrir à sa sœur que l'échappatoire du sommeil.

— Mais les puces… s'inquiète Livi en rouvrant les yeux.

— Comme nous, elles ont faim. Il va nous falloir apprendre à les ignorer.

— Mais hier, tu…

— Hier, c'était il y a une éternité.

De retour sur le site de démolition le lendemain, avant le début de leur journée de travail, Ingrid demande si, parmi elles, quelqu'un sait lire et écrire. Comme aucune des filles ne lui répond, leur *kapo* s'énerve – il est maintenant évident pour Cibi que l'invisibilité est une façon d'éviter sa cruauté. Elle répète la question, de plus en plus fort. Elle n'a pas l'intention d'abandonner. Consciente de la présence des gardes de la SS qui rôdent aux alentours, Cibi se remémore sa décision d'essayer d'impressionner ces gens dans l'espoir que Livi et elle puissent obtenir des faveurs, même minimes. Si elle se manifeste, peut-être ne devront-elles plus travailler sur le chantier.

— Je sais lire et écrire, annonce-t-elle.

— Qui a dit ça ? aboie Ingrid.

Courageusement, Cibi quitte le rang et avance d'un pas, regardant droit devant elle. Ingrid n'est pas polonaise comme les autres *kapos* ; elle est allemande. Cibi se demande si c'était une criminelle ou une prisonnière politique – les rares motifs pour lesquels une ressortissante allemande peut se retrouver en Pologne, à Auschwitz. Cibi se félicite que Livi et elle comprennent un peu l'allemand et soient même capables de dire quelques mots.

Ingrid lui donne un crayon et un porte-bloc.

— Écris le nom et le numéro de tout le monde, et vite !

Cibi s'avance vers les filles du premier rang et commence à noter leurs noms. Elles remontent leur manche pour révéler les chiffres tatoués sur leur bras et Cibi les recopie sur la feuille de papier. Elle parcourt les rangs à la hâte et, une fois qu'elle a terminé, elle rend le porte-bloc à Ingrid.

— Tout est correct ?

— Oui, Ingrid.

— Voyons voir.

La *kapo* tourne une page. Passant en revue la liste avec son doigt, elle lance :

— Prisonnière 1742, quel est ton nom ?

La jeune fille qui porte le numéro 1742 sur le bras indique son nom. Cela correspond aux informations collectées par Cibi. Ingrid récite d'autres chiffres, reçoit d'autres réponses conformes à ce qu'elle a sous les yeux.

Cibi toujours debout à côté d'elle, Ingrid fait signe à l'un des gardes de la SS. Il les rejoint d'un pas nonchalant, sa badine venant percuter sa jambe au rythme de ses mouvements. Ingrid lui présente la liste.

— Où as-tu appris à aussi bien écrire ? interroge-t-il Cibi.

Avec une bravade plus appropriée à la vie dans la *Hakhshara*, elle croise le regard du garde et réplique :

— Je n'ai pas grandi dans les bois ; je suis allée à l'école.

Jetant un coup d'œil à Ingrid, elle voit que la *kapo* détourne la tête pour masquer le sourire qui pourrait lui attirer autant d'ennuis qu'à Cibi.

Le garde s'offusque.

— Elle peut être ta secrétaire, décrète-t-il à la *kapo*, avant de repartir.

— Eh bien, eh bien, déclare Ingrid en posant la main sur l'épaule de Cibi. Ton écriture est soignée et en plus tu ne commets pas d'erreurs. Mais ta langue te causera des soucis si tu n'es pas plus prudente. Tu m'es plus utile vivante que morte, alors plus d'insolence avec les gardes, compris ?

Cibi hoche la tête. Elle n'aime pas qu'Ingrid la touche, mais bon, n'est-ce pas ce qu'elle souhaitait ? S'attirer les bonnes grâces de ceux qui pourraient leur faire du mal ?

— Chaque jour, tu inscriras les nouvelles prisonnières et tu rayeras les absentes. Est-ce que c'est clair ?

— Oui, Ingrid. Je peux le faire. Je serai heureuse de le faire.

— À présent, au travail, toutes autant que vous êtes ! aboie Ingrid.

Et alors que Cibi s'éloigne pour rejoindre Livi et les autres filles de son détachement, elle ajoute :

— Tu gardes ton travail avec la charrette.

Livi s'approche de sa grande sœur, grelottant dans le froid, terrorisée par ce que l'interaction de Cibi avec la *kapo* et le garde pourrait entraîner pour elles.

— Qui est-ce ? interroge Ingrid.

À l'évidence, elle ne reconnaît pas Livi à qui elle a pourtant parlé la veille.

— Ma petite sœur.

Cibi lève la main bandée de Livi.

— Tu as l'air d'avoir froid, constate la *kapo*.

Livi opine du chef en claquant des dents. Il est indéniable qu'elle paraît plus jeune que toutes les autres filles du chantier. Elle arrive à peine à l'épaule de Cibi et, bien qu'elle ne soit pas encore aussi émaciée que les anciennes, elle nage dans son uniforme de prisonnière. Cibi surprend une lueur de radoucissement dans les yeux d'Ingrid.

Le lendemain, lorsque les deux sœurs se mettent en rangs dans la cour avant de partir pour leur lieu de travail, Ingrid laisse tomber un épais manteau sur les épaules de Livi.

— Tu as à peu près la taille de ma sœur, lui dit-elle. Tu as quoi, onze ans, douze ans ?

— Quinze, chuchote Livi, trop terrifiée pour regarder Ingrid dans les yeux.

Celle-ci se retourne brusquement pour conduire les filles hors d'Auschwitz.

Malheureusement, l'attention d'Ingrid les a fait remarquer. Les autres filles sont jalouses du manteau de Livi et marmonnent entre elles, ce qui inquiète Cibi. Ce favoritisme de la part d'un *kapo* allemand pourrait-il avoir des répercussions ?

Lorsqu'elles atteignent le site de démolition, Cibi coche le nom des filles et donne le porte-bloc à Ingrid avant de recommencer à empiler des briques dans la charrette. Et encore une fois, elles poussent le véhicule plein jusqu'au champ, où elles retrouvent avec soulagement les prisonniers de guerre russes qui les aident à décharger. Personne ne leur dit rien à propos du manteau de Livi. Dans tous les cas, songe Cibi, Livi travaille aussi dur que les autres, malgré sa blessure.

Alors que le printemps s'installe, la forêt derrière le champ se pare de feuilles vertes. Des cultures ont été plantées par les prisonniers en bordure des bois, dans l'espoir qu'une bonne récolte leur apportera plus de nourriture.

Malgré le changement de saison, la route demeure un parcours d'obstacles, avec de profonds nids-de-poule boueux un jour et, le lendemain, une traînée de pierres plus ou moins grandes là où la boue a séché. Lors d'une journée très humide, les roues avant de la charrette s'enfoncent dans un creux et se coincent. Les filles entassent des pierres sous les roues pour faciliter sa sortie du trou. Livi pousse à l'arrière, tandis que Cibi et les autres filles tirent à l'avant. Alors que les roues se remettent peu à peu à tourner, Livi aperçoit quelque chose qui dépasse de la boue épaisse. Un petit couteau. Avec son manche en bois, il se niche parfaitement dans la paume de sa main. Bien contente que son pantalon de l'armée russe ait des poches, elle cache le couteau et continue de pousser.

Ce soir-là, dans l'obscurité, sur le matelas, elle le sort pour le montrer à Cibi.

— Ici, ça vaut des millions, explique-t-elle à sa sœur avec enthousiasme. Nous pourrons couper nos aliments, les rationner.

— Tu sais ce qu'ils feront s'ils découvrent ça sur toi ? siffle Cibi.

— Je m'en fiche, réplique Livi. C'est moi qui l'ai trouvé, alors il m'appartient. Tu n'as pas voulu que je garde la pièce, mais je compte bien garder le couteau.

Elle le remet dans sa poche. Il leur sera utile, c'est certain, et un jour Cibi ravalera ses paroles.

Un matin, une semaine plus tard, Livi ne se réveille pas lorsque le gardien de la SS tape les murs de leur chambre avec sa matraque. Cibi la secoue, puis lui touche le front.

Livi est chaude, toute rouge et transpire.

— S'il te plaît, il faut que tu te lèves, l'implore Cibi.

— Je ne peux pas, répond Livi d'une voix rauque, sans ouvrir les yeux. J'ai mal à la tête. Aux jambes. Partout.

La fille qui occupe le lit voisin se penche et pose à son tour une main sur la tête de Livi, avant de la glisser sous sa chemise.

— Tout son corps est chaud. Je crois qu'elle a le typhus, informe-t-elle doucement Cibi, qui se met à paniquer.

— Quoi ? Mais comment ?

— Sans doute à cause d'une piqûre de puce, peut-être la morsure d'un rat. Il est difficile de savoir quel animal.

— Mais que puis-je faire ?

— Essaie de voir si on t'autorise à l'emmener à l'hôpital. C'est le seul endroit où elle a une chance de survivre. Regarde-la – elle est toute maigrichonne, et malade. Impossible pour elle de travailler dans ces conditions.

— Est-ce que tu veux bien rester avec elle le temps que j'aille voir Ingrid ?

La fille acquiesce.

Ingrid fronce les sourcils et semble même un peu inquiète. Elle donne sa permission et Cibi repart vers Livi en courant, l'aide à se lever et la soutient pour traverser la pièce. Elle se rappelle, juste à temps, de glisser le couteau de sa sœur dans sa poche à elle avant de sortir du bâtiment.

Les filles sont en train de se mettre en rangs dehors ; Cibi se fraie un chemin parmi elles, trébuchant tandis qu'elle porte à moitié sa sœur à demi consciente. Elle pense alors à leur père et se demande ce qu'il dirait de son rôle de grande sœur responsable en cet instant. Est-ce de sa faute si Livi a le typhus ?

Elle laisse sa sœur à une infirmière sévère qui lui ordonne de repartir aussitôt, malgré ses protestations. Elle n'a pas le choix. Lorsqu'elle regagne son groupe, Ingrid lui annonce qu'elle va rejoindre les filles sur les toits ; une de ses tâches consistera désormais à lancer tuiles et briques aux travailleurs restés à terre.

Pendant trois jours, Cibi part travailler sans nouvelles de Livi. Mais au moins sa sœur est à l'hôpital et ne souffre pas, en sueur, sur un lit de paille, toute seule. Cibi se plonge dans son nouveau travail et attend avec impatience les pauses régulières que compte ce dur labeur. Leur seul repas est le déjeuner, lorsque la charrette arrive avec cinq chaudrons de soupe et cinq serveuses. Cibi a entendu les folles rumeurs de ce qu'on trouve dans ces « soupes », avant de le constater par elle-même : une brosse à dents, un bracelet en bois, des élastiques, tout cela flottant au milieu des oignons et des sardines. Le détachement partage un rare éclat de rire le jour où une fille sort un peigne de son bol de soupe et annonce d'une voix forte :

— J'ai un peigne, si seulement j'avais des cheveux.

Le troisième jour d'hospitalisation de Livi, Cibi descend du toit et observe la masse de filles qui attendent qu'on les appelle pour la soupe. Elle a remarqué quelque chose d'étrange dans cette routine du déjeuner : la plupart des filles regardent en direction de la serveuse dodue aux deux longues tresses brunes. Ici, ses cheveux sont singuliers, et Cibi lui donnerait au moins soixante-dix ans. Elle rejoint les autres filles qui patientent pour leur ration et, à son tour, se tourne vers la cuisinière aux tresses. Lorsqu'elle croise son regard, la jeune fille sourit. La cuisinière ne lui sourit pas en retour – Dieu sait que personne n'a souri une seule fois depuis leur arrivée ici – mais lui fait signe d'approcher. Elle plonge la louche tout au fond de la marmite et verse dans le bol de Cibi non seulement du liquide aqueux et insipide, mais aussi un gros morceau de viande. La femme lui adresse un signe de tête, puis tourne son regard vers les filles affamées pour voir qui d'autre bénéficiera de sa largesse.

Cibi s'assoit toute seule et avale sa soupe, jusqu'à ce que le morceau de viande apparaisse au fond de son bol. Regardant autour d'elle pour s'assurer que personne ne l'observe, elle le saisit de ses doigts et le lèche avant de le fourrer dans sa poche, à côté du petit couteau de Livi. À son retour, elle trouvera un moyen de se rendre à l'hôpital pour le partager avec sa sœur.

Toutefois, lorsqu'elle rentre dans sa caserne ce soir-là, Livi l'attend. Celle-ci va mieux et a repris quelques couleurs. Cibi place un doigt sur ses lèvres et glisse la main dans sa poche. Elle ouvre sa paume pour révéler la pièce de viande. Livi ouvre de grands yeux. À l'aide du couteau, elle coupe de fines tranches. C'est un festin aux origines inconnues, mais les filles s'en moquent.

Au cours des trois mois suivants, le nombre de prisonniers augmente de façon spectaculaire. Ils arrivent en train par centaines, remplissant tous les bâtiments d'Auschwitz et remplaçant ceux qui ont péri à cause de maladies ou des SS. Cibi et Livi entendent des rumeurs au sujet d'une salle d'exécution, un bunker souterrain à quelques rues de l'endroit où elles logent, où des hommes, des femmes et des enfants entrent vivants et ressortent morts. Les filles ont vu des prisonniers tirer des charrettes chargées de cadavres. Cibi trouve cela trop abominable à intégrer, alors elle décide de croire que ces gens sont morts de maladie.

La main de Livi guérit tandis que les sœurs s'affaiblissent. Comme tout le monde, elles accueillent désormais chaque jour comme il vient et ressentent un semblant de satisfaction lorsqu'elles ferment les yeux le soir – elles ont survécu à une journée supplémentaire au sein du détachement de démolition.

Plus d'une fois, elles ont vu ce qui se produit quand un garde de la SS est d'humeur vindicative : une brique ébréchée, une pile renversée – une balle tirée. Elles ont dû aider à ramener à Auschwitz le cadavre de certaines de leurs camarades à la fin de longues journées éprouvantes.

Cependant, le couteau continue d'agrémenter leur malheur d'instants de joie. Cibi l'utilise pour couper leur pain en petites portions, ce qui leur permet de rationner leur nourriture. Ce n'est pas grand-chose, mais les sœurs ont ainsi un secret et, dès lors, un minimum de contrôle sur leur vie chaotique. Livi le garde sur elle en permanence, caché dans son pantalon le jour, sous son matelas la nuit.

Des garçons slovaques ont commencé à arriver quelques semaines après Cibi et Livi, mais ils ne sont pas restés à Auschwitz. Les sœurs savent toutefois où ils se trouvent. Les briques que les filles continuent de décharger dans le champ sont utilisées pour construire de nouveaux logements et, de l'autre côté de la route, de vastes salles en bois ont été érigées. C'est dans ces structures que leurs concitoyens logent désormais ; il est évident pour tout le monde qu'un nouveau camp est en cours de construction.

Cibi est en mesure de communiquer avec les prisonniers de guerre russes car elle connaît le rusyn, le dialecte ukrainien parlé à l'est de la Slovaquie. Mais les conversations qu'elle tient à voix basse avec ces hommes ne révèlent rien de nouveau quant à leur situation. Livi, qui est encore une adolescente timide et innocente, ne participe jamais à ces échanges. Cibi en est heureuse – cet endroit n'a pas tout enlevé à sa petite sœur.

Et puis, un jour, ces hommes ont des réponses pour Cibi. Ces nouveaux édifices en briques seront des logements pour les femmes. Un camp réservé aux femmes.

Birkenau.

10

Auschwitz-Birkenau, été 1942

Juin est arrivé et les sœurs traversent désormais leur quotidien en silence. Elles sont usées par le manque de nourriture et ce travail manuel éreintant. Cibi accueille l'approche de l'été avec une résignation lasse ; peut-être resteront-elles dans cet endroit, ce terrible endroit, des années durant – ou jusqu'à leur mort, comme tant d'autres. Chaque soir, elle se demande comment elles ont fait pour survivre un jour de plus. Même l'idée de sa famille commence à s'apparenter à un rêve d'il y a bien longtemps. Elle essaie d'imaginer ce que fait Magda, si elle est en sécurité, si les gardes Hlinka la cherchent encore. Elle veille sur Livi qui, souvent muette, maigrit à vue d'œil et se déplace d'un lieu à l'autre dans une transe abasourdie. Mais cela n'empêche pas Livi de travailler dur ; elle est courageuse, appréciée des autres prisonniers et Cibi est fière d'elle.

Elles ne connaissent pas de répit. Malgré la chaleur accablante, les mauvais traitements physiques et psychologiques se poursuivent, mais alors qu'août se profile, elles entrevoient la promesse de journées plus fraîches. Les deux sœurs ont enduré la maladie, les blessures, la famine et la « sélection ».

Autrefois inoffensif, ce mot symbolise à présent leur peur ultime. Défilant devant les SS, les filles doivent apparaître en forme et en bonne santé, ne montrer aucun signe de faiblesse, aucun tremblement des mains ni du visage. Celles qui échouent à cet examen sont « sélectionnées » – et disparaissent à tout jamais.

La chaleur est si étouffante que la maladie est partout et que, souvent, le peu de nourriture qu'elles ont se gâte. Mais aujourd'hui, une légère brise éparpille des feuilles mortes autour d'elles pendant qu'elles se mettent en rangs, regardant sans un mot toutes les autres femmes et filles alignées devant tous les autres bâtiments. Le silence est palpable tandis qu'elles attendent l'appel. Néanmoins, songe Cibi en apercevant des camions au bout de la rue, aujourd'hui quelque chose est différent.

Une Allemande, officier SS, patrouille dans la rue, s'arrêtant pour parler aux gardiens de chaque bâtiment. Debout à côté d'Ingrid, elle hurle des instructions au visage des filles :

— Certaines d'entre vous vont déménager. Groupez-vous en détachements de travail et suivez votre *kapo*. Celles qui sont fatiguées peuvent monter dans les camions.

Une fois l'officier allemand parti, Cibi s'approche rapidement d'Ingrid. La *kapo* et elle entretiennent désormais une étrange amitié. Celle-ci s'est développée lentement, mais sûrement. Quelque chose chez Livi a fait fondre un coin du cœur de cette femme. Cibi obéit toujours sans broncher – cela suffit pour bénéficier de l'indulgence d'Ingrid.

— Comment ça, « déménager » ?

La peur a soudain sorti Cibi de son état d'hébétement et d'épuisement. La vie est dure, mais au moins ici, à Auschwitz, elles comprennent les règles. Vont-elles devoir tout recommencer, avec d'autres gardiens, d'autres routines, de nouvelles tortures ?

— Vous allez vous installer à Birkenau. Faites ce qu'on vous dit et, surtout, ne montez pas dans les camions, quoi qu'il arrive. Vous devez y aller en marchant – compris ? Rita sera votre nouvelle *kapo*. Je lui ai demandé de veiller sur toi et… Livi, ajoute-t-elle à voix basse, après avoir vérifié qu'aucun SS ne les regarde.

Elle tourne le dos à Cibi et s'éloigne. La jeune fille sait qu'elle n'obtiendra pas d'autres informations auprès de sa *kapo*, le risque est trop grand pour toutes les deux.

Livi observe les camions avec envie, mais Cibi lui tire fermement le bras et, ensemble, la tête haute, elles franchissent le portail. Cibi lève les yeux vers les mots qu'elle a lus chaque jour ces cinq derniers mois, à sa sortie du camp et à son retour : *ARBEIT MACHT FREI*. Quelles sornettes, aucun d'eux n'est libre. Ils sont prisonniers, traités comme des animaux, leur vie ne vaut rien. Cette « liberté » signifie uniquement la mort.

Une nouvelle fois, elles empruntent la route menant au site de construction.

— Je crois que nous allons retrouver nos briques, déclare Cibi à Livi en lui passant un bras autour des épaules.

— Tu parles des bâtiments que construisaient les Russes ? Mais ils ne sont pas terminés.

— Certains, si. De toute façon, crois-tu que cela leur pose problème s'ils ne sont qu'à moitié finis ? Pour les créatures de notre espèce ?

Cibi se mord la langue ; il serait si facile de fustiger leurs ravisseurs, de révéler qu'elle a perdu espoir, mais il lui faut rester forte, pour sa petite sœur.

— Peut-être que ce sera mieux là où nous allons, chaton, poursuit-elle.

Elle plante un baiser sur la joue de sa sœur, mais celle-ci se contente d'avancer d'un pas chancelant.

Le soleil tape et la poussière de la route vient se poser sur leurs visages. Devant elles, une fille s'évanouit. Un SS la rejoint en vitesse, dégaine son pistolet et lui tire une balle dans la tête.

Cibi et Livi ne ralentissent pas au moment de contourner le cadavre. Elles ont appris à paraître indifférentes, à ne jamais manifester le choc ou la peur, la colère ou l'horreur. Pour survivre, il faut demeurer invisible. Attirer l'attention, ne serait-ce qu'un instant, suffit souvent à vous condamner à une mort immédiate.

— Elle aurait dû prendre le camion, chuchote Livi.

— Cela n'aurait rien changé, qu'elle soit dans le camion ou sur la route, répond Cibi à sa sœur qui la regarde alors avec étonnement. As-tu vu passer des camions ? Nous sommes presque arrivées, et aucun véhicule ne nous a dépassées. Ces filles ne vont pas venir à Birkenau.

Livi ne répond pas. Maintenant elle comprend.

Elles poursuivent leur chemin en silence. Devant elles, les filles pénètrent dans le nouveau camp où les édifices terminés côtoient les bâtiments en cours de construction. Il y a trois « rues », chacune contenant une rangée de cinq bâtisses. Une clôture entoure l'enceinte et des tours de guet en bois ont été édifiées pour garder un œil sur les résidentes. Des gardiens SS surveillent de là-haut, le fusil braqué sur les filles. Encore une absurdité, songe Cibi avec lassitude. Bien qu'elles soient plus d'un millier, que peuvent faire des miséreuses affamées à ces hommes ?

Elles attendent des instructions dans une vaste clairière.

— Avant d'entrer dans votre nouveau logement, on doit rafraîchir votre numéro. Il y en a trop qu'on ne voit presque plus, aboie une gardienne SS.

Livi regarde les chiffres sur son bras, de même que Cibi. Tout autour d'elles, les filles inspectent leur bras gauche.

— Je vois encore mon numéro, déclare Livi.

— Je vois l'essentiel du mien, enchérit Cibi.

— En rangs ! hurle la gardienne.

Les filles traînent les pieds pour former un semblant de ligne.

— Livi, n'est-ce pas Gita ? Devant nous ? indique Cibi. Gita, Gita !

Une fille se retourne et sourit en apercevant Cibi et Livi. Il s'agit d'une amie d'école.

— Je ne savais pas que vous étiez là, chuchote Gita. Cela fait combien de temps ?

— Des mois, répond Cibi. Et toi ?

— Pareil. Si seulement nous nous étions retrouvées dans le train – j'ai l'impression de n'avoir jamais vécu ailleurs qu'ici, soupire Gita. Je travaille à la blanchisserie.

— De notre côté, nous transportons des briques, dit Cibi en montrant les nouveaux bâtiments.

— Tu peux nous remercier pour ce nouveau logement luxueux, ajoute Livi, une lueur de malice dans les yeux.

— C'est vrai ? Cela doit être si dur...

— Je suis désolée que tu sois là, Gita, reprend Livi en regardant ses pieds, les yeux de nouveau éteints. Je suis désolée que nous soyons toutes là.

— Silence ! crie un gardien.

Gita se retourne et toutes trois continuent d'avancer avec peine.

Livi et Cibi suivent Gita du regard tandis qu'elle s'approche du bureau et du tatoueur qui doit rafraîchir le numéro de chacune des filles alignées. Gita semble effrayée, réticente à l'idée de tendre le bras. Cibi sent sa gorge se serrer. *Je t'en prie, Gita*, implore-t-elle son amie en silence. *Laisse-le faire*. Elles voient le tatoueur lui prendre la main avec douceur ; il lui dit quelque chose et elle semble se détendre un peu.

Lorsque c'est le tour de Cibi, le tatoueur regarde encore Gita qui s'éloigne.

C'est un homme gentil et, quand il a fini, il murmure : « Je suis désolé. »

Le bras de nouveau ensanglanté, les filles entrent dans le Bâtiment 21. Adieu le plancher et les matelas remplis de paille de leur première « maison ». Ici, le sol est en béton gris. La vaste pièce sans air est bordée de lits superposés aux lattes en bois. Il n'y a ni couvertures ni matelas, rien que de la paille dont les filles devront garnir leurs couchettes si elles veulent pouvoir dormir un minimum.

Cibi frissonne en pensant à l'hiver qui arrivera dans deux mois. Deux pièces vides encadrent la porte d'entrée.

— Mais où sont les toilettes ? demande Cibi.

— Elles doivent être dehors, Livi. Nous avons dû les rater, mais inutile de nous inquiéter maintenant.

Cibi et Livi trouvent un lit où les rejoignent bientôt deux autres filles. Ces couchettes sont pour au moins quatre personnes. Elles commencent tout juste à se présenter quand elles sursautent au son de coups de matraque répétés contre la porte.

Les filles se taisent tandis qu'une silhouette mince entre dans la pièce. Ses vêtements portent l'emblème d'un triangle noir, ce qui indique qu'il s'agit d'une criminelle. Le numéro 620 est brodé sur sa chemise. Elle a un petit nez et des cheveux blonds à hauteur d'épaules. Cibi la trouve presque jolie.

Toutefois, le plaisir sadique déforme ses traits alors qu'elle ouvre grand les bras pour montrer les lits superposés, le sol en béton, les murs en briques.

— Bienvenue dans votre nouvelle maison, mesdames. Je m'appelle Rita et je suis votre nouvelle *kapo*. Si vous vous demandez où sont les toilettes... il n'y en a pas ! s'exclame-t-elle en riant, scrutant les filles dont aucune n'a le courage de croiser son regard. Si vous avez besoin de vous soulager, vous devrez marcher jusqu'au bout du camp et faire votre affaire près de la clôture, sous les yeux des SS dans les tours de guet. (Son horrible sourire s'élargit alors.) Si vous sortez après la tombée de la nuit, on vous tirera dessus.

Rita parcourt lentement la pièce, affichant son mépris face aux filles agglutinées les unes aux autres. Cibi est surprise par le ravissement évident que leur peur, leur faiblesse lui procurent.

— Demain, vous serez affectées à vos détachements de travail. Je vous suggère de passer la journée d'aujourd'hui à vous acclimater à votre nouvelle demeure.

Elle tourne les talons et sort de la pièce d'un pas altier.

Cibi est stupéfaite que cette nouvelle *kapo* soit une amie d'Ingrid et n'a pas grand espoir qu'elle veille sur elles. Elle s'apprête à confier ses réflexions à Livi quand Gita s'approche de leur couchette.

— Magda n'est pas là ? s'étonne-t-elle en balayant la pièce des yeux.

— Non, Gita. Nous espérons qu'elle est en sécurité chez nous avec Mumma. Elle était à l'hôpital quand nous sommes parties, répond Cibi.

— Est-ce qu'elle va bien ?

— Ce n'était qu'un peu de fièvre, rien de grave. Et tes sœurs, sont-elles là ? s'enquiert Livi.

— Non, ils ne voulaient qu'une de nous. Franny a ses deux enfants en bas âge et, par chance, Rachel et Goldie étaient trop jeunes.

Les trois filles s'étreignent, puis Gita repart vers sa couchette. Bien qu'elle soit heureuse que les sœurs de Gita ne soient pas au camp, Livi est désolée de la savoir toute seule. Elle prend la main de Cibi.

— Est-ce mal de ma part d'être contente que tu sois ici avec moi, Cibi ?

L'aînée des sœurs fixe aussi Gita.

— Je sais exactement ce que tu ressens, Livi, répond-elle en serrant les doigts de sa sœur.

Lors de l'appel, le lendemain matin, Rita constitue les nouveaux groupes. Certaines ont la chance d'être envoyées à la blanchisserie, à la salle de couture ou au courrier mais, comme ces affectations se trouvent à Auschwitz, elles devront parcourir deux fois par jour les trois kilomètres qui les séparent du camp principal.

Rita déambule parmi les rangs des prisonnières restantes, saisissant de temps à autre un bras pour en lire le numéro. Elle s'approche de Cibi, qui tend le bras avant que Rita ne puisse la toucher. Les yeux de Rita examinent tour à tour le numéro de Cibi et son visage, puis celui de Livi, debout à côté d'elle.

— C'est ta sœur ? interroge-t-elle Cibi.

— Oui, Rita.

Elle se penche pour chuchoter à l'oreille de Cibi :

— Ingrid m'a demandé de veiller sur vous deux. Je ne peux pas faire grand-chose, mais c'est une amie et, par ici, c'est une denrée rare. Vous allez travailler dans la salle de tri, le *Kanada*, comme on l'appelle. Une *kapo* vous attend.

Rita a les yeux bleus, comme ceux de Magda, songe Cibi. Peut-être un signe qu'elle n'est pas aussi méchante qu'elle le paraît de prime abord. Rita presse fortement le poignet de Cibi et celle-ci ne cille même pas.

— Ne me faites pas regretter cette faveur à une amie, siffle-t-elle. Maintenant, en rangs. Vous retournez à Auschwitz.

Cibi prend la main de Livi et elles rejoignent vite leur détachement pour repartir vers leur ancien camp.

Arrivées à Auschwitz, Cibi et Livi se dirigent vers le *Kanada*, le bâtiment qu'elles savent être la salle de tri où, un foulard blanc noué autour de la tête, elles fouilleront les affaires des nouveaux venus, de la même façon que leurs valises ont été scrutées pour en sortir tout ce qui était susceptible d'intéresser les nazis.

11

Auschwitz-Birkenau, automne 1942

Chaque matin et chaque soir, en se rendant à Auschwitz puis en revenant à Birkenau, Cibi voit s'accroître sa peur de l'arrivée des mois d'hiver. Les sœurs regardent tristement la forêt derrière leur nouveau camp et notent le changement de saison : les feuilles vertes deviennent rouges, puis jaunes, et commencent à tomber. Elles se remémorent les merveilleux moments qu'elles passaient avec leur grand-père à Vranov. À la mort de Menachem, Yitzchak s'est chargé d'initier les sœurs aux joies de la forêt. Elles reconnaissaient les différents types de fougères qui se blottissaient à la base des arbres, savaient quels champignons étaient comestibles et comment éviter les espèces qui, plus belles mais mortelles, jonchaient les sous-bois chaque automne.

— Je parie que nous trouverions des champignons ici, répète régulièrement Livi avec mélancolie. Tu te souviens, Cibi ? Magda, toi et moi, le panier rempli de baies et de pommes ?

Cibi répond rarement car c'est un rêve, et ici les rêves sont dangereux. Mais, surtout, elle ne veut pas imaginer Magda au camp. L'image de sa sœur chez elles avec leur mère est la seule qui lui apporte un peu de réconfort.

Lorsque la neige fait son apparition, les sœurs rapportent en cachette une couverture et deux manteaux des salles de tri, mais cela ne les empêche pas d'avoir froid.

Le *Kanada* est une terre d'abondance. Le travail des sœurs consiste à passer au peigne fin les affaires confisquées aux nouveaux prisonniers à la recherche de cachettes où pourraient se nicher de la nourriture, de l'argent, des bijoux – n'importe quel objet de valeur. Surveillées par les SS, elles tâtent les coutures des pantalons, l'ourlet des jupes, le col des manteaux. Lorsqu'elles découvrent quelque chose, elles décousent les points et récupèrent les secrets. Cibi a trouvé un rubis, Livi un diamant. La tentation est bien réelle pour toutes les filles de leur détachement, pourtant Cibi refuse qu'elle et Livi risquent leur vie pour une pierre précieuse, peu importe ce qu'un tel trésor pourrait leur procurer. Mais certaines filles succombent à cette tentation, surtout maintenant que l'hiver est arrivé, dans l'espoir d'obtenir de la nourriture, des vêtements supplémentaires, un peu de chaleur humaine.

À l'issue de cette première étape de recherche minutieuse, elles regroupent les vêtements par catégories : chemises, manteaux, pantalons et sous-vêtements. C'est un endroit où il fait bon et où le travail est moins fatigant que celui du chantier, et les sœurs en sont reconnaissantes.

Lorsqu'elles rentrent le soir à Birkenau, Cibi aperçoit parfois une fille en train d'enfouir dans la terre, sous la neige, les biens qu'elle a dérobés. La fille en question attendra ensuite une opportunité de faire passer en contrebande ces pierres précieuses, ou tout autre objet qu'elle a enterré, aux prisonniers soi-disant privilégiés qui, à leur tour, les échangeront contre de la nourriture avec des gardiens SS disposés à participer à ce trafic.

À l'occasion, Cibi encourage Livi à enfiler une deuxième paire de chaussettes, ou à enrouler une écharpe autour de son cou – des vêtements négligeables et peu volumineux qui les exposent à un risque très limité mais améliorent considérablement leurs conditions de vie misérables. Parfois, quand elle le peut, Cibi rapporte des vêtements supplémentaires pour l'une de ses camarades de dortoir.

Certaines filles échangent des sous-vêtements contre une ration de pain, mais ni Cibi ni Livi ne peuvent se résoudre à « vendre » ce qu'elles rapportent clandestinement. Il leur arrive de découvrir de la nourriture au milieu des affaires des nouveaux arrivants – un croûton de pain rassis, un gâteau à moitié moisi – et même là elles l'offrent de bon cœur, à part une fois ou deux où, vraiment affamées, elles engloutissent des aliments datant de plusieurs semaines, durs comme de la pierre, la faim l'emportant sur leur peur d'être découvertes.

— Livi, Livi, regarde ça, chuchote un jour Cibi à sa sœur qui assemble des paires de chaussettes et les ajoute à une pile devant elle.

Sous le tas de manteaux qu'elle est en train d'examiner, quelque chose brille dans la paume de Cibi.

— Qu'est-ce que c'est ?

— C'est un franc, un franc français. N'est-ce pas la plus belle chose que tu aies vue ?

Livi regarde à nouveau la pièce et la lueur dans les yeux de Cibi. Cela faisait longtemps que sa sœur n'avait pas semblé si pleine d'espoir.

— C'est très beau, en effet, mais que peux-tu en faire ?

Cibi semble se réveiller d'un coup et referme les doigts sur la pièce. Elle traverse la salle et remet le franc à Rita. Puis elle regagne son poste et continue de fouiller les manteaux. L'espace de quelques instants, elle arpentait les rues de Paris, regardant la Seine scintiller sous la lune, admirant les couples qui, bras dessus, bras dessous, lui souriaient en poursuivant leur chemin.

Ce soir-là, Livi traîne derrière les autres tandis que le détachement rentre péniblement à Birkenau. Cibi ne lui a pas dit un mot depuis qu'elle a donné la pièce. La neige tombe tandis que la lumière baisse, et les tours de guet sont encore à plus d'un kilomètre. Rachel, une fille de leur groupe, rattrape Cibi pour lui signaler que la distance entre Livi et les autres filles s'allonge de plus en plus. Cibi sourit à Rachel, heureuse qu'elle et beaucoup d'autres se soucient de sa sœur, la plus jeune de leur groupe.

D'abord un peu contrariée que Livi n'essaie pas de les rattraper, Cibi la réprimande et l'exhorte à se dépêcher.

— Que se passe-t-il ? Pourquoi es-tu si lente ? lui demande-t-elle quand Livi arrive enfin à sa hauteur.

Des larmes coulent le long des joues de l'adolescente.

— J'ai les pieds gelés. Je ne pense pas pouvoir continuer de marcher, sanglote-t-elle.

— Tout le monde a les pieds gelés. Essaie de suivre mon pas, allez.

Livi pose une main sur l'épaule de sa sœur et lève le pied gauche pour lui montrer qu'elle n'a plus de semelle à sa chaussure. Sa peau délicate est poussiéreuse et ensanglantée. À présent inquiète, Cibi regarde le pied de Livi.

— Quand l'as-tu perdue ?

— À la sortie d'Auschwitz.

— Mets ton bras autour de ma taille et continue à cloche-pied, d'accord ?

Couvertes par le reste du détachement, les sœurs parviennent à l'entrée de Birkenau. Alors qu'elles s'apprêtent à franchir le seuil, elles aperçoivent les gardes habituels, à l'affût de celles qu'ils jugent trop faibles pour travailler.

Cibi s'écarte de Livi.

— À présent, tu dois marcher seule, l'encourage-t-elle. Lève la tête, fais abstraction du froid et avance. Donne l'impression que tu es heureuse d'être là.

Juste devant elles, deux filles aux épaules affaissées marchent si lentement qu'on pourrait croire qu'elles dorment debout. Livi essaie de ne pas regarder tandis que les gardes les prennent à part. Elle sait qu'il y aura deux postes libres demain au *Kanada*, deux vacances qui seront fortement convoitées. Elle n'a pas l'intention d'en créer une troisième.

De retour dans leur bâtiment, Cibi aide Livi à monter sur leur couchette. Elle essuie doucement le sang et la poussière et masse le pied de sa sœur pour le ranimer. Elle souffle de l'air chaud sur ses orteils qui, peu à peu, reprennent des couleurs.

— Nous devons montrer ta chaussure à Rita avant d'être enfermées pour la nuit. Elle pourrait nous aider.

Les sœurs se dirigent à l'avant du bâtiment où, debout, leur *kapo* surveille les filles qui reviennent de leurs différents détachements de travail.

— Dépêchez-vous ou vous visiterez la chambre à gaz demain matin ! hurle-t-elle.

— De quoi parle-t-elle ? murmure Livi. Qu'est-ce qu'une chambre à gaz ?

— Livi, je ne crois pas que ce soit le moment de parler de ça, répond Cibi.

— Pourquoi ? Qu'est-ce que c'est ?

— Livi, s'il te plaît. Occupons-nous de tes chaussures, d'accord ?

Mais Livi refuse de faire un pas de plus et ouvre de grands yeux.

— Cibi, arrête de me traiter comme une enfant ! Dis-moi ce que c'est.

Cibi soupire, mais sa sœur a raison. Elle croise son regard.

— Où crois-tu qu'ils emmènent ceux qui ne passent pas les « sélections » ? Dis-moi, que leur arrive-t-il à ton avis ?

— Ils meurent ?

— Oui, ils meurent. Dans la chambre à gaz. Mais il ne faut pas t'en inquiéter. Tant que je n'aurai pas rendu mon dernier souffle, je ne permettrai pas qu'il nous arrive quoi que ce soit.

— C'est pour ça qu'il y a de la fumée et une drôle d'odeur ? Ils les brûlent après les avoir tués ?

— Je suis désolée, Livi.

— Et toi, Cibi, tu vas réussir à les empêcher de nous gazer, de nous incinérer ? interroge Livi en élevant la voix. Dis-moi comment tu comptes te débrouiller exactement.

— Je ne sais pas, chaton. Mais je nous ai maintenues en vie jusqu'ici, non ? Allez, on va te chercher des chaussures.

Livi suit sa sœur, une nouvelle terreur ancrée dans son cœur. Elle se demande s'il est douloureux d'être asphyxié par des vapeurs toxiques.

— Rita, il manque une semelle entière à la chaussure de Livi, indique Cibi à la *kapo* en lui montrant le soulier. S'il te plaît, est-ce qu'elle peut avoir une autre paire ?

Rita regarde la chaussure, puis Livi qui, debout devant elle, détourne les yeux.

— Savez-vous où aller ?

— À la réserve à l'avant du camp ? demande Cibi.

— Dépêchez-vous alors, je vais bientôt fermer à clé. Il ne faut pas que vous vous retrouviez coincées dehors.

Cibi et Livi se ruent vers le petit bâtiment qui abrite un étrange assortiment de chaussures et de vêtements. À l'intérieur, elles rencontrent une *kapo* qu'elles n'ont encore jamais vue et Cibi lui tend la chaussure sans semelle de Livi.

— Je chausse du 39, intervient celle-ci.

La femme indique un banc où dépérissent trois paires de souliers.

Livi va les inspecter.

— Mais je ne peux pas les porter, elles sont toutes trop petites !

Livi est éreintée, elle a terriblement mal au pied et, l'espace d'un instant, elle oublie où elle se trouve.

— Je chausse du 39, répète-t-elle, irritée.

Aucune des sœurs ne s'attend à la réaction qui suit. La *kapo* s'avance à grandes enjambées, les yeux rivés sur Livi, et la gifle violemment, par deux fois. Livi chancelle et se cogne au mur.

— Je suis navrée de ne pas pouvoir vous fournir des chaussures à votre pointure, mademoiselle. Peut-être pourriez-vous revenir une autre fois, ricane-t-elle.

Cibi attrape une paire de souliers d'une main, le bras de Livi de l'autre, et l'entraîne vers la sortie. Une fois dehors, elle s'arrête et montre les chaussures.

— Lève la jambe, Livi, murmure-t-elle.

L'adolescente a les joues rouges. Elle ne répond pas.

— S'il te plaît, Livi, essayons de les enfiler.

Livi fixe la bouche de Cibi.

— Qu'est-ce qui t'arrive ? insiste Cibi.

— Je ne t'entends pas ! Je ne t'entends pas ! se lamente Livi, secouant la tête pour essayer de se débarrasser du bourdonnement dans ses oreilles.

Cibi s'agenouille pour tenter de faire entrer les pieds de sa sœur dans les chaussures, mais celles-ci sont au moins deux pointures trop petites. Elle est heureuse que Livi ne l'entende pas tandis qu'elle implore doucement leur mère de la guider. Les souliers ne vont pas et Livi mourra certainement si elle doit aller à Auschwitz et en revenir pieds nus. Par-dessus le vent, par-dessus les aboiements des chiens et les ricanements des SS, Cibi entend la réponse de leur mère. « Enfile les souliers aux pieds de ta sœur. »

Alors elle fait une deuxième tentative. Les pieds de Livi sont si engourdis par le froid qu'elle ne sent pas que ses orteils sont écrasés.

Par chance, les chaussures sont en toile et, au moins, après quelques trajets entre Birkenau et Auschwitz, celle-ci se détend assez pour les rendre un peu plus confortables. Elles ont des semelles en bois avec des nervures où se loge la neige pendant les longs trajets. Les filles plaisantent en disant que Livi grandit de jour en jour. Livi répond que c'est désormais elle l'aînée. Puis elle fait tomber la neige de ses semelles et retrouve sa taille habituelle. Matin et soir, ce rituel représente pour les sœurs un petit sas de décompression.

Malgré les réserves initiales de Cibi, Livi et elle deviennent de plus en plus audacieuses dans les salles de tri et rapportent des vêtements dans leur bâtiment. Elles ne gardent que le strict nécessaire et donnent le reste. Cibi cache argent et bijoux dans ses poches, puis se rend au trou qui tient lieu de toilettes pour les laisser tomber : à choisir, elle préfère qu'ils disparaissent pour de bon plutôt qu'ils se retrouvent entre les mains des nazis. On ne les fouille qu'à la fin de la journée, lorsqu'elles quittent le *Kanada*.

Cependant, le temps est impitoyable, ce qui motive les prisonnières à faire fi de toute loyauté et, souvent, Cibi et Livi découvrent que leurs vêtements ont disparu lorsqu'elles regagnent leur couchette. Il n'y a pas d'affrontement – tout le monde est désespéré.

Les arrivées continuent de créer des tensions ; des bagarres éclatent et d'anciennes allégeances volent en éclats. Les nouvelles venues ont besoin de vêtements pour survivre et les anciennes refusent de partager. Les SS intensifient les sélections lors de l'appel, désignant les faibles et les malades condamnées à l'extermination. Cibi et Livi ont l'impression qu'elles ont lieu tous les jours, car de plus en plus de filles disparaissent.

Noël annonce une nouvelle épidémie de typhus qui frappe durement leur bâtiment, et Cibi n'est pas épargnée. En l'espace de quelques jours, la fièvre la fait délirer, mais chaque fille sait que, si elle reste dans le bâtiment lorsque les détachements partent travailler le matin, elle ne sera plus là à leur retour.

Les deux semaines qui suivent, Cibi est à moitié portée entre Birkenau et Auschwitz. Le soir, Rita ferme les yeux face à la jeune fille qui frissonne et transpire sous une pile de vêtements qu'on lui a donnés. Livi tient la main de sa sœur toute la nuit, tandis que celle-ci s'agite sur leur couchette, tourmentée par la fièvre. La soif de Cibi est loin d'être étanchée par les quelques gorgées d'eau que les filles font entrer en cachette. Parfois, elle aperçoit le visage de Magda qui, penché sur le sien, l'exhorte à aller mieux. À d'autres moments, c'est Magda qui la nourrit avec les miettes des biscuits cassés que les filles ont « extirpés » des salles de tri.

Dans un effort incommensurable, elle rassemble ses forces chaque fois qu'elles passent le portail d'Auschwitz ou de Birkenau et Livi la pousse à parcourir seule ces quelques mètres où les SS les observent, tout comme Cibi l'a fait précédemment pour elle. Le mauvais temps joue aussi souvent en leur faveur, car les SS n'ont pas envie de traîner sous la neige.

Cibi se rétablit lentement, mais sûrement. Elle s'accroche au mirage de Magda dans son esprit, ce qui l'aide, mais elle ne mentionne pas ses rêves à Livi. Si Magda est dans sa tête, dans son cœur, cela lui suffit.

Le jour de Noël, les filles sont dispensées de travail, mais un Noël chrétien ne veut rien dire pour elles. Elles ont raté Hanoukka, ont travaillé de longues heures lorsqu'elles auraient dû allumer les cierges de la *menorah* à la fenêtre de leur maison, réciter les prières avec leur famille. Toutefois, pour les gardes allemands, les SS et les *kapos*, Noël est une journée pour boire et festoyer, non pour exterminer.

Fête chrétienne ou non, les filles sont heureuses de recevoir en guise de cadeau une soupe chaude avec des nouilles, des légumes et de la viande. C'est un vrai festin et, dans le cas de Cibi, c'est aussi le premier repas qu'elle arrive à manger toute seule. Elle espère que la nourriture lui donnera la force de se lever le lendemain matin et de retourner travailler sans aide.

Ce soir-là, alors que les sœurs se blottissent auprès de leurs deux compagnes de couchette, Cibi murmure « Bonne nuit » à Livi qui la regarde, perplexe.

— Bonne nuit ? C'est tout ?

— Qu'y a-t-il d'autre à dire ? répond l'aînée en fermant les yeux.

— Nos prières, Cibi. Nos prières du soir. Même quand tu délirais, tu continuais de prier avant de dormir.

— Je ne prierai plus, petite sœur. Personne ne nous écoute.

Livi serre Cibi contre elle et ferme les yeux. Cependant, malgré son épuisement, elle ne trouve pas le sommeil. Elle pense à leur mère et à ce qu'elle dirait si elle savait que Cibi avait abandonné leur foi. Pas un seul soir depuis qu'elles sont ici, elles n'ont omis de rendre grâce pour leur famille, leurs amis, la nourriture qu'elles mangent et le toit qui les abrite. Elle pense à Magda. Cibi est persuadée que leur sœur est en sécurité à la maison, mais si elle se trompait ? Si Magda était dans un autre camp, comme celui-ci, mais sans le réconfort d'une sœur ?

Le lendemain, Cibi et Livi, ainsi que le reste de leur détachement aux foulards blancs, sentent un regain d'énergie tandis qu'elles marchent vers Auschwitz. Il est incroyable de constater l'effet d'une nourriture plus consistante et d'une bonne nuit de sommeil sur leur moral.

— Sais-tu ce que Rita vient de me demander ? lance Livi.

Les filles sont dans les salles de tri ; Cibi vient d'effectuer l'une de ses visites aux toilettes. Elle commence à fouiller pulls, jupes et pantalons.

— Aucune idée. Que t'a-t-elle demandé ?

— Si je savais taper à la machine.

Cibi pose les vêtements et croise le regard de Livi.

— Et qu'as-tu répondu ?

— « Non », bien sûr.

— Va vite la chercher. Dis-lui que je sais taper à la machine, déclare Cibi avec un nouveau sentiment d'urgence.

— Je ne peux pas. Tu sais bien que je ne lui adresse la parole que quand elle me demande quelque chose.

— Oh, Livi, franchement ! Reste ici.

Cibi traverse la pièce à grandes enjambées jusqu'à Rita qui fait le tour du bureau, s'arrêtant de temps à autre pour parler aux filles, probablement pour leur poser la même question.

— Rita, moi, je sais taper à la machine, lâche Cibi. J'ai appris à l'école. Je sais utiliser mes dix doigts et… et je suis bonne en arithmétique, aussi.

Elle tremble, ne sachant pas très bien ce pour quoi elle vient de se porter volontaire.

— Viens avec moi, répond Rita d'un ton sec avant d'emmener Cibi vers le bureau à l'avant de la salle de tri.

Un SS est assis derrière le plus grand des deux bureaux qui emplissent la petite pièce. Sur le plus petit se trouvent une machine à écrire, une pile de feuilles blanches, une corbeille et quelques crayons. Rita présente Cibi à l'officier et lui annonce qu'elle est la nouvelle assistante et qu'elle tapera tous les jours le registre des vêtements que les filles ont triés.

L'officier, Armbruster, adresse un signe de la tête à Cibi. C'est un homme mince d'au moins cinquante ans ; ses cheveux gris et les rides autour de ses yeux lui donnent un air de sagesse. Il pourrait être son grand-père. Rita s'assoit au petit bureau et saisit une liste tapée. Elle tend à Cibi plusieurs documents rédigés à la main contenant les informations au sujet des vêtements collectés et prêts pour le transport. Elle lui explique comment créer un registre quotidien détaillant les vêtements pour hommes, pour femmes, et pour enfants. Elle doit en envoyer un exemplaire avec le transport quotidien, en garder un et créer un registre mensuel. Aucune erreur ne sera tolérée.

Lorsque Rita quitte la pièce, Cibi place une feuille de papier dans la machine et se met à l'œuvre. Avec une confiance qu'elle est loin de ressentir, elle tape « Vêtements pour hommes », en utilisant deux doigts uniquement.

— C'est comme ça que tu tapes ? interroge Armbruster.

Cibi regarde l'officier allemand.

— Non. J'ai appris à taper avec mes dix doigts, mais je suis plus rapide avec deux.

— Donne-moi le document quand tu auras fini, je le vérifierai avant de le faire partir avec les vêtements du jour.

Il se détourne et, lentement, Cibi compile une liste de vêtements à partir des morceaux de papier où tout est noté à la main. Lorsqu'elle a terminé, elle retire la feuille de la machine d'un geste théâtral et l'apporte à Armbruster.

De retour à son bureau, elle entame la liste des vêtements féminins. Elle y travaille encore lorsque l'officier apparaît à côté d'elle.

— Tu as commis quelques erreurs, et j'ai corrigé ton orthographe ; tu vas devoir recommencer, annonce-t-il, la voix dénuée de ce ton menaçant si courant dans les camps. Et prends ton temps pour ne pas te tromper. Ce n'est pas une course.

Si 1943 est une nouvelle année, elle ressemble à s'y méprendre à 1942. Livi travaille au *Kanada* et Cibi est l'assistante de l'officier SS Armbruster ; elles sont donc au moins encore ensemble au détachement des foulards blancs. Cibi ne prie toujours pas, mais chaque soir elle murmure « Mumma, Magda, Grand-père » et les imagine chez eux, en sécurité dans la petite maison de Vranov. Chaque nuit, elle serre Livi dans ses bras. C'est ainsi qu'elles tiennent bon.

12

Vranov nad Topl'ou, mars 1943

— Il est l'heure, Magda. Enfile ton manteau et vas-y, chuchote Chaya, veillant à ne pas réveiller Yitzchak qui fait la sieste dans le fauteuil.

Magda reste blottie sur le canapé, d'où elle regarde tour à tour la cheminée sans feu et son grand-père endormi.

— Magda, lève-toi ! Tu dois partir ! Ils seront là bientôt !

— Pourquoi, Mumma ? À quoi bon ? Ils me trouveront tôt ou tard, et peut-être qu'ainsi je rejoindrai Cibi et Livi, répond Magda, sans bouger du canapé.

Chaya saisit le manteau de Magda accroché près de la porte et le laisse tomber sur ses genoux.

— Magda Meller, enfile ça et va chez Mme Trac. Je lui ai parlé il y a peu et elle t'attend.

Se levant mais sans faire un geste pour enfiler son manteau, Magda regarde une nouvelle fois son grand-père. Elle voit bien qu'il est réveillé, qu'il entend leur conversation. Elle se demande s'il va intervenir. Quel parti choisira-t-il ? Mais il ne remue pas.

— Cela fait presque un an, Mumma. Nous ne pouvons pas continuer comme ça. Regarde autour de toi, il nous reste si peu de chose à vendre, à quel moment abandonnerons-nous ? Quand nous n'aurons plus de chaises pour nous asseoir ? Plus de lits pour dormir ? Et tout cela, envolé pour une miche de pain !

— Ils ont pris deux de mes filles et je ne les laisserai pas t'emmener, toi. J'ai encore quelques bijoux à vendre mais là, dans l'immédiat, il faut que tu quittes cette maison. C'est juste pour une nuit.

— D'accord pour cette fois, accepte enfin Magda en enfilant son manteau. Mais peux-tu, s'il te plaît, demander à Oncle Ivan s'il a d'autres nouvelles ?

— Entendu. Allez, zou.

Magda embrasse sa mère sur la joue, avant de poser un léger baiser sur la tête de son grand-père.

— Je sais que tu es réveillé, murmure-t-elle.

Il ouvre les yeux et sourit, croisant le regard de Magda. Elle en a le cœur brisé.

— C'est bien, ma fille, tu dois toujours écouter ta mère. À présent, file.

Yitzchak se lève et s'étire, puis rejoint Chaya à la fenêtre tandis que Magda ouvre la porte, vérifiant à droite et à gauche que la voie est libre avant de s'engager dans l'allée, de traverser la rue et de se précipiter dans la maison d'en face.

Quand la porte des voisins se referme derrière Magda, Chaya laisse retomber le rideau.

— Je vais nous concocter quelque chose à manger, déclare-t-elle.

— Je n'ai pas faim, merci. Je vais me préparer une tisane de tilleul, s'il nous en reste.

Mme Trac veille sur Magda. Elle sait que la Garde Hlinka viendra bientôt chercher tous les jeunes Juifs qui restent, filles et garçons. Les gardes viennent le jour du shabbat, quand ils sont sûrs que toutes les familles juives sont chez elles. Ses propres enfants, désormais adultes, vivent à Bratislava et sont protégés par leur foi catholique. Ils ont réprimandé leur mère en apprenant qu'elle cachait Magda ; sa foi ne la protégera pas si on découvre qu'elle dissimule une Juive.

— Dépêche-toi, ma chère, ils pourraient frapper à ma porte à tout moment. Je t'ai mis un peu de pain et de fromage là-haut.

— Merci, madame Trac, il ne fallait pas. Je ne sais pas comment nous pourrons un jour vous remercier d'avoir pris tant de risques pour ma famille.

— Tu pourras me remercier en restant en vie et en punissant ceux qui te pourchassent. Bon, il est temps de te cacher.

Magda étreint chaleureusement sa voisine puis se rue vers la chaise dans le vestibule, au-dessus de laquelle se trouve une petite trappe. Elle l'ouvre et grimpe dans l'espace étroit. Après quoi, elle se hisse dans la cavité du plafond.

La lumière en provenance du couloir illumine une assiette de pain et de fromage. Magda sait d'expérience que, dès que la trappe sera refermée, elle se retrouvera dans l'obscurité totale. Elle note en vitesse la présence des couvertures et de l'oreiller, où elle s'allongera en attendant d'entendre les petits coups familiers lui signalant qu'elle peut descendre, le lendemain matin. Elle perçoit le bruit de la chaise qui érafle le plancher tandis que Mme Trac la rapporte à la cuisine. Elle espère que cela ne laisse pas de marques révélatrices qui mèneraient directement à sa cachette.

Quelques instants plus tard, Magda entend quelqu'un frapper violemment à la porte, puis une voix ordonnant à Mme Trac d'ouvrir.

Le grincement des gonds indique à Magda que Mme Trac se trouve à présent nez à nez avec des gardes Hlinka.

— Y a-t-il quelqu'un chez vous, madame Trac ?

— Laszlo, tu sais que mon fils et ma fille habitent désormais à Bratislava avec leurs familles respectives. Pourquoi seraient-ils ici ?

— Nous devons poser la question, vous le savez. Cela vous dérange si nous entrons pour vérifier ?

— Parce que vous n'entreriez pas si cela me dérangeait ? réplique Mme Trac sur un ton de défi.

— Écartez-vous pour nous laisser passer, ordonne un autre garde, visiblement agacé par cet échange.

— Fermez la porte derrière vous. Vous faites entrer le froid, déclare Mme Trac.

Magda écoute les pas s'éloigner de la porte et se diriger vers la cuisine. Elle retient son souffle en entendant à présent des pas juste sous sa cachette. Vont-ils remarquer des éraflures dues à la chaise ?

— J'espère que vous ne vous attendez pas à ce que je vous propose du thé, dit Mme Trac.

— Nous n'avons besoin de rien, réplique Laszlo.

— Avez-vous vu la fille Meller qui habite en face de chez vous ? interroge l'autre garde.

— J'ai mes propres enfants dont il faut que je m'occupe, je ne vais pas m'embêter avec ceux des autres, répond-elle sèchement.

— Nous ne faisons que demander si vous l'avez vue récemment. Elle a été repérée en ville de temps à autre, mais elle n'est jamais chez elle quand nous faisons nos rondes. Que pouvez-vous nous dire à son sujet ?

— Eh bien, c'est une très belle fille. Avez-vous des vues sur elle ?

— Je vous en prie, madame Trac, répond la voix de Laszlo. Ne nous mettez pas de bâtons dans les roues. Si vous la voyez, vous devez nous en informer. Nous avons des questions à lui poser, de toute urgence.

— Quel genre de questions ? Que peut-elle bien savoir que vous ignorez ?

— Venez nous voir si vous l'apercevez. C'est tout ce que nous demandons.

— Je regarde autour de moi à l'instant où je vous parle et je ne la vois pas. Et vous ?

— Merci pour votre temps. Inutile de nous raccompagner.

Magda entend les pas s'éloigner, puis la porte se refermer. Elle prend le pain et s'allonge sur une couverture, se couvrant de l'autre. Elle est bien contente que Mme Trac puisse encore se permettre d'acheter du bois pour son poêle – elle sent la chaleur monter jusqu'à elle. L'odeur de la fumée est réconfortante, elle aussi.

Le bruit de la chaise sur le plancher, puis les petits coups du manche à balai contre la trappe réveillent Magda le lendemain matin. La jeune fille a des courbatures après sa nuit dans l'espace confiné et descend lentement. Elle referme la trappe et se rend à la salle de bains avant de rejoindre Mme Trac qui boit une infusion dans la cuisine.

— Merci pour le pain et le fromage. J'ai mangé le pain, mais cela vous embête-t-il si j'emporte le fromage chez moi pour mon grand-père ? C'est une denrée qui lui manque.

— Alors tu dois le lui apporter. Je peux t'en donner davantage si tu veux ?

— Non, non ! C'est bien assez. Tilleul ? demande Magda en indiquant la tasse que Mme Trac porte à ses lèvres.

— En veux-tu, ma chère ? J'en ai beaucoup, grâce à ta mère.

— Non, merci. Nous en avons encore et je ferais mieux de rentrer, sans quoi Mumma et Grand-père vont s'inquiéter. Merci, madame Trac, ajoute-t-elle en lui touchant l'épaule. Je ne sais pas comment…

Ses mots restent coincés dans sa gorge.

— Ne me remercie pas, ma fille. Embrasse ta mère et ton grand-père pour moi et à vendredi prochain. D'accord ?

— D'accord. Mais voyons l'évolution du temps. Je pourrai peut-être aller dans la forêt maintenant qu'il fait plus doux.

Magda se penche et embrasse Mme Trac sur la joue.

— Des nouvelles de tes sœurs ?

La jeune fille secoue la tête. Les mots lui manquent pour exprimer son inquiétude et son désespoir.

Perdue dans ses préoccupations à l'égard de ses sœurs, Magda ne répond pas immédiatement aux questions de sa mère à propos de sa nuit de l'autre côté de la rue et de la visite des gardes.

— Magda, reviens sur terre, s'il te plaît !

— Grand-père ! s'exclame la jeune fille, émergeant de sa transe. Où est Grand-père ? J'ai quelque chose pour lui.

— Je suis là, Magda. De quoi s'agit-il ?

Yitzchak rentre du jardin et tend la main pour recevoir le cadeau de Magda.

— C'est de la part de Mme Trac, annonce-t-elle.

Le vieil homme fixe le petit morceau de fromage jaune.

— Elle n'aurait pas dû, dit-il d'une voix étouffée.

— C'est trop tard pour le lui rapporter, répond Magda en souriant.

Yitzchak croise le regard de sa petite-fille et de sa fille. La douleur creuse chacune des rides de son visage. Ils devraient être cinq dans cette pièce pour partager cette gâterie inattendue.

Chaya lui caresse le bras.

— Venez vous asseoir. Nous allons partager le fromage, déclare-t-il. Chaya, veux-tu bien nous préparer du thé ? Je crois qu'il reste un peu de pain du shabbat d'hier. Nous allons festoyer ; nous allons rendre grâce pour la chance que nous avons.

Yitzchak ouvre la voie. Chaya prend le bras de Magda : elle a besoin de sentir la présence de sa fille, en chair et en os.

— Est-ce qu'Oncle Ivan va venir ? chuchote Magda.

— Oui, il sera là bientôt, mais je ne sais pas ce que tu attends de lui.

Le fromage et le pain ont disparu et Chaya est en train de servir la fin du thé lorsqu'ils sursautent en entendant de petits coups à la porte de service.

— Ce n'est qu'Oncle Ivan, dit Magda en se levant d'un bond pour lui ouvrir.

Il la soulève aussitôt dans ses bras.

— Tu es saine et sauve, tu as survécu à un vendredi de plus, lui murmure-t-il à l'oreille.

Une fois que tous sont réunis autour de la table, tous les yeux se tournent vers Magda, elle qui ne cesse de le harceler pour avoir des nouvelles.

Sentant le poids de leurs regards, la jeune fille baisse la tête.

— Je n'ai pas de nouvelles de tes sœurs, Magda. Rien que des rumeurs.

Un silence chargé d'espoir emplit la petite pièce. Ivan s'éclaircit la voix.

— Il est difficile de découvrir quoi que ce soit. Néanmoins, j'ai eu vent d'une information au sujet du transport de tes sœurs – je crois que Cibi et Livi ont été emmenées en Pologne.

— En Pologne ? explose Chaya. Les Allemands les ont emmenées en *Pologne* ? Pourquoi diable ?

— Tu oublies, ma chère sœur, que les Allemands occupent la Pologne.

Les yeux de Magda brillent d'un nouvel éclat. Yitzchak tend le bras au-dessus de la table pour lui prendre la main, secouant la tête au moment où elle ouvre la bouche.

— Sais-tu où en Pologne, Oncle Ivan ?

— Non, Magda. Et ta place est ici, auprès de ta mère. Nous resterons tous ici tant que nous le pourrons.

— Et Clive, ton ami au conseil municipal – il a toujours été un grand ami de notre famille, mon fils. L'as-tu vu ? demande Yitzchak.

— Il m'arrive de le croiser, Père. Il fait tout ce qu'il peut pour nous protéger. Chaque semaine, il inscrit notre nom au bas de la liste des Juifs qui habitent à Vranov, mais désormais... Désormais, reprend Ivan après un soupir, il ne reste plus que quelques noms avant le nôtre. Ce n'est qu'une question de temps.

— Ce n'est pas tout, Ivan, je l'entends dans ta voix, insiste Yitzchak. Dis-nous tout ce que tu sais.

Le vieil homme pose ses deux mains sur la table et se redresse.

Ivan prend son temps pour répondre, regarde Chaya, Magda, puis de nouveau Yitzchak.

— J'ai entendu dire qu'ils commençaient à rassembler les très jeunes enfants, ainsi que leurs parents, grands-parents, tantes, oncles... tout le monde.

Chaya laisse échapper un gémissement.

— Que veulent-ils de nous ? interroge-t-elle.

Ivan se lève et se met à arpenter la petite pièce.

— Je ne sais pas, je ne comprends pas. Le moment viendra peut-être où vous devrez tous trois vous cacher le jour du shabbat. Soit chez Mme Trac, soit dans la forêt.

Chaya saisit la main d'Ivan alors qu'il entame un nouveau tour de la pièce.

— Est-ce ce que tu as l'intention de faire, avec Helena et les enfants ? Aller dans la forêt chaque vendredi soir ?

Le désespoir de Chaya se nourrit de chaque mot qui s'échappe de la bouche de son frère. Ivan sourit à Chaya, mais c'est un sourire de façade. La peur se lit autant dans ses yeux que dans ceux de sa sœur.

— Je ferai tout ce qui est en mon pouvoir pour protéger ma famille, vous trois compris. Comment vous débrouillez-vous pour vous procurer de la nourriture ? Avez-vous besoin d'argent ?

— J'ai encore quelques bijoux de notre mère, mais je ne veux pas les vendre, répond-elle tandis que ses yeux s'emplissent de larmes. C'est tout ce qu'il me reste d'elle.

C'est à présent au tour d'Ivan de perdre patience.

— Ne dis pas de bêtises, Chaya ! Crois-tu qu'elle voudrait que tu t'accroches à des babioles alors que ta famille meurt de faim ? Promets-moi que tu les vendras si nécessaire.

Chaya baisse la tête.

— Elle le fera, déclare Yitzchak.

— Magda, vas-tu encore en ville pour du troc ? demande Ivan en gagnant la porte de service.

— Oui, mais juste une fois par semaine.

— Je te donnerai le nom de personnes qui te paieront un meilleur prix pour les bijoux. Ils ne sont pas juifs, mais ils compatissent.

Ivan ouvre la porte et Magda, Chaya et Yitzchak se lèvent de table.

— Venez dîner ce soir, dit-il avant de partir. Les garçons vous réclament, et Helena adorerait papoter un peu avec une autre femme.

Il offre alors à Chaya un sourire conciliant, qu'elle lui rend.

— Avec plaisir, merci Ivan. Dis à Helena que nous aimerions beaucoup partager un repas avec vous, déclare Yitzchak.

13

Auschwitz-Birkenau, printemps 1943

— Réveille-toi, Cibi. Réveille-toi.

Livi secoue doucement sa sœur. Il fait noir dans la pièce et tout le monde dort.

— Que se passe-t-il ? laisse-moi tranquille, murmure Cibi.

— Tu chantais dans ton sommeil, chuchote Livi.

— Ah oui ?

Cibi soupire et ouvre les yeux. Des éclats de lumière s'infiltrent à travers les brèches du mortier et Cibi distingue tout juste les contours du visage de sa sœur, ainsi que la peur et l'inquiétude dans ses yeux.

— Ce n'était qu'un rêve, poursuit Cibi en attirant Livi contre elle. Grand-père Émile était là. Il nous prenait chacune par la main et nous guidait à travers le camp.

— Ici ? À Birkenau ?

Livi est effarée. Elle n'arrive pas à se représenter une telle image. C'est trop étrange.

— Il nous emmenait au sauna. Grand-père Yitzchak nous attendait en jouant *Hatikvah* sur le moule à gâteau de Mumma. C'était vraiment insolite, Livi. Le moule avait des cordes, comme un violon.

— Es-tu certaine de ne pas devenir folle ?

Cibi entend le sourire dans la voix de Livi, mais aussi l'inquiétude. Elles ont vu des filles perdre complètement la tête, ce qui a signé leur arrêt de mort.

— Tais-toi, Livi. Je n'ai pas terminé. Tu te souviens que nous chantions toujours avec lui quand il entonnait *Hatikvah* ? Eh bien, c'est ce que nous faisions dans le rêve. Nos grands-pères nous disaient qu'ils veilleraient sur nous.

— Crois-tu qu'ils puissent veiller sur nous, Cibi ?

— Je crois que tout est possible. Regarde-nous, Livi. Nous sommes ici depuis près d'un an et nous sommes toujours en vie.

— C'est uniquement grâce à toi ; toute seule, je n'aurais pas survécu.

— Tu es plus forte que tu ne le penses, petite sœur. À présent, rendors-toi.

Le lendemain, après leur trajet long et glacial pour revenir d'Auschwitz, Rita les suit jusqu'à leur couchette. Elle porte un tas de vêtements. Elle tend à Cibi deux robes bleues – la tenue typique de la femme d'intérieur allemande – ainsi que deux tabliers bleu marine et des foulards blancs tout neufs.

— Dimanche matin, vous porterez ces robes.

— Pourquoi ? demande Cibi.

— Faites-le, c'est tout. Et cachez-les dans votre lit pour les préserver des voleuses.

Tandis que Rita s'éloigne, Cibi et Livi examinent les vêtements. Sans un mot, Cibi regarde autour d'elle pour voir si quelqu'un les épie. Plusieurs filles ont remarqué leur échange avec Rita. Cibi pousse soigneusement les tenues sous leur matelas.

Dimanche matin, après l'appel et le petit déjeuner, Rita apparaît près de leur couchette.

— Allez, vous devez vous changer. Vite, ordonne-t-elle.

Cibi récupère les robes et Livi et elle s'empressent de se débarrasser de leurs haillons sales au profit des vêtements tout propres.

Au moment où Cibi commence à passer le tablier par la tête, Rita intervient.

— Attends, je vais t'aider. Il faut que ce soit parfait.

La *kapo* lisse soigneusement le tablier avant de nouer les rubans autour de la taille de Cibi, plissant le tissu juste comme il faut. Une fois satisfaite, elle en fait de même pour Livi. Puis elle recule pour admirer son œuvre.

— C'est important que vous soyez jolies. Maintenant, attachez votre foulard.

Les autres filles dans la pièce observent en silence cette pantomime.

Enfin, Rita retourne à l'avant de la salle, puis ordonne à tout le monde de se mettre en rangs dehors.

Les filles du Bâtiment 21 rejoignent les autres prisonnières du camp dans la cour. La neige a cessé de tomber et le soleil brille à présent sur une magnifique journée d'hiver. Une grande voiture noire et brillante se gare près du bâtiment et plusieurs officiers SS, tirés à quatre épingles dans leur uniforme et étincelants de médailles, descendent du véhicule. L'officier principal, cette

Allemande dont les allées et venues sont rares dans le camp, s'approche pour les accueillir en faisant un salut militaire.

Debout, en rangs bien ordonnés, des milliers de femmes assistent à cette scène.

Les officiers discutent à voix basse avec l'Allemande puis, les *kapos* du camp sur les talons, ils commencent à arpenter les rangs. Les officiers s'arrêtent devant chaque prisonnière et pointent vers la gauche ou vers la droite. Les *kapos* indiquent aussitôt à chacune de rejoindre la gauche ou la droite d'une vaste zone à l'extrémité de la cour.

— C'est une sélection ! murmure Cibi. Rappelle-toi, Livi, redresse-toi et pince-toi les joues pour leur donner quelques couleurs.

Les sœurs ont l'impression d'être au garde-à-vous depuis des heures quand les nazis arrivent enfin au Bâtiment 21. Il est impossible de deviner quel côté signifie une mort certaine, car elles voient des filles fortes, en assez bonne santé, envoyées aussi bien à droite qu'à gauche.

Cibi regarde les hommes s'approcher. Ils arriveront à sa hauteur en premier. Sans rien dire, elle change de place avec Livi.

Dans le rang, leur amie Lenke tend les mains pour que l'officier les inspecte. Elles sont enflées et rougies par le froid.

— Ils ont envoyé Lenke à gauche, murmure Livi. Est-ce une bonne chose ? Peut-être devrions-nous nous aussi montrer nos mains.

Cibi jette un coup d'œil aux siennes. Un bandage sale couvre une plaie à son index. Elle l'arrache, le laisse tomber dans la neige et le cache avec son pied.

— Laisse tes mains le long de ton corps. Redresse-toi. Fais mine d'être forte et en bonne santé, siffle Cibi.

Alors que les hommes se rapprochent, Cibi se sent défaillir. Elle lutte pour contrôler sa respiration. *Inspire, expire. Inspire, expire.* Le moment est-il arrivé ? S'apprête-t-on à décider de leur destin ?

Les officiers s'arrêtent devant Livi et Cibi n'a rien à redire à la façon dont sa sœur bombe le torse et lève la tête. Les hommes la regardent à peine avant de l'envoyer vers la droite.

À présent, Cibi attend. *Je vais vivre*, pense-t-elle. *Je dois vivre*. Le visage de Magda lui apparaît, puis celui de son père. Un jour, se jure-t-elle, les sœurs seront réunies et elles tiendront leur promesse : ne pas seulement survivre mais croquer la vie à pleines dents. Un officier s'arrête devant elle. Elle déglutit avec difficulté. Il prend le temps de la détailler de la tête aux pieds. Alors qu'il s'éloigne, se tournant déjà vers la fille suivante, il agite la main vers la droite.

Tandis que Cibi et Livi rejoignent les autres prisonnières à l'extrémité droite de la cour, elles ne savent toujours pas quel sort leur est réservé. Seront-elles épargnées ou ont-elles été sélectionnées pour la chambre à gaz ?

— Pourquoi as-tu changé de place avec moi ?

Cibi observe ses pieds en silence.

— Cibi ! Dis-moi pourquoi tu voulais que je sois inspectée en premier ? insiste Livi.

— Je devais prendre une décision. C'est tout. S'il te plaît, ne me demande pas de l'expliquer.

— Tu dois me le dire. Nous sommes ensemble dans cette histoire, déclare Livi en montrant de la main la cour, le camp, le monde au-delà. Tu dois me dire à quoi tu pensais.

Au bout d'un long silence, Cibi croise le regard de Livi.

— S'ils t'avaient envoyée à gauche, je t'aurais suivie. C'est tout. Où qu'ils m'aient envoyée, je t'aurais suivie.

Des larmes brillent dans les yeux de Cibi et Livi la dévisage, interloquée.

— Même pour mourir ? C'est ça que tu es en train de me dire ?

Cibi hoche la tête, les larmes s'échappent de ses yeux.

— Oui. Mais je crois qu'il ne nous arrivera rien. Je crois que nous avons été épargnées.

— Et si, toi, ils t'avaient envoyée à gauche, qu'aurais-je dû faire ? Dis-moi, Cibi, qu'aurais-je dû faire ?

— J'aurais veillé à ce que tu sois assez loin avant de partir à gauche, afin que tu ne me voies pas et ne puisses pas me suivre.

— Comment aurais-tu pu faire une chose pareille ? Prendre une telle décision sans me consulter ? Et moi alors, comment crois-tu que j'aurais pu continuer à vivre si tu étais morte ?

La colère de Livi se lit sur son visage.

— Je suis désolée, Livi. Je t'en prie. Je ne cesse de te dire que tu es plus forte que tu ne le crois. Si je meurs, tu dois continuer à vivre. Il faut que quelqu'un soit là pour Magda. Pour Mumma et Grand-père.

Plusieurs filles de leur groupe écoutent la conversation des sœurs. Beaucoup pleurent. Livi s'écarte de Cibi, incapable d'accepter que sa sœur sacrifie sa vie juste pour qu'elle n'ait pas à mourir seule.

L'une des filles passe un bras autour des épaules de Livi et la serre contre elle.

— Je n'ai pas de sœur pour veiller sur moi, pour prendre une telle décision pour moi. Elle croit faire ce qu'il y a de mieux pour toi. Et c'est le cas.

Livi observe Cibi, qui fixe un point droit devant elle.

Le vent s'est levé et la neige tombe de nouveau à gros flocons. Il reste encore plusieurs bâtiments à inspecter, mais les officiers nazis en ont assez. Ils parlent à l'Allemande avant de repartir dans leur voiture.

Debout dans la neige, les filles regardent les milliers de femmes à gauche de la cour se diriger vers le portail de Birkenau. Là, on leur ordonne d'enlever leurs chaussures. Ces chaussures forment une montagne. Les femmes sont emmenées, pieds nus, vers la chambre à gaz.

Cibi avait raison, mais cela ne lui apporte aucune satisfaction. Elles ont été sauvées. Par Rita.

Enfin, l'officier du camp s'approche du groupe de Cibi et Livi. Elle leur dit d'aller au sauna en passant par le camp des hommes, de l'autre côté de la route qui scinde le camp de Birkenau en deux.

Les filles traversent la neige sous le regard des prisonniers. Ceux-ci ne semblent même pas se rendre compte que ce sont des femmes.

Arrivées au sauna, elles doivent se déshabiller. Une nouvelle fois, elles subissent l'humiliation d'avoir la tête, les aisselles et l'entrejambe rasés par des prisonniers masculins. Cibi fixe Livi, squelette enveloppé de peau transparente. Elle passe les mains le long de sa propre cage thoracique et compte ses os. Si elle est le miroir de Livi, alors Livi est le sien.

En entrant dans le sauna, Cibi pense aussitôt qu'elles s'apprêtent à être gazées elles aussi. Toutefois, ce n'est pas du gaz mais des jets de vapeur qui sortent des orifices du plafond. Au départ, la chaleur est délicieuse – cela faisait bien longtemps que les sœurs n'avaient pas senti de réelle chaleur, mais bientôt celle-ci devient étouffante, insupportable. Des filles s'évanouissent autour d'elles. Cibi et Livi se tiennent l'une à l'autre pour rester debout. Elles toussent et ont du mal à respirer. *J'avais tort,* songe Cibi. *C'est juste une autre façon de nous tuer.*

Enfin, les jets cessent. La vapeur s'évapore lorsque les portes s'ouvrent. Des dizaines de filles gisent inconscientes sur le sol en béton. Celles qui sont encore debout reçoivent l'ordre de les traîner hors de la pièce. Cibi et Livi prennent chacune la main d'une des filles et, en tirant aussi doucement que possible, elles la font sortir. Dehors, l'air froid les ranime aussitôt ; celles qui sont encore à l'intérieur sont réveillées par des jets d'eau glacés qui s'échappent à présent des orifices.

On les emmène dans une autre salle et Cibi rend grâce au ciel en apercevant les tas de vêtements disposés sur une table. D'abord ravie à la vue de sous-vêtements, de chaussures et de chaussettes, Cibi ne comprend pas la logique derrière les robes qu'on leur tend à présent. On dirait des robes de cocktail, des vêtements adaptés à rien d'autre qu'à des réceptions.

— Vous êtes sérieuse ? demande Cibi à la *kapo* responsable. Comment puis-je porter une chose pareille ?

Elle tient à bout de bras une robe au tissu très fin, avec un profond décolleté et des manches trois-quarts.

— C'est ce qui a été envoyé. C'est ton choix. Ces robes ou rien du tout.

Cibi se tourne vers Livi, qui se moque d'elle. Elle lève la robe.

— Quelqu'un veut m'accompagner au bal ? Où est mon prince ? plaisante-t-elle en l'enfilant, puis en faisant une révérence aux autres filles.

Leur soulagement d'être en vie ne serait-ce qu'un jour de plus a déclenché une envie de légèreté, d'être des adolescentes insouciantes, de rire. La robe de Livi est faite d'un tissu vert également très fin, mais les manches sont courtes, alors elle a droit à un gilet.

— Puis-je avoir un gilet, moi aussi ? demande Cibi à la *kapo*. Je ne pense pas que cette robe me tiendra très chaud.

La femme tire sur les manches de la jeune fille.

— Tu as déjà des manches. Et de toute façon, ce serait dommage de couvrir une robe aussi élégante.

Après une nuit sans sommeil sur le sol humide du sauna, les filles sont reconduites au camp des femmes où les attend une délégation d'officiers SS supérieurs.

— Je suis le commandant Rudolf Hoess. Dites-moi tout de suite si l'une d'entre vous ne veut pas travailler ou ne sait pas travailler. Qu'elle avance et elle sera exécutée sur-le-champ. Je peux maintenant le dire ouvertement – vous savez toutes ce qui se passe ici si vous ne travaillez pas ou si vous tombez malades. Vous m'avez bien entendu, poursuit-il après une pause théâtrale, un petit sourire sur ses lèvres fines, il n'y a plus de secrets entre nous. Le choix vous appartient.

À l'instar de la précédente, cette délégation repart dans une voiture noire étincelante. Une nouvelle femme, elle aussi officier SS, s'avance.

— Je suis l'officier SS Grese. C'est moi qui suis désormais responsable de vous et de tout ce camp. Vous avez passé la sélection. De nombreuses nouvelles prisonnières nous rejoindront ces prochaines semaines. J'ai ordonné que les filles dont le numéro compte quatre chiffres soient dispensées des sélections à venir. Si vous travaillez dur et que vous restez en bonne santé, vous continuerez de vivre.

Dans un sursaut, Cibi prend conscience de ce qu'elle veut dire. Les numéros ont suivi l'expansion du camp et, désormais, de nombreuses filles portent cinq chiffres sur le bras. Celles qui sont arrivées au même moment qu'elle et Livi n'en ont que quatre. Elles sont presque toutes slovaques et se comptent par centaines ; ce sont les prisonnières les plus anciennes. Cibi se demande pourquoi on les épargnerait : peut-être parce que, étant à Auschwitz depuis presque aussi longtemps que les officiers, les *kapos* et les gardiens, elles sont bien dressées et ont parfaitement intégré les règles du camp.

Livi et Cibi sont donc dispensées des sélections – une lueur d'espoir. Elles n'ont donc plus qu'à survivre au reste.

On ordonne aux filles de se serrer dans trois bâtiments seulement ; les vingt et un autres seront attribués aux nouvelles arrivantes. Personne n'a besoin de leur dire que le dernier bâtiment du camp, le numéro 25, ou la « Caserne de la Mort », remplit une fonction particulière : celles qui sont trop malades pour travailler y sont regroupées et, chaque matin, ses occupantes sont envoyées à la chambre à gaz.

En se dirigeant vers leur nouveau logis, Cibi et Livi aperçoivent Cilka, la jeune Slovaque qui a sa propre chambre dans le Bâtiment 25, où elle supervise les femmes qui s'apprêtent à mourir.

— Tu sais pourquoi elle est là, n'est-ce pas ? s'enquiert Cibi.

Livi secoue la tête. Elle ne voit vraiment pas ce que Cilka fait là, au milieu de femmes dont la mort est imminente.

— On dit que le commandant vient la voir pour des rapports sexuels, chuchote Cibi.

— Quoi ? Elle couche avec lui ? Plutôt mourir que de coucher avec un nazi. Comment peut-elle faire une chose pareille, Cibi ? Pourquoi ?

— Comme nous, elle a choisi de survivre, alors je t'interdis de la juger. Crois-tu que ça lui plaise de loger au Bâtiment 25 ? Ou qu'elle ait flirté avec le commandant ? Nous choisissons toutes de survivre comme nous pouvons. Si elle se refusait à lui, elle mourrait.

Cibi défend avec ferveur cette théorie de la survie et elle a besoin que Livi comprenne.

— Mais moi, je ne pourrais pas, Cibi. Je ne pourrais pas, c'est tout.

— Alors estime-toi heureuse de ne pas être à sa place. Cela doit demander un certain courage de se réveiller tous les matins et de continuer.

Dans leur nouveau bâtiment, les sœurs sont enchantées de découvrir des couvertures propres et chaudes.

Le lendemain matin, comme si rien ne s'était passé la veille, elles repartent travailler à Auschwitz, dans les salles de tri du *Kanada*. Leur toute première tâche consiste à choisir des vêtements appropriés. Soulagées, elles se séparent des étranges robes de cocktail au profit de vêtements de prisonniers en laine rêche.

Cependant, une fois de plus, les sœurs sont contrariées par les chaussures. Il n'y a rien qui convienne et les gelures continuent de leur ravager les pieds. Alors que l'hiver fait rage, c'est au tour de Cibi de souffrir. Lorsqu'il fait vraiment très froid, elle doit s'appuyer sur ses amies pour le trajet du matin et du soir entre les deux camps.

Finalement, quand elle n'arrive presque plus à mettre un pied devant l'autre, il ne lui reste d'autre option que de requérir l'aide de son patron, l'officier SS Armbruster. Elle prend son courage à deux mains pour exprimer sa requête, et l'officier reçoit ses paroles en hochant sa tête grise.

Cibi s'est déjà rendu compte qu'il ne ressemble pas aux autres officiers. Contrairement à tant de ses pairs, il préfère travailler calmement dans son bureau plutôt que de se pavaner. S'il n'apprécie pas ce qu'elle lui dit, il y a plus de chances qu'il lui demande d'arrêter de pleurnicher et de reprendre son travail plutôt qu'il ne la condamne à mort.

Au lieu de cela, Armbruster lui dit de s'asseoir et de retirer ses chaussures. Alors qu'elle enlève délicatement ses chaussettes, la chair de ses plantes de pied part avec. Tout cela accompagné d'une forte odeur de décomposition qui envahit la pièce et fait sursauter Cibi. *Voilà l'odeur de la mort*, songe-t-elle. *Bientôt, le reste de mon corps va suivre.*

Armbruster regarde les pieds de la jeune fille en silence. Il quitte la pièce et revient avec une bassine d'eau chaude. Tandis qu'elle fait tremper ses pieds douloureux dans l'eau, il sort de nouveau et revient cette fois avec de la pommade, des chaussettes propres, des chaussures solides, ainsi qu'un assortiment de petites boîtes. Elles sont remplies de feuilles de thé, certaines agrémentées d'herbes et d'épices, d'autres de minuscules fleurs séchées. Il remplit la petite bouilloire et la pose sur le poêle à bois.

Il demande à Cibi de choisir le thé qu'elle voudrait boire.

— Auriez-vous du tilleul ? dit-elle rapidement, son cœur battant soudain la chamade.

— Je ne crois pas. Je ne connais pas cette plante. Ces infusions viennent de ma femme, qui sait que j'aime boire quelque chose de chaud avant de me coucher.

Cibi dévisse le couvercle de plusieurs boîtes, inhalant profondément le parfum des feuilles. Elle choisit le thé le plus fort et le tend à Armbruster. Sans un mot, il prépare à Cibi une tasse de thé bien chaud et épicé.

Les jours suivants, l'officier lui apporte des bassines d'eau chaude. Chaque jour, la jeune fille boit un thé différent pendant que ses pieds trempent.

Mais tandis que les blessures d'une des sœurs guérissent, c'est l'autre qui commence à souffrir. Livi se plaint de crampes à l'estomac. Elle est encore plus pâle que d'habitude et Cibi craint qu'elle n'ait de nouveau le typhus.

Cibi se met à réaliser ses tâches administratives le plus vite possible afin de pouvoir aider Livi à trier les vêtements. Les rails ont été prolongés, reliant les deux camps, et désormais des prisonniers arrivent aussi directement à Birkenau, par centaines, jour et nuit. Les filles ont énormément de travail dans les salles de tri. Cibi entend des rumeurs selon lesquelles les ghettos de Pologne sont évacués : les enfants et les personnes âgées sont exécutés et les jeunes emmenés à Auschwitz. Elle surprend Armbruster en train de parler avec un collègue du grand nombre de résidents ayant été délogés de la ville de Łódź. Elle ne sait pas où se situe Łódź et se dit que cela n'a pas d'importance – ce qui importe, c'est de trier aussi vite que possible leurs affaires de valeur.

Les deux sœurs se concentrent sur leur travail, pour ne pas penser au reste.

Ce jour-là, dans la salle de tri, Cibi vide une valise sur la table. Elle passe les vêtements en revue, sépare les sous-vêtements des jupes. Un effluve abominable vient la frapper de plein fouet. Elle continue de fouiller jusqu'à trouver la source de cette odeur nauséabonde. Un oignon est enveloppé dans un morceau de coton et son jus a imprégné les vêtements qui l'entourent.

— Livi, viens là.

Sa sœur la regarde depuis l'endroit où, pliée en deux, elle trie des chaussettes. Cibi voit que son estomac lui fait de nouveau mal. Livi secoue la tête, se méfiant de la *kapo*. Mais celle-ci est occupée à livrer d'autres valises dans la pièce.

D'un pas lent, Cibi rejoint Livi, tenant fermement l'oignon derrière son dos.

— J'ai quelque chose pour toi. Je veux que tu le manges. Cela soulagera tes douleurs, annonce-t-elle en tendant le bulbe à Livi.

Celle-ci ouvre des yeux ronds et plisse le nez.

— Hors de question que je mange de l'oignon cru.

— Livi, s'il te plaît. Rappelle-toi ce que disait Grand-père : « Un oignon est le meilleur médicament du monde. »

Cibi sort le petit couteau du pantalon de Livi et commence à couper l'oignon en quartiers dans sa main.

— S'il te plaît, ne me force pas ! gémit Livi en se pinçant le nez.

— Oui, c'est bien. Bouche-toi le nez. Maintenant, ouvre la bouche.

— Non !

— Fais-le ! insiste Cibi.

Livi ouvre la bouche et Cibi pousse les quartiers d'oignon cru entre les dents de Livi jusqu'à ce que celle-ci les avale, un par un. Des larmes coulent le long de ses joues tandis qu'elle mâche.

— Je veux que tu le manges en entier.

Cibi sourit pour l'encourager et Livi, riant et pleurant en même temps, mange l'oignon en entier, petit morceau par petit morceau.

Le lendemain matin, au réveil, Livi se sent beaucoup mieux. Le soleil brille et l'hiver laisse la place au printemps. Les arbres de la forêt regorgent de bourgeons.

Plus tard, Cibi place une feuille de papier dans la machine à écrire et tape la date. *29 mars 1943*. Soudain, ses mains se mettent à trembler. Sa tête tombe sur sa poitrine tandis qu'elle prend conscience que cela fait presque un an jour pour jour que Livi et elle ont quitté leur maison. Un an qu'elle n'a pas vu sa mère, son grand-père et Magda. L'espace d'un instant, elle imagine les trois sœurs lors de cette après-midi, il y a si longtemps, quand elles ont promis à leur père de ne jamais se séparer.

Les traits de Magda lui apparaissent très distinctement. Elle ferme les yeux, souhaitant à tout prix s'accrocher à l'image de sa sœur chérie, pose la tête sur son bureau, et se remémore…

14

Vranov nad Topl'ou, 1939

— Dépêche-toi, Magda ! Cibi et Livi sont déjà prêtes ! appelle Yitzchak.

— J'arrive. Je veux juste mettre un gilet ; il fait si froid dehors, lance Magda en retour.

— Il ne fait pas froid. Toi, tu as froid ! Même quand il fait chaud. Allez, si nous ne nous dépêchons pas, quelqu'un d'autre cueillera les fleurs, crie Cibi.

Magda est encore en train de boutonner son gilet épais quand elle sort de la maison. Cibi et Livi portent une tunique et un chemisier à manches courtes. Yitzchak a la veste, la chemise et la cravate qu'il n'a jamais portées qu'à l'extérieur. Il tient un drap en coton dans les bras.

— Est-ce que tout le monde est prêt ? demande-t-il.

Depuis que les filles ont été obligées d'abandonner leur éducation quelques mois plus tôt, Livi, douze ans, ne peut plus participer aux jeux et aux sports de ses amis d'école. Elle est très agitée à la maison, toute la journée, chaque jour. Elle adore que quelqu'un l'emmène se promener, quelqu'un qui partage sa passion de la forêt, qui puisse lui indiquer le nom des plantes et des animaux, lui apprendre à reconnaître les champignons comestibles. Cibi partage cette passion de l'extérieur, mais Magda est différente ; elle préfère rester à la maison avec Chaya pour l'aider à préparer les repas et s'occuper des tâches ménagères. Lorsqu'il le peut, Yitzchak traîne Magda avec eux : pour lui, il est important que les trois filles comprennent et respectent leur environnement.

— Allons-y, les filles !

Yitzchak ouvre la voie le long de l'allée de leur maison.

L'expédition du jour n'est pas bien lointaine. Il s'agit d'aller à l'église catholique au bout de la rue. Une large mosaïque au-dessus des grandes portes en bois représente le Christ, une main levée pour bénir tous ceux qui entrent. Alors qu'ils approchent, les cloches sonnent. Les filles ont grandi au rythme de leur carillon. C'est un son réconfortant, rassurant, parce qu'il appelle les fidèles à célébrer les baptêmes et les mariages, et à pleurer la perte des êtres chers.

Quand les cloches sonnaient, les filles couraient au bout de la rue pour admirer les mariées vêtues de blanc et rêver du jour où, à leur tour, elles deviendraient des épouses.

Aujourd'hui, les cloches leur indiquent qu'il est midi. Tous les quatre se rassemblent au pied des marches et lèvent les yeux vers les portes ; le prêtre se montrera dès que retentira le dernier son de cloche.

— Allez, dépêchez-vous ! marmonne Livi, bondissant sur place.

Les deux portes s'ouvrent dans un mouvement ample et le prêtre apparaît. Vêtu d'un pantalon noir et d'une chemise noire à col romain, il lève une main à la vue de Yitzchak et des filles. Un grand sourire illumine son visage et il descend les marches pour les saluer.

— Shalom, Yitzchak, dit-il en saisissant la main du vieil homme. Comment allez-vous, mon ami ? Je porte encore votre chère Rachel dans mes prières.

— Je vais bien, mon père, même en ces temps troublés.

— Est-ce qu'on peut y aller maintenant, Grand-père ? C'est mon tour de grimper à l'arbre et de secouer les branches, implore Livi.

— Un peu de patience. N'oublie pas tes bonnes manières. Dis d'abord bonjour au prêtre, la reprend Yitzchak.

— Je suis désolée, mon père. Comment allez-vous ?

— Je vais très bien, ma petite Livi. Et toi ?

— Ça va. C'est à moi de grimper à l'arbre, vous savez.

— Je le sais. Et nous partirons très bientôt. Et toi, tu es malade ? demande-t-il en se tournant vers Magda qui frissonne.

— Elle va bien, mon père, répond Cibi. Elle est juste frileuse. Nous allons tous bien.

— Dans ce cas, allons chercher ce fameux arbre. Lequel est-ce, Livi, déjà ? Le grand chêne au fond du jardin ? plaisante-t-il.

— Mais non, mon père ! C'est le tilleul. Nous venons cueillir les fleurs du tilleul, réplique Livi, exaspérée.

— Bien sûr. Allons au tilleul, alors. Suivez-moi.

Mais les filles courent en avant, et le prêtre et Yitzchak marchent lentement derrière elles, sachant qu'elles attendront près du portail de la demeure du *prêtre. Il l'ouvrira et laissera entrer les filles dans le jardin, au milieu duquel trône le grand tilleul.*

Il fait semblant de chercher ses clés, prolongeant l'excitation des filles, mais il finit par ouvrir le portail et elles se ruent à l'intérieur. Le vieil homme et l'homme d'Église regardent les sœurs crier et se courir après sur la pelouse parfaitement entretenue. Elles ont douze, quatorze et seize ans, mais on dirait de tout petits enfants.

L'arbre magique domine le jardin. C'est un abri les jours d'été, un lieu de tranquillité à toute époque de l'année, sa présence apaisante remonte le moral aux personnes les plus sombres. Le plus vieux paroissien de Vranov se souvient d'avoir toujours connu cet arbre, ce qui signifie qu'il a facilement plus de cent ans. L'arbre, droit et très grand, surplombe la ville, représentant le point le plus haut à des kilomètres à la ronde.

Les filles dansent autour de l'arbre, soulevant de leurs pieds les fleurs déjà tombées. Elles sont là pour faire chuter les dernières fleurs de ses branches.

— L'été a été bon, observe Yitzchak en voyant la croissance prolifique des fleurs – de délicats pétales jaune pâle blottis parmi les feuilles vert émeraude.

— En effet, confirme le prêtre. Il devrait y en avoir assez pour assurer des infusions au voisinage de nombreux mois durant.

— Allez, Grand-père ! crie Livi. Étends le drap. Je veux grimper.

Yitzchak et le prêtre déplient le drap et le disposent sous l'arbre.

Cibi attrape une branche et la secoue doucement. Un voile de fleurs descend sur le drap.

— Non, Cibi ! Laisse-moi monter. Tu sais que c'est à moi de secouer les branches la première, crie Livi.

Cibi éclate de rire.

— Désolée, je n'ai pas pu m'en empêcher.

— Donne-moi un coup de main, alors. Aide-moi à grimper.

Livi lève les bras pour saisir la branche la plus basse et ses sœurs l'aident à se hisser. Elle grimpe et grimpe.

— Ça y est, j'y vais ! annonce-t-elle enfin.

Lentement, suivant un rythme régulier, elle commence à sauter sur une branche épaisse, se tenant à d'autres branches au-dessus d'elle pour garder l'équilibre. Au-dessous, Cibi et Magda tournoient au fur et à mesure que des milliers de fleurs délicates viennent se poser légèrement sur le drap blanc.

Livi se déplace dans l'arbre, secouant et sautant. Elle a des fleurs dans les cheveux, sur ses vêtements. Elle pousse des cris de joie.

— Je vais grimper plus haut ! lance-t-elle.

— Livia Meller ! l'arrête son grand-père. Hors de question que tu montes plus haut.

— Mais, Grand-père, j'en suis capable. Ne t'inquiète pas ! Il y a tant de fleurs là-haut.

— Il est temps de redescendre, ma chérie. Regarde le drap. Nous en avons plus qu'assez. Tu dois apprendre à toujours penser à ceux qui viendront après toi.

Après un dernier saut bien appuyé, Livi redescend à contrecœur. Le drap est en effet densément chargé des fleurs fraîches qui, une fois séchées, fourniront la tisane – l'élixir, comme l'appelle leur mère – qui non seulement les réchauffera, mais permettra également de prévenir et même de soigner toute maladie qui pourrait les affecter lors des mois d'hiver.

Les filles saisissent chacune un coin du drap. Yitzchak tend la main pour attraper le quatrième. À cause de l'arthrite de ses articulations, il a du mal à se pencher, mais il y parvient.

— Un, deux, trois ! crie Livi.

Tous les quatre avancent alors de quelques pas, relevant les côtés du drap. Livi donne son coin à Cibi, tandis que Magda donne le sien à son grand-père. Le drap est ensuite refermé et, après avoir remercié le prêtre, ils repartent vers leur maison.

Sur le chemin, ils croisent Lotte Trac avec un drap sous le bras et son frère aîné, Josef.

— J'espère que vous nous en avez laissé ! lance Lotte avec un grand sourire.

— Cette année, il y en a des millions ! s'exclame Livi en riant. Des millions et des millions !

15

Auschwitz-Birkenau, juin 1943

Les sœurs entament leur deuxième année de captivité et Livi est clairement déprimée. Le plus souvent, le matin, Cibi doit la traîner hors de son lit pour l'appel. Elle refuse de se nourrir, aussi Cibi doit-elle pousser la nourriture dans sa bouche, ou la garder pour plus tard. Cibi la gronde régulièrement, mais alors Livi se renferme davantage.

Toutefois, ce matin, c'est Cibi qui ne réagit pas.

— Livi ! Réveille-toi.

Les sœurs partagent leur couchette avec deux autres filles, dont l'une a posé la main sur le front de Cibi.

— Laisse-moi tranquille, répond Livi en roulant sur le côté.

— C'est Cibi. Elle est brûlante. Ne l'entends-tu pas gémir ?

Livi ne veut rien entendre.

— Elle va bien. Fichez-moi la paix.

— Je pense qu'elle a le typhus, chuchote la fille et, enfin, Livi se redresse et fixe Cibi qui frissonne sous leur couverture commune.

Cibi convulse, lançant un bras contre le torse de Livi.

— Oh ! Cibi, ça suffit, se plaint Livi.

— Ne vois-tu pas qu'elle est malade ?! insiste la fille.

Livi descend de la couchette et tâte le front de sa sœur. Quand elle retire sa main, celle-ci est mouillée. Elle se tourne vers la fille qui la regarde fixement, dans l'expectative.

— Je ne sais pas quoi faire. C'est Cibi qui s'occupe de moi, pas l'inverse.

— Eh bien, à présent, c'est à toi de t'occuper d'elle. Va parler à Rita. Tu as de la chance, elle semble t'apprécier.

Il n'y a aucune malice dans la voix de la jeune fille ; dans cet endroit, vous saisissez votre chance où que vous la trouviez et personne ne vous jugera.

Livi se détourne pour s'habiller. Elle se dirige vers la chambre de Rita et lance par-dessus son épaule :

— Vous voulez bien veiller sur elle ? Je reviens tout de suite.

— Qui est là ? lance Rita.

Elle a la voix encore ensommeillée et Livi espère qu'elle ne l'a pas réveillée.

— C'est Livi. Cibi est malade.

La *kapo* est en train de nouer un foulard autour de ses cheveux quand elle ouvre la porte.

— Qu'est-ce qu'elle a ?

— C'est peut-être le typhus. Elle est très chaude. Et elle ne parle pas.

Rita écarte Livi et se rend vers la couchette des sœurs. Les filles reculent sur son passage, se méfiant des gifles qu'elle distribue allègrement si vous entravez son chemin.

À présent, Cibi claque des dents et de la sueur coule le long de son visage et de son cou. Rita tend le bras vers la couchette du dessus et attrape une couverture. Elle l'enveloppe autour de Cibi, à moitié consciente.

— Dehors. Toutes autant que vous êtes, ordonne-t-elle. Je la marquerai présente sur la fiche d'appel, indique-t-elle à Livi qui n'a pas bougé. Elle va rester ici et, si quelqu'un s'étonne de son absence, réponds simplement que j'avais besoin d'elle à Birkenau aujourd'hui.

— Crois-tu que nous devrions la conduire à l'hôpital ?

— Ce n'est pas le moment, ils sont en train de le libérer.

Rita marque une pause pour que Livi comprenne ce qu'elle est en train de dire. De temps à autre, l'hôpital fait l'objet de sélections.

— À présent, poursuit-elle, va prendre ton petit déjeuner et va travailler. Comporte-toi comme si c'était une journée normale.

Livi a le cœur battant et lourd à la fois. Cette journée, comme toutes les autres, n'a rien de « normal ».

Dans les salles de tri, elle plie et emballe des chemises d'homme dans un état de transe. Quand on lui demande où est Cibi, elle déroule la réponse de Rita. Lors de sa pause, une autre fille au foulard blanc la rejoint et l'interroge au sujet de Cibi.

— Je pense qu'elle a le typhus, répond Livi.

La fille tend alors la main et déplie les doigts pour dévoiler une grosse tête d'ail.

— J'ai trouvé ça dans une valise. Tu lui donneras tout à l'heure ? C'est de l'ail, beaucoup mieux qu'un oignon en cas de fièvre.

— Notre grand-père disait qu'il n'y avait rien de mieux que les oignons, déclare Livi en fixant le bulbe.

— Prends-le. J'ai entendu dire que c'était aussi efficace qu'un antibiotique.

Livi le met dans sa poche et remercie la jeune fille.

Dès son retour à Birkenau, elle se précipite vers leur bâtiment, vers leur couchette, où Cibi ne transpire plus et ne frissonne plus. Elle dort.

Rita apparaît à ses côtés.

— Je lui ai fait boire un peu d'eau, mais elle n'a pas ouvert les yeux de toute la journée.

Livi sort l'ail de sa poche et le montre à Rita. Elle se mord la lèvre, puis décide que cela n'a pas d'importance si cela lui cause des ennuis.

— Quelqu'un m'a donné ça en me disant que ça pourrait l'aider, déclare-t-elle.

Rita hoche la tête. Livi porte le bulbe entier à la bouche de Cibi et essaie de l'enfoncer de force.

— Pas comme ça ! glapit Rita en le lui arrachant.

Elle ouvre la tête d'ail contre le côté de la couchette en bois. Les gousses tombent par terre et Livi se penche pour les ramasser. Elle regarde Rita retirer la peau d'une gousse et la lui donner.

— Comme ça.

Livi prend la gousse et la pousse entre les lèvres de Cibi. Celle-ci remue et tente de cracher l'ail, mais Livi lui plaque une main sur la bouche, ce qui l'empêche de respirer. Soudain, Cibi ouvre les yeux.

— Tu essaies de la tuer ? s'énerve Rita en tapant sur la main de Livi pour l'éloigner.

Les yeux de Cibi se focalisent sur les deux femmes qui se dressent au-dessus d'elle.

— Je t'interdis de cracher, Cibi, l'avertit Livi tandis que sa sœur commence à mâcher. Tu te souviens de l'oignon que tu m'as donné quand j'étais malade ? Eh bien, c'est ton oignon.

Livi prend la main chaude de Cibi et la serre contre sa poitrine. Une fois que Rita les a laissées seules, Livi sort le petit couteau de sa poche et coupe les gousses en deux pour les donner à Cibi, jusqu'à ce qu'elle ait avalé toute la tête d'ail.

Cibi passe le restant de la semaine dans le bâtiment, ne sortant avec Livi que dimanche, leur jour de repos, pour s'asseoir au soleil. Alors qu'elles se dirigent vers leur endroit préféré du camp, un endroit où elles savent qu'elles retrouveront d'autres filles de Vranov, elles remarquent une silhouette solitaire assise dans la poussière.

— Est-ce que ce n'est pas Hannah Braunstein ? demande Cibi.

Les sœurs s'assoient à côté de Hannah. Elle est en train de triturer les lésions qui lui couvrent les bras et les jambes.

— Salut, Hannah. Est-ce que tu te souviens de nous ? Cibi et Livi, de Vranov ? l'aborde doucement Cibi.

Hannah lève les yeux, et un petit sourire de reconnaissance éclaire ses traits cireux.

— Nous avions l'habitude de venir aux bains publics de ta mère le dimanche, ajoute Livi.

— Je m'en souviens. Vous étiez toujours gentilles avec moi. Où est votre sœur ? s'enquiert-elle en regardant autour d'elles. Vous n'étiez pas trois ?

Cibi et Livi échangent un regard attristé.

— Elle est encore à Vranov avec notre mère et notre grand-père, répond Cibi.

— Est-ce que ça va ? demande Livi.

— Ça peut aller, répond Hannah en recommençant à tripoter ses plaies.

Cibi l'entoure de ses bras et l'attire contre elle. Elle lui caresse le dos, les bras, et lui murmure des mots de réconfort. Elle lui dit que ça ira mieux.

Livi se place derrière Cibi et commence à écarter ses cheveux, à la recherche de poux. Les ondulations châtains de Cibi repoussent, mais pour combien de temps ? De ses doigts délicats, Livi retire les poux avant de les écraser entre ses ongles.

— Hannah, voudrais-tu que j'assassine tes poux quand j'aurai fini avec ceux de Cibi ?

— Non. Merci, Livi. Je laisserai mes poux mourir avec moi.

— Tu ne vas pas mourir, Hannah. Nous ne te laisserons pas mourir, insiste Cibi. Tu ne vas pas bien. Ton état va s'améliorer. Je viens d'être malade, et regarde-moi maintenant.

Hannah ne répond pas.

— Promets-moi que tu demanderas à ta *kapo* des médicaments pour tes plaies.

Hannah soupire et croise le regard de Cibi.

— Promis. Je lui en demanderai. Mais pour l'instant, est-ce que vous voulez bien vous asseoir au soleil avec moi ?

— Bien sûr, acquiesce Cibi. Et nous nous retrouverons dimanche prochain, aussi. Tu pourras nous montrer que tu vas beaucoup mieux.

Le dimanche suivant, Cibi et Livi se précipitent au même endroit, mais Hannah n'est pas là. Elles demandent aux filles de son bâtiment si elles l'ont vue, et l'une d'elles les informe que Hannah a été emmenée à l'hôpital et n'en est jamais revenue. Livi se souvient de ce que Rita lui a dit, qu'ils étaient en train de libérer l'hôpital. Peut-être cela s'est-il produit de nouveau ? En silence, les sœurs s'éloignent pour trouver un endroit où s'asseoir au soleil et où tuer leurs poux respectifs, seules.

Cibi s'inquiète que cet épisode ne replonge Livi dans le désespoir, mais le temps plus doux ainsi qu'un dépôt secret de nourriture qu'elles ont récemment découvert dans la salle de tri permettent de maintenir les démons de sa sœur à distance.

Au cours des mois d'été, les nouvelles arrivées affluent dans le camp et les sélections se multiplient. Cibi présume que c'est essentiellement dû à un manque de place pour les accueillir, aussi bien à Auschwitz qu'à Birkenau. De temps à autre, Cibi et Livi se mettent en rangs avec leurs camarades de bâtiment tandis que les officiers inspectent le corps nu des filles à la recherche de blessures, de plaies ou de lésions, lesquelles entraîneraient aussitôt un envoi aux chambres à gaz. Mais Grese, l'officier SS, a tenu parole : les filles portant un numéro à quatre chiffres reviennent toujours au bâtiment.

Alors que les saisons changent, l'automne laissant la place à un hiver précoce, Livi est une fois de plus frappée par le typhus. Cibi inspecte désespérément le contenu des valises qui arrivent à la recherche d'oignons, d'ail, ou de n'importe quoi qu'elle pourrait donner à sa petite sœur pour l'aider à reprendre des forces. Elle découvre un petit paquet de tissu qui renferme ce qui ressemble à de minuscules prunes vertes. Elle les rapporte au bâtiment, mais avant de les donner à Livi, elle en prend une bouchée et recrache, écœurée.

— Où as-tu trouvé ça ?

Une jeune fille rôde près de l'épaule de Cibi, une Juive de Grèce. Cibi range rapidement les fruits dans leur tissu.

— Quoi donc ?

— Ces olives, où les as-tu trouvées ?

— Des olives ?

— Tu n'avais encore jamais vu d'olives ? demande la fille avec un petit sourire en coin.

— Non, jamais. Et c'est infect !

— Est-ce que tu veux bien me les donner alors ? Si tu n'en veux pas ? Je te les échange contre mon pain.

Cibi remarque la lueur dans les yeux de la fille et dépose le petit paquet entre ses mains.

— Prends-les. Et tu ne devrais jamais renoncer à ta ration de nourriture, mais comme ma sœur est malade, je t'en suis reconnaissante. Merci.

Cependant, la fièvre de Livi ne baisse pas et, chaque nuit, elle s'agite dans tous les sens, empêchant ses compagnes de couchette de dormir. Celles-ci s'inquiètent qu'on finisse par remarquer que Livi manque à l'appel.

Enfin, Rita dit à Cibi que Livi peut désormais aller à l'hôpital sans crainte ; les sélections sont terminées pour un moment. Elle devrait y être en sécurité et elle a besoin d'antibiotiques sans quoi elle ne survivra pas. Ensemble, les deux femmes l'emmènent, portant son petit corps entre elles.

Après avoir laissé sa sœur à l'hôpital, Cibi repart le cœur lourd. Vient-elle de rompre sa promesse de rester avec elle, de la protéger ? La reverra-t-elle ? Elle entend la voix de leur père leur dire de ne jamais se séparer ; elle imagine Magda la conjurant de ne jamais quitter Livi.

Soudain très inquiète, Cibi rebrousse chemin et court à l'hôpital. Essoufflée, elle dit à l'infirmière polonaise que tout va bien, que Livi a l'air d'aller mieux, que tout compte fait elle n'a pas besoin d'être hospitalisée, qu'elle s'occupera d'elle.

L'infirmière lève une seringue d'une main et pose la deuxième sur l'épaule de Cibi, regardant la jeune fille avec assurance.

— Quel âge a ta sœur ? Onze ans ? Douze ans ?

— Elle en a seize.

L'infirmière fronce les sourcils.

— Elle est très petite. Je m'apprête à lui donner un médicament qui va l'aider. Et tu peux me faire confiance. Je promets que je veillerai sur elle. Des sœurs, hein ? Vous avez de la chance d'être toutes les deux.

Une nouvelle fois, Cibi s'éloigne de Livi, mais à présent elle a le cœur un peu plus léger.

— Elle est entre de bonnes mains avec cette infirmière, la rassure plus tard Rita. C'est une prisonnière polonaise et non une volontaire allemande. Estime-toi heureuse, parce que ces dernières sont aussi mauvaises que les médecins.

Le lendemain, Livi est à moitié consciente et parvient à comprendre où elle se trouve. On lui indique qu'elle passera quelques jours à l'hôpital avant d'être renvoyée dans son bâtiment.

Les douze lits de la salle sont occupés. Certaines des filles dorment, d'autres gémissent doucement. L'après-midi, Livi se sent un peu mieux. Elle sourit à la fille allongée dans le lit voisin, dont le visage et le cou présentent une étrange nuance de jaune. A-t-elle une sœur pour veiller sur elle ? Probablement pas, pense-t-elle en tendant la main vers la sienne.

La fille imite son geste.

— Je m'appelle Livi, chuchote-t-elle en lui saisissant les doigts.

— Matilda, répond la fille avec un faible sourire.

À cet instant, l'infirmière polonaise surgit dans la pièce, Mala sur les talons. Prisonnière comme elle, Mala est l'« interprète » des Allemands. Elle est polonaise de naissance et on dit qu'elle sait parler français, néerlandais, russe et allemand. Les deux femmes pénètrent dans la pièce minuscule où l'infirmière stocke les médicaments et ferment la porte.

Livi regarde Matilda, qui s'est endormie, sa main encore dans la sienne, puis elle sent ses yeux se fermer.

Il commence à faire sombre quand l'infirmière la secoue pour la réveiller.

— Livi, lève-toi. Tout de suite !

La jeune fille ouvre les yeux. Où est-elle ? Les lumières ne sont pas allumées. Dans l'obscurité, elle distingue les contours des corps des filles sous les couvertures.

— Livi, allez. Nous devons nous dépêcher.

L'infirmière écarte ses couvertures et lui saisit les deux bras pour la redresser.

— Je ne peux pas, répond Livi. Je n'en ai pas la force.

L'infirmière fait glisser les jambes de Livi sur le côté du lit et la soulève pour l'en descendre.

— S'il te plaît, Livi. Nous devons partir.

Malgré ses protestations, Livi est emmenée à toute vitesse hors du bâtiment. Elle ne porte pas de chaussures et, en l'espace de quelques minutes, elle se retrouve à clopiner sur le chemin poussiéreux qui mène aux latrines.

— Mais où allons-nous ? Ne puis-je pas aller aux toilettes de l'hôpital ? demande-t-elle, perplexe.

— Avance, ne t'arrête pas.

Une fois dans le bâtiment, l'infirmière pousse Livi dans une cabine vide.

— Reste là jusqu'à ce que je revienne. Compris ? Ne sors sous aucun prétexte.

Livi s'effondre dans un coin. L'odeur est infecte et le sol baigne dans l'urine, mais elle n'a plus la force de tenir debout.

L'infirmière revient en début de soirée. Livi s'est endormie malgré la puanteur. L'infirmière siffle pour la réveiller. Sans un mot, elle reconduit une Livi boiteuse à l'hôpital.

La jeune fille parcourt du regard la salle vide.

— Où sont-elles parties ?

— Au Bâtiment 25.

— Au Bâtiment 25 ? répète la jeune fille qui comprend alors. Vous m'avez sauvée *moi* ? s'étonne-t-elle en croisant les yeux embués de larmes de l'infirmière.

— J'ai promis à ta sœur que je veillerais sur toi, non ? Quand Mala m'a annoncé qu'il y aurait une sélection, j'ai sauvé qui j'ai pu, toi.

Voilà ce dont les deux femmes ont discuté plus tôt ; Mala, bénéficiant de certains avantages en tant que traductrice, est dans le secret des sélections à venir.

Une larme coule le long de la joue de l'infirmière. Elle balaie des yeux la pièce à présent déserte.

— J'en aurais sauvé d'autres si j'avais pu.

Livi tend la main vers la sienne, mais l'infirmière se détourne déjà pour repartir vers la petite pièce des médicaments. Une fois la nuit tombée, Livi sort de son lit et, s'enveloppant dans une couverture, quitte lentement l'hôpital pour regagner son bâtiment. Elle a échappé à la mort, aujourd'hui elle a eu de la chance ; combien d'autres fois la chance décidera-t-elle de sa vie ou de sa mort ?

Livi reprend des forces et, le dimanche, elle sort prendre un peu l'air. Elle et Cibi rejoignent leur endroit préféré sur l'herbe et, partageant une couverture, elles offrent leur visage au soleil d'hiver.

— Voilà Rita, chuchote soudain Livi.

La *kapo* avance vers les sœurs, celles-ci se lèvent vivement.

— J'ai un nouveau travail pour toi, Livi, déclare-t-elle sans préambule. Tu commenceras demain.

— Un nouveau travail ? s'inquiète Cibi.

C'est une terrible nouvelle. Il ne faut pas qu'elles soient séparées.

— J'ai indiqué ton nom pour être messagère des SS. Ne prends pas cet air soucieux, ce n'est pas difficile.

— Que vais-je devoir faire ? interroge Livi.

Elle regarde Cibi, mais celle-ci fixe Rita.

— Demain matin, quand tout le monde sera parti, je t'emmènerai au portail principal où tu attendras qu'on te donne des messages. Tu les porteras ensuite aux gardiens à travers le camp. Cela ne pourrait être plus simple.

Comme Livi ne répond pas, Rita hausse la voix.

— Est-ce que tu comprends ?

— Sera-t-elle en sécurité ? s'enquiert Cibi. Je veux dire, les SS…

Rita hausse les sourcils, mais sourit.

— Aucun coursier n'a jamais été blessé. Ces SS sont des fainéants. S'ils peuvent rester assis sur le cul toute la journée, ils ne s'en privent pas.

— Ne t'en fais pas, Cibi, ça ira, déclare Livi.

— La plupart du temps, tu seras simplement debout à attendre. C'est un travail ennuyeux, mais pas dangereux du tout.

Sur ces mots, Rita tourne les talons, laissant Livi se demander si cette femme sait seulement ce que signifie le mot « dangereux ».

Rita a raison : le nouveau rôle de coursier de Livi n'a rien de compliqué. Avec deux autres filles, elle se tient à l'entrée de Birkenau, à côté du petit bureau où les nazis contrôlent les allées et venues de tous ceux qui entrent. Les filles gagnent en audace, prenant le risque de discuter de temps en temps, tandis qu'elles attendent d'être envoyées de-ci, de-là pour transmettre des messages à travers le camp.

Une après-midi, alors qu'elle revient au portail après avoir distribué le courrier, Livi se retrouve toute seule car les autres filles sont encore occupées. La journée touche presque à sa fin et les hommes qui travaillent à l'extérieur du camp sont en train de rentrer. Certains d'entre eux portent les cadavres des prisonniers morts ce jour-là. Blessures de balles, crânes fendus et membres fracturés… ces hommes ne sont pas morts d'épuisement. Livi les fixe d'un air hébété. Quand est-elle devenue aussi insensible à une telle brutalité ?

Debout de part et d'autre du portail, deux gardiens SS regardent les hommes pénétrer dans l'enceinte en titubant. Un *kapo* fait des allers-retours, hurlant aux hommes d'avancer, de se dépêcher.

— Donnez-moi votre matraque, dit-il à l'un des gardiens. C'est la seule façon de les faire entrer.

Les SS échangent un sourire et l'un d'eux sort une matraque de sa ceinture pour la tendre au *kapo*. Livi sait qu'elle devrait partir – tout cela n'annonce rien de bon et elle n'a pas besoin d'en voir davantage – mais elle est incapable de bouger.

Le *kapo* lève la matraque et se jette sur les prisonniers qui arrivent, les frappant au niveau de la tête, du torse, tout en s'esclaffant, en les insultant d'être aussi stupides, aussi paresseux, aussi faibles. Ceux qui s'effondrent sous ses coups sont rapidement relevés et éloignés par leurs camarades. Deux prisonniers, toutefois, n'attrapent pas assez vite les mains qui leur sont tendues et restent à terre. Ils s'efforcent de se relever, sans succès.

Livi détourne les yeux tandis que le *kapo* leur fonce dessus. Elle entend les bruits répétés de sa matraque brisant les os et les crânes. Lorsqu'elle regarde de nouveau, il n'y a plus qu'un tas sanguinolent de chair et de haillons. Mais le *kapo* semble avoir perdu la tête – il continue de les tabasser, brisant encore les os fragiles et déchargeant sa haine sur ces cadavres de Juifs.

— Ça suffit !

Un gardien le rappelle à l'ordre, tendant la main pour récupérer sa matraque. Le *kapo* ne l'entend pas, perdu dans son travail.

— J'ai dit, *ça suffit* ! hurle le SS.

Le *kapo* donne un dernier coup de pied dans le tas, puis essuie la matraque ensanglantée sur son pantalon avant de la rendre.

C'est alors qu'il aperçoit Livi.

— Toi aussi, tu en veux, minette ? ricane-t-il, révélant deux rangées de dents jaunes et cassées.

C'est un homme courtaud aux yeux fous, dont les cheveux noirs hirsutes pendent en rubans mouillés de part et d'autre de son visage crasseux et luisant de sueur.

— Rendez-moi la matraque, hurle-t-il au gardien SS. J'aimerais la corriger, elle.

Livi se sent partir à la dérive. Elle fixe cet animal avec l'impression de survoler la scène, avec les cadavres et les SS, dont l'un vient se planter devant le *kapo*.

— Laisse-la tranquille. Elle travaille pour nous, pas pour toi.

— Je pourrais la tuer à mains nues, crache l'homme. Et y prendre du plaisir.

— Jeune fille, va-t'en d'ici, lui intime l'autre gardien par-dessus son épaule. Retourne à ton bâtiment.

— Je me souviendrai de toi, minette. Isaac n'oublie jamais un visage.

Livi reprend possession de son corps et s'enfuit en courant.

Chaque jour, elles voient les trains entrer à Birkenau et vomir les milliers d'hommes, de femmes et d'enfants arrachés à leurs maisons. Elles regardent les SS expédier les détenus d'un revers de main vers la droite – le camp – ou vers la gauche – la chambre à gaz. Dans son rôle de messagère du camp, Livi ne peut éviter la détresse de ces familles qui attendent leur sort et, de nouveau, elle commence à se replier sur elle-même.

Demain, ce sera le jour de mon anniversaire. Je vais avoir dix-sept ans, songe-t-elle. *Arriverai-je à dix-huit ?* Elle se demande ce que Mumma lui préparerait comme gâteau d'anniversaire, si elle était là – non, si elle-même était à la maison avec Mumma. Cibi lui rappellerait qu'elle reste la plus jeune, Magda lui cueillerait une fleur de laurier-rose dans le jardin.

Livi décide de ne rien dire à Cibi, ni à personne d'autre. Demain sera un jour comme les autres. Tout ce qu'elle doit faire, c'est se lever et accomplir ses tâches.

Le lendemain matin, quand les sœurs se réveillent, la neige tombe à gros flocons. À son poste à l'entrée de Birkenau, attendant les messages qu'elle distribuera à travers le camp, Livi regarde un autre train s'arrêter ; des hommes et des femmes descendent des wagons et atterrissent dans près d'un mètre de neige. Ils se serrent les uns contre les autres sur le quai, terrifiés et frigorifiés.

Livi n'arrive pas à détourner les yeux. Parfois, elle croise le regard de l'un ou l'autre des prisonniers, alors elle baisse rapidement la tête.

Il neige encore lorsque le détachement de la sélection arrive. Sous un épais manteau, un officier examine la foule, avant d'agiter la main vers la gauche, vers les chambres à gaz. Aujourd'hui, ce n'est ni leur âge, ni leur état de santé, ni leur sexe qui a scellé leur destin, c'est la météo.

Ce soir-là, en regagnant leur couchette, les sœurs découvrent qu'on leur a volé leurs couvertures. Gardant tous leurs vêtements sans exception, chaussures comprises, elles se blottissent l'une contre l'autre pour avoir moins froid. Le vent glacial mugit autour du bâtiment, s'infiltrant à travers les fissures du mortier et par l'espace sous la porte. La morve qui s'écoule de leur nez forme des stalactites.

Au lieu de dormir, Livi gémit, tout doucement.

— Cibi, tu dors ? finit-elle par demander.

— Non. Que se passe-t-il ? Tu n'arrives pas à dormir ?

— Je ne pense pas pouvoir continuer. Et maintenant, sans couvertures, nous allons mourir de froid. Cibi, si nous devons mourir cette nuit, je ne veux pas que ce soit ici.

Elle se met à pleurer.

Cibi lui prend le visage entre ses mains gantées. Elle souffle de l'air chaud sur les joues gelées de sa sœur. Elle déglutit une fois, deux fois. Elle sent comme un coup de poing dans son estomac. Livi a raison. Elles vont mourir sur cette couchette et, au matin, leurs cadavres gelés seront chargés sur un camion avec des centaines d'autres et emportés pour être incinérés.

— Allons-y, dit-elle simplement.

Livi hoche la tête. En silence, les filles descendent de la couchette et traversent la salle sur la pointe des pieds. Cibi ouvre la porte et elles s'engagent dehors. Elles sont presque ramenées de force dans le bâtiment par une bourrasque de neige, mais elles poursuivent leur chemin, s'accrochant aux murs pour contourner le bâtiment derrière lequel se dresse la forêt. Ensemble, main dans la main, elles se dirigent vers la clôture électrifiée.

— Quand je dis « cours », murmure Cibi au milieu des flocons de neige, cours !

Cibi et Livi jettent un dernier regard au camp ; aux projecteurs qui illuminent les édifices menaçants ; au portail, qui ne les rendra jamais libres ; à la tour de garde désertée.

Les visages de Mumma, de Magda, de Grand-père et de leur père ne sont jamais loin. Curieusement, ces images donnent du courage aux sœurs.

Ensemble, elles avancent de plusieurs pas. Cibi s'arrête un instant et Livi sait que le prochain mot, le dernier mot qu'elle entendra de la bouche de sa sœur sera « cours ».

— Arrêtez !

Les filles sursautent et font volte-face.

— Arrêtez, répète la voix.

— Tu ne peux pas nous en empêcher ! lance Livi, serrant les doigts de Cibi dans les siens, comme pour l'exhorter à continuer.

— Je sais que je ne peux pas vous en empêcher. Mais dites-moi seulement pourquoi. Pourquoi cette nuit ? En quoi est-elle si différente des autres nuits ?

C'est une voix féminine, plaintive, hésitante.

Elle sort de l'ombre et Cibi reconnaît l'une des nouvelles.

— Quelqu'un a pris notre couverture, explique Livi. Et nous ne voulons pas mourir là-dedans, sur cette couchette puante dans ce bâtiment puant. Voilà, ça te suffit comme explication ? Tu vas nous laisser tranquilles maintenant ?

— Rentrez. Je promets de vous trouver une couverture.

Cibi plonge les yeux dans ceux de sa sœur et sent son hésitation. Elles pourraient courir jusqu'à la clôture, s'y tenir un instant et tout cela serait fini.

— S'il y a une petite chance de vivre assez longtemps pour revoir Magda et Mumma, nous devons la saisir, murmure Cibi. Est-ce qu'on rentre ? Ou est-ce qu'on continue ?

Livi ne bouge pas pendant un long moment. Elle fixe ses bottes puis, presque comme si cela la faisait souffrir, elle place un pied devant l'autre et reconduit Cibi au bâtiment.

À l'intérieur, Cibi et Livi regardent la fille qui les a persuadées de rentrer se déplacer dans la salle, tirant sur les draps des résidentes endormies. Lorsqu'elle sent une résistance, elle n'insiste pas. Enfin, elle soulève deux épaisses couvertures sans difficulté.

Sans un mot, elle les tend aux sœurs et retourne se coucher.

Le lendemain matin, tandis qu'elles se préparent à sortir pour l'appel, Cibi regarde la couchette d'où proviennent leurs couvertures. Deux filles gisent collées l'une à l'autre ; les yeux ouverts, elles fixent le plafond. Cibi détourne la tête et, par instinct de protection, son esprit rejette cette image.

16

Vranov nad Topl'ou, décembre 1943

Une bourrasque de neige accompagne Magda à l'intérieur de la maison. Elle retire son manteau et le secoue, parsemant le tapis élimé de doux flocons.

— Je n'arrive pas à le croire, Grand-père, déclare-t-elle en accrochant son manteau humide. Je n'arrive tout simplement pas à le croire.

Elle tend un petit sac en toile à Yitzchak.

— Qu'y a-t-il ? demande-t-il, le visage soudain pâle. Que s'est-il passé ?

— Comme si cela ne suffisait pas qu'on me donne du pain rassis alors même que je sentais l'odeur des miches à peine sorties du four, Mme Molnar est allée à l'arrière de la boutique me dénicher une miche particulièrement sèche – juste pour moi ! J'avais envie de la lui envoyer à la figure.

— C'est tout ? lance Chaya en entrant dans la pièce, en se séchant les mains sur son tablier. Estimons-nous heureux d'avoir du pain, dit-elle en se forçant à sourire.

— Non, ce n'est pas tout, Mumma. Loin de là.

Le sourire de Chaya disparaît.

— Raconte-nous alors.

— Quand je m'apprêtais à quitter la boutique, Mme Szabo m'a arraché la miche des mains et l'a jetée par terre. Tout le monde riait. Je déteste ces gens ! J'avais envie de la laisser là et de partir, mais comment le pouvais-je ?

Les joues de Magda sont rougies par le froid, mais elle n'a pas froid. Au contraire, elle a trop chaud, sa fureur brûle aussi fort qu'une belle flambée. Ses yeux bleus étincellent dans une expression de défi. Yitzchak est heureux que sa petite-fille soit en colère. La colère est préférable à l'abattement, mais il n'en est pas moins meurtri qu'elle ait été humiliée en public et, pire, de ne rien pouvoir y faire.

— Ils sont peut-être horribles avec toi, Magda, mais ils ne t'ont pas encore signalée à la Hlinka, tempère Chaya. Nous pouvons au moins rendre grâce pour cela.

En effet, aucun des « patriotes » imbus d'eux-mêmes ne l'a dénoncée, jusqu'ici. Mais ce n'est peut-être qu'une question de temps.

— Quoi qu'il en soit, te voilà à la maison, ajoute Chaya. Viens prendre un peu de soupe. Tu dois être frigorifiée.

Magda pose la tête sur la table.

— Savez-vous ce que j'ai vu d'autre ? souffle-t-elle, presque à elle-même.

— Nous t'écoutons, répond Yitzchak, retenant sa respiration.

— Quel jour sommes-nous ? interroge-t-elle en relevant la tête.

— Nous avons célébré le début de Hanoukka il y a deux jours, donc nous devons être le 24 décembre.

— La veille de Noël, confirme Magda. Et une guerre est en cours, n'est-ce pas ?

Yitzchak hoche lentement la tête.

— Et pourtant, poursuit Magda, de nouveau en colère, vous devriez voir les maisons et les magasins, tout illuminés. Mais enfin, comment peuvent-ils faire la fête, Mumma ? Grand-père ? Quand des gens sont en train de se faire tuer ? Quand nous ne savons absolument pas où se trouvent Cibi et Livi, ni quand elles rentreront à la maison ? Mais ces gens, ces « amis », ces « voisins », ne pensent qu'à remplir leur estomac et à acheter des cadeaux.

Magda s'effondre et Chaya l'enveloppe de ses bras. Il n'y a rien d'autre qu'elle puisse dire ou faire. Les deux femmes fondent en larmes.

Yitzchak pose doucement un bol de soupe sur la table.

— Magda, mange à présent.

— Si c'est la veille de Noël, peut-être ne vont-ils pas venir frapper à notre porte, déclare Chaya, pleine d'espoir.

— C'est shabbat, Chaya, répond Yitzchak en secouant la tête. Ils viennent toujours le jour du shabbat.

— Mais peut-être que Mumma a raison quand même. Ils pourraient s'accorder une soirée libre.

Chaya et Yitzchak échangent un regard.

— Nous ne pouvons pas prendre ce risque, dit-il en regardant au loin.

— Tu en es sûr, Père ? Il neige, et Mme Trac n'est pas encore rentrée de voyage.

— Je suis désolé, Magda. Nous ne pouvons pas prendre ce risque, il est trop grand.

Yitzchak essaie de faire preuve de fermeté, mais il a la voix tremblante.

— Peut-être juste quelques heures, alors, suggère Chaya. Ils ne viendront pas plus d'une fois le soir de Noël.

Si elle le pouvait, elle prendrait la place de Magda sans réfléchir.

— Ne t'en fais pas, Mumma, je t'assure. Tout ira bien, je sais où me cacher à l'abri du vent. Je connais un endroit secret.

C'est au tour de Magda de se forcer à sourire.

— Tant mieux ! s'exclame Yitzchak. Mais ne nous en dis pas plus. Si nous ne savons pas où c'est, on ne pourra pas nous forcer à le révéler.

— Oh, je crois que tu sais où c'est – je vais juste te donner un petit indice. N'essaie pas de deviner, répond la jeune fille, les yeux brillants.

— Oh, on veut jouer, hein ? Très bien, donne-moi un indice.

— Espoir et force, annonce-t-elle.

Yitzchak sourit en hochant la tête.

— Et qu'est-ce que cela signifie ? demande Chaya, perplexe.

— Tu n'as pas besoin de le savoir, ma fille.

Yitzchak adresse un clin d'œil à Magda.

— Oh, vous avez des secrets pour moi, maintenant ? plaisante Chaya. Je crois que ça me plaît que vous ayez un secret tous les deux. Vous devriez le garder.

— À présent, je dois rejoindre ma cachette.

Magda saisit son bol de soupe et le vide d'une traite.

Suivant une routine établie depuis longtemps, Yitzchak emballe du pain et du fromage pour la nuit que Magda passera dans les bois. Il ajoute un biscuit à l'avoine que leur a donné Helena, la femme d'Ivan, la veille. Chaya enfile de force à Magda plusieurs couches de vêtements, jusqu'à ce qu'elle semble énorme sous les pulls et les tricots de corps. Elle porte trois paires de chaussettes et fait entrer ses pieds avec difficulté dans les bottes de sa mère, d'une pointure plus grande que les siennes, heureusement. Chaya sort d'un placard le seul vêtement de Menachem qu'elle ait gardé : un long manteau de l'armée, bien chaud. Il arrive aux pieds de Magda. L'épaisse couverture du lit que Magda partageait autrefois avec Cibi est pliée et placée dans un sac à cordon coulissant.

Le soleil s'apprête à se coucher quand Yitzchak souffle les bougies, ouvre la porte et fait sortir Magda dans la nuit. La neige tombe toujours ; de légers flocons planent à travers la lumière jaune et terne des réverbères. La jeune fille ne voit pas âme qui vive tandis qu'elle se précipite vers la forêt. Au-dessus d'elle, les nuages s'écartent pour révéler une galaxie d'étoiles, lui illuminant la route. La lune, réduite ce soir à un croissant tout mince, ne lui offre rien du tout.

Dans la forêt, les branches nues se balancent et craquent sous le vent. Magda n'a plus peur des ombres allongées qu'elles projettent sur son chemin ; au lieu de cela, elle a désormais l'impression que ce sont des bras ouverts qui l'accueillent dans leur refuge.

Glissant au bas d'une petite congère, Magda retrouve l'étroite grotte en terre qui est devenue pour elle une seconde maison pendant ces longs mois. Elle déblaie une mince couche de neige sur le sol avant de s'installer, les genoux remontés sous son menton, à l'abri du vent et de la neige. Elle est étreinte par l'épaisse couverture, par le manteau bien chaud de son père. Relevant le col sur son nez, elle croit pouvoir encore sentir l'odeur masculine, familière, de son père. Elle sent sa présence et s'endort en sachant qu'il veille sur elle.

Au matin, quand elle ouvre les yeux, elle est éblouie par le soleil qui se réverbère sur la neige immaculée à l'extérieur de sa grotte. Elle tend l'oreille, n'entend rien et sort doucement. Ses os craquent et se plaignent tandis qu'elle s'étire et sautille pour relancer sa circulation.

Elle repart dans la forêt, nerveuse, aux aguets. Un rien suffirait à ce que quelqu'un dénonce une étrange fille errant dans les bois au petit matin. Tandis qu'elle regagne sa maison, les cris de joie des enfants déballant leurs cadeaux de Noël résonnent dans les rues.

Yitzchak ouvre la porte avant même qu'elle ait posé la main sur le loquet. Son regard la presse et il lui saisit le bras pour l'attirer à l'intérieur. Il ferme et verrouille la porte avant d'aller se poster à la fenêtre. La voie est libre ; personne ne l'a vue arriver.

— Ils sont venus deux fois, annonce-t-il, les yeux encore rivés sur la rue. La deuxième fois c'était il y a une heure seulement, poursuit-il en se tournant vers elle. Je pense qu'il te faudra rester plus longtemps dans les bois à l'avenir.

— J'ai du thé chaud pour toi. Viens manger quelque chose, appelle Chaya depuis la cuisine.

Magda sort de la couverture le paquet de nourriture que Yitzchak lui avait préparé si soigneusement la veille. Elle n'y a pas touché.

— Si je te donne de la nourriture, c'est pour que tu la manges, Magda. Comment espères-tu ne pas attraper froid si tu n'as rien dans l'estomac ?

— Je n'avais pas faim, Grand-père – j'étais trop occupée à dormir. Et à présent nous pouvons la partager.

Chaya enlève l'épais manteau des épaules de Magda, le caressant avec amour avant de le ranger dans le placard de la chambre.

17

Auschwitz-Birkenau

Cette année, il n'y a ni repas spécial ni jour de congé pour Noël. Cependant, Cibi a un cadeau pour Livi. Ce soir-là, alors qu'elles grimpent sur leur couchette, Cibi, d'un geste théâtral, sort de sa poche un petit bonnet tricoté en laine blanche. Il a même des rubans.

— Qu'est-ce que c'est ? demande Livi.

— Un bonnet, imbécile ! Cela te gardera la tête bien au chaud. Viens là, je vais te le mettre.

— Je ne suis pas un bébé, Cibi, je suis capable de le faire moi-même. Mais n'est-il pas un peu petit ?

Livi le tire de toutes ses forces au-dessus de ses oreilles. C'est un peu serré, mais Cibi est enchantée. Elle attache les rubans en un joli nœud sous le menton de sa sœur, qui semble tout aussi ravie.

— Je sens que ma tête se réchauffe !

— À présent, allonge-toi.

Livi s'exécute et Cibi la borde d'une couverture.

— Venez voir mon bébé, appelle-t-elle les filles de la pièce, en riant.

Elles se rassemblent autour d'elle, souriant à la fille au bonnet blanc. Elle a maintenant dix-sept ans, mais elle est si menue qu'on dirait une enfant.

— D'où est-ce qu'il vient ?

— Je l'ai trouvé dans une valise de vêtements de bébé, répond fièrement Cibi, chassant une nouvelle fois le pincement au cœur qu'elle a ressenti en ouvrant ladite valise.

— Peux-tu m'en trouver un ? demande une autre fille.

— Et à moi ? Moi aussi, j'aimerais être un bébé, lance une troisième d'un ton malicieux.

— Je vais voir ce que j'arrive à dégoter. Jusqu'ici, je n'avais jamais pensé à fouiller les vêtements d'enfants. Mais, regardons-nous, nous ne sommes pas plus grosses que des enfants.

Cette nuit-là est la meilleure que passe Livi de tout l'hiver. Et au matin, elle place soigneusement son bonnet sous son matelas, ce qui deviendra un rituel.

— Tu es encore là ? Je pensais que tu avais rejoint Dieu il y a longtemps.

Cibi est à son bureau du *Kanada*. Un SS se tient devant elle. Elle se souvient de lui, elle le voyait au chantier.

— Vous rejoindrez Dieu avant moi, siffle-t-elle dans sa barbe.

— Je te reconnais à peine.

Il la dévisage de haut en bas. Ses cheveux sont encore plus longs maintenant et ondulent jusqu'à ses épaules. Elle porte des vêtements propres et pourrait sans doute passer pour une secrétaire dans n'importe quel bureau.

— Voudrais-tu travailler au *Kanada* de Birkenau ? Je pourrais faire en sorte que tu sois mutée, dit-il.

Malgré l'hostilité et la bravade de Cibi, il la regarde presque avec gentillesse.

— Tu as survécu alors que je ne pensais pas que ce serait le cas, ni pour toi, ni pour tous les prisonniers arrivés les premiers temps, poursuit-il. Je te propose simplement un nouveau travail pour que tu n'aies pas à faire le trajet entre Auschwitz et Birkenau tous les jours. Nous ne sommes pas tous des monstres.

— Ah bon ? Et non, merci. J'ai assez trié de vêtements sales et puants comme ça.

— Et la poste ? Je pourrais te transférer là-bas, si tu préférais.

Cibi lève les yeux de la machine à écrire. Se moque-t-il d'elle ?

— Ça, ça me plairait, répond-elle lentement. Êtes-vous sérieux ?

Un emploi à Birkenau lui conviendrait très bien. Le trajet est solitaire sans sa sœur, surtout pendant ces mois glacials.

— Je vais m'en charger, déclare l'officier avant de tourner les talons.

La neige tombe à gros flocons quand Livi se met en route pour apporter un message au bâtiment médical. Elle est stoppée en chemin par un camion qui s'arrête devant elle. Deux gardiens SS descendent du véhicule. Les battants de toile retombent en place, mais pas avant que Livi ait aperçu les femmes nues agglutinées à l'intérieur.

Elle recule quand une jeune femme saute du camion, atterrissant devant les SS. Elle lève les mains en l'air. Elle ne semble pas ressentir le froid, ni la neige.

— Tuez-moi maintenant, parce que je n'irai pas dans votre chambre à gaz ! hurle-t-elle.

Livi fait un pas en arrière, puis un autre, craignant d'être victime d'une balle égarée.

Les gardiens pointent leur fusil sur la femme nue. L'un d'eux s'apprête à tirer, mais un autre lui abaisse le bras. Livi remarque le sourire cruel de ce dernier tandis qu'il annonce à la fille qu'ils ne lui accorderont pas la mort facile d'une balle. Au lieu de cela, elle va mourir comme tous ceux de son espèce – lentement, douloureusement, en suffoquant tandis que le gaz lui dérobe sa vie. Il s'approche d'elle et lui donne un coup de crosse dans le ventre. Elle s'effondre, mais parvient avec peine à se relever et se met à courir. Livi constate avec horreur qu'elle se dirige vers elle.

Mais le fusil s'agite une nouvelle fois dans l'air et touche cette fois son crâne. Elle tombe. Son sang teinte la neige en rose. Comme elle n'essaie pas de se relever, un gardien la saisit par le bras et la traîne jusqu'au camion. Les femmes la hissent à l'intérieur.

Alors que le véhicule repart, Livi tombe à genoux, prise de haut-le-cœur. Quand cette folie prendra-t-elle fin ? Ses yeux se posent sur les traces de sang et elle attend que la neige efface cette nouvelle horreur avant de poursuivre sa route. Ses doigts se ferment sur le petit couteau dans sa poche, son talisman désormais. Elle s'imagine en train de le plonger dans le cœur du SS qui a brandi son fusil contre une femme nue dans la neige.

Plus tard, Livi ne raconte pas à Cibi la scène à laquelle elle a assisté. Elle ne lui a pas non plus parlé d'Isaac, le *kapo* dément. D'une certaine façon, il est plus facile de ne pas parler de ces choses. Et puis, il y a des nouvelles pour les distraire.

Les sœurs regardent ces détenues fraîchement arrivées répéter les questions qui les consumaient elles-mêmes à leurs débuts au camp : « Que faisons-nous ici ? Que va-t-on nous faire ? »

Après s'être présentée, l'une des filles, Vanoushka, demande si l'une d'elles a lu *Le Portrait de Dorian Gray* d'Oscar Wilde. Plusieurs se moquent d'elle, incrédules : comment peut-elle parler d'un *livre* et de *lecture* quand elles attendent aux portes de l'enfer ? Elle ne se laisse pas démonter par leurs moqueries et annonce :

— Je vais vous raconter l'histoire de Dorian Gray.

Elle captive aussitôt son auditoire. Entre éclats de rire et exclamations de surprise, les filles écoutent les rebondissements sensuels et immoraux de la vie de Dorian Gray et de son désir pour Sibyl. Comme tous les bons conteurs, elle s'arrête à un moment clé, produisant un effet de suspense. Les filles la supplient de continuer et elle leur promet d'autres aventures le lendemain.

Le soir suivant, Vanoushka attend l'extinction des feux. Toutes les filles s'assemblent autour de sa couchette et elle les enchante avec l'histoire de l'artiste amouraché, Basil, le portraitiste de Dorian.

Bien vite, ces séances deviennent pour les filles un canot de sauvetage, en particulier pour Livi.

Peu à peu, le souvenir de la femme ensanglantée dans la neige commence à s'éloigner. Elle et Cibi rêvent toutes les deux de trouver leur prince charmant et de poser pour un portrait tandis qu'un peintre célèbre fixe leur image sur la toile.

Quand, enfin, Vanoushka a épuisé le chef-d'œuvre d'Oscar Wilde, elle propose aux filles d'autres histoires tirées d'autres livres, mais elles ne veulent que Dorian Gray. Elle doit alors répéter ses aventures encore et encore. Livi trouve ces récits aussi réconfortants que sentir son couteau au creux de sa paume. D'une certaine façon, ils lui rappellent la maison ; Mumma lui lisait des histoires dans son lit quand elle était petite, et elle aimerait tant pouvoir partager ces souvenirs avec elle. Elle prie pour que Cibi et elle vivent assez longtemps pour la revoir.

Le SS a tenu parole et Cibi travaille désormais à Birkenau. Trier le courrier au bureau de poste est assez facile et elle n'a plus à faire le trajet jusqu'à Auschwitz ; mais, surtout, elle n'a plus à être séparée de Livi.

Quelques mois plus tôt, le camp familial de Theresienstadt a été établi au sein de Birkenau pour loger des Juifs allemands, autrichiens, tchèques et néerlandais d'un ghetto du nord-ouest de la Tchécoslovaquie. Des lettres et des paquets – contenant souvent de la nourriture – arrivent régulièrement pour ces prisonniers et le rôle de Cibi consiste à noter le nom et l'adresse des destinataires. Elle tape ensuite ces informations et les envoie à une adresse en Suisse.

La jeune fille apprend assez vite *qui* en Suisse reçoit ces données, car des colis de nourriture envoyés par la Croix-Rouge commencent à affluer pour ces familles. De nombreuses rumeurs circulent à propos de ce ghetto, beaucoup prétendent notamment qu'il s'agit d'une machine de propagande par laquelle les Allemands montrent au monde extérieur qu'ils veillent sur les Juifs, qu'ils les traitent bien, qu'ils les nourrissent. Ils affichent ainsi leur largesse à la Croix-Rouge, avant d'envoyer des milliers de personnes dans des camps d'extermination à travers l'Europe occupée par les nazis.

— Cette famille n'est plus là, annonce Cibi à son superviseur un matin, en lui tendant une petite boîte encore fermée.

— Je n'ai pas l'impression qu'il y ait grand-chose là-dedans. Ouvre.

Elle soulève le couvercle et découvre une minuscule boîte de chocolats ainsi que deux boîtes de sardines. Son superviseur prend les chocolats, mais lui tend les sardines sans un mot.

Cibi donne une boîte à sa collègue et emporte la deuxième dans un coin sombre de la salle du courrier. Elle ne peut pas risquer d'être vue en train de rapporter la boîte au camp, elle doit donc la manger sur-le-champ. Elle l'ouvre et avale les minuscules poissons salés, avant de verser l'huile dans sa bouche. Puis elle essuie l'intérieur de la boîte avec son doigt. Presque aussitôt, elle se sent écœurée en se rappelant le jour de son arrivée, plus de deux ans plus tôt. Elle se remémore l'homme qu'elle avait vu avec Livi : maigre, le crâne rasé, en vêtements de prisonnier larges et rayés. Il était monté dans leur wagon à bétail, avait saisi une boîte de conserve vide et, tout comme elle à l'instant, il avait passé un doigt squelettique tout autour pour récupérer les gouttes d'huile.

Cibi se sent défaillir. Il n'y a plus de différence entre elle et cet homme, à l'exception de sa tenue. Alors qu'elle est perdue dans ce sombre souvenir, la porte s'ouvre et un gardien SS pénètre dans la salle du courrier. Il remue les lèvres, mais Cibi n'a rien entendu de sa première phrase. Elle le fixe, bêtement.

— J'ai dit, viens avec moi ! aboie-t-il.

Laissant tomber la boîte de sardines, elle le suit à l'extérieur jusqu'à un camion.

— Monte !

Cibi court côté passager et grimpe dans le camion. Elle a maintenant pleinement retrouvé ses esprits. Elle se trouve dans un camion SS avec un gardien SS. Cela ne peut finir que d'une seule façon. Aussitôt, elle pense à Livi, qui ne saura peut-être jamais ce qui lui est arrivé. Elle pense à Magda, à sa mère, à son grand-père.

Le SS jette un coup d'œil dans sa direction et remarque les doigts tremblants dont elle se couvre la bouche.

— Ce n'est pas *toi* que je vais punir, lui dit-il le plus naturellement du monde.

Cibi laisse échapper la respiration qu'elle retenait et, hésitante, croise son regard.

— Je veux que tu récupères des colis au portail d'entrée et que tu les rapportes à la poste où ils auraient dû être livrés. Quand je découvrirai qui a été trop paresseux pour les apporter, il sera exécuté.

Cibi essaie toujours de calmer sa respiration. Il fait froid dehors, mais elle a besoin d'air frais.

— Cela vous embête-t-il si j'ouvre la fenêtre ?

Le soldat hoche la tête d'un geste abrupt. Elle abaisse la vitre et se penche sous le vent, inspire l'air froid et se sent plus calme.

Un grand camion ouvert avance vers eux. Au moment où ils le croisent, elle entend des hommes chanter à tue-tête. Elle tourne sur son siège et aperçoit des prisonniers nus à l'arrière. Ils se dressent de toute leur hauteur et hurlent le chant qu'elle-même a entonné tant de fois à la synagogue.

Une peur glaçante la traverse et elle agrippe sa poitrine, avec l'impression de se désagréger. Le peu d'espoir qu'elle a de survivre à cet endroit s'envole par la fenêtre ouverte, poursuivant ces hommes destinés à une mort imminente.

Combien de temps lui reste-t-il avant que les SS viennent la chercher, elle, la déshabillent et la conduisent à la chambre à gaz ?

*

* *

Livi ne comprend pas pourquoi Cibi l'évite. Ces jours-ci, sa sœur reste de plus en plus tard à la poste, rentrant souvent dans leur bâtiment après l'extinction des feux. La nuit, quand elles sont couchées, elle répond rarement aux questions que lui pose Livi en chuchotant. Celle-ci décide de lui parler dimanche, leur jour de repos, mais quand dimanche arrive, Cibi marmonne qu'elle a du travail à la poste et s'éclipse.

Livi erre à travers le camp, s'arrêtant çà et là pour bavarder avec les autres filles, mais elle s'inquiète pour Cibi. Peut-être sa sœur a-t-elle assisté elle aussi à un ou deux épisodes traumatisants qui l'ont rendue muette. Mais Cibi est son roc, raisonne Livi, elle ne peut pas *disparaître*.

Elle se dirige vers le portail qui sépare les deux camps des femmes. Aujourd'hui, comme tous les dimanches, il est ouvert, permettant aux familles et aux amis de se retrouver quelques instants.

Le sang de Livi se glace dans ses veines lorsque Mandel, la gardienne en chef, apparaît sur son magnifique cheval noir et qu'elle s'approche en l'apercevant. Mandel inspire une terreur universelle : méchante, le regard froid, elle noue ses longs cheveux roux en une queue-de-cheval haute, bien qu'elle soit trop âgée pour une coiffure de ce style. Ne s'embarrassant pas de mots quand un coup de matraque peut faire l'affaire, Mandel est connue pour se déchaîner lors de l'appel. On la surnomme « La Bête ». Le bruit court que si vous la regardez droit dans les yeux, elle vous fera tuer par balle ou envoyer à la chambre à gaz. Personne n'est pressé de savoir si c'est vrai.

— Sais-tu pourquoi ce portail est ouvert ? demande Mandel à Livi.

Luttant pour garder son calme et pour éviter le regard de cette femme, la jeune fille explique que le dimanche est le jour des visites et que les femmes sont autorisées à se mêler à leurs amies qui vivent dans le camp voisin.

La gardienne lance une grosse clé à Livi et lui ordonne de fermer les deux portails : tout le monde doit rester là où il est, et si les gens ne se trouvent pas où ils devraient une fois que les portails seront fermés, ils seront punis. Enfonçant ses talons dans les flancs de son cheval, Mandel repart aussitôt.

Livi prévient les femmes qu'elles doivent regagner leurs camps respectifs, qu'elles doivent passer le message, et vite. Elle commence à tirer le portail de façon théâtrale pour être vue de tous tandis que des femmes passent près d'elles pour rejoindre leurs bâtiments. Elles crient à Livi de ne pas les enfermer au moment où Mandel revient au galop.

— Dépêchez-vous ! crie Livi aux retardataires. Dépêchez-vous !

Livi est en train de fermer le portail à clé quand Mandel saute de son cheval et s'approche d'elle à grandes enjambées.

— Je t'ai dit de fermer le portail immédiatement ! hurle-t-elle au visage de Livi.

Du coin de l'œil, la jeune fille aperçoit Rita non loin de là, mais elle ne peut pas sauver Livi du premier coup de poing qu'elle reçoit dans la figure. Livi tombe et se retrouve sonnée à terre. Sa vessie lâche et elle sent l'urine chaude former une flaque au-dessous d'elle. Mandel, sa tâche accomplie pour le moment, remonte en selle et lance son coup final :

— Envoie-la au trou ! crie-t-elle à Rita avant de disparaître.

Rita tend une main à Livi et l'aide à se relever.

— Je ne peux pas t'éviter cette punition, dit-elle.

La jeune fille n'arrive pas à parler ; elle sait qu'elle a de la chance d'être en vie.

Livi suit Rita à l'arrière du camp des femmes. Là, une fille se tient debout dans un trou. Seuls sa tête et son cou dépassent de terre. Il est impossible que Livi y descende, c'est trop étroit. Elle doit donc ramper dans un court tunnel afin d'y entrer par le bas. Ce n'est qu'une fois qu'elle est parfaitement debout que Livi comprend la torture de cette punition. Dos à dos, les bras emprisonnés, aucune des deux filles ne peut bouger – elles peuvent à peine respirer – et elles doivent rester ainsi toute la nuit.

Lorsque Cibi revient au bâtiment ce soir-là pour le dîner, Rita lui explique que Livi a été envoyée au trou.

— Il faut que je la voie, implore Cibi. S'il te plaît, Rita. Elle ne peut pas faire ça toute seule.

— Elle n'a pas le choix. Si tu t'approches, tu finiras toi aussi au trou, voire pire.

— Mais c'est ma petite sœur, je dois veiller sur elle.

— Elle est beaucoup plus forte que tu ne le crois. Elle sera de retour au travail demain matin, tu la verras à ce moment-là. Mais demain soir, elle retournera au trou.

Livi n'a pas froid, elle est engourdie. Elle ne sent plus ses mains ni ses doigts et a l'impression que sa poitrine s'affaisse à chaque inspiration. Après le départ de Rita, elle et la fille avec qui elle est coincée ont échangé leurs prénoms, mais ensuite il n'y avait rien d'autre à dire, et il était douloureux de parler. Elle sent qu'Agatha pense la même chose, car elle aussi garde le silence. Pendant la nuit, Livi s'assoupit avant de se réveiller en sursaut. Cela se produit cent fois, deux cents peut-être.

Au matin, Rita aide les filles à se hisser hors du trou. Lorsque Cibi la voit, elle a d'abord peur.

Le chemisier de Livi est crasseux et déchiré, ses boucles qui ont commencé à repousser sont couvertes de boue. Livi maintient son chemisier fermé avec les mains, car il a perdu tous ses boutons dans le tunnel.

— N'es-tu pas contente de me voir ? demande Livi, en se forçant à sourire.

Cibi court vers elle et la serre de toutes ses forces contre sa poitrine, enlevant la terre de ses cheveux, répétant encore et encore :

— Est-ce que ça va ?

Vanoushka trouve un nouveau chemisier pour Livi.

Alors qu'elle l'enfile, elle remarque le numéro cousu sur le revers.

— J'ai un nouveau numéro. Regarde, Cibi – maintenant j'en ai deux, essaie-t-elle de plaisanter.

— Cela signifie que je peux faire la grasse matinée pendant que tu répondras pour moi à l'appel, dit Vanoushka en riant.

Ce soir-là, Livi retourne au trou pour une nouvelle nuit blanche, debout. Une très grande femme, gardienne SS dans un uniforme immaculé, regarde Agatha sortir. Elle se tourne vers Livi.

— Ta sœur m'a dit que c'était La Bête qui t'avait envoyée ici.

— En effet, répond Livi, se demandant si c'est un piège.

Agatha part en courant dans l'obscurité. La gardienne montre les insignes sur son uniforme.

— Tu vois ça ? J'ai maintenant un rang supérieur à cette garce. Elle ne peut plus faire comme bon lui semble, et je prends un malin plaisir à contredire chaque ordre qu'elle donne. Retourne à ton bâtiment, petite fille.

Livi n'a pas besoin de se le faire dire deux fois et repart à toutes jambes vers les bras de sa sœur.

18

Vranov nad Topl'ou, septembre 1944

— Magda ? Magda Meller ? Est-ce bien toi ?

Magda enroule son foulard autour de son visage. Elle enfonce la tête dans sa poitrine et accélère le pas.

— Magda Meller ! Arrête-toi sur-le-champ !

Magda obéit, se réprimandant intérieurement. Pourquoi se croyait-elle invincible quand tout autour d'elle s'était transformé en enfer sur terre ? Elle se retourne et découvre un petit sourire narquois sur le visage familier de Visik. Son vieil « ami » d'école.

— Visik, qu'est-ce que tu veux ?

Magda tente de masquer le tremblement de sa voix.

— Toi. Cela fait des mois que nous essayons de te parler, ne fais pas mine de l'ignorer.

— Et c'est qui « nous » ?

— Moi et mes collègues de la Garde Hlinka.

— Mes collègues et moi, le corrige Magda.

Elle hait son visage suffisant, son uniforme stupide. C'est un petit garçon qui fait semblant d'être un homme, et il n'aura pas raison d'elle.

— Ne fais pas la maligne avec moi. Nous venons chez toi chaque vendredi – dis-moi où tu te caches.

— Me cacher ? Pourquoi devrais-je me cacher ? J'étais sans doute simplement sortie avec mes amis. Oh, mais j'y songe, Visik, tu ne sais probablement pas ce qu'est un ami.

Malgré elle, une toute petite partie de Magda apprécie cet échange. Ce sera peut-être la seule occasion pour elle de lui manifester son mépris.

— Tu ne peux plus me parler comme ça, Magda. Je pourrais te faire exécuter, et peut-être que j'obtiendrais même une médaille si je te tirais moi-même une balle.

Magda en a assez entendu.

— Qu'est-ce que tu veux, Visik ? J'ai des courses à faire.

— Nous viendrons chez toi vendredi, comme d'habitude, et tu ferais mieux d'y être. Il est temps pour toi de rejoindre tes sœurs, tu ne crois pas ? plaisante-t-il, un sourire exaspérant sur les lèvres.

Elle s'avance d'un pas vers cet homme-enfant, laissant de côté les critiques.

— Sais-tu où elles sont ?

— Bien sûr, je... je sais tout.

Magda entend toutefois l'hésitation dans sa voix.

— Tu ne sais rien, siffle-t-elle. Parce que tu n'es rien d'autre qu'un petit garçon qui joue avec un gros pistolet. Pourquoi ne retournes-tu pas chez toi, Visik, voir ta maman ?

Magda tourne les talons et part à grandes enjambées, mais elle est maintenant moins sûre d'elle. Pourquoi n'est-elle pas rentrée directement chez elle après ses courses, comme le lui avait demandé sa mère ? Pourquoi a-t-elle dû s'arrêter à la petite boutique sur la rue principale pour admirer les robes ? Elle n'a pas d'argent pour s'acheter une nouvelle robe et n'aurait de toute façon nulle part où la porter. Désormais, Visik sait qu'elle est encore à Vranov, et c'est très embêtant.

Alors qu'elle pose violemment sur le comptoir de la cuisine les quelques boîtes de sardines qu'elle a réussi à trouver à l'épicerie, Chaya entre dans la pièce et l'observe quelques instants.

— Qu'est-ce qui ne va pas ?

Magda l'ignore. Elle n'a pas envie que sa mère lui fasse elle aussi des reproches, tout cela pour une robe qu'elle ne possédera jamais.

— Peut-être que voir tes cousins ce soir te mettra de meilleure humeur, glisse Chaya.

— Mes cousins ?

— Ton oncle et ta tante nous ont invités à dîner.

— Parce qu'ils savent que nous n'avons rien à manger ? répond Magda d'un ton sec en fixant les trois malheureuses boîtes de conserve.

— Nous avons de quoi manger, et tu viens de faire des courses, non ?

— Regarde ce que j'ai rapporté, Mumma. Ce n'est pas avec ça qu'on ira loin ! Cela aurait été mieux pour tout le monde si j'étais partie avec Cibi et Livi.

Les mots se sont échappés de sa bouche et il est trop tard pour les retirer. Les yeux de sa mère s'emplissent de larmes.

— Mesdames, mesdames, que se passe-t-il ? Je vous entends depuis le jardin, intervient Yitzchak en entrant par la porte de service.

— Rien, Grand-père, rien du tout, s'empresse de répondre Magda.

La dernière chose dont elle ait besoin en cet instant précis, c'est d'un interrogatoire.

— Magda pense que nous serions mieux sans elle, marmonne Chaya. Elle voudrait être avec ses sœurs.

— C'est vrai, Magda ?

— Oui. Non ! Je ne sais pas. Mais nous avons si peu à manger. Et... et vous auriez davantage.

Son grand-père est deux fois plus maigre qu'il y a deux ans, et il était déjà mince alors.

— Arrête, Magda. Ne crois-tu pas que nous avons tous pensé la même chose ? En quoi ce genre de réflexion est-il utile ?

La jeune fille prend la main de sa mère.

— Pardonne-moi, Mumma. Je ne pensais pas ce que j'ai dit, c'est juste que c'est si difficile. Combien de temps encore pourrons-nous vivre ainsi ? Combien de temps encore pourrai-je vivre ainsi, moi ? Toujours à me cacher, craignant même mon ombre ? Inquiète pour mes sœurs ?

Chaya attire Magda contre elle et lui caresse les cheveux.

— Du tilleul, voilà ce dont nous avons besoin, chuchote-t-elle.

Et Magda hoche la tête.

— Peut-être qu'Ivan aura des nouvelles pour nous ce soir, déclare Yitzchak, plein d'espoir, en remplissant la bouilloire.

Il la pose sur la cuisinière et ravive ensuite les braises au-dessous. Il ne reste plus de bois, ils devront donc se contenter de tisane tiède.

— Magda, il faudra que j'aille ramasser du bois demain. Voudras-tu bien m'aider ?

— Bien sûr, répond-elle en souriant.

Plus tard, alors qu'ils traversent le jardin pour rejoindre la maison d'Ivan, Chaya s'arrête pour regarder les nouveaux bourgeons sur le laurier-rose. Elle prend soin de ce buisson depuis son enfance et l'a ramené à la vie à plusieurs reprises. Sa famille plaisantait en disant que tant qu'il se porterait bien, eux aussi. Il est florissant en ce moment, ce qui leur donne un peu l'espoir à tous que Cibi et Livi soient elles aussi en bonne santé.

Après le dîner, quand ses petits cousins sont couchés et que les adultes boivent une tisane autour du feu, Magda brise le silence confortable.

— Oncle Ivan, quelque chose ne va pas, n'est-ce pas ?

Son oncle a évité son regard toute la soirée. Il pousse un profond soupir et opine du chef.

— C'est la raison pour laquelle je vous ai invités à dîner ce soir : je dois vous parler.

Ivan place sa tasse sur la petite table basse et pose les mains sur ses genoux. Helena, sa femme, fixe ses chaussures.

— Ivan, Helena ! Vous me faites peur. Dites-nous ce qui se passe, les presse Chaya, la main sur le cœur.

— Ils ne s'en prennent plus qu'aux jeunes, Chaya. Ils vont venir tous nous chercher.

Le silence s'abat sur la pièce. Lentement, Yitzchak se lève et traverse la pièce pour s'asseoir à côté de Chaya.

— Et où nous emmèneront-ils ? finit-il par demander.

— Je l'ignore, répond Ivan. Personne ne le sait. Mais il est clair qu'ils souhaitent à présent débarrasser Vranov de tous les Juifs. Peut-être même la Slovaquie entière.

Il regarde Magda qui, bouche bée, fixe sa mère et son grand-père. Helena touche l'épaule d'Ivan et il se tourne vers elle pour la prendre dans ses bras.

— Je ne peux même pas protéger ma propre famille, déplore-t-il.

Magda est choquée de voir la détresse de son oncle. Il a toujours été le plus fort d'entre eux, n'hésitant jamais à pénétrer dans des bâtiments du gouvernement pour exiger de parler à la personne la mieux placée susceptible de lui fournir des informations.

— Mon frère, tant que nous restons ensemble, nous pourrons survivre à tout, déclare Chaya avec douceur. Il est temps que tu cesses de te sentir responsable de notre sort. Tu n'es pour rien dans tout ça.

La voix de Chaya se brise et elle couvre son visage de ses mains.

— Quand cela se produira-t-il, mon fils ? demande Yitzchak.

Magda entend une certaine autorité dans sa voix : c'est désormais lui l'homme fort de la famille.

— Cela pourrait commencer à tout moment.

Ivan a adopté la posture de la défaite et, comme sa sœur, les coudes sur les genoux, il enfouit son visage entre ses mains.

Helena lui caresse le dos.

— Nous devrions faire nos valises et nous tenir prêts, ajoute-t-elle d'un air sombre.

Ivan relève la tête pour regarder Magda, Yitzchak et Chaya. Il y a de la honte et de la culpabilité dans ses yeux, et Magda en a le cœur serré.

Après cela, il n'y a plus rien à dire et tous trois repartent chez eux. Dès l'instant où ils ont franchi le palier de la porte arrière, Magda se précipite vers le buffet du salon et se met à fouiller dans les tiroirs.

— Mumma ? Où sont les photos ? hurle-t-elle.

— Les photos ? Maintenant ? Nous avons simplement besoin de dormir. S'il te plaît, Magda.

— Dis-moi juste où elles se trouvent, insiste la jeune fille.

À contrecœur, Chaya allume une lanterne et, avec Yitzchak, se dirige vers sa chambre.

— Je vais te les chercher.

— Mumma ? crie de nouveau Magda. Peux-tu apporter aussi une taie d'oreiller ?

— Qu'est-ce qui lui prend ? entend-elle sa mère demander à son grand-père.

— Qu'est-ce que j'en sais ? répond-il, un tout petit sourire dans la voix. C'est ta fille.

Lorsque Chaya et Yitzchak reviennent avec les photos, Magda brandit les bougeoirs en argent – un cadeau de mariage que Chaya s'est promis de ne jamais vendre.

— Que fais-tu avec ça ? s'étonne Chaya.

— Donne-moi la taie d'oreiller et les photos, Mumma. S'il te plaît.

Chaya et Yitzchak regardent Magda insérer le tout dans la taie d'oreiller.

— Grand-père, veux-tu bien aller chercher une chaise dans la cuisine et la mettre sous la trappe ?

— Qu'est-ce que tu fabriques ? interroge Chaya, exaspérée.

Elle est tendue et inquiète à l'idée de ce que leur réserve le lendemain, épuisée de réfléchir à ce qui leur arrivera à tous.

— N'est-ce pas évident ? Je cache nos affaires.

— Ne pouvons-nous pas simplement les emporter ?

— Crois-tu vraiment qu'ils nous permettront de garder nos bougeoirs, Mumma ?

Les yeux de Magda sont brillants, déterminés.

Bien sûr que Magda a raison, songe Chaya. Une fois leur maison abandonnée, qui empêchera les gens de rentrer et de voler leurs affaires ? Pas la Hlinka, pas les nazis et pas leurs voisins.

— Laisse-la faire, déclare Yitzchak en traînant la chaise jusque sous la trappe, tout comme Mme Trac l'a fait pour Magda tant de fois. Nos souvenirs seront en sécurité là-haut.

Yitzchak fait mine de grimper sur la chaise, mais Magda l'écarte.

— Je vais m'en charger, Grand-père. J'ai l'habitude.

Magda se hisse et disparaît dans la cavité étroite. Sa tête réapparaît un instant plus tard et elle tend une main pour attraper la lanterne et la taie d'oreiller.

— Attention à ne pas sursauter si tu vois une souris, glisse Yitzchak, sans quoi tu feras tomber la lanterne et mettras le feu à la maison.

Magda sourit en entendant un gloussement s'échapper des lèvres de sa mère. À plat ventre, elle rampe jusqu'au coin le plus reculé de l'espace obscur. Après avoir enfoui les précieuses affaires sous de vieux vêtements et des journaux déchirés, elle rampe à reculons puis ressort par le trou.

— Maintenant nous pouvons aller nous coucher ! annonce-t-elle.

Le lendemain matin, mère et fille découvrent Yitzchak habillé et prêt pour sortir.

— Pourquoi es-tu vêtu de la sorte ? s'étonne Chaya. Ne sommes-nous pas censés faire nos bagages ?

— Avant tout cela, Magda et moi partons chercher du bois. J'ai besoin d'une tasse de thé et toi aussi.

Magda se prépare en quelques secondes. Yitzchak l'attend dehors muni d'une petite charrette. Depuis l'installation de Yitzchak chez Chaya, c'est devenu une routine régulière pour le grand-père et la petite-fille et, dès l'instant où ils pénètrent dans les buissons épais, avec le soleil qui perce à travers les feuilles, Magda se sent bien, apaisée. Elle se remémore comment Yitzchak, au fil des années, lui a patiemment appris le nom de chaque buisson, de chaque arbre, de chaque fleur, de chaque champignon.

Tandis qu'elle part en avant, s'émerveillant de la renaissance du printemps, Yitzchak balaie le sous-bois des yeux à la recherche de branches sèches. Cela ne le dérange pas que Magda se soit enfouie dans les profondeurs de la forêt ; il est heureux de la voir heureuse.

— Grand-père ! Viens voir !

Il laisse la charrette, suit la voix de Magda et la découvre assise près d'un gros chêne.

— J'ai trouvé un glaïeul, annonce-t-elle en tenant dans le creux de ses mains les fleurs délicates en forme d'entonnoir, dont les pétales rose violacé frémissent sous la brise. Il est là tout seul, juste pour nous, ajoute-t-elle en souriant à son grand-père.

Le ravissement de Magda face à quelque chose d'aussi simple touche profondément Yitzchak, mais son esprit se tourne vers ses autres petites-filles ; *comme elles aimeraient être là*, songe-t-il. Cibi, curieuse comme toujours, scruterait la forêt à la recherche d'autres fleurs, refusant de croire que le glaïeul est seul de son espèce. Et Livi ? Il devrait la supplier de ne pas le cueillir !

— Je sais maintenant où tu te caches quand tu passes la nuit dans la forêt, ma petite Magda ! Et que peux-tu me dire à propos de ce glaïeul ? la teste-t-il.

— C'est une espèce du genre *Gladiolus*.

— Et que signifie le mot « *gladiolus* » ?

— Force de caractère, Grand-père. Cela veut dire ne jamais abandonner. Et il fait partie de la famille des iris, qui symbolise l'espoir.

D'abord fière de répondre avec une telle facilité, Magda se détourne de Yitzchak et regarde au loin. Elle songe au mot « espoir ».

— Force et espoir, répète son grand-père. Nos mots secrets. Ce sont les plus grandes qualités que l'on peut avoir. Des qualités que je perçois chez toi, Magda, et chez tes sœurs.

Magda croise son regard. Il est son protecteur et son professeur. La voilà qui pleure, ses larmes tombant sur les pétales du glaïeul.

Plus tard, en silence, ils tirent la charrette chargée de petit bois jusqu'à la maison, avançant à pas lents, se demandant chacun si c'était leur dernière excursion dans la forêt.

— Je m'apprêtais à venir vous chercher, déclare Chaya tandis qu'ils soulèvent la charrette pour passer la porte de la cuisine.

— Magda a trouvé un glaïeul en fleur, lui indique Yitzchak avec un grand sourire.

Chaya regarde Magda qui détourne les yeux, encore perdue dans ses pensées. Leurs affaires sont éparpillées dans le petit salon : valises, vêtements, livres et denrées non périssables jonchent le sol, le canapé et les fauteuils.

— Force et espoir, dit-elle à Magda. Je comprends maintenant le secret de l'endroit où tu te cachais dans la forêt.

— Oui, Mumma.

— Nous aurons besoin de ces deux qualités ces prochains jours.

— Oui, Mumma.

— Je vais allumer la cuisinière, annonce Yitzchak. Pendant que vous finissez de faire les bagages.

Tandis qu'ils boivent une tisane de tilleul parfumé en contemplant le désordre qui les entoure, la Hlinka arrive.

Ils doivent se présenter à la gare demain matin.

L'heure est venue.

19

Auschwitz-Birkenau, mars-septembre 1944

Cibi et les autres filles qui travaillent à la poste reçoivent de nouvelles instructions. On leur donne des dizaines de cartes postales et on leur ordonne d'écrire aux proches des résidents du camp familial pour les informer que les prisonniers vont bien et leur demander d'envoyer de la nourriture.

Cibi sait que ces prisonniers sont certainement morts.

— Pourquoi faisons-nous cela ? s'enquiert-elle auprès de la superviseuse de la poste, une femme sévère qui n'aime pas répondre aux questions.

— Tu sais qu'il vaut mieux ne pas mettre en doute les ordres que tu reçois. Contente-toi de les exécuter.

Ce soir-là, Cibi raconte à Livi la tâche étrange qu'on lui a confiée. Elle craint que le nombre de personnes envoyées aux chambres à gaz ne soit en train d'augmenter et veut savoir si Livi a entendu des rumeurs, ou lu certains des messages qu'elle transmet. Livi comprend l'agitation de Cibi – le travail de Cibi est très différent du sien. Tandis que Livi apporte simplement des messages à travers le camp, sa sœur est confrontée au quotidien à la réalité de la mort tout autour d'elle. Des centaines, des milliers de lettres et de colis arrivent pour les fantômes des défunts.

Livi explique qu'elle veille à ne jamais jeter ne serait-ce qu'un coup d'œil aux messages, pas même à ceux qui n'ont pas d'enveloppe. Il est bien plus sûr de demeurer dans l'ignorance, malgré les nombreuses tentations.

— Reste aux aguets, petite sœur. J'ai un mauvais pressentiment, lui souffle Cibi.

Le lendemain, Livi observe le transfert des prisonniers, avec leurs affaires, du camp familial au camp de quarantaine, juste à côté, récemment « libéré ». Elle annonce à Cibi cette sombre nouvelle. Et ce n'est pas tout. Elle a aussi vu un médecin entrer dans le camp et en ressortir avec plusieurs petits enfants.

— Un médecin ?

Un homme quelconque vêtu d'une blouse blanche que l'on voit souvent dans le camp, traînant des groupes de très jeunes enfants, jaillit dans l'esprit de Cibi. Sûrement pas lui.

— Je crois que c'était lui, Cibi, murmure Livi.

Aucune d'elles ne souhaite penser à Josef Mengele, ni aux terribles rumeurs qui le suivent partout à Auschwitz-Birkenau.

Vingt-quatre heures plus tard, tous les prisonniers du camp familial sont morts. Les sœurs n'en reparlent pas. Elles ne le peuvent pas. Elles s'étreignent la nuit et, chaque jour, prient d'être encore ensemble le soir venu.

Alors que le printemps cède la place à l'été, la routine des sœurs ne change pas. Elles travaillent, mangent ce qu'elles peuvent et dorment. C'est comme si elles avaient toujours vécu là. Mais tandis que les températures plus douces améliorent leur quotidien, celles-ci ne les empêchent en rien de voir les cheminées des fours crématoires cracher leurs cendres chaque matin, pendant que les sœurs se mettent en rangs pour l'appel. Elles se sont habituées à beaucoup de choses du camp : les maigres rations alimentaires, les vols, les coups aléatoires. Mais elles ne s'habitueront jamais à l'odeur de la fumée. Une partie de leur routine, qu'elles taisent, est de se demander, chaque jour, *Aujourd'hui est-il notre dernier jour sur cette terre ?* La réponse arrive à l'heure du coucher, quand elles se blottissent l'une contre l'autre pour se réconforter. *Nous avons survécu à un jour de plus.*

Les trains continuent d'affluer plusieurs fois par jour, livrant leur cargaison humaine à Birkenau. Livi, de son poste au portail, voit des familles de Hongrie débarquer pour être emmenées directement aux chambres à gaz et aux fours crématoires. Les camions acheminent ensuite leurs affaires au *Kanada*.

La nouvelle superviseuse de Cibi à la poste, la SS Elisabeth Volkenrath, traite bien les filles, leur permettant souvent de partager entre elles les colis de nourriture destinés aux défunts. Volkenrath est jeune et très jolie : ses longs cheveux blond vénitien sont noués en une unique tresse épaisse qui lui tombe dans le dos, et elle a les yeux bleus et des lèvres rouges et pleines. Cibi remarque que les autres gardiens la fixent, mais elle n'a d'yeux que pour son mari, le SS Heinz Volkenrath.

Un matin, Cibi le surprend en train d'entrer dans son bureau et, peu après, elle entend Volkenrath glousser. Lorsque Heinz ouvre la porte pour repartir, il est en train d'ajuster ses vêtements.

— Nous sommes jeunes mariés, chuchote Elisabeth Volkenrath à Cibi après son départ.

Cibi se méfie de son affabilité. Cette femme a autant de sang sur les mains que tous les autres gardiens d'Auschwitz-Birkenau. Mais maintenant elle adresse un clin d'œil à Cibi chaque fois que Heinz lui rend visite. Lui, en revanche, ne semble pas particulièrement l'apprécier et lui lance des regards noirs. Et Cibi le méprise en retour. Un jour, elle jette dans le petit poêle au coin de la pièce le journal qu'il a nonchalamment laissé tomber sur son bureau avant d'entrer chez son épouse.

— Quelqu'un a vu mon journal ? demande-t-il en remettant sa veste après une autre « séance » avec sa femme. Je l'avais posé là.

Il indique le bureau de Cibi. Elisabeth Volkenrath rôde, souriant bêtement derrière son épaule.

— Vous le vouliez ? interroge Cibi comme si de rien n'était. Je pensais que c'était un déchet, alors je l'ai mis dans le poêle.

Soudain, Heinz la surplombe de toute sa hauteur.

— Tu as fait quoi ? dit-il en articulant chaque syllabe.

— Je l'ai jeté au feu, répète Cibi, à présent un peu moins sûre d'elle.

Sans crier gare, Heinz dégaine son pistolet et le pointe sur sa tête. Cibi recule, hurlant soudain intérieurement. Envolée sa bravade. Envolée sa petite victoire. À présent, elle ne pense qu'à Livi. Elle a été stupide, insouciante à l'égard de sa vie. Pour rien.

Elisabeth pousse gentiment le bras de son mari.

— Elle l'a fait sans penser à mal, dit-elle vivement. Elle est très ordonnée, c'est tout.

Très lentement, Heinz range son revolver et quitte le bureau de poste à grandes enjambées, claquant la porte derrière lui. Cibi pousse un soupir.

— Ne t'avise jamais de contrarier Heinz ! s'exclame Elisabeth d'un ton sec. Et la prochaine fois je ne m'interposerai pas, sois prévenue.

Quelques jours plus tard, les filles de la poste s'occupent d'une livraison de colis qui ont été déposés devant le bâtiment. Cibi aide ses collègues à en trier le contenu. Elle apprécie le rythme de travail, ainsi qu'une nouvelle recrue dans la petite équipe, Rosie, de Bratislava.

Agenouillée, Rosie est plongée dans le paquet de livres qu'elle vient d'ouvrir. Elle les sort, un à un, lisant chacun des titres. Cibi la rejoint et remarque que beaucoup sont des livres de prières. Les filles les retournent dans leurs mains.

— Qu'est-ce que c'est que ça ?

Un *kapo* a surgi de nulle part. Il saisit un livre, inspecte le titre, tourne les pages. Quelques secondes plus tard, il a renversé les livres par terre et le voilà en train de les piétiner jusqu'à ce que le dos soit brisé et les pages déchirées. Il veut se faire bien voir des SS qui rôdent alentour, c'est évident. Soudain, Rosie se lève. Une lueur de défi dans les yeux, elle insulte le *kapo*, lui lançant des injures au visage.

Cibi est convaincue qu'elle va se faire exécuter sur place, mais que peut-elle faire pour l'aider ? Toutefois, le *kapo* se contente de rire et de donner un coup de pied dans les livres saccagés.

Un SS s'approche d'eux.

— Pourquoi te mets-tu dans un état pareil ? demande-t-il à Rosie. Ce ne sont que des livres !

Cibi, qui s'est levée entre-temps, prend le bras de Rosie pour tenter de l'éloigner, de l'empêcher de creuser sa propre tombe, mais Rosie la repousse. Alors Cibi a une idée.

— Je vais vous raconter une histoire, se lance-t-elle, se mettant devant Rosie, face au SS. Un jour, l'or demande au fer : « Pourquoi cries-tu quand on te bat ? Moi aussi je me fais battre, mais je garde le silence. » Le fer répond : « Je crie parce que le marteau est fait de fer – c'est mon frère, et c'est cela qui me fait mal. Toi, tu es frappé par un étranger. »

Le gardien tourne les talons, sans un mot.

Le lendemain, il arrive à la poste muni d'une boîte grise qu'il tend à Cibi, dans laquelle elle découvre un livre de prières recouvert de cuir gris clair.

— Voici mon cadeau pour toi. Un augure de bonne chance pour que nous ne perdions pas la guerre.

Il sourit d'un air suffisant.

— Nous prions aussi pour nos ennemis, répond Cibi.

Le gardien la fixe à présent, la tête penchée sur le côté.

— Tu ne te souviens pas de moi, Cibi ? Eric, du *Kanada* ?

Pourquoi ce SS se préoccuperait-il qu'elle se souvienne de lui ou non ? Mais elle a arrêté de s'étonner de ce qui se produit dans cet endroit. Elle l'observe de haut en bas.

— Vous avez maigri, voilà tout ce qu'elle lui dit.

— Toi aussi.

— Je suis prisonnière. Pas vous, répond Cibi avec audace.

— Ces jours-ci, je ne bois que de la vodka. La nourriture a perdu son attrait.

Cibi n'en revient pas qu'ils aient une conversation.

— Vous êtes malade ?

Eric soupire et passe une main dans ses cheveux.

— Seulement dans la tête, répond-il, avant de pointer un pouce par-dessus son épaule. En général, je suis posté près du portail, là où arrivent les transports. Là où ils font les sélections, ajoute-t-il en regardant ses bottes.

La curiosité de Cibi se transforme en fureur froide, dure, sèche. S'attend-il à de la compassion de sa part ? Voire à de la *compréhension* ?

— Eric, pourquoi n'allez-vous pas faire vos valises pour retourner chez votre mumma ? demande-t-elle, tournant le dos au jeune homme.

Elle songe à cet échange, essayant de comprendre pourquoi Eric souhaitait tant qu'elle sache qu'il avait une conscience, quand elle aperçoit une petite fille debout près de la porte de la poste. La salle du courrier jouxte le bâtiment hospitalier où Mengele loge ses « enfants ». Cibi a trop de fois vu sa voiture noire étincelante s'arrêter devant et débarquer cet homme d'apparence ordinaire, ainsi que les petites filles et les petits garçons. Elle l'a regardé conduire les enfants à travers les portes de l'hôpital, plaisantant avec eux en leur distribuant des friandises. Cibi n'a aucune idée de ce qui arrive exactement à ces enfants, mais cela ne peut rien être de bon.

— Bonjour, dit la petite fille.

Cibi fait un pas dans sa direction, consciente que des gardiens SS traînent non loin de là.

— Bonjour, répond la jeune femme d'une voix hésitante. Je m'appelle Cibi. Et toi ?

— Irinka.

— En voilà un joli prénom, et tu es une très jolie petite fille.

Irinka sourit timidement et ouvre la bouche pour parler davantage, quand une infirmière s'approche.

— Te voilà. Viens maintenant, Irinka. Tu sais que tu n'es pas censée sortir.

Le ton de cette femme est si doucereux que c'en est écœurant.

Le cœur serré, Cibi regarde la petite fille disparaître derrière les portes de l'hôpital. L'air frais lui semble soudain vicié, le soleil, un fourneau. Elle se hâte de retourner à l'intérieur du bureau de poste, où patrouille Volkenrath. Cibi voit qu'elle est de bonne humeur.

— Que font tous ces enfants à l'hôpital ? l'interroge Cibi d'une voix nonchalante, en attrapant une pile de lettres.

Elle commence à les ouvrir méthodiquement, notant le nom et l'adresse des destinataires.

— S'ils sont à l'hôpital, c'est qu'ils sont malades.

— Ils n'ont pas l'air malades du tout, répond Cibi avec légèreté.

— Eh bien, ils le sont. J'ai arpenté les chambres et ils sont tous alités – certains d'entre eux reçoivent un traitement, c'est certain.

Cibi hoche la tête, elle n'obtiendra rien de plus de Volkenrath. Peut-être vaut-il mieux ne pas savoir. Peut-être vaut-il mieux pour eux être à l'hôpital – la plupart des enfants qui arrivent à Birkenau ces temps-ci sont directement envoyés à la chambre à gaz.

— Puis-je te confier quelque chose ? commence Volkenrath en s'approchant, ce qui donne la chair de poule à Cibi. Heinz et moi voulons avoir un bébé. C'est pour cela qu'il est toujours là. Je suis allée réconforter certains des plus jeunes à côté, et il y avait cette petite fille – impossible qu'elle soit juive, elle avait de magnifiques cheveux blonds. Sais-tu ce qu'elle m'a demandé ?

Cibi secoue lentement la tête.

— Elle m'a demandé si j'avais un œuf. Elle avait envie de manger un œuf. Curieux, n'est-ce pas ?

Volkenrath parle avec mélancolie et Cibi trouve cette familiarité troublante.

Quelques jours plus tard, alors que Cibi déballe un colis de nourriture, elle découvre un œuf dur. Elle repense à la petite fille qui en voulait un et l'apporte à Volkenrath.

— Regardez ce que j'ai trouvé.

Volkenrath ne lève pas les yeux.

— Quoi donc ?

— Un œuf dur. Vous disiez qu'une petite fille...

Volkenrath se lève d'un bond, main tendue.

— Merci, je vais le lui apporter sur-le-champ.

Un peu plus tard, Volkenrath revient en trombe et se dirige directement vers son bureau, claquant la porte derrière elle. Les filles se lancent des regards nerveux. Cibi prend une profonde inspiration et décide de se renseigner sur ce qui s'est passé. Très lentement, elle ouvre la porte et jette un coup d'œil à l'intérieur. Volkenrath sanglote, la tête sur son bureau.

Cibi entre dans la pièce et referme la porte derrière elle.

— Est-ce que ça va ? demande-t-elle d'une voix hésitante.

La SS renifle bruyamment et regarde Cibi. Elle a les yeux rouges et les joues rose vif. Des mèches de cheveux blonds se sont échappées de sa natte et lui collent au visage.

— Non, répond-elle. Ça ne va pas.

— Elle n'était pas là ? demande Cibi avec une compassion bien réelle.

— Si. Je l'ai trouvée et lui ai tendu l'œuf.

— Alors c'est une bonne chose. Non ?

— Elle s'est mise à hurler et refusait de prendre l'œuf. Puis elle s'est enfuie pour se cacher derrière l'une des infirmières. Elle ne voulait même pas me regarder.

Volkenrath se remet à pleurer.

— Oh…

D'une certaine façon, Cibi se sent responsable et soudain très anxieuse.

— Je suis vraiment navrée. Je n'aurais pas dû vous le donner.

— Ce n'est pas ta faute. À présent, laisse-moi tranquille.

La SS lui tourne le dos, s'essuyant les yeux avec ses doigts.

Cibi quitte la pièce, referme la porte et se retrouve face à ses collègues qui la regardent, dans l'expectative.

— Vous savez qu'elle veut un bébé. Je crois que cela la perturbe de voir les petits.

Toute la matinée, elle attend sa punition, mais aucune n'arrive. Volkenrath apparaît un peu plus tard, arborant de nouveau son sourire déprimant.

— Vous avez entendu ? chuchote Rosie plus tard ce jour-là.

À la poste, les filles travaillent essentiellement en silence, ouvrant les colis, triant leur contenu, mettant de côté les objets de valeur. Cibi parvient à se perdre dans ces tâches ; par moments, elle peut presque oublier où elle se trouve.

— Entendu quoi ? s'enquiert Cibi d'une voix distraite.

— Au sujet de Mala, l'interprète. Elle s'est échappée !

Rosie est aux anges. Elle a maintenant toute l'attention de Cibi.

— Elle s'est enfuie avec Edek, son petit ami. Cela fait maintenant plusieurs jours. N'est-ce pas incroyable ?

— Tu en es certaine ?

Cibi réfléchit à ce que signifie le terme « s'enfuir ». Quitter cet endroit, vivre sans clôtures, sans coups, sans gardiens. Elle ne se permet pas souvent de penser à sa vie d'avant Birkenau. Le camp a étouffé ses souvenirs du passé, et elle imagine rarement la vie après cet enfer.

— Les nazis deviennent fous, les informe Rosie. L'une des filles qui travaillent au bâtiment administratif m'a dit qu'ils s'accusaient tous les uns les autres pour se sauver.

— J'espère qu'elle va y arriver, déclare doucement Cibi. J'espère qu'elle va s'en sortir et raconter au monde ce qui se passe ici.

Elle autorise une petite lueur d'espoir à s'allumer en elle.

Les filles sont gaies ce soir-là. Oubliant momentanément la faim et l'épuisement, Cibi et Livi se lancent dans des spéculations autour de la fuite de Mala. Mala, l'interprète belge talentueuse à qui les nazis ont attribué le statut de « prisonnière protégée ». Les filles imaginent qu'elle a profité de la liberté relative dont elle jouissait par rapport aux autres pour s'échapper. C'est une héroïne pour tous les prisonniers et les histoires de son courage s'intensifient à mesure que passent les semaines. Ils s'accrochent au rêve d'être sauvés une fois que Mala aura révélé la vérité sur leur situation.

Mais les semaines se transforment en mois sans aucun secours des Alliés. Des prisonniers arrivent tous les jours de Hongrie, et les chambres à gaz et les fours crématoires fonctionnent matin et soir. Plus personne ne mentionne le nom de Mala.

Un soir de septembre, quand toutes les prisonnières sont rentrées de leurs détachements de travail respectifs, les gardiens SS leur ordonnent de se rassembler dans la cour. Rangées en longs demi-cercles, elles forment une espèce de fer à cheval autour d'une clairière centrale où, de toute évidence, quelque chose va bientôt se produire.

Debout près de sa sœur au bout d'une rangée, Livi espère qu'on va leur faire une annonce. Elle prie pour qu'elles n'aient pas été rassemblées là pour être punies ou pour assister à une punition. Cela n'en est pas moins un choc pour les sœurs quand Mala – nue, sale, plus maigre que jamais – est amenée dans la clairière par les gardiens et poussée à terre. Blessée et ensanglantée, la jeune fille se relève en titubant et se dresse aussi droite que possible, la tête haute, dans une posture de défi. Livi ferme ses doigts autour du petit couteau dans sa poche.

— Oh, Mala, murmure-t-elle. Qu'est-ce qu'ils t'ont fait ?

C'est alors que Mandel pénètre dans l'enceinte. Le soleil couchant fait briller sa queue-de-cheval rousse. Livi se dit qu'elle pourrait aussi bien avoir quarante ans que soixante. Ses plaques de fard à joues lui donnent l'air d'un clown. Aujourd'hui, elle n'est pas à cheval, mais elle n'en est pas moins intimidante tandis qu'elle commence à se pavaner dans les rangs, tançant les filles avec fureur, leur disant qu'elles feraient mieux de laisser tomber toute idée d'évasion, qu'elles perdent leur temps ne serait-ce qu'à y songer. Elles n'ont qu'à regarder Mala : ils l'ont retrouvée, n'est-ce pas, et ils retrouveront toute fille assez stupide pour les défier. Il n'existait pas un seul recoin sur cette terre que les Allemands ne puissent couvrir. Tout compte fait, Mala n'est pas si intelligente que cela, hein ? Elle et son « petit ami » – Mandel crache ce mot – ont été rattrapés si facilement. Il est en train d'être pendu, en ce moment même, mais Mala n'aura pas cette chance – la pendaison serait trop douce pour Mala. Elle sera brûlée vive.

Trop occupée à leur cracher sa haine au visage, Mandel ne voit pas ce qui se passe derrière elle – ce à quoi toutes les prisonnières assistent. De ce qu'il reste de ses cheveux bruns emmêlés, Mala extrait une petite lame qu'elle fait glisser le long de ses avant-bras, du poignet jusqu'à l'intérieur du coude. Dans le silence inquiétant qui entrecoupe les éclats de voix de Mandel, elle laisse échapper un gémissement et s'effondre. Mandel fait volte-face et découvre son « prix » gisant à terre, le sang coulant à flots de ses bras.

— Elle ne doit pas mourir ainsi ! s'emporte-t-elle. Elle doit mourir par le feu !

Un gardien court dans la clairière muni d'une brouette. Mandel désigne Livi et une autre fille.

— Chargez-la et emmenez-la au four crématoire. Immédiatement ! hurle-t-elle.

— Laisse-moi y aller ! s'exclame Cibi en saisissant le poignet de sa sœur.

Mais il est trop tard : Livi sort du rang pour entrer dans la clairière.

Avec l'autre prisonnière, elle hisse le corps sanglant et émacié de Mala dans la brouette. Les filles prennent chacune une poignée et partent pour les fours crématoires. À peine consciente, Mala gémit doucement. Deux gardiens les suivent de près.

Une fois sorties du camp des femmes, sur la route menant aux fours crématoires, les filles ralentissent. Les SS en font de même. Sans échanger un seul mot, les filles ont convenu de laisser Mala mourir dans la brouette. Elle est désormais silencieuse – cela ne devrait pas prendre longtemps. Elles marchent lentement, fixant un point droit devant elles, conscientes que Mandel risque d'apparaître à tout moment.

Alors qu'elles approchent des fours crématoires, Livi regarde Mala. Le visage détendu, les yeux ouverts, elle fixe le ciel.

— Elle est morte, murmure Livi.

— Tant mieux.

À leur arrivée, deux prisonniers se tiennent à l'entrée. Ils regardent la jeune femme dans la brouette, puis l'emmènent sans dire un mot.

Les filles regagnent le camp en silence.

20

Vranov nad Topl'ou, septembre 1944

Yitzchak porte son plus beau costume, une chemise blanche et une cravate. Une tenue parfaitement inappropriée pour une chaude journée de fin d'été, mais il refuse d'être vu en public vêtu différemment. Chaya porte une robe noire, simple et pratique. Agrémentée de petits boutons du col à l'abdomen, la robe effleure ses mollets, et une ceinture noire entoure sa taille fine. Elle a couvert sa chevelure d'un foulard rouge et or ; après tout, elle est fière d'être slovaque et ce sont les couleurs du costume traditionnel. Elle a enfilé des bas noirs et glisse ses pieds dans ses chaussures solides, avant de prendre un manteau sur son bras.

Mère et fille ont longuement discuté pour décider de la tenue de Magda. Elles partent pour un voyage en train et ne veulent pas de vêtements inconfortables. Finalement, Magda a opté pour une jupe bleue unie et un chemisier sans col à motifs floraux jaunes et bleus. Elle a décidé de ne pas mettre de bas, mais insisté pour porter ses plus belles chaussures, ouvertes à l'arrière avec une boucle en argent. Elle a également pris dans sa valise des chaussures plus confortables. Elle a refusé le foulard que Chaya l'incitait à nouer. Magda voulait que ses cheveux soient lâchés et libres, « pour mieux lever la tête », selon ses termes.

Portant chacun une valise, ils quittent la maison. Magda se retourne pour fermer la porte à clé.

— Non ! lance Chaya.

— Non quoi, Mumma ?

— Ne la ferme pas à clé. C'est une porte ravissante et je détesterais qu'elle soit cassée.

Bien sûr ! Mère a raison, songe Magda. Et n'a-t-elle pas dissimulé les bougeoirs, les photos ? Cette ville les hait. Cela ne poserait aucun problème à ses voisins de démolir la porte pour voler leurs affaires.

— Ne les sous-estime pas, Magda. Ils se moquaient de tes sœurs le jour où on me les a enlevées. Ils se rueront chez nous dès que nous nous serons éloignés.

Le regard de Chaya se pose sur une silhouette un peu plus haut ; appuyée sur son portail, Mme Cerny les observe.

— C'est l'une d'entre *eux,* siffle Chaya.

Yitzchak a assisté à cet échange en silence. À présent, il soulève la valise de Magda et la lui tend.

— Magda, mets la clé dans ta poche. Peut-être que les voisins viendront nous cambrioler, peut-être pas. Ce n'est pas une porte fermée qui les arrêtera.

Il passe son bras autour de ses épaules et l'attire un moment contre lui. Elle entend battre son cœur, lent et régulier. Elle prend une profonde inspiration et, enfin, jetant un dernier regard à la seule maison qu'elle ait jamais connue, elle rejoint sa famille pour cette marche pénible le long de la rue.

Mme Cerny détourne les yeux sur leur passage. Chaya continue de regarder droit devant elle, mais Magda n'arrive pas à tenir sa langue :

— Si vous mettez un pied chez nous, je le saurai. Et alors je reviendrai pour vous maudire, vous et toute votre famille !

— Magda, je t'en prie ! grince Chaya en lui prenant le bras, l'incitant à avancer.

— Laisse-la, Chaya, intervient Yitzchak d'un ton sec. Elle ne fait que dire tout haut ce que *tous* nous pensons tout bas.

Il ne regarde pas Mme Cerny, mais crache sur le sol en passant devant son portail. Mme Cerny plisse les yeux, mais elle garde le silence. Magda est contente que sa mère lui tienne si vigoureusement le bras, sans quoi elle serait tentée de gifler cette femme si sûre d'elle.

Ils parcourent le reste du trajet en silence, chacun perdu dans ses pensées. Reverront-ils un jour ces repères de leur vie jusqu'ici ? L'église ? Le tilleul ?

La gare regorge d'amis et de parents qu'ils n'ont pas vus depuis des mois. Ils se racontent la façon dont ils se sont cachés, dont ils ont soudoyé des fonctionnaires du gouvernement, dont ils ont vendu tout ce qu'ils possédaient à l'exception des vêtements qu'ils portent. Beaucoup sont enchantés de se voir, ayant cru que leurs amis avaient été enlevés par les nazis depuis longtemps.

Les gardes cochent les noms de toutes les personnes sur le quai ; beaucoup ne reçoivent pas de réponse. Magda frissonne chaque fois que cela se produit et prie pour qu'ils soient cachés en lieu sûr.

— Les Kovac n'ont pas répondu, chuchote-t-elle à sa mère. Pourtant j'ai vu Mme Kovac en ville la semaine dernière, donc je sais qu'ils sont encore ici. Peut-être aurions-nous dû davantage essayer de nous cacher.

— Nous cacher où ? demande Chaya. Tôt ou tard, ils trouveront les Kovac. Et alors, que feront ces monstres à ton avis ?

À la fin de l'appel, on leur ordonne de monter à bord du train.

— Mais où allons-nous ? crie une voix.

— Vous le saurez quand vous y serez, obtient-elle comme seule réponse.

Yitzchak, Chaya et Magda se serrent sur un double siège dans une voiture bondée.

— Mieux vaut être écrasé contre quelqu'un qu'on connaît, leur dit Yitzchak en souriant.

Assise à côté de la fenêtre, Magda regarde la Topla défiler tandis que le train accélère. Par le passé, la rivière constituait la frontière naturelle entre la ville et ses envahisseurs. Elle ne l'a traversée qu'à quelques reprises, la dernière fois pour aller à l'hôpital à Humenné – quand elle a été sauvée, contrairement à ses sœurs. Elle ne se retourne pas lorsque la rivière disparaît de son champ de vision. Elle n'a pas besoin de se retourner ; elle sait qu'elle reviendra.

Magda voit les collines ondoyantes de la campagne, les vertes pâtures, les forêts, puis les éblouissantes Tatras, d'autres rivières, un lac. Elle chuchote le nom des villes qu'ils traversent : Poprad, Ružomberok, Žilina. Le train change de voie ferrée et, une heure plus tard, ils s'arrêtent à Nováky.

En criant, les gardes ordonnent aux passagers de descendre. Certains des plus âgés ont besoin d'aide, mais pas Yitzchak. Il parcourt l'allée à grands pas et, une fois sur le quai, tend la main pour faciliter la descente de Chaya et de Magda, comme le ferait tout gentleman. Ils sont soulagés d'être dehors, dans l'air frais de l'été. Magda bâille et s'étire.

Les prisonniers sont conduits à marche forcée jusque dans la rue, où les habitants de Nováky sont venus les regarder bouche bée.

— Ils devraient avoir honte, marmonne Yitzchak.

Magda commence à comprendre la véritable nature de ce qui les attend quand certains prisonniers refusent d'aller plus loin, insistant pour savoir où on les emmène. Les gardes Hlinka sortent leur matraque et se déchaînent, distribuant leurs coups aux hommes, aux femmes, tous âges confondus, pour faire avancer la foule. Le silence s'abat sur les prisonniers. *Un silence désespéré,* songe Magda. Les Meller se tiennent la main ; ils ne peuvent pas se perdre, ils ont déjà trop perdu.

Ils se dirigent vers ce qui a tout l'air d'être une école au bout d'une rue – les aires de jeux et les marques de craie sur le béton ne trompent pas, mais il n'y a aucun enfant dans le bâtiment. Ils sont emmenés dans la salle principale – avec son plancher brillant et ses cages à poules – où ils sont divisés en plus petits groupes et assignés à des classes. Magda regarde les chaises minuscules, les crayons oubliés, les pupitres poussiéreux. À l'avant de la salle, des équations mathématiques sont griffonnées sur le tableau noir.

Leur garde les informe que c'est là qu'ils passeront la nuit, et qu'ils doivent donc « s'installer confortablement ». Yitzchak leur trouve aussitôt un espace contre le mur. Tout le monde fait de même, sous le regard amusé du garde. Adossés au mur, ils s'assoient et étendent les jambes, revendiquant tout espace disponible.

— Il y a des toilettes et des salles de bains à l'extérieur. Quelqu'un vous y emmènera quand ce sera votre tour, annonce le garde.

— Qu'en est-il de la nourriture ? interroge Yitzchak.

— Je suis sûr que vous avez tous de la nourriture dans vos bagages, vieil homme. Vous n'avez qu'à manger ça, grogne-t-il avant de tourner les talons et de fermer la porte.

Yitzchak et les autres hommes de la pièce se lèvent et se réunissent dans un coin pour discuter à voix basse.

— De quoi avez-vous parlé ? s'enquiert Chaya quand Yitzchak les rejoint.

— Une situation typique, soupire-t-il. Chacun a un plan différent et personne n'arrive à se mettre d'accord sur la meilleure stratégie à adopter.

— Nous devons faire quelque chose quand même, n'est-ce pas ? déclare Magda, les yeux brillants de colère.

Elle n'arrive pas à se défaire de sa haine envers les gardes Hlinka, dont certains allaient à l'école avec Cibi. Ces vieux « amis », rouant les femmes et les vieillards de coups de matraque…

— Certains veulent que nous attendions de voir ce qui va se passer, d'autres que nous enfoncions la porte, que nous tabassions les gardes et que nous nous enfuyions, et quelques-uns veulent marchander leur libération.

— Et toi ? Que souhaites-tu faire ? insiste Magda.

— Que puis-je faire ? Je n'ai pas d'argent pour acheter notre liberté et je suis trop vieux pour me battre. Je ne peux pas risquer de faire quoi que ce soit qui pourrait vous mettre en danger toi ou ta mère, ajoute-t-il en croisant son regard.

— Alors nous attendons ? C'est ce que tu es en train de dire ?

La jeune fille sait que sa colère n'est pas très utile, mais elle ne peut pas s'en empêcher. Elle a envie de cracher, de donner des coups de poing, des coups de pied.

— Je veux me battre ! s'exclame-t-elle avec véhémence.

— N'y pense même pas, la refroidit Chaya.

Magda se lève brusquement et s'éloigne ; elle préfère ne pas poursuivre cette conversation.

Elle se faufile entre les jambes et les corps pour rejoindre son amie, Zuzana, qu'elle vient d'apercevoir de l'autre côté de la classe.

Zuzana se lève dès qu'elle voit Magda approcher et les deux jeunes filles s'installent sur deux chaises hors de portée de voix des adultes. Elles bavardent avec entrain du miracle de leur survie, de la façon dont elles ont échappé aux enlèvements du shabbat, dont leurs familles respectives sont parvenues à endurer les rations alimentaires de plus en plus restreintes.

— Au départ, mes parents m'ont envoyée chez nos cousins non juifs à la frontière ukrainienne, raconte Zuzana.

— Pourquoi diable es-tu revenue ? demande Magda, incrédule.

— Ils n'étaient pas très gentils avec moi. Ils ont une ferme et j'avais l'impression d'être la seule à travailler. J'avais l'impression d'être une esclave, Magda. Mais ce n'est pas la raison pour laquelle je suis partie. Ils ont appris que toute personne surprise en train d'abriter des Juifs serait déportée, alors ils m'ont renvoyée à la maison.

Zuzana n'était de retour à Vranov que depuis deux semaines.

Cette première nuit dans la salle de classe est inconfortable, et la chaleur n'arrange rien. Avant de se coucher, ils discutent de nourriture, pour déterminer ce qu'ils devraient manger et quelle quantité ils devraient garder. Yitzchak sort un canif et rationne leur pain, leur fromage, leurs biscuits secs. Un par un, tous les autres font la même chose pour leur famille.

Magda est soulagée d'avoir le droit de sortir le lendemain matin, mais l'air frais n'est pas la seule chose qui l'intéresse. Dans la petite cour de récréation, elle constate que deux autres « classes » ont aussi été libérées. Magda et Zuzana rejoignent un groupe d'adolescents.

— Moi, je propose de les attaquer, déclare un garçon en bombant le torse.

— Et une fois libres dans les rues de Nováky, que ferons-nous ? interroge Zuzana.

Personne n'a de réponse à cela.

— C'est drôle, médite un autre garçon. L'école m'a toujours semblé être une prison.

Au moment où les adolescents sont reconduits dans les classes, ils n'ont rien décidé.

La journée passe, puis une autre nuit, dans une atmosphère pesante – aucun des prisonniers ne sait ce qui les attend et la déprime s'abat sur la « classe » de Magda.

Dans l'après-midi du troisième jour, un garde Hlinka distribue du pain et du café. Chaya sort de sa valise un bocal de légumes au vinaigre pour masquer le goût de la miche rassise. Elle les partage avec les autres familles jusqu'à ce que le bocal soit vide.

Ils subissent deux longues semaines de confinement, avec une routine presque toujours identique. Ils sont nourris deux fois par jour, ont la permission de sortir une heure pour se dégourdir les jambes, et le reste du temps ils sont enfermés dans leurs classes respectives. Tout projet de rébellion tourne court après la disparition de deux hommes qui ont demandé une audience avec les responsables.

À la fin de la deuxième semaine, Magda a perdu la notion du temps. *Voilà comment ils sapent notre détermination,* songe-t-elle. C'est alors qu'un matin, avant le petit déjeuner, un garde pénètre dans la pièce. Tout le monde se tait. Il regarde son porte-bloc et appelle :

— Magda Meller. Debout.

Magda, Chaya et Yitzchak se lèvent.

— Attendez ! Vous n'êtes pas *tous* Magda Meller, glapit-il.

— C'est moi, Magda. Voici ma mère et mon grand-père.

— Alors dis à ta mère et à ton grand-père de se rasseoir.

— Que lui voulez-vous ? demande Yitzchak en se plaçant devant sa petite-fille.

— Cela ne te regarde pas, vieil homme. Pousse-toi.

— Nous irons avec elle, où qu'elle aille ! insiste Chaya. C'est ma fille.

Le garde fait un signe de tête à des collègues dans le couloir, pour leur indiquer d'entrer.

— Ne t'en fais pas, Mumma, dit Magda alors que les autres gardes approchent. Je suis sûre que je serai bientôt de retour. Et garde-moi un peu de ce pain délicieux.

Elle adresse un clin d'œil à sa mère, mais Chaya lui saisit la manche pour l'éloigner des gardes Hlinka. Magda tapote la main de sa mère et l'écarte avec douceur. Elle perçoit l'irritation de ces garçons et ne veut pas les tester.

— Mumma, s'il te plaît. Je n'en aurai pas pour longtemps.

— Chaya, écarte-toi. Tout de suite !

Yitzchak a les yeux rivés sur les gardes ; ils brûlent de la frapper, il le sait. Il ramène Chaya à leurs chaises.

— N'oubliez pas de me garder du pain ! lance Magda en souriant de toutes ses dents.

Son cœur tambourine si fort qu'elle est stupéfaite d'avoir réussi à prononcer ces mots. Elle attend que la porte de la classe se soit refermée derrière elle avant de se tourner vers le garde au porte-bloc.

— Que me voulez-vous ?

— Tu verras bien.

Il l'emmène le long du couloir vers l'arrière de l'école et le bâtiment administratif. Elle entre dans un vaste vestibule où plusieurs autres adolescents, essentiellement des filles, patientent. Les gardes les abandonnent à leur peur pendant deux heures. Le silence s'abat dans la pièce, toute insurrection oubliée.

Les gardes finissent par revenir, au nombre de cinq, et les adolescents se lèvent.

Elle va maintenant connaître son sort, quel qu'il soit.

— Vous allez partir avec mes hommes, déclare un garde, visiblement le chef. Immédiatement.

— Où donc ? demande un garçon.

Le garde lui sert la réponse habituelle :

— Tu le sauras quand tu y seras.

— Et nos familles ? interroge Magda qui a enfin retrouvé sa voix.

Elle songe à sa mère et à son grand-père en train de faire les cent pas dans la petite classe, attendant son retour.

— Elles vous rejoindront plus tard. Fini les questions. Dans la cour, je veux que vous vous mettiez en rangs et que vous attendiez mes instructions.

— Vous ne pouvez pas faire ça ! explose Zuzana. Vous ne pouvez pas nous séparer de nos familles !

— Si tu fais des histoires, ta famille le paiera.

Une fois que le silence est revenu, le garde opine du chef, une fois.

— C'est bien. Allez-y.

La cour est vide mais, quand elle lève les yeux, Magda aperçoit des visages appuyés contre les fenêtres de la classe. Elle ne voit pas sa mère.

Les parents appellent leurs enfants tandis que ceux-ci sont conduits hors de l'école.

Magda reconnaît le chemin qu'ils empruntent : ils retournent à la gare. *J'avais raison,* pense-t-elle sombrement quand ils arrivent sur le quai. Un train est à l'arrêt sur la voie. Elle ne s'est jamais sentie aussi seule. Est-ce ce qu'ont traversé Cibi et Livi ? Se sont-elles senties abandonnées et terrifiées ? Évidemment. Des gouttes de sueur froide recouvrent son chemisier léger tandis qu'elle monte dans le train et regarde disparaître la ville de Nováky.

Magda se réveille en sursaut quand le train s'arrête en grinçant. Combien de temps a-t-elle dormi ? Elle se rappelle qu'elle a été séparée de sa mère et de son grand-père et son estomac gargouille.

Ils sont dans la ville de Banská Bystrica au centre de la Slovaquie centrale.

Les voilà de nouveau en marche. Il est midi et le soleil tape. Ils se retrouvent encore une fois dans une école, dans de petites classes.

— Crois-tu qu'ils vont nous donner quelque chose à manger ? demande une fille une fois que le garde les a enfermés. Je meurs de faim.

— Je suis sûre que oui, l'apaise Magda.

La dernière chose dont ils ont besoin est de céder à la peur.

— Je n'ai pas d'autres vêtements avec moi, se plaint une autre fille.

— Comme nous tous, réplique Magda. Nous sommes tous dans le même bateau, alors contentons-nous de nous asseoir et de nous installer confortablement.

Il fait déjà nuit quand les gardes reviennent pour les conduire aux toilettes, après quoi ils reçoivent du café et du pain rassis.

Magda espère dormir, mais le pain pèse comme une pierre dans son estomac et le café lui a laissé un goût aigre dans la bouche. Le désespoir qu'elle sentait chez ses camarades la submerge à présent. Elle ravale ses sanglots mais, autour d'elle, personne ne fait cet effort. Finalement, l'épuisement a raison d'elle et elle s'endort au son des pleurs de ses voisines.

Deux pauses toilettes, une heure d'exercice à l'extérieur et deux repas par jour : la même routine qu'à Nováky, mais cette familiarité n'apporte aucun réconfort à Magda. Une nuit, elle rêve de rues remplies de gardes Hlinka luttant contre les habitants de Vranov. Juifs et non-Juifs combattent ces hommes pour protéger leur ville, pour mettre un terme à la tyrannie nazie.

— Vous devez sortir, dit une voix, avant de le répéter plus fort.

Mais Magda veut combattre les gardes. Elle n'a aucune intention de sortir. Elle ouvre les yeux, elle n'est pas en train de rêver. Une silhouette se dresse dans l'embrasure de la porte, répétant les mêmes mots encore et encore : « Vous devez sortir. » Magda se redresse ; tout le monde s'est levé, désorienté, alarmé. Que se passe-t-il ?

L'étranger est un homme grand, aux cheveux bruns bouclés qui lui tombent en mèches humides de part et d'autre du visage. Il a une coupure sur une joue, les phalanges ensanglantées. Il transpire à grosses gouttes, halète.

— Vous tous. Allez. Vous devez courir ! hurle-t-il, faisant signe aux filles de se mettre en mouvement.

Aussitôt, Magda est alerte. Elle prend conscience que c'est ce qu'ils attendaient – d'être libérés ! Les filles se bousculent pour gagner la porte.

Magda pénètre dans la cour juste au moment où les premiers rayons du soleil annoncent une nouvelle journée. De jeunes hommes armés de fusils et de matraques dérobés à la Garde Hlinka chargent la foule des adolescents, les exhortant à quitter les terrains de l'école, pour rejoindre la ville. Magda saisit le bras d'un homme :

— Où allons-nous ?

— N'importe où. Vous êtes libres à présent. Tu ne te rends pas compte de ce qui se passe ? Nous reprenons notre ville, notre pays !

— Mais qui êtes-vous ? crie Magda tandis que les pleurs des filles, les hurlements des hommes et les coups de feu s'intensifient.

— Des résistants ! crie-t-il en retour. Nous avons reçu hier soir le message de commencer notre attaque. Cette résistance a lieu dans toute la Slovaquie en ce moment même.

Sur ces mots, il disparaît dans la foule.

Magda regarde autour d'elle à la recherche de Zuzana, de n'importe quel visage familier, mais c'est le chaos. Dans la rue, elle court dans la même direction que tous les autres. Des vitrines sont cassées, des voitures retournées, une balle siffle près de son oreille. Elle pénètre dans une petite ruelle pour éviter les tirs. C'est une impasse, avec au bout une grosse benne à ordures malodorante devant une double porte fermée à clé. Des hommes crient ; s'agit-il de gardes Hlinka ou de résistants ? Puisqu'elle n'a aucun moyen de le savoir, elle se cache derrière la benne.

Recroquevillée par terre, à l'abri des regards, elle reste là jusqu'à la tombée de la nuit. Chaque fois qu'elle s'aventure dans la ruelle pour jeter un coup d'œil, les mêmes scènes de chaos se répètent encore et encore : des gens qui courent dans tous les sens, des hommes et des gardes qui se battent à coups de poing, de pistolet et de couteau, des femmes qui pleurent, qui appellent à l'aide en hurlant. Certains ont des valises, d'autres une poussette contenant un bébé ou des affaires. *Ne savent-ils donc pas où aller ?* se demande Magda en repartant discrètement derrière la benne pour laisser le sommeil faire taire ses sens.

Le lendemain matin, tout est calme. Magda observe la rue de longues minutes durant, mais personne ne passe, alors, finalement, prenant une profonde inspiration, elle décide de quitter la ruelle. Leur école-prison se trouve au bout de la route et, brusquement, elle fait demi-tour pour partir dans la direction opposée. Arrivée à un croisement, elle se retrouve sur une grand-route et n'est plus seule. Un char allemand s'avance vers elle, suivi de soldats armés marchant à côté d'un grand camion recouvert de toile.

— Toi, là ! Arrête-toi.

Les soldats lèvent leur pistolet et Magda trébuche tandis que sa tête commence à tourner. Elle s'appuie à un mur pour ne pas tomber et l'image de la benne s'impose à son esprit. Si seulement elle n'avait pas bougé. Tout cela n'a-t-il servi à rien au bout du compte ?

Les gardes la mitraillent de questions, attendant à peine ses réponses.

— Magda Meller, répond-elle. Je viens de… de Vranov. Oui, je suis juive.

Elle est alors emmenée vers le camion, de nouveau captive. Écartant les rabats de toile, un garde la pousse dans les côtes avec son fusil.

— Monte.

Le camion suit le char, s'arrêtant de temps à autre pour prendre de nouveaux prisonniers. Il est bientôt plein. Les compagnons de Magda sont des hommes, des femmes et des enfants. Tous affichent la même expression terrifiée, exténuée. La jeune fille prend conscience que son propre visage est le reflet du leur. Maintenant au complet, le camion accélère. Lorsqu'elle écarte les rabats, elle voit deux véhicules militaires allemands derrière eux. Cette fois-ci, il sera impossible de s'échapper.

Ils atteignent leur destination en fin d'après-midi.

Rien à voir avec une école désertée – elle entend le grincement d'un portail en fer avant que le camion ne s'arrête et qu'on leur ordonne de descendre. Le soleil brille encore mais il est moins chaud. Magda apprécie la fraîcheur de la brise.

Du fil barbelé encercle le périmètre des hauts murs en béton de l'enceinte. De grands édifices en béton à quatre étages entourent une clairière centrale. Tout est gris.

— C'est une prison, sursaute une femme.

Un gardien approche et, pour la plus grande horreur de Magda, il la pointe du doigt.

— Avance, mademoiselle ! aboie-t-il. Bienvenue à la prison d'Ilava. Votre petite insurrection a échoué, déclare-t-il en souriant jusqu'aux oreilles. L'armée allemande ne sera pas défaite par une foule de combattants de la liberté mal entraînés. Vous serez désormais nos hôtes, jusqu'à ce que nous décidions de votre sort. Emmenez-les dans leurs cellules, indique-t-il à un autre gardien. Mais elle, ajoute-t-il en la désignant, aura une cellule individuelle.

Le deuxième gardien saisit le coude de Magda pour l'emmener, mais elle le repousse. Il la conduit vers l'un des bâtiments gris. À l'intérieur, l'espace caverneux est une fourmilière de cellules, de passerelles en métal et d'air fétide. Quand la porte se referme derrière elle, elle inspecte sa cellule. Un lit en fer doté d'un matelas peu épais est relevé contre un mur, des W-C en acier sans siège se trouvent à l'extrémité, et il y a une petite table et une chaise à l'avant de la pièce. Si elle étend les bras, elle peut presque toucher les deux murs du bout de ses doigts. Au lieu de réfléchir à l'endroit où elle se trouve et à ce qui va lui arriver, Magda s'allonge sur le matelas grumeleux et s'abandonne au sommeil.

Quelques heures plus tard, le bruit d'une lourde clé dans la serrure la réveille en sursaut. Magda n'est pas prête pour cela, quel que soit « cela ». Cependant, c'est juste un gardien qui lui apporte son dîner sans un mot avant de repartir aussitôt. Elle fixe le ragoût et ses morceaux marron indiscernables, ainsi que la demi-miche de pain moelleux. L'espace d'un instant, la vue de la nourriture occulte toute autre pensée. Elle engloutit le tout trop vite, ne savourant ni le ragoût ni le pain. C'est le repas le plus copieux qu'elle ait mangé depuis des jours, des mois.

Le soleil s'est couché, les lumières dans sa chambre s'éteignent soudain et elle se retrouve dans l'obscurité la plus totale. Alors, tandis que ses yeux commencent à s'habituer, elle se tourne vers l'étroite fenêtre au-dessus de la table pour voir la lune. À tâtons, elle regagne son lit.

Le lendemain matin, à l'issue d'un autre bon repas à base de porridge sucré et de pain, elle installe la chaise sur le bureau et grimpe sur cette structure bancale pour regarder par la fenêtre. Magda se retrouve avec une vue plongeante sur la cour en contrebas. Elle entend des murmures, mais n'arrive à distinguer aucune phrase. L'un des prisonniers attire son regard. Il lui est familier. Très familier.

— Excusez-moi, lance-t-elle en tambourinant à la fenêtre.

L'homme s'arrête, regarde autour de lui.

— Là-haut ! Je suis à la fenêtre.

— Bonjour à toi là-haut, dit-il avec un sourire.

— Êtes-vous bien M. Klein, de Vranov ?

Il semble surpris et son sourire s'élargit.

— Tout à fait. Et toi ?

— Magda Meller. Vous étiez mon professeur de maths – vous avez aussi eu ma sœur, Cibi. Vous vous souvenez de moi ?

— Magda ! Bien sûr que je me souviens de toi. Mais que fais-tu ici ? Cibi est-elle là aussi ?

— Non. Je suis toute seule. Et... et je ne sais pas vraiment pourquoi je suis là.

Magda aperçoit un garde qui s'approche de M. Klein et se baisse en vitesse.

— Avance. Ou veux-tu que je t'aide ? menace le garde.

— Prends soin de toi, Magda. Je serai là demain, lance M. Klein par-dessus son épaule.

La jeune fille a maintenant quelque chose à attendre avec impatience. Les trois matins suivants, elle a un bref échange avec M. Klein. Il la fait rire en lui racontant comment se comportait Cibi en classe. Elle sait qu'il cherche à lui remonter le moral, parce qu'elle lui a confié ce qui était arrivé à sa famille. Cependant, il n'est pas en mesure de l'éclairer quant à leur sort à tous les deux.

Le quatrième jour, Magda est emmenée à marche forcée hors du bâtiment, sans petit déjeuner et sans avertissement. Dans la cour de la prison, à présent envahie de centaines d'autres détenus, elle attend son tour pour monter dans l'un des camions. Ceux qui manifestent le moindre signe d'hésitation sont encouragés avec un coup de matraque ou de crosse de fusil.

Le trajet jusqu'à la gare n'est pas long, une demi-heure peut-être et, lorsqu'ils arrivent à destination, on leur ordonne de grimper non dans des voitures pourvues de sièges, mais dans des wagons à bétail.

À l'intérieur, la chaleur est étouffante et l'odeur épouvantable. Magda n'a ni eau ni nourriture – à l'instar de ses codétenus. Tout le long du trajet, alternativement, elle ferme les yeux, prie pour s'endormir et cherche M. Klein. Sans succès. Le voyage dure toute la journée et le soleil est en train de se coucher lorsqu'on crie aux prisonniers de descendre des wagons.

Magda saute avant qu'on ne la pousse, et atterrit non pas sur le quai d'une gare, mais sur une voie ferrée. Un éclairage puissant illumine la scène. Elle est entourée de centaines de personnes ; certaines ont des sacs et des valises, comme si elles rendaient visite à des parents. Des chiens aboient en tirant sur leur laisse, visiblement affamés. *Peut-être veulent-ils notre sang,* songe Magda, éblouie par les lumières et prête à s'évanouir tant elle a soif.

C'est alors qu'elle aperçoit des silhouettes émaciées en uniforme rayé blanc et bleu qui, faisant des allers-retours au milieu de la foule, saisissent les affaires des prisonniers.

— *Schnell ! Schnell !* hurlent de nouveaux soldats.

Magda connaît ce mot allemand : *Plus vite !*

— Où sommes-nous ? demande-t-elle quand elle croise le regard d'un des hommes tout maigres.

— Bienvenue en enfer, répond-il, les yeux furetant à toute vitesse entre les prisonniers.

— Où se trouve l'enfer ?

— En Pologne. Vous êtes à Birkenau.

Et il disparaît.

21

Auschwitz-Birkenau, octobre 1944

Octobre a chassé septembre, apportant un changement dans l'humeur de Cibi. Elle est désagréable avec tout le monde, Livi comprise. Elle a du mal à se concentrer et, quand ses erreurs sont pointées du doigt au bureau de poste, elle répond, n'arrivant pas à ravaler son insolence bien qu'elle en connaisse les risques.

Lorsqu'elle quitte son travail chaque jour, c'est souvent au son d'un train qui entre dans le camp, et elle se retrouve à marcher vers le portail. Elle n'a pas particulièrement envie d'être spectatrice des sélections, mais elle le fait quand même, chaque fois qu'elle en a l'occasion. Elle a le sentiment de devoir quelque chose à ces prisonniers, un moment de solidarité peut-être, quelques secondes d'empathie. Elle espère également – bien que cette idée la terrifie – voir sa famille descendre des trains.

Jour après jour, elle assiste à la même scène : de nouveaux prisonniers sont poussés hors des wagons, beaucoup tombant à plat sur le visage ou sur le dos, pour être piétinés par les suivants.

C'est chaque fois le même rituel : le train arrive, puis c'est le chaos. Il n'y a pas de sortie ordonnée ; tout est conçu pour maintenir les prisonniers dans un état de peur perpétuelle.

— Je vais partir à Auschwitz, lui annonce Volkenrath un matin. Pour gérer le bureau de poste. Voudrais-tu venir toi aussi ?

— Pourquoi pas ? répond Cibi avec un sourire sarcastique. Ne dit-on pas qu'un changement fait autant de bien que du repos ?

— Parfait. Je vais m'en occuper.

Ce soir-là, Cibi annonce à Livi qu'elle a inscrit leurs deux noms sur une liste pour retourner à Auschwitz, où elles travailleront à la poste.

Le lendemain matin, Cibi est plus alerte que Livi ne l'a vue depuis des semaines.

— Nous n'allons plus à Auschwitz, déclare-t-elle.

— Pourquoi ? répond Livi, encore ensommeillée.

— Cette nuit, Mumma est venue me voir dans mes rêves. Elle m'a dit de rester à Birkenau.

— Ce n'était qu'un rêve, Cibi ! Je veux aller à Auschwitz ! J'ai envie de travailler à la poste. Je déteste être messagère. S'il te plaît, Cibi, s'il te plaît, pouvons-nous aller à Auschwitz ? implore Livi.

— Non. Je dois trouver un moyen d'enlever nos noms de la liste.

Cibi est catégorique.

— Parce que tu as rêvé de Mumma ?

— Oui.

— Mais moi, Cibi ? Je ne suis pas un rêve, je suis bien réelle !

Livi est furieuse.

— Fais-moi confiance ; nous devons rester ici. Je ne sais pas pourquoi, mais il le faut.

Le feu s'est éteint dans les yeux de Livi, lui redonnant un air malheureux. Elle regarde ses pieds.

— Si je suis là, c'est uniquement parce que tu m'as maintenue en vie, Cibi. Je n'aurais pas survécu sans toi. Si tu dis que nous devrions rester, alors je suppose que nous devrions rester.

Cibi saisit le visage de sa sœur entre ses mains.

— Combien de fois dois-je te dire que tu es plus forte que tu ne le crois ? C'est ta force qui me permet de tenir le coup.

— Comment était Mumma dans ton rêve ? murmure Livi, qui paraît soudain très jeune.

— Elle avait l'air heureuse, mon chaton. Je sentais son parfum. Elle jouait avec son alliance. Tu te souviens comment elle la faisait toujours tourner sur son doigt ? Elle disait que ça lui donnait l'impression que Père était encore parmi nous.

— Nous allons rester ici alors, Cibi, ne t'inquiète pas. Mumma a toujours raison.

Trois jours plus tard, c'est au tour de Livi de réveiller Cibi. Celle-ci semble aller mieux depuis qu'elle a rêvé de leur mère et Livi est soulagée.

— Joyeux anniversaire, Cibi, chuchote-t-elle.

— Comment sais-tu que c'est mon anniversaire ? s'étonne Cibi en se redressant.

— Il y a deux jours, j'ai vu un calendrier sur le bureau d'un des nazis, alors je lui ai demandé quel jour nous étions.

Cibi lui adresse un sourire fatigué.

— Merci, Livi. Je suppose que nous pouvons fêter le fait que j'aie survécu pour atteindre un an de plus.

— Souhaites-tu faire un vœu ?

Cibi fait un grand sourire à sa sœur.

— Pas vraiment. Chaque vœu que j'ai fait ces deux dernières années a été complètement inefficace. Nous nous réveillons encore chaque matin dans cet endroit.

Livi hoche lentement la tête.

— Peut-être peux-tu dire à Volkenrath que c'est ton anniversaire, et elle te laissera prendre de la nourriture dans un des colis ?

— À mon avis, ça ne lui fera ni chaud ni froid de savoir que c'est mon anniversaire.

— Très bien. Dans ce cas, tu n'auras qu'un « joyeux anniversaire » de ma part. Joyeux anniversaire, Cibi.

Cibi étreint longuement sa petite sœur.

— Ai-je vraiment vingt et un ans ? lui murmure-t-elle à l'oreille.

— Ma grande sœur a vingt et un ans.

— Ouah.

Alors que Cibi rejoint la poste, Leah se précipite vers elle. Leah loge dans un autre bâtiment, mais Cibi la connaît de Vranov. Elle est arrivée à Auschwitz quelques mois après Cibi et Livi. Cibi sait que Leah travaille aux fours crématoires, bien qu'elles n'aient jamais discuté de ce qu'elle y fait exactement.

— Cibi, attends. Cela fait un moment que je te cherche. J'ai quelque chose à te dire.

Leah est essoufflée, excitée, impatiente de partager sa nouvelle.

— Dis-moi.

Le cœur de Cibi se serre.

— C'est Magda ! J'ai vu Magda ! s'exclame-t-elle.

Cibi se fige.

— Je te dis que c'était Magda. J'en suis sûre.

Cibi avale avec difficulté, la chaleur lui monte au visage et, l'espace d'un instant, sa vue se brouille. Elle attrape Leah par les bras et la secoue.

— Pourquoi ne me l'as-tu pas dit plus tôt ? hurle Cibi. Dis-moi où tu l'as vue !

— Lâche-moi, Cibi, se plaint Leah en se dégageant et en se frottant les bras. Je t'ai dit que je te cherchais. Je l'ai vue il y a trois jours.

Un soupçon s'immisce en Cibi. Comment Magda peut-elle être là sans qu'elle ait senti la présence de sa sœur ?

— Sais-tu que c'est mon anniversaire aujourd'hui ? Tu ne serais pas assez cruelle pour m'annoncer une chose pareille juste parce que c'est mon anniversaire, si ?

— Non ! C'est une idée horrible. Je ne suis pas une nazie, Cibi.

— Excuse-moi, Leah, répond Cibi, honteuse, avant d'être gagnée par la terreur quand elle se rappelle l'endroit où travaille son amie. Tu ne l'as pas vue aux fours, si ?

— Si. Enfin non ! Pas exactement ; *moi*, j'étais aux crématoriums, mais je voyais la sélection qui se déroulait à la gare. C'est là que je l'ai aperçue.

— Et Mumma, mon grand-père ?

— Eux, je ne les ai pas vus, mais cela ne veut pas dire qu'ils n'étaient pas là.

— Sais-tu où elle est à présent ?

Cibi ressent une soudaine urgence. Elle balaie le camp des yeux, comme si Magda était susceptible d'attendre dans l'obscurité, prête à bondir devant elles pour annoncer sa présence.

— Tout ce que je sais, c'est qu'elle est avec les survivants, et qu'ils se dirigeaient vers le camp familial, mais je ne sais pas si c'était leur destination finale. Elle est là, Cibi, je te le promets.

Cibi attire la jeune fille contre elle et la serre dans ses bras.

— C'est le meilleur cadeau d'anniversaire de ma vie, Leah.

Bien qu'elle brûle d'envie d'annoncer la nouvelle à Livi, Cibi décide de ne rien lui dire tant qu'elle ne se sera pas assurée que Magda est bien là, en vie. Elle a toutes les peines du monde à se concentrer sur son travail, l'esprit bouillonnant. Quand une opportunité se présente à elle, elle la saisit. Elle déballe un gros colis contenant non seulement de la nourriture mais aussi des vêtements de femme, puis vérifie si la destinataire est vivante ou défunte. Elle sait que toutes les personnes du camp familial de Theresienstadt sont mortes, mais elle vérifie quand même. Un trait rouge a été tiré sur le nom. D'après Leah, la nouvelle sélection a sans doute été emmenée au camp familial. Si Magda est quelque part, c'est là.

Cibi prend le paquet et entre dans le bureau de Volkenrath.

— J'ai un colis qui doit être livré au camp familial. Puis-je le porter là-bas ?

— Fais ton travail, répond la SS sans s'étendre.

En silence, Cibi pousse un soupir de soulagement.

Marcher ou courir ? Cibi opte pour les deux. Plus elle tarde à y arriver, plus elle peut s'accrocher à la possibilité de retrouver sa sœur. À l'approche du camp, elle ralentit fortement, se préparant à toute éventualité. Si Magda n'est pas là, elle ne dira rien à Livi. À cet instant précis, sa plus grande crainte est de croiser sa plus jeune sœur, sachant que le camp familial n'est qu'à quelques mètres de l'endroit où se tient Livi chaque jour, près du portail.

À l'entrée du camp, la responsable du bâtiment insiste pour que Cibi lui remette le colis. Elle lit le nom et répète à Cibi qu'il est impossible que la destinataire soit là, qu'il n'y a personne originaire de Grèce. Cibi lui indique qu'Elisabeth Volkenrath lui a demandé de livrer le colis personnellement. La *kapo* soutient un moment son regard puis, à contrecœur, lui fait signe de passer.

Cibi entre dans chaque bâtiment de chaque rangée, appelant le nom de Magda avant de passer au suivant. Les filles et les femmes sont en tenue civile et ont encore leurs cheveux. *Plus pour longtemps*, songe tristement Cibi. La plupart d'entre elles portent un foulard ; il est donc difficile pour Cibi d'identifier les épais cheveux bruns de Magda. Par deux fois, elle croit l'apercevoir, avant d'être amèrement déçue.

Quand il ne lui reste plus que deux bâtiments à inspecter, Cibi remarque un groupe de jeunes femmes assises au soleil, arrachant des brins d'herbe tandis qu'elles bavardent. C'est une scène tellement normale que Cibi en a le vertige. L'une des filles fixe le soleil d'octobre, appuyée sur les coudes. Cibi ne voit pas son visage, mais elle reconnaît la posture.

Elle crie :

— Magda !

Mais sa voix reste coincée dans sa gorge et elle ne laisse échapper qu'un couinement étouffé. Toutefois, l'une des filles du groupe regarde Cibi, déconcertée par cette silhouette toute rouge, parfaitement droite, agrippée à un paquet. À présent, toutes se donnent des coups de coude, montrant Cibi du doigt, et la fille face au soleil finit par se retourner, elle aussi. L'espace d'un instant, Cibi est incapable de bouger, de parler, elle entend un bourdonnement dans sa tête. Est-ce un rêve, va-t-elle se réveiller ?

Ou est-ce vraiment Magda qui se lève, qui l'appelle, qui court vers elle ?

Les sœurs se percutent, en criant. Elles prononcent chacune le prénom de l'autre, encore et encore. Les voilà qui pleurent, qui posent des questions, sans obtenir de réponses. À cet endroit précis, à cet instant précis, la seule chose qui importe est qu'elles soient ensemble.

Les filles du groupe de Magda, terriblement émues par ces retrouvailles, s'enlacent elles aussi, faisant écho à l'étreinte des sœurs.

— Livi ? Où est Livi ?

— Elle est là, Magda. Elle va aussi bien que possible ici.

— Peux-tu m'emmener la voir ? Maintenant ?

De plus en plus de filles s'assemblent autour d'elles. Il y a tellement peu de bonnes nouvelles dans cet endroit qu'elles sont très contagieuses. Tout le monde veut entendre leur histoire, mais Cibi se souvient soudain du danger qu'elle court si on la découvre dans une zone où elle n'est pas censée se trouver.

— Quel est ton bâtiment ? demande brusquement Cibi à sa sœur, en lui prenant la main.

Mais Magda ne bouge pas pendant un moment. Elle fixe Cibi, comme si elle la voyait enfin.

Elle la dévisage de haut en bas, lentement, touche ses cheveux courts, ses épaules, ses bras.

— Que t'ont-ils fait ?

Magda pleure de nouveau, mais ce n'est pas le moment. Cibi sait à quoi elle ressemble, elle sait qu'elle a le visage émacié et le corps décharné. Elles doivent se dépêcher.

— Nous pourrons parler plus tard, Magda. Allez.

Le bâtiment de Magda est semblable à tous les autres, peuplé de filles désespérées assises sur leur couchette, les yeux dans le vide. Cibi ouvre le colis et sort les vêtements, disant à Magda de se changer. Pendant qu'elle se déshabille, Cibi tend le paquet à l'une des filles au visage inexpressif.

— Il y a de la nourriture à l'intérieur, vous pouvez la partager.

La fille regarde dans la boîte, les yeux soudain brillants. Elle adresse un signe de tête à Cibi et la remercie d'un sourire.

Une fois que les sœurs sont ressorties, Cibi trouve les amies de Magda.

— J'ai besoin de votre aide, leur dit-elle. Vous ne vous attirerez pas d'ennuis, ne vous inquiétez pas. D'accord ?

Les filles hochent la tête avec conviction et Cibi songe qu'elles doivent vraiment beaucoup apprécier Magda pour prendre le moindre risque après ce qu'elles ont traversé.

— La responsable du camp m'a vue entrer seule, mais je veux repartir avec Magda. Il faut que vous fassiez diversion pendant que nous nous éclipsons. Est-ce que vous voulez bien ?

Les filles, à présent tout sourire, hochent de nouveau la tête et se dirigent vers le portail. Cibi et Magda longent les murs du bâtiment le plus proche du portail. Alors, les filles se mettent à parler bruyamment, se disputant tout en marchant vers le portail. Une fois qu'elles ont attiré l'attention de la *kapo*, elles haussent encore le ton, se poussant et se bousculant les unes les autres, dépassant le portail vers le côté opposé du camp. La *kapo* commence à les suivre, à leur ordonner de se taire, de marcher en rangs, de retourner à leurs bâtiments.

Cibi saisit la main de Magda et les sœurs passent subrepticement le portail pour regagner le camp des femmes d'un bon pas. Cibi l'emmène au Bâtiment 21, qui est vide. Il reste encore une heure avant le retour des travailleuses. Elles s'assoient sur la couchette de Cibi et Livi, enlacées, en silence.

Cibi finit par inspirer profondément. Il y a une question qui ne peut attendre le retour de Livi.

— Mumma ? Grand-père ?

Magda regarde ses genoux et ses épaules s'affaissent.

— Je ne sais pas où ils sont, sanglote-t-elle.

— Ne t'en fais pas, Magda. Ne t'en fais pas. Étaient-ils dans le même train que toi ?

— Je ne pense pas. Du moins, je ne les ai pas vus. Nous avons été séparés il y a un certain temps.

— C'est une bonne nouvelle. Peut-être ne viendront-ils pas du tout ici.

Cibi est douce avec sa sœur, veillant à lui épargner un interrogatoire douloureux, mais elle a besoin de savoir ce qui est arrivé à leur mère.

— Nous étions à la maison jusqu'en septembre, indique Magda.

Cibi est ravie de l'entendre.

— C'est vrai ?

— Oui. Mais, Cibi, j'ai tant à te raconter – trop. Et je veux moi aussi savoir tellement de choses. Quand êtes-vous arrivées ici, Livi et toi ?

Magda regarde le bâtiment, les couchettes, le béton gris et frémit.

— Nous te raconterons plus tard, avec Livi. Peux-tu me parler un peu de Mumma et de Grand-père ? Qu'est-ce qui s'est passé ?

Magda hoche la tête. Elle a envie de parler d'eux, mais en même temps elle ne veut pas rendre leur absence réelle.

— Ils ont commencé à rafler tous les Juifs de Vranov en septembre et c'est là qu'ils sont venus nous chercher. Nous sommes restés un temps ensemble, puis la Hlinka m'a emmenée.

Magda se tait, soudain perdue dans ses souvenirs.

— Emmenée où ?

— À Banská Bystrica, dans une école, mais ensuite la Résistance est arrivée et nous a libérés, raconte Magda, les yeux brillants quand elle se rappelle sa nuit derrière la benne à ordures. J'étais libre, Cibi, tu te rends compte ? Mais ensuite les Allemands m'ont rattrapée et m'ont conduite en prison.

— En prison ?

— La prison d'Ilava. Te souviens-tu de M. Klein ? Il y était lui aussi.

Cibi semble perplexe.

— Notre professeur de maths ? Il était dans la même prison ?

— Oui. Il se souvenait de toi. Nous avons beaucoup discuté, mais ensuite…

Magda s'interrompt, repensant aux wagons à bétail.

— Quoi donc ?

— Ensuite j'ai été amenée ici.

À ce moment-là, les filles commencent à se déverser à travers les portes ; c'est la fin de la journée, ce qui signifie que Livi sera de retour d'une minute à l'autre.

— Écoute, Magda, je ne veux pas que tu sois effrayée par ce que tu vas voir et entendre dans ce camp – tu es en sécurité désormais, tu es avec tes sœurs. Je vais sortir préparer Livi. Tu m'attends ici ?

Les filles continuent d'arriver. Beaucoup jettent un coup d'œil à Magda avant de s'effondrer sur leur couchette.

À l'extérieur, Cibi fait les cent pas. Où est Livi ? Pourquoi faut-il qu'elle soit en retard précisément aujourd'hui ? Enfin, Cibi la voit et court à sa rencontre. Incrédule, Livi écoute sa sœur la prévenir que Magda est là, dans le bâtiment, impatiente de la retrouver. Néanmoins, avant de se précipiter à l'intérieur, Livi pose une autre question des yeux et Cibi secoue la tête. Non, Mumma et Grand-père ne sont pas là.

Magda retrouve Livi au milieu de la vaste pièce et, une fois de plus, des filles s'assemblent autour d'elles pour se réjouir de ces heureuses retrouvailles.

Cette nuit-là, pour la première fois en près de trois ans, les sœurs Meller sont réunies.

Le lendemain, Cibi emmène Magda au bureau de poste et la met au travail. Par chance, Volkenrath est partie pour Auschwitz la veille et leur nouveau superviseur n'a aucune idée de qui est censé travailler là. Cibi sait qu'aucune des autres filles ne les dénoncera après avoir entendu leur histoire.

— Quel est son numéro ? interroge Rosie.

Cibi attrape le bras gauche de Magda, lui retrousse la manche et, choquée, découvre que sa chair est intacte. Sans numéro, sa sœur n'existe pas.

— Tu n'as pas de numéro ? souffle Rosie.

Cibi fixe encore le bras de Magda.

— Elle vient d'arriver, Rosie, évidemment qu'elle n'a pas de numéro. Qu'allons-nous faire ?

Cibi panique et Magda tente de la réconforter, de lui dire que cela n'a pas d'importance, qu'elles trouveront bien une solution, mais Cibi connaît cet endroit, et il est clair que ce numéro manquant est un problème grave.

— J'ai vu le tatoueur en train de travailler devant le bâtiment il y a quelques minutes, déclare Rosie. Peut-être est-il encore là. Il pourrait s'occuper d'elle.

— Quel numéro ? éclate Magda. De quoi parlez-vous ?

Cibi remonte sa manche, révélant le tatouage sur son bras gauche. Rosie fait de même.

— Ne bouge pas, indique Cibi en se dirigeant vers la porte.

— Où va-t-elle ? s'enquiert Magda.

— Voir Lale, la renseigne Rosie. Il va te donner un numéro, après quoi tu seras autant en sécurité que nous autres.

Rosie sourit de toutes ses dents, et Magda entrevoit alors l'ironie lugubre des filles de Birkenau.

Dehors, Cibi trouve Lale assis à son petit bureau, inscrivant patiemment des chiffres sur les bras de prisonniers. Deux gardiens SS rôdent, dos à la queue. Cibi saisit sa chance et s'approche du bureau.

— Lale.

— Bonjour, la salue-t-il en levant les yeux du bras qu'il s'apprête à tatouer.

— J'ai besoin de ton aide, dit-elle, le visage animé par une expression d'urgence.

— Je t'écoute.

Lale trace avec ses outils les chiffres inscrits sur le bras de l'homme. Celui-ci se tend, mais ne réagit pas plus que cela.

— Ma sœur est là ; je l'ai fait entrer en douce dans mon bâtiment, mais elle n'a pas de numéro.

Lale marque une pause et regarde Cibi.

— Où est-elle ?

— Au bureau de poste. Nous travaillons à la poste.

— Alors retourne travailler et, quand j'aurai terminé ici, je vous trouverai, propose Lale, avant de se pencher de nouveau pour accomplir sa tâche.

Une heure plus tard, fidèle à sa parole, Lale passe la tête dans l'embrasure de la porte de la poste et fait signe aux sœurs de sortir.

Son sac d'outils les attend à l'ombre d'un bâtiment adjacent.

— Je m'appelle Lale, se présente-t-il à Magda. Il paraît que tu as besoin d'un numéro.

Magda a peur. Elle a vu le bras de Cibi, le bras de toutes les filles à la poste, et elle sait désormais qu'il sera douloureux d'avoir cette marque indélébile inscrite dans sa chair.

— Je ne peux pas lui donner un numéro à quatre chiffres, Cibi. Il va falloir que c'en soit un plus récent.

Il retrousse la manche de Magda et lui perfore le bras pour y noter A-25592. La jeune fille ne tressaille pas.

Cibi laisse échapper un long soupir de soulagement en voyant apparaître le matricule sur le bras de sa sœur. Ce soir, elle suppliera Rita de l'ajouter à l'appel du matin et, enfin, Magda existera officiellement à Birkenau.

— Retournez travailler, les filles, dit-il aux sœurs en rangeant ses outils. Demain sera une bonne journée.

Au cours des jours suivants, tandis que Magda découvre la vie de ses sœurs dans le camp et ce à quoi elles ont assisté, des rumeurs d'une avancée militaire russe face aux Allemands offrent une petite lueur d'espoir.

Lors d'une fraîche matinée d'octobre, Livi apporte un message au bâtiment administratif quand le premier train de la journée arrive à Birkenau. Livi observe les hommes, les femmes et les enfants sur le quai. Ils sont terrifiés ; ils ne savent sans doute même pas où ils se trouvent.

Des enfants courent parmi la foule, désireux de dépenser un excédent d'énergie après avoir été à l'étroit pendant des jours dans un wagon à bétail. Une petite fille poursuit un garçon plus âgé, le garçon bouscule un vieux monsieur et la petite fille s'arrête pour présenter ses excuses. Il se penche pour lui tapoter l'épaule, puis se redresse pour regarder autour de lui.

Quelque chose d'étrange est en train de se produire dans la poitrine de Livi : c'est comme si son cœur voulait s'échapper. Elle se frotte les yeux, les plisse, mais elle ne se trompe pas, elle reconnaîtrait cet homme n'importe où. Elle a chaud, puis très froid quand elle aperçoit la femme à ses côtés.

Mumma !

Piétinant d'un pied sur l'autre pour mieux voir, Livi ne sait pas quoi faire. Elle ne peut pas partir, elle ne peut pas quitter sa mère des yeux, mais elle doit agir, elle doit trouver ses sœurs.

Cibi et Magda trient le courrier quand elle entre en trombe. À voir l'expression sur le visage de Livi, ses yeux brillants et ses joues rouges, Cibi comprend qu'il s'est passé quelque chose. Il lui faut emmener Livi à l'extérieur avant qu'elle ne leur attire à toutes des ennuis.

— Reste là, dit Cibi à Magda avant d'entraîner Livi dehors. Dis-moi tout.

— C'est Mumma ! Elle est là, avec Grand-père.

Livi marque une pause pour reprendre sa respiration ; elle indique le portail du camp.

— Le train, ils viennent d'arriver par le train.

Livi place les mains sur les épaules de Cibi pour la secouer. Les yeux de sa sœur sont devenus vitreux ; elle aussi a maintenant du mal à respirer, mais il n'y a pas de temps à perdre. Elle secoue de nouveau Cibi.

— Nous devons les aider !

— Mais Magda… Nous avons aussi besoin de Magda, halète Cibi.

— C'est déjà assez embêtant si nous partons toutes les deux. Magda est nouvelle ici – si on la surprend, elle mourra.

Livi tire sur la manche de Cibi pour la faire bouger. Les filles parcourent la courte distance entre la poste et le train. Côte à côte, elles regardent les centaines de nouveaux arrivants traîner les pieds le long du quai, tandis que les prisonniers dans leur uniforme rayé familier font des allers-retours dans les wagons à bétail pour saisir leurs affaires.

— Je ne les vois pas, se lamente Cibi en scrutant désespérément les visages.

— Là-bas ! montre Livi. Je viens de les apercevoir là-bas.

Cibi se fige lorsque son regard se pose sur les SS qui s'occuperont de la sélection.

— Kramer, Livi. Il faut que je lui parle.

— Non, Cibi ! Tu ne peux pas faire une chose pareille. Je t'en prie !

Livi attrape le bras de sa sœur, mais Cibi ne l'écoute pas. Elle se libère et s'avance résolument vers les officiers. Tandis qu'elle approche, les hommes se retournent et la regardent. Elle se sent toute petite, comme un faible animal au milieu de puissants chasseurs, mais elle rassemble son courage.

— Commandant Kramer. Je viens de voir ma mère et mon grand-père sur le quai. Je vous implore de les épargner.

Cibi ne pleure pas – elle a trop peur pour pleurer, mais ses mains tremblent. Elle enfonce profondément ses ongles dans la paume de ses mains, et la douleur l'aide à poursuivre.

— Ils sont tout ce qu'il me reste au monde.

Kramer la dévisage de haut en bas et secoue la tête.

— J'ai décidé de leur sort – pas toi, petite fille. Ta mère et ton grand-père retrouveront bientôt leur Dieu.

— Je vous supplie…

Cibi ne voit pas la main qui la frappe. Cela se produit si vite, la faisant tomber à terre. Depuis le sol, elle lève les yeux vers le visage narquois, haineux de l'officier allemand. Elle sent l'urine s'échapper de son corps. Soudain, il y a de l'agitation sur le quai et, l'espace d'un instant, Kramer se détourne d'elle. Cibi sent qu'on l'aide à se relever et qu'on lui enlève son foulard. Elle se retrouve entourée d'autres filles qui ont toutes retiré leur foulard. Kramer se retourne, à la recherche de Cibi, mais les filles, indissociables les unes des autres, le fixent en retour. Incapable de distinguer Cibi parmi elles, il poursuit son chemin.

— Cours ! lance Livi en saisissant la main de Cibi et en l'entraînant vers la clôture qui les sépare des nouveaux arrivants.

Le traumatisme d'avoir été agressée par Kramer s'éloigne tandis qu'elle et Livi tournent de nouveau leur attention vers les centaines d'hommes, de femmes et d'enfants qui se dirigent à pas lents vers le bâtiment où, elle le sait, on leur ordonnera de se déshabiller avant de les conduire à leur mort.

— Là ! Les voilà ! hurle soudain Cibi.

Ses mains agrippent la clôture, la secouent comme pour la faire tomber. Livi est figée. Elle a la bouche ouverte, mais aucun son ne s'en échappe. Cibi essaie d'appeler, mais sa voix, elle aussi, l'a soudain désertée. Une autre fille les rejoint. Il n'y a pas besoin de lui dire que les sœurs cherchent leur mère.

— Madame Mellerova ! crie-t-elle.

Une fois, deux fois, trois fois. Chaya entend son nom et se retourne.

— Mumma ! hurle Cibi, tambourinant le fil de fer de ses poings. Mumma ! Mumma !

La file des prisonniers serpente de plus en plus près, les sœurs ne sont plus qu'à quelques mètres.

— C'est moi, Mumma ! Cibi !

Chaya regarde autour d'elle, peinant à trouver sa fille. Yitzchak penche la tête, attrapant les mots de Cibi dans l'air. Puis Chaya la voit et chancelle. Yitzchak la rattrape.

— Cibi ? Ma Cibi ? s'exclame sa mère.

Mère et grand-père se soutiennent l'une l'autre, diminués.

— Oui, Mumma, c'est moi !

Cibi a du mal à parler – elle supporte à peine de les regarder ; sa mère si fière, autrefois bien droite, est émaciée, voûtée, agrippée à un vieil homme.

— Et Livi ? crie Chaya. Mon bébé ?

Cibi a oublié que Livi se tient à côté d'elle, muette. Elle prend conscience que sa mère et son grand-père ne l'ont pas reconnue. Elle passe un bras autour des épaules de Livi, l'attirant contre elle.

— Elle est là, Mumma. Voici Livi.

— Mumma, dit Livi d'une voix rauque. J'ai besoin de toi.

— Mon bébé ! gémit Chaya.

Yitzchak la rattrape une nouvelle fois, les jambes de sa fille menaçant de céder. Mais ils ne peuvent pas s'arrêter, la file avance.

Cibi et Livi marchent le long de la clôture, les yeux rivés sur leur mère.

Chaya essaie de dire quelque chose, mais ses mots sont étranglés, inintelligibles.

— Magda ! crie Yitzchak. Est-elle avec vous ?

— Oui ! Elle est ici. Elle va bien, crie Cibi en retour.

Elle regarde Yitzchak porter la main de Chaya à ses lèvres et lui embrasser les doigts. Il lui dit quelque chose, mais les sœurs ne l'entendent pas. Le vieil homme sourit. Il sourit et hoche la tête.

— Vous êtes toutes ensemble, mon enfant, dit-il à Cibi.

La ligne de prisonniers tourne à présent, sa mère est en train de disparaître dans la foule anonyme.

— Mumma, Grand-père, lance Cibi. Je suis désolée. Je suis désolée. Je suis désolée.

— Veille sur tes sœurs, ma chérie.

Les derniers mots de sa mère.

— Mumma, gémit Livi.

Pour la première fois depuis qu'elle a quitté Vranov il y a près de trois ans, Cibi s'effondre. Assise par terre, elle sanglote. Dans quelques minutes, tout sera fini – sa mère sera un cadavre, elle ne reverra jamais son grand-père. Elle secoue la clôture, encore et encore, comme pour les faire revenir.

Livi s'agenouille près d'elle et retire doucement ses doigts de la clôture.

— Ils sont partis, souffle Cibi en se frottant le visage.

— Je sais, je sais.

À genoux, Livi étreint sa sœur. Les filles pleurent maintenant à chaudes larmes, dans les bras l'une de l'autre.

Un prisonnier s'approche d'elles et balaie les environs du regard, anxieux.

— Les filles, vous ne pouvez pas rester ici, c'est dangereux. Allez. Vous devez vous lever et regagner votre bâtiment ou n'importe quel endroit où vous êtes censées être.

Bras dessus, bras dessous, en silence, les sœurs retournent vers la poste.

— Il faut que tu repartes travailler, Livi, déclare Cibi à la porte. Tu ne dois leur donner aucune raison de te chercher des ennuis. Je dirai à Magda…

Les mots s'éteignent dans sa gorge, mais Livi comprend. Elle pose un baiser appuyé sur chacune des joues de sa sœur et tourne les talons.

Magda n'est pas au courant des horreurs des chambres à gaz, elle n'a pas encore assisté au transport des corps, empilés dans des brouettes, vers les fours crématoires ; tout ce qu'elle sait, c'est que sa mère et son grand-père sont morts et qu'elle ne les reverra jamais. Elle enfouit son visage entre ses mains et s'assoit pour pleurer.

Avant la fin de la journée, une amie qui travaille au *Kanada* à côté des fours crématoires entre au bureau de poste et demande à Cibi de sortir une minute.

— Je crois que ceci t'appartient, lui dit-elle en lui tendant un sac à main marron, tout simple.

Cibi le prend, reconnaissant immédiatement celui de sa mère. Elle le hume, le serre contre son cœur et ferme les yeux.

— Comment l'as-tu su ? murmure-t-elle.

— Il y a une photo de ta sœur à l'intérieur. Et… et une alliance.

Cibi soulève la boucle et ouvre le sac. La photo montre une Livi heureuse et souriante, à treize ans. Puis elle trouve la bague. Elle la glisse à son doigt et se demande pourquoi sa mère l'a retirée. Elle ne le saura jamais. Elle replace les objets dans le sac à main et referme la boucle.

*

* *

Le lendemain, Cibi est de retour à la clôture pour regarder les nouveaux arrivants subir la sélection. Elle se sent vide, diminuée. Tandis que les SS tentent de rassembler les prisonniers en rangs, elle a soudain l'envie pressante de frapper sur la clôture et de leur hurler de fuir, qu'ils vont être emmenés dans la chambre à gaz pour mourir. « Rebellez-vous contre vos ravisseurs ! a-t-elle envie de crier. Faites quelque chose ! »

Mais elle n'est pas assez courageuse, et elle-même doit rester en vie, pour ses sœurs.

Néanmoins, aujourd'hui, les prisonniers sont épargnés. Ils sont emmenés vers le camp hongrois. Pourquoi ?

Cibi en a assez vu. Elle ne comprend pas ce qui se passe, pourquoi il n'y a pas eu de sélection, mais c'est une perte de temps d'essayer d'y trouver un sens. Alors qu'elle fait demi-tour, elle entend une voix d'homme appeler son nom dans la foule. Pendant quelques secondes, elle se sent désorientée.

Elle plonge les yeux dans l'océan de silhouettes, jusqu'à distinguer un groupe de visages très familiers. Non, ce n'est pas possible.

Oncle Ivan, Tante Helena et leurs enfants.

Le cœur de Cibi bat la chamade, ses émotions bouillonnent. Elle est folle de joie de les voir, désespérée qu'ils soient là. Devra-t-elle les regarder eux aussi partir vers la chambre à gaz ?

Sa tante et son oncle ont poursuivi leur chemin. Pour l'instant, ils sont en sécurité.

Cibi revient sur le quai le lendemain, le surlendemain. Désormais, tous les nouveaux arrivants sont logés au camp hongrois, plus personne n'est exterminé. *Les chambres à gaz sont-elles en panne ?* se demande-t-elle. Ses sœurs et elle sont dévastées par l'idée que leur mère a été assassinée la veille de l'arrêt de ces machines à tuer.

Chaque nuit, dorénavant, allongée dans son lit, Cibi retourne dans sa tête cette pensée cruelle. Rien de ce que Magda ou Livi peuvent lui dire ne parvient à la réconforter.

Le dimanche suivant, les trois sœurs se rendent au camp hongrois, où elles attendent qu'Oncle Ivan paraisse. Lorsque c'est le cas, elles l'appellent et lui adressent de grands signes jusqu'à ce qu'il les voie. Cibi est soulagée qu'il soit seul – cela sera déjà assez difficile ainsi, sans ses enfants et sa femme.

— Mes chères filles, dit-il, en larmes. J'espérais ne jamais vous voir ici.

— Nous espérions la même chose, Oncle Ivan, répond Magda.

Elle n'arrive pas à le regarder, incapable de lui donner la nouvelle qu'il attend. Elle jette un coup d'œil à Cibi. *Fais-le, toi,* lui dit-elle du regard, et sa sœur comprend.

— Mumma et Grand-père, Oncle Ivan… commence Cibi.

Livi pleure déjà, le visage enfoui au creux de l'épaule de Magda. Ivan semble s'écrouler intérieurement sous leurs yeux. Il s'appuie sur la clôture, s'agrippant au fil de fer.

— Dis-moi…

Mais Cibi ne sait pas comment prononcer les mots. Devrait-elle lui parler du sourire de Grand-père ? De la dernière requête de Mumma, de l'expression stoïque sur son beau visage, comme si elle était prête à affronter son terrible destin ? Finalement, elle n'a besoin que de trois mots.

— Ils sont partis.

Leurs doigts se faufilent entre les trous, s'entrelacent, et la famille fond en larmes.

22

Auschwitz-Birkenau, hiver 1944

L'hiver s'est installé et les rumeurs continuent à circuler. Les filles du bâtiment administratif ont connaissance des discussions entre les SS, et elles partagent tout ce qu'elles entendent. Elles sont catégoriques : les Allemands sont en train de perdre la guerre, les Russes sont à leurs portes. Et pourquoi ne devraient-elles pas croire à ces rumeurs quand, nuit après nuit, des tirs d'obus les maintiennent éveillées ? Des combats aériens se déroulent au-dessus de leurs têtes. Les SS détruisent désormais les registres de tous les Juifs, Gitans et prisonniers de guerre russes qu'ils ont tués.

Voilà pourquoi les meurtres ont cessé.

Au milieu de cette frénésie, les prisonniers, hommes et femmes, se retrouvent assignés à de nouvelles tâches. Livi et Cibi sont informées toutes les deux qu'elles vont repartir vivre et travailler à Auschwitz, mais Magda va rester à Birkenau. Malgré leur insistance, Rita ne peut pas les aider – personne ne le peut. Les sœurs seront de nouveau séparées.

— Ce ne sera pas pour longtemps, assure Cibi à Magda pour la rassurer. Nous trouverons un moyen de revenir vers toi.

Mais Magda est abattue. Elle ne comprend pas cet endroit ; sans Cibi et Livi pour la guider, elle craint de faire un faux pas et de se faire tuer. Le matin du départ de ses sœurs pour Auschwitz, elle refuse de leur dire au revoir et reste dans le bâtiment. Elle leur en veut ; elle ne peut s'empêcher de se sentir abandonnée et, bientôt, elle tombe dans le désespoir trop familier lié à la perte de sa mère – si seulement on leur avait permis de rester ensemble, elle aurait pu entrer dans la chambre à gaz avec elle. Peut-être cela aurait-il été préférable, elle ne sait pas, elle ne sait plus.

Le jour de leur départ de Birkenau, Cibi et Livi enfilent tous les vêtements qu'elles possèdent puis, à l'issue de l'appel, des centaines de filles entament la marche vers Auschwitz, l'endroit où ce cauchemar a commencé.

À présent, à l'instar des autres filles du bâtiment, Magda n'a plus de travail. Les jours défilent ; elle passe de plus en plus de temps recroquevillée sur la couchette qu'elle partageait avec ses sœurs. Avoir tout cet espace pour elle ne lui apporte aucune consolation.

Seuls quelques gardiens sont dans la neige, sommant les filles de passer le portail, d'avancer plus vite, les traitant de sales Juives fainéantes. Mais ce ne sont pas les SS que craint Livi : elle a vu Isaac. Bien emmitouflé contre le froid, il est en train de plaisanter avec les gardiens quand il aperçoit Livi. Il lève une main pour la saluer et Livi fixe ses pieds. Elle craint de ne pas réussir à contrôler sa vessie.

— Je te vois, minette, se contente-t-il de dire tandis qu'elle rejoint la longue file de filles qui quittent Birkenau.

Elle ne prononce pas un seul mot de tout le trajet, Cibi non plus. Chacune est retirée dans ses pensées, mais ces pensées se rejoignent. Vont-elles mourir avant d'atteindre Auschwitz ? Malgré toutes leurs épaisseurs de vêtements, elles ont terriblement froid. Pourquoi Magda ne peut-elle pas venir avec elles ? Sera-t-elle en sécurité à Birkenau ? Et, enfin, si elles doivent mourir, pourquoi ne peuvent-elles pas mourir ensemble ? La vue d'Isaac a secoué Livi, mais elle se réconforte en pensant qu'elle ne devra plus s'inquiéter de le voir dans le camp.

Elles franchissent à présent le portail que Cibi avait espéré ne plus jamais voir. Livi avait presque cessé de croire qu'Auschwitz avait un jour existé, mais les y voilà, séparées de Magda, à seulement trois kilomètres plus haut sur la route, mais cela semble si loin.

Livi et Cibi sont affectées ensemble au bureau de poste d'Auschwitz, pour trier lettres et colis. Ce courrier provient de familles partout en Europe et au-delà. Aucun effort n'est réalisé pour localiser les destinataires, aucun registre n'est consulté pour voir où pourrait se trouver le prisonnier, s'il est mort ou vivant. Cibi continue d'ouvrir les paquets et de séparer leur contenu en deux catégories, comestible et non comestible, avant de brûler les lettres. Les filles travaillent au son des avions qui volent au-dessus de leurs têtes, des bombes qui tombent. Ces jours-ci, tous souhaitent rester à l'intérieur, effrayés par les attaques, mais pas Cibi. Elle veut être dehors pour voir leurs sauveurs avant leur arrivée, afin de les accueillir.

Un matin, perdue dans ses pensées lors de sa pause, elle se retrouve sous l'écriteau *Arbeit Macht Frei*. Elle lève les yeux et souhaite de toutes ses forces qu'une bombe lui tombe dessus sur-le-champ, bien qu'elle se tienne précisément sous cette inscription diabolique. Elle ne se rend pas compte qu'une voiture noire franchit le portail, jusqu'à ce que celle-ci s'arrête à côté d'elle.

La fenêtre s'abaisse pour dévoiler une belle femme aux cheveux blond vénitien.

— Que fais-tu ici ? lui demande Volkenrath.

Elle semble sincèrement heureuse de voir Cibi.

— On nous a ramenées ici, répond la jeune fille. Nous avons été séparées de Magda, ajoute-t-elle, désespérée.

— Et qui est Magda ?

— Ma sœur. Nous sommes trois, mais elle est arrivée il y a quelques semaines seulement. Elle est encore à Birkenau. Pouvez-vous m'aider ?

Mais Volkenrath ne répond pas. Au lieu de cela, elle remonte sa vitre et la voiture repart.

Ni Livi ni Cibi ne trouvent le sommeil cette nuit-là, inquiètes que Cibi ait mis Magda en danger. Même s'ils peuvent paraître sympathiques, les SS ne sont pas au service des prisonniers. Ils peuvent faire preuve d'indifférence, ou d'une cruauté délibérée.

Cibi ne parvient pas à travailler le lendemain matin et se retrouve encore près du portail principal. Elle regarde voitures et camions entrer et sortir du camp. Personne ne lui prête la moindre attention. Et pourquoi intéresserait-elle quelqu'un ? Une misérable affamée qui n'est même pas capable de tenir la promesse faite à son père. Magda était là et elle l'a perdue. Elle se demande ce qui serait arrivé si elles avaient simplement refusé de quitter Birkenau. Elle frissonne à cette idée.

Une nouvelle fois, elle ne voit pas arriver la grosse voiture noire. Volkenrath abaisse sa vitre et Cibi déglutit avec difficulté, convaincue qu'elle sera punie pour flânerie.

— Salut, Cibi, lance Volkenrath, ses lèvres maquillées s'ouvrant en un sourire. J'ai quelque chose pour toi. Voici ton joyau.

Alors qu'elle remonte sa vitre, Cibi se demande quel tour cruel elle s'apprête à lui jouer. Mais la portière passager s'ouvre et une silhouette descend avant de refermer la porte derrière elle. La voiture redémarre, laissant Magda. Debout dans la neige, elle porte tous ses vêtements.

— Cette gardienne en chef est une bonne amie à toi, Cibi, constate Magda avant de fondre en larmes.

— Ils s'accrochent à n'importe quel petit bout d'humanité qui leur reste, répond Cibi avec amertume en attirant Magda dans ses bras. Je ne leur suis reconnaissante de rien. Mais nous voilà de nouveau réunies, et c'est tout ce qui importe.

Tandis que les filles regagnent le bâtiment de Cibi, elles remarquent les échelles posées contre les arbres qui bordent les rues d'Auschwitz. Des hommes sont en train d'attacher des lumières colorées aux branches dénudées.

— Je suppose que Noël approche, déclare Magda.

— Noël dans un camp de la mort, soupire Cibi. Rien n'a plus de sens. Alors, que s'est-il passé ? demande-t-elle à Magda.

Tandis qu'elles marchent, Magda raconte toute l'histoire à Cibi. Elle travaillait au bureau de poste quand Volkenrath est entrée et a appelé son nom. Avant de l'emmener de Birkenau pour toujours, elle lui a dit d'aller chercher son petit paquet de vêtements dans son bâtiment.

— Puis nous sommes montées dans sa voiture et elle n'a plus prononcé un seul mot. J'étais trop effrayée pour lui demander où nous allions.

— Peut-être est-elle enfin enceinte, déclare Cibi avec un large sourire. Elle a enfin trouvé un peu de compassion dans son cœur desséché… Viens, allons chercher Livi. La pauvre, je ne sais pas combien de fois elle pourra supporter d'être séparée de toi.

Cibi prend la main de Magda et l'entraîne. Toutefois, avant d'entrer au bureau de poste, elle tire sur sa manche pour l'arrêter.

— As-tu vu Oncle Ivan avant ton départ ?

Magda secoue la tête.

Livi lève les yeux du colis qu'elle est en train de déballer au moment où ses sœurs passent la porte. Son visage se fend d'un immense sourire.

— Je savais que tu viendrais, est tout ce qu'elle parvient à prononcer tandis qu'elle enfouit son visage au creux de l'épaule de Magda.

— Hum, répond celle-ci. Je crois que je vais quand même regretter de ne plus avoir notre ancienne couchette pour moi toute seule.

Ce soir-là, les sœurs se joignent aux autres prisonniers, aux côtés des SS, pour arpenter les rues d'Auschwitz et s'émerveiller des lumières vives dont chaque arbre est paré. C'est une soirée claire et fraîche ; arbres et bâtiments sont recouverts d'une épaisse couche de neige. Des flocons dansent à la lueur des lampes des tours de contrôle, projetant un kaléidoscope de couleurs autour du camp. Pendant un court moment, les sœurs oublient tout en parcourant ce paysage coloré. C'est presque assez beau pour instiller une minuscule lueur d'espoir en leur cœur.

Pour Noël, les prisonniers ont droit à un jour de congé et à des rations alimentaires supplémentaires. Les festivités des SS résonnent à travers le camp, mais les filles les ignorent. Elles se rassemblent pour parler des célébrations passées de Hanoukka, revivant leurs meilleurs souvenirs, quand Cibi déclare que le jour de Noël 1942 est son meilleur souvenir à elle. Livi fixe sa sœur avec incrédulité. Cette année-là, elle avait été affaiblie par le typhus et, pendant un temps, elle s'était demandé si elle allait survivre. Mais c'était leur « festin » de soupe agrémentée de nouilles et de viande qui lui avait redonné de l'énergie, juste assez pour aller travailler le lendemain.

Entendant cette anecdote pour la première fois, Magda se met à pleurer.

— Vous souvenez-vous de notre promesse ? dit-elle après un silence.

— Je ne l'oublierai jamais, répond Cibi.

— Moi non plus. Même si je ne me rappelle pas l'avoir faite, admet Livi.

— Tu as dit « Je promets » de ta petite voix quand Père t'a demandé d'honorer notre pacte, se remémore Magda en gloussant.

— Non, Magda ! Elle a dit « Je pomets » !

— Si nous récitions une prière pour Père, Mumma et Grand-père ? propose Magda, soudain solennelle.

— Je ne prie plus depuis longtemps. Pouvons-nous plutôt parler d'eux ? implore Cibi.

Magda décide de ne pas l'interroger, cette soirée est consacrée à leur mère.

— La cuisine de Mumma me manque, surtout son pain, soupire Livi.

— Moi, ce qui me manque, c'est de l'accompagner chaque lundi matin à la boulangerie avec la pâte pour les miches. Et d'aller rechercher le pain ensuite, déclare Magda. J'aimais tant ces promenades avec elle. Rien que nous deux.

Les filles passent le restant de la journée dans une rêverie nostalgique. Elles évoquent leur vie en Slovaquie, leurs parents, leurs chamailleries, mais Cibi est la seule à se souvenir véritablement de leur père. D'une certaine façon, la présence de Magda a aidé Cibi à regarder en arrière ; elle ne craint plus de s'effondrer si elle se remémore des jours plus heureux.

Le lendemain, le travail reprend et les trois sœurs se dirigent vers la poste pour ouvrir ce qu'elles appellent désormais « les colis de la mort ».

— Hé ! Regardez ce que j'ai trouvé !

Le cri de Magda fait sursauter toutes les filles, plongées jusque-là dans leurs pensées. Elles fixent le gros gâteau aux fruits qu'a déballé Magda. L'air est imprégné du parfum des fruits secs.

— Mangeons-le. Vite, encourage une voix.

— Ce sera notre gâteau de Noël, enchérit Livi.

Cibi saisit la note qui l'accompagne et son visage se décompose.

— Arrêtez ! Arrêtez ! Ne le touchez pas.

Les filles se tournent vers Cibi, perplexes.

— Écoutez, dit-elle en levant la note : « Si vous mangez le contenu de ce paquet, vous mourrez. » Remets-le dans la boîte, indique-t-elle à Magda. Et arrêtons de manger ce que nous trouvons dans les colis.

L'humeur dans le camp est tendue à l'approche de la nouvelle année. Après les célébrations de Noël, les filles sont sommées de rester à l'intérieur. Les bombardements qu'elles entendent jour et nuit se rapprochent. Des avions survolent le camp et des missiles sont lâchés. Parfois, les filles se serrent les unes contre les autres, les mains sur les oreilles pour atténuer le bruit assourdissant du pilonnage à l'extérieur. Et une fois, même les officiers les rejoignent, arrivant en trombe dans le bâtiment et claquant la porte, avant de se tapir dans un coin à l'opposé, avec la même expression terrifiée que les filles.

Le 3 janvier, les filles s'aventurent dehors pour la première fois de l'année. Le soleil brille et les sœurs tournent le visage vers le ciel, quand un grand fracas retentit dans les environs. Elles suivent les bruits jusqu'à une cour, celle où Cibi et Livi ont été mises en rangs à leur arrivée à Auschwitz, leur tout premier jour. Une silhouette regarde la structure en cours d'édification. Volkenrath.

— Nous construisons notre dernier support, annonce-t-elle gaiement aux sœurs.

— Qu'est-ce que c'est ? demande Cibi.

— Tu ne les reconnais pas ? Ce sont des potences.

Cibi recule, suivie de Magda et de Livi. Les bruits s'intensifient tandis que des planches de bois sont ajoutées à la construction.

— Vous allez nous pendre ? interroge-t-elle avec effroi.

— Elles ne sont pas pour vous. Elles sont pour les quatre filles qui ont introduit clandestinement des explosifs pour faire exploser le four crématoire 2. Demain, elles paieront pour leurs crimes. Et vous regarderez.

Cibi et ses sœurs lèvent la tête vers les potences, plus précisément vers les quatre crochets où seront accrochés les nœuds coulants.

Ce soir-là, les filles sont prévenues : elles ne devront pas détourner les yeux lors de la pendaison des « criminelles ». Elles doivent regarder chaque seconde de la punition, sans quoi elles seront exécutées elles aussi.

Elles peinent à trouver le sommeil cette nuit-là, tout comme elles ont du mal à avaler leur petit déjeuner le lendemain matin.

Les prisonnières se tiennent côte à côte dans de longs rangs face aux potences à présent finalisées. Elles ne doivent pas attendre longtemps avant que les filles, le visage balafré et contusionné, ne gravissent les marches en bois.

Pendant plusieurs minutes, un gardien SS tance les spectatrices. Il répète la menace selon laquelle toute fille qui détournera le regard sera la prochaine à être pendue. Cibi remarque la présence de nombreux SS, les yeux rivés non sur les potences mais sur la foule des prisonnières. Cibi se trouve entre Magda et Livi et leur tient la main. On leur a raconté que les quatre filles avaient dérobé les explosifs en poudre dans l'usine de munitions où elles travaillaient et les avaient cachés sous leurs ongles et dans l'ourlet de leur robe. Que les explosifs avaient été réceptionnés par ceux qui, dans le camp des hommes, projetaient de mener à bien la détonation, dans le but de détruire l'une des usines à tuer des nazis. Cibi se demande ce qui est arrivé aux hommes, mais pas longtemps, car elles doivent maintenant concentrer leur attention sur ces jeunes femmes, dont le courage et les actes de résistance vont leur coûter la vie.

— Pensez à Mumma, murmure Magda, tandis que les quatre filles sont sommées de monter sur les chaises sous les nœuds coulants. Vous vous souvenez quand nous avons rapporté à la maison le drap rempli de fleurs de tilleul ? Combien elle était enchantée ?

Cibi et Livi hochent toutes deux doucement la tête, les yeux fixés sur les cordes que l'on enroule autour du cou des filles.

— Laissez son visage envahir votre esprit. Son beau visage.

— Elle nous préparait de la tisane avec les fleurs fraîches, n'est-ce pas ? demande Cibi.

On donne un coup de pied dans les chaises et Cibi sursaute, mais ses yeux ne bougent pas.

— C'était amer, dit Livi. Il faut d'abord faire sécher les fleurs. Mais je me souviens du gâteau.

— C'était un gâteau aux fruits… poursuit Magda, tandis que les filles commencent à convulser.

Ce n'est que lorsque les filles se sont immobilisées dans l'air glacé et que les SS les plus gradés sont partis que les prisonnières ont la permission de regagner leurs bâtiments respectifs. Personne ne parle. Il n'y a rien à dire.

Les quatre jours suivants, les cadavres pendent aux potences.

Cibi note l'année : 1945. Elle se demande où elles seront en janvier 1946 – sûrement pas dans cet endroit. Peut-être seront-elles mortes. Néanmoins, deux semaines plus tard, on annonce aux sœurs et à toutes les occupantes de leur bâtiment qu'elles vont partir.

— Où donc ? lance une voix, exprimant tout haut la question que toutes se posent.

— Juste pour une promenade, leur dit Volkenrath.

Cibi n'arrive à rien déceler dans son expression.

— Loin d'ici ? demande-t-elle, persuadée que Volkenrath lui répondra.

— Si je le savais, je te le dirais.

— Nous sommes libres ? Vous nous laissez partir ? insiste Cibi.

Volkenrath sourit d'un air suffisant.

— Il ne s'agit pas de cela. On vous escortera dans un autre camp, dit-elle avant de taper dans ses mains, une fois, deux fois. Et vous devriez nous remercier – nous vous éloignons de tous ces bombardements.

— Avons-nous le choix ? Je préférerais rester ici où nous avons un toit et risquer de recevoir une bombe, crie une autre voix.

— Non, vous n'avez pas le choix, réplique-t-elle sèchement. Je n'étais pas obligée de venir vous annoncer quoi que ce soit.

Sur ces mots, elle repart en trombe.

Une fois de plus, les filles enfilent tous les vêtements qu'elles possèdent, puis elles jettent leurs couvertures sur leurs épaules. Une fois qu'elles sont rassemblées dehors, sous la neige, on leur ordonne de se mettre en marche.

Elles franchissent le portail par lequel Cibi et Livi sont entrées pour la première fois trois ans plus tôt. À présent, elles sortent ensemble, toutes les trois. Les sœurs tournent la tête pour lire les lettres inscrites au-dessus d'elles, *ARBEIT MACHT FREI*.

— Cela veut-il dire que nous sommes libres ? demande Livi.

— Pas encore… Pas encore, répond Cibi.

Magda regarde ses sœurs. Elles sont si maigres, affaiblies par les années de privations. Comment vont-elles réussir à survivre à ce froid ?

23

La marche de la mort, janvier 1945

Cibi, Magda et Livi chancellent, trébuchent et se rattrapent de temps à autre tandis qu'elles avancent dans la neige épaisse, bras dessus, bras dessous. Elles ne sentent plus leurs doigts, leur visage. Les bombardements se rapprochent. Entourées de milliers de filles et de femmes, toutes quittant Auschwitz, les sœurs se dirigent vers l'inconnu.

— Restez debout, siffle Cibi.

Des coups de feu résonnent dans l'air. Celles qui n'arrivent plus à tenir le rythme, celles qui se sont écroulées dans la neige comme dans un lit, sont abattues d'une balle.

— Si l'une de nous tombe, nous tomberons toutes. Ne l'oubliez pas, ajoute-t-elle.

Elles ne se lâcheront pas et elles ne tomberont pas, décident-elles chacune.

Livi se retourne pour examiner la multitude de femmes qui rejoint la foule.

— Regarde, Cibi, ce sont les détenues de Birkenau.

Cibi a envie de s'allonger et de mourir là, par terre, malgré les conseils dispensés à ses sœurs.

Elles ne sont que des taches dans ce vaste paysage de femmes marchant, encore une fois, vers un nouvel enfer inconnu. *Dieu veille-t-Il sur nous ?* se demande-t-elle. *Bien sûr que non.* Cibi observe les gardiens qui, suivant l'allure des femmes, crient « *Schnell !* » et assènent coups de crosse et de poing.

— N'oublie pas la promesse ! l'encourage Magda avec ferveur, sortant Cibi de son désespoir.

Magda n'a pas subi les raclées, la faim extrême, la dégradation qu'elle et Livi ont dû supporter. Elle a encore de l'espoir, alors Cibi inspire une bouffée d'air glacial et expire un nuage de brouillard.

— Nous resterons ensemble quoi qu'il arrive, répond-elle.

— Ensemble, nous sommes plus fortes, ajoute Livi.

La jeune fille a les joues creuses, mais roses. Cibi est heureuse qu'elle ait l'air *vivante*.

Elles poursuivent leur route. Sans marquer de pause. Sans eau ni nourriture, mais quand les SS s'écartent pour frapper une pauvre fille qui n'a plus la force de continuer, elles saisissent des poignées de neige à faire fondre sur leur langue.

— Vous vous rappelez quand nous faisions de la neige au chocolat ? demande Magda, au bout d'un long silence.

Pour Cibi, l'image de sa mère en train de remuer une casserole fumante sur la cuisinière, au milieu de sa famille, semble être une scène tirée d'une histoire lue il y a bien longtemps. Néanmoins, elle s'efforce de participer à la conversation, pour le bien de ses sœurs.

— C'était trop chaud, et nous allions dehors… commence Cibi.

— ... pour y ajouter de la neige ! s'exclame Livi en fixant le ciel.

Des flocons gelés atterrissent sur son visage. Sa main se referme sur le petit couteau, au fond de sa poche.

— Du chocolat glacé, comme tu l'appelais, ajoute Magda. Si seulement nous avions du cacao et un peu de sucre, nous pourrions en faire maintenant.

— Cela dit, sans eau bouillante, le sucre ne fondrait pas, remarque Livi avec sagesse. Mais nous avons besoin d'autre chose que de l'eau chaude, du sucre et du chocolat, poursuit-elle en baissant les yeux pour fixer ses pieds. Nous avons besoin de Mumma.

Cibi l'attire contre elle. Voilà pourquoi elle doit continuer. Elle ne peut pas les laisser abandonner maintenant.

— Elle est avec nous, Livi. Grand-père aussi. Ils marchent avec nous, en ce moment même. Nous ne pouvons simplement pas les voir.

— Je sens leur présence, murmure Magda. Mumma est près de toi, Livi, et Grand-père est à côté de Cibi.

— Eh bien, moi, je ne sens rien du tout, réplique Livi, la voix tremblante. Et je ne suis plus un bébé, j'ai passé l'âge des contes de fées.

— Cela t'aiderait-il si je te racontais une histoire ? s'enquiert Magda. Pas un conte de fées, s'empresse-t-elle d'ajouter.

Livi fixe encore ses chaussures.

— Une histoire joyeuse ?

— Oui. La dernière fois que je suis allée ramasser du bois avec Grand-père.

— Raconte-nous cette histoire. S'il te plaît, Magda, implore Cibi.

N'importe quoi pour les faire penser à autre chose qu'à cette torture interminable dans la neige.

— C'était une magnifique journée d'été, se lance Magda. Tout vibrait de vie dans la forêt, même les fougères nous ont salués à notre arrivée. Grand-père tirait sa drôle de charrette, vous voyez de quoi je parle ? C'est difficile de l'imaginer maintenant, mais la chaleur m'enveloppait, comme une couverture sur mes épaules.

Magda marque une pause, perdue dans ses souvenirs.

— Ne t'arrête pas, la prie Livi.

— Eh bien, nous nous étions déjà bien enfoncés, les abeilles et les insectes bourdonnaient comme des fous, quand je suis arrivée dans une clairière baignée de soleil.

Magda se tourne vers ses sœurs, le regard interrogateur.

— Vous vous souvenez du grand chêne, n'est-ce pas ?

Cibi et Livi acquiescent. Les filles marchent toujours, attentives à l'endroit où elles posent les pieds, se méfiant des rochers qui, cachés par la neige, pourraient les faire tomber à tout moment. Leurs orteils sont engourdis, elles ont l'impression que leur corps tout entier est mort mais, au moins, l'histoire de soleil et de chaleur de Magda commence à faire fondre leur cœur.

— J'ai remarqué des taches de couleur, juste à côté du tronc du chêne, alors je m'y suis précipitée.

— Qu'est-ce que c'était ? la presse Livi, captivée. Et ne t'avise pas de me dire que c'était un elfe ou une fée.

— Ne dis pas de bêtises, Livi. Il s'agit d'une histoire vraie.

Magda veut maintenant dérouler toute la scène. Elle veut que ses sœurs sentent la chaleur sur leur peau, qu'elles soient éblouies par le soleil éclatant, comme elle au moment de lever les yeux vers la voûte de feuilles verdoyantes. Qu'elles entendent le bourdonnement des insectes au creux de leurs oreilles.

— C'était le glaïeul le plus magnifique que j'aie jamais vu. Un seul. Ces belles fleurs roses semblaient irréelles. Grand-père et moi l'avons contemplé un temps fou, puis il m'a demandé si je connaissais la signification du mot « *gladiolus* ».

— Et tu savais ce que ça voulait dire ? intervient Livi, les sourcils froncés, comme si elle-même essayait de se le remémorer.

— Oui. Pas vous ?

— Moi oui, répond Cibi.

— Pas moi, déclare Livi. Magda, continue s'il te plaît. Qu'as-tu répondu ?

Cibi s'émerveille de la réaction de leur petite sœur. Elles se dirigent probablement vers leur mort, et pourtant elle est plongée dans l'histoire de Magda, happée par cette journée d'été, par l'apparition d'une fleur magique.

— Le glaïeul symbolise la force, Livi, indique Cibi.

— Et l'une de vous sait-elle à quelle famille appartient le glaïeul ? demande Magda.

Elle piétine tout en avançant, dans l'espoir de faire circuler un peu de sang dans ses orteils.

— Ne me dites pas ! Ne me dites pas, je le sais. Je l'ai sur le bout de la langue, s'exclame Livi.

Cibi et Magda lui laissent quelques instants.

— Les iris ! Il appartient à la famille des iris ! lâche-t-elle, toute fière.

— Bien joué, Livi. Passons maintenant à une question plus difficile. Savez-vous ce que symbolise l'iris ? demande cette fois Cibi.

Livi réfléchit quelques secondes avant de secouer la tête.

— Ça, je crois que je ne l'ai jamais su, dit-elle doucement.

— L'espoir, petite sœur, annonce Magda. Il symbolise l'espoir. Voir ce glaïeul avant que nous soyons emmenés m'a insufflé force et espoir. Et c'est la raison pour laquelle je vous raconte maintenant cette anecdote à toutes les deux. Nous, les sœurs Meller, devons rester fortes et porter l'espoir dans notre cœur.

À l'issue d'un long silence, Livi déclare :

— Maintenant, je sens que Mumma et Grand-père sont avec nous.

Les filles marchent encore à la nuit tombée. Le bruit des bombes est toujours présent, mais il s'éloigne de plus en plus. Quelqu'un chuchote que les Russes sont en train de gagner et que les Allemands fuient les combattants. Les sœurs peinent à dégager leurs pieds de la neige à chaque pas. Elle leur arrive désormais au-dessus des genoux.

Elles marchent toute la nuit, jusqu'à l'aube, puis tout le jour. La neige s'est calmée et le soleil brille sur les milliers de marcheuses. Cibi, Magda et Livi enjambent les maigres cadavres de celles qui ne pouvaient pas faire un pas de plus. Elles regardent d'autres filles s'arrêter pour retirer les chaussures des défuntes.

— Comment peuvent-elles faire une chose pareille ? s'offusque Magda.

— Nous avons vu pire, répond Cibi. Et si nous avions besoin de vêtements supplémentaires, je ferais la même chose.

Alors que le soleil brille et que la route se dessine devant elles, longue et blanche, Cibi se demande laquelle des sœurs s'écroulera en premier. Elle espère que ce sera elle. À présent, elle peine à respirer ; le simple effort de remplir ses poumons, et même d'expirer l'air, est trop grand.

— Halte !

Les SS s'animent soudain. Les sœurs se figent sur place. Elles pensent toutes les trois la même chose : elles vont mourir maintenant, au milieu de ce paysage polonais anonyme. Leurs corps seront recouverts par la neige et seront retrouvés au printemps, parfaitement préservés.

Cependant, ils ne sortent pas leurs pistolets. Au lieu de cela, les gardiens indiquent aux centaines de femmes de quitter la route pour rejoindre une vaste grange où elles entrent lentement les unes derrière les autres. Elles s'effondrent par dizaines sur la paille qui jonche le sol.

— Mes pieds sont morts, gémit Livi en se baissant vers ses chaussures.

— Ne les enlève pas, l'avertit Cibi. Tes pieds gonfleront et tu n'arriveras pas à les remettre. Voilà qui va les réchauffer, dit-elle en rassemblant des poignées de paille pour les placer autour des pieds de sa sœur.

Elle fait la même chose pour Magda, puis pour elle-même.

Les sœurs s'installent sous les couvertures qu'elles ont transportées, sans ôter leurs manteaux. Malgré la faim et le froid glacial, elles s'endorment aussitôt.

Tout à coup, les SS leur annoncent qu'il est temps d'y aller et les sœurs se lèvent d'un bond. Certaines femmes ne se réveilleront pas, et celles qui en ont besoin leur retirent doucement, reconnaissantes, chaussures, manteaux et gilets. Celles qui refusent de bouger, implorant de rester un peu plus longtemps à l'abri dans la grange, sont exécutées sur place.

Les voilà de nouveau sur la route. Le soleil brille, mais sa chaleur est une illusion ; en l'espace de quelques minutes, les filles sont gelées jusqu'aux os. La neige est très dense ; elles ne cessent de glisser.

— Une ville ! s'exclame Livi.

Devant elles, les contours de bâtiments sombres se dessinent sur le ciel bleu. Elles avancent lentement, mais le fait d'avoir une destination leur redonne espoir. Lorsqu'elles pénètrent dans la ville, Cibi indique la gare au bout de la rue principale :

— Voilà qui n'augure rien de bon.

Le « train » est une file de wagons à charbon à ciel ouvert.

— Au moins nous allons pouvoir arrêter un peu de marcher, l'encourage Magda.

— *Schnell, schnell !* ordonnent les SS, et les femmes grimpent dans les compartiments crasseux.

De la poussière de charbon noir colle à leurs vêtements humides ; elle s'infiltre dans leur nez, leurs yeux, leur bouche. Les femmes toussent et crachotent, de nouveau serrées les unes contre les autres, sans espace pour remuer le petit doigt.

Au moment où le train démarre, il se met à neiger.

Les wagons grondent le long des rails. Cela fait des heures que personne n'a prononcé le moindre mot. Il fait encore très froid, mais au moins leur grande proximité leur fournit une certaine chaleur.

— Entendez-vous les combats ? demande Cibi.

C'est alors que les wagons font une embardée, que la terre explose à l'avant du train, parsemant la tête des femmes d'éclats d'obus. Impossible de les éviter, il n'y a pas de place pour se baisser. Les femmes se bousculent, chancellent, glissent sur le sol humide.

Une femme, puis une autre, puis encore une autre perdent connaissance. *Elles sont déjà mortes*, songe Cibi et, très vite, leurs traits se durcissent, leurs yeux deviennent vitreux et leurs bouches s'ouvrent. Cibi se détourne de ces cadavres et surprend une conversation entre certaines femmes. Ne devraient-elles pas jeter les corps par-dessus bord ? Cela leur permettrait d'avoir plus de place. Mais personne ne passe à l'acte.

Au petit matin, les wagons à charbon atteignent un autre camp. Cibi entend les gardiens SS prononcer le nom de « Ravensbrück ».

Au moment où les sœurs franchissent le portail, Cibi remarque une très jeune fille assise sur le sol gelé, en larmes. Cibi donne un coup de coude à ses sœurs et va s'agenouiller près d'elle. Elle claque des dents. Sa peau est bleue. Elle ne doit pas avoir plus de dix ou onze ans.

— As-tu été séparée de quelqu'un ? De ta mumma ?

La fille secoue la tête et Cibi lui prend la main.

— Veux-tu venir avec nous ?

Les yeux humides de la petite fille croisent le regard de Cibi. Elle hoche la tête.

Cibi l'aide à se lever.

— Je te présente mes sœurs, Magda et Livi. Et toi, comment t'appelles-tu ?

— Eva, murmure-t-elle.

— Eva, tu peux rester avec nous jusqu'à ce que nous trouvions quelqu'un que tu connais, déclare Cibi.

— Je ne connais plus personne. Ils sont tous morts. Je suis toute seule.

Livi passe un bras autour des épaules d'Eva, la serrant contre elle tandis qu'elles marchent.

Il n'y a personne pour leur indiquer où aller, ni quoi faire. Les centaines de femmes fourmillent dans le camp, à la recherche d'un abri – c'est le mieux qu'elles puissent espérer dans l'immédiat. Les gardiens SS les ont abandonnées.

Eva et les sœurs sont enfin acceptées dans un bâtiment. Les couchettes sont toutes occupées, elles devront se contenter du sol, mais Cibi est simplement reconnaissante de ne plus être dehors. L'eau chaude coule aux robinets des salles de bains et Cibi trempe son écharpe pour essuyer le charbon de leurs visages.

— Force et espoir, marmonne Magda tandis que Cibi lui passe son écharpe sur les joues.

— Ce n'est pas de force et d'espoir que j'ai besoin, déclare Livi. C'est de nourriture.

Cela fait deux jours que les sœurs n'ont rien mangé, et il est clair qu'il n'y a pas assez de nourriture dans ce camp pour alimenter ses détenues et les nouvelles arrivantes.

— Ils cherchent des volontaires pour aller dans un autre camp, les informe Eva. Peut-être qu'il y aura à manger là-bas.

Lavées et reposées, les quatre filles se dirigent vers le bâtiment administratif et, une heure plus tard, elles sont en route pour Retzow, un sous-camp de Ravensbrück, à l'arrière d'un camion.

— Restez fortes, mes chères sœurs, marmonne Cibi.

Mais ses pensées empruntent une tout autre direction. Pourquoi leur demande-t-elle de rester fortes quand elle-même se sent si faible, entièrement vidée de tout espoir et de toute énergie. Elles mourront dans ce camion, ou dans le prochain camp, ou lors d'une autre marche de la mort. Le visage de son père lui apparaît devant les yeux. *Voilà que j'ai des hallucinations*, songe-t-elle.

« Vous êtes plus fortes ensemble. »

Elle entend ses mots aussi distinctement que s'il était assis à côté d'elle. Cibi ouvre brusquement les yeux. Elle était en train de rêver, mais cela n'a pas d'importance. Il avait raison, il *a* raison. Elle ne peut pas céder à la peur. Ses sœurs le sentiraient et abandonneraient elles aussi.

Arrivées à Retzow, les femmes sont alignées pour l'inscription. Quand c'est le tour de Cibi, elle indique à l'officier qu'elle vient de New York, aux États-Unis. Elle adresse un clin d'œil à Livi et Magda.

— C'était juste une blague, leur explique-t-elle ensuite.

— En quoi est-ce drôle ? interroge Magda.

En réalité, Cibi ne sait pas ce qui lui a pris, mais peut-être est-ce parce qu'il n'y a pas de guerre en cours aux États-Unis, et que c'est exactement l'endroit où elle voudrait être – aussi loin que possible de l'Europe.

Les sœurs viennent d'apprendre qu'elles se trouvent en Allemagne.

Quand elles pénètrent dans leur nouveau bâtiment, les sœurs et Eva ont repris quelques couleurs. Elles ont mangé et ont maintenant des lits où dormir. Magda s'installe sur une couchette du haut et aide Eva à grimper au moment où leur nouvelle *kapo* pénètre dans la pièce. Tous les bavardages s'interrompent aussitôt.

— Il me faut des filles pour travailler à l'aérodrome, annonce-t-elle en balayant la salle des yeux. C'est une cible de bombardements. Nos ennemis veulent nous détruire, mais ils ne vaincront pas. Si vous aidez à dégager la piste des débris et à remplir les trous, vous recevrez de la nourriture supplémentaire.

Cette petite femme rondelette aux cheveux noirs et hérissés parle lentement en allemand, afin que tout le monde la comprenne.

Cibi échange un regard avec Magda – de la nourriture supplémentaire à cause du danger. Néanmoins, elles n'ont pas besoin d'y réfléchir à deux fois. Elles décident d'emmener Eva avec elles.

Bien qu'elle soit trop petite pour ce travail, elle est mieux avec elles que livrée à elle-même.

Le lendemain, les sœurs se retrouvent donc à l'aérodrome, aux côtés de dizaines d'autres volontaires, pour charger éclats d'obus et bombes encore intactes dans des brouettes avant de les éloigner. Le jour d'après, elles comblent les trous ainsi dégagés à l'aide de gravier.

Méthodiquement, les femmes nettoient de petites zones et savourent le pain, le lait, les pommes de terre et même le gâteau qu'on leur offre pendant leurs pauses. Les sœurs prennent leur temps pour manger, goûtant chaque bouchée, ne retournant travailler que lorsqu'elles en ont l'énergie et l'enthousiasme.

Une après-midi, Cibi sursaute en entendant un avion qui approche. Des sirènes retentissent, annonçant une attaque aérienne, et les sœurs regardent les gardiens SS filer vers les bunkers.

— Courez ! hurle une voix.

— Dans les cuisines ! crie une autre.

Alors Cibi, Livi, Magda et Eva, et tous les autres travailleurs, traversent le tarmac à toute allure en direction de la cabane en fer ondulé qui tient lieu de cuisine.

Dehors, les bombes explosent en s'écrasant sur le terrain d'aviation.

— Mieux vaut être tué par les Alliés que par ces porcs d'Allemands, déclare la cuisinière. Et si nous devons mourir ici, au moins nous aurons le ventre plein. Allez. Mangez ! ordonne-t-elle.

Les sœurs font le plein de nourriture, aussi bien dans leur estomac que dans leurs poches.

Lorsque retentit le signal indiquant la fin de l'alerte, les femmes regagnent la piste d'atterrissage et découvrent que leur travail soigneux a été anéanti par des explosions toutes fraîches.

Le labeur du lendemain est très éprouvant pour leur dos, mais elles commencent à prendre le rythme.

— Pour nous, c'est facile, plaisante Cibi en s'adressant à Magda. À notre arrivée à Auschwitz, nous avons dû dégager tout un site de démolition.

— Les briques devaient être posées parfaitement, ajoute Livi en plaçant délicatement un éclat d'obus dans la brouette. Si tu en cassais, c'est toi qu'on cassait.

C'est un travail facile mais ingrat ; chaque fois qu'elles comblent un trou, une autre bombe le décime jusqu'à ce que, un jour, Cibi annonce à ses sœurs qu'elles ne retourneront pas à l'aérodrome. Cela ne sert à rien, c'est trop dangereux, et de toute façon personne ne semble les surveiller à Retzow. Cibi attend les remontrances de leur *kapo*, mais aucune n'arrive, et les sœurs se contentent de traîner dans le camp, toujours accompagnées de la petite Eva.

Quand le printemps revient, un étrange malaise s'installe. Les gardiens sont distraits. Les détenus sont nourris et comptés lors de l'appel, mais rares sont ceux qui travaillent. Tous attendent que quelque chose se produise.

— Cibi Meller, présente-toi.

Une gardienne se tient dans l'embrasure du bâtiment. Elle a lu le nom de la jeune femme sur une feuille de papier. Il pleut et les sœurs sont allongées sur leur couchette, en train d'écouter Eva leur raconter l'histoire de sa mère – une femme d'une grande bonté qui a été emmenée un matin, avec une douzaine d'autres femmes, pour ne jamais revenir.

Cibi presse la main de la petite fille et descend de la couchette, Magda et Livi sur les talons.

— C'est moi, annonce-t-elle.

— Viens avec moi. C'est ton jour de chance.

— Pourquoi ? demande Cibi en suivant la gardienne dans le camp.

— On va t'envoyer en Suède. Juste Cibi Meller, ajoute-t-elle sèchement à l'intention de Magda et Livi.

— Nous irons où ira notre sœur ! insiste Magda.

— Votre sœur ? Mais vos noms ne figurent pas sur la liste.

— Quelle liste ?

— La Croix-Rouge emmène tous les prisonniers américains en Suède avant de les transférer aux États-Unis, les informe la gardienne.

Magda et Livi échangent un regard et éclatent de rire, mais Cibi ne trouve pas ça drôle. Sa plaisanterie s'est retournée contre elle et les Allemands s'apprêtent à les séparer.

— Je suis désolée, déclare-t-elle d'une petite voix. C'était une blague idiote. Je viens de Slovaquie, pas de New York.

— Crois-tu que cela m'intéresse ? Ton nom est sur la liste et tu vas venir avec moi.

Avant de la suivre, Cibi se tourne vers ses sœurs.

— Retournez au bâtiment. Je vais arranger ça. Ne vous inquiétez pas. S'il vous plaît, ne vous inquiétez pas.

Magda et Livi la regardent s'éloigner, leur rire résonnant à présent amèrement dans leurs oreilles.

Sans surprise, Cibi finit par revenir et grimpe sur la couchette où l'attendaient ses sœurs.

— J'ai dû redoubler d'efforts pour persuader le responsable des transferts. Je suppose qu'au bout d'un moment il a eu pitié de moi.

Toutefois, Magda note que Cibi n'a pas l'air soulagée. Elle fronce les sourcils, comme si elle essayait de résoudre un problème.

— Que se passe-t-il ? lui demande-t-elle.

Cibi prend les mains de Magda dans les siennes.

— Il m'a confié qu'ils étaient en train de vider le camp, annonce-t-elle d'une voix lente. Il se peut que nous soyons emmenées pour une autre marche.

Quelques jours plus tard, les détenues de Retzow sont mises en rangs et conduites hors du camp. De nouveau, les SS supervisent les marcheuses mais, cette fois-ci, celles qui tombent ne sont ni frappées ni abattues, elles sont simplement ignorées. La route qu'elles empruntent a été bombardée et les filles doivent faire bien attention pour éviter de se tordre la cheville dans un trou. Elles dépassent des véhicules allemands détruits par les frappes, des membres de soldats tués éparpillés sur le sol. Les champs et les forêts de la campagne allemande regorgent de plantes et de fleurs sous le soleil de midi – la chaleur a remplacé la neige qui s'abattait sur elles, quelques mois plus tôt. Elles avancent à pas lents ; Cibi et Livi tiennent chacune une main d'Eva.

— Avez-vous remarqué que les gardiens disparaissent ? constate Magda. Je viens d'en voir un partir dans ce petit bois, sans même se retourner.

Cibi et Livi regardent autour d'elles. Cibi s'écarte du rang et se tourne vers les centaines de femmes derrière elle. Elle laisse échapper un long soupir.

— Tu as raison. Où sont-ils tous passés ?

— Ils nous abandonnent, déclare une prisonnière.

Et une autre répète la même chose.

Bientôt, Cibi et ses sœurs sont entourées d'un groupe de femmes.

— C'est le moment de partir, dit l'une.

— Nous pouvons tenter notre chance, ajoute une autre.

— Plutôt mourir d'une balle dans le dos que de passer un jour de plus, une heure de plus, emprisonnée par les nazis, lance une troisième.

— Allons-y ! s'exclame Cibi. Mettons-nous sur le bord de la route.

Elle est terrifiée mais, quand elle croise le regard de ses sœurs, toutes deux hochent la tête. Elles aussi sont pleines d'espoir et sentent soudain leurs membres animés d'une force nouvelle. Elles ne peuvent pas affronter une autre marche, un autre camp, un autre ordre cruel d'un homme sans cœur.

L'espace d'un instant, Magda se demande si elles devraient laisser Eva, mais un coup d'œil vers la petite fille agrippée à la main de Livi la convainc que celle-ci doit rester avec elles pour l'heure.

Un groupe de dix femmes commence à s'éloigner du rang pour pénétrer dans le champ qui borde la route. Mais elles ne sont pas arrivées bien loin quand elles entendent des pas qui les rattrapent en courant.

— Halte ! Halte ou je tire ! aboie un gardien SS.

Cibi se retourne lentement pour se retrouver face à un jeune soldat. Il cesse de courir et lève son fusil. Cibi se place dans sa ligne de tir, protégeant les femmes derrière elle.

— Tu es si jeune, lui dit-elle.

Si elle doit perdre la vie maintenant, elle ne veut pas le faire à genoux, en implorant. Elle veut regarder son assassin dans les yeux.

— Tu pourrais simplement tourner les talons et repartir.

Elle avance d'un pas.

— Si tu fais un pas de plus, je tire.

Elle avance encore.

— Non, tu ne tireras pas, murmure-t-elle. Tue-moi et le reste d'entre nous te déferlera sur le corps comme des abeilles enragées. Combien d'entre nous peux-tu abattre avant que nous ne t'arrachions les yeux ? Je me montre clémente envers toi, alors enfuis-toi tant qu'il est encore temps.

Elle a le cœur battant ; peut-être même que le soldat l'entend. C'est elle la plus surprise lorsqu'il fait demi-tour et part en courant.

Quand elle se retourne, certaines des femmes se sont couvert les yeux et Livi a enfoui la tête contre l'épaule de Magda, Eva serrée contre son ventre.

— Eh bien, voilà qui était facile, déclare-t-elle en poussant un soupir.

Ses sœurs se précipitent dans ses bras, en larmes.

— Oh, dit-elle en les écartant. Allez, tout va bien. Remettons-nous en route. Il est temps de rentrer chez nous.

24

Allemagne, mai 1945

Sous le soleil de la fin d'après-midi, les femmes regardent s'éloigner la longue file de prisonnières. Aucune autre ne se joint à elles, et elles partent dans le champ où l'herbe haute se balance sous la brise. C'est une magnifique journée d'été, songe Cibi, malgré le bruit des bombardements, au loin. Les femmes se présentent : deux étaient à Auschwitz, Eliana et Aria, et sont slovaques comme elles ; parmi les quatre Polonaises, trois étaient à Ravensbrück et une à Retzow – Marta et Amelia sont des cousines qui se sont retrouvées lors de la marche. Toutes ont moins de vingt ans.

Au fond de cette vaste étendue verte, Cibi aperçoit une flèche : un village ? *Qui dit village dit habitants*, pense Cibi, *Allemands*.

— Ils nous dénonceront, s'inquiète Livi. Dès qu'ils nous verront, ils iront chercher les SS.

— Mais nous devons manger. Si je ne mange pas bientôt, je ferais tout aussi bien de regagner la marche et d'attendre qu'on me tire une balle dans la tête, réplique Eliana.

— Votons, propose Cibi.

Elle sait qu'elles ne peuvent pas continuer bien longtemps. Mais elle ne peut prendre cette décision à leur place ; malgré sa bravade, sa confrontation avec le gardien l'a secouée.

— Levez la main si vous voulez aller chercher de la nourriture au village.

Huit mains se lèvent. C'est décidé.

Coupant à travers champs, le groupe rejoint une route qui les emmènera directement au village. Elles accélèrent le pas, puis ralentissent. Deux SS avancent dans leur direction d'un pas nonchalant, fusil en bandoulière. Cibi se tend ; sa présence d'esprit lui sauvera-t-elle de nouveau la vie, ou tout le monde se fera-t-il tuer cette fois-ci par sa faute ? Elle va se placer en tête de file et ouvre la voie, la tête haute. Quand les hommes se rapprochent, elle détourne les yeux. Elle et ses compagnes regardent par terre, mais elles continuent de marcher. C'est alors que les hommes arrivent à leur hauteur, mais eux non plus ne s'arrêtent pas. Ils leur lancent à peine un regard en poursuivant leur chemin. Personne ne dit mot.

Le village semble avoir été déserté. Les rues sont vides, tous les magasins sont fermés et les maisons condamnées. Elles empruntent une longue rue, vers un grand bâtiment dont les portes sont ouvertes.

— Peut-être un entrepôt, observe Aria.

Ensemble, elles parlent allemand, chacune connaissant juste assez la langue pour se faire comprendre des autres.

Craintives, les filles entrent dans cet espace caverneux sur la pointe des pieds, scrutant à gauche et à droite, sous les tables et au plafond, mais il n'y a personne ici non plus. Alors elles partent explorer, s'aventurant dans les autres pièces, et découvrent du matériel de nettoyage, des sacs de ciment, toutes sortes de machines.

— De la nourriture ! hurle Magda.

Elle a trouvé la cuisine, ouvre placards et tiroirs. Elle découvre des croûtons de pain dur, des morceaux de fromage rabougris, des tomates molles et des boîtes de sardines. Livi utilise son couteau pour ouvrir les conserves et elles mangent en silence.

En l'espace de quelques minutes, les filles ont tout dévoré.

— Je vais faire un tour pour voir ce qui se passe, annonce Cibi. Si nous voulons rentrer chez nous, nous avons besoin d'aide. Restez ici jusqu'à mon retour.

Elle s'est lavé le visage et les mains, a épousseté ses vêtements, mais elle sait qu'elle ne peut masquer son identité. C'est une prisonnière juive, une prisonnière juive en cavale. Elle ressemble à un squelette et va devoir faire très attention.

— Je viens avec toi, déclare Magda en lui prenant le bras.

Elles insistent pour que Livi reste avec Eva et les autres et, pour une fois, leur sœur ne proteste pas.

Les deux jeunes femmes errent dans la rue jusqu'à une cour pavée bordée de petites maisons. Elles regardent par les fenêtres mais, là non plus, il n'y a personne. Une grande étable se dresse près de la dernière maison et Cibi fait signe à Magda d'approcher.

Des tas de foin jonchent les box de traite, mais il n'y a ni vaches ni lait. Alors qu'elles s'apprêtent à regagner l'entrepôt, elles entendent un gémissement sourd en provenance du box tout au bout de l'étable.

— Partons, Cibi.

Magda craint de perdre leur liberté, et Cibi a déjà pris trop de risques pour elle. Mais Cibi ne bouge pas.

— Je vais jeter un coup d'œil. Place-toi près de la porte et prépare-toi à courir.

Cibi s'avance vers le box sur la pointe des pieds. Un pied nu dépasse sous une pile de foin. Elle écarte la paille pour dévoiler une jambe, puis un torse – un homme. Il porte les haillons d'un prisonnier juif. Cibi s'agenouille et examine son corps à la recherche d'une blessure, mais elle n'en voit pas.

Il ouvre les yeux.

— Comment t'appelles-tu ? demande-t-elle avec douceur.

Il commence à parler, mais Cibi ne le comprend pas.

— Magda, va chercher les autres, lance-t-elle par-dessus son épaule.

Bientôt, tout le groupe se tient autour de cet homme malade. Eliana se fraie un chemin avec une tasse d'eau froide qu'elle porte à ses lèvres sèches. Après quelques gorgées, il referme les yeux et s'endort.

Le restant de la nuit, les filles se relaient pour s'asseoir près de son lit de paille et lui parler, le rassurer – le pire de leur cauchemar est derrière eux, on viendra bientôt les aider et, comme elles, il rentrera chez lui et retrouvera sa famille. L'une après l'autre, les filles s'endorment et, quand paraît l'aube, inondant l'étable de soleil, elles se réveillent pour découvrir que lui ne se réveillera plus.

— Nous devons l'enterrer, déclare Magda. Nous ne sommes plus dans les camps. Il mérite cette dignité finale.

Livi et Eva dénichent des pelles et, dans la cour, aidées des quatre Polonaises, elles creusent un trou profond dans le carré de pelouse à côté de la cour pavée. Magda et Cibi fouillent la seule maison dont la porte n'est pas fermée à clé à la recherche de nourriture, mais là non plus elles ne trouvent rien.

— Que vas-tu faire avec ça ? s'étonne Cibi.

Magda s'est munie d'une bouteille, d'un stylo et d'un morceau de papier.

— Tu verras, répond-elle.

Les filles repartent dans la cour. Au moment où elles ferment la porte derrière elles, celle de la maison voisine s'ouvre en grinçant. Magda et Cibi sursautent et reculent. Mais ce n'est qu'une vieille femme.

— Que faites-vous ? Qui êtes-vous ?

Cibi se racle la gorge.

— N'est-ce pas évident ? Nous nous sommes échappées des camps et repartons chez nous, mais d'abord nous devons enterrer quelqu'un.

La vieille femme regarde la pelouse où six filles creusent un trou dans la terre. Elle soupire et secoue la tête.

— Il y a un cimetière juste en bas de la rue, c'est là que vous devriez l'enterrer.

— Vous avez raison, répond Magda. Bien sûr, nous aurions dû chercher le cimetière.

— Si j'étais vous, j'attendrais qu'il fasse nuit, quelqu'un pourrait vous voir. Vous avez encore des ennemis dans ce village. Restez dans l'étable pour l'instant, et je vous apporterai le peu de nourriture que j'ai.

Lorsque cette femme est rentrée chez elle, Cibi explique le nouveau plan au groupe. Fidèle à sa parole, la vieille dame revient au crépuscule munie de gros morceaux de pain noir et d'un potage de pommes de terre dans une petite soupière – à peine un repas complet pour une personne. Les dix filles boivent dans la soupière les unes après les autres, jusqu'à ce qu'il n'en reste plus. Puis elles attendent qu'il fasse nuit, blotties dans l'obscurité, dans la paille. Leur respiration lente est le seul bruit dans cet étrange village désert, qui abrite peut-être leurs ennemis.

Plus tard, elles emportent leurs pelles au cimetière et creusent une autre tombe. Quatre filles traînent le défunt vers son ultime demeure et le font descendre dans le trou. Magda griffonne le numéro de sa chemise sur le morceau de papier, le glisse dans la bouteille et la rebouche. Elle la jette dans le trou, après quoi les dix filles recouvrent le corps de terre.

La lune est pleine et illumine leurs visages solennels. Cibi, Livi et Magda se tiennent côte à côte, bras dessus, bras dessous.

— Quelqu'un devrait réciter le *Kaddish*, propose Aria.

Les filles baissent la tête et Magda entonne les mots qu'elle a entendus lors des funérailles dans leur synagogue. C'est la première fois qu'elle récite cette prière à voix haute ; elle n'est pas censée être prononcée par les femmes, mais Magda l'a quand même mémorisée. Bientôt, toutes les filles récitent cette prière araméenne ancestrale.

— S'ils trouvent son numéro, explique Magda avant qu'elles ne repartent, ils pourront retrouver sa famille.

— Nous allons dormir ici une nuit de plus, annonce Cibi de retour dans l'étable. Nous partirons au petit matin.

Pendant deux jours, les dix filles errent dans la campagne allemande. Elles mangent des baies, des racines ; elles se gavent de fruits tombés des arbres et boivent de l'eau fraîche dans les ruisseaux bouillonnants. Néanmoins, malgré leur liberté, elles sont lasses de marcher, lasses de ce vagabondage sans but.

— Je ne peux plus faire un seul pas, gémit Livi en s'arrêtant sur place.

— Allez, Livi, un pied devant l'autre – tu peux le faire, tu dois le faire, l'encourage Magda.

— J'ai besoin de me reposer. S'il te plaît, pouvons-nous juste nous reposer un peu, Cibi ?

Les cousines polonaises ressemblent à des fantômes ; toutes se sont arrêtées. Cibi aperçoit un petit lac au bout du champ, bordé de grands arbres.

— Allons nous asseoir au bord de l'eau, suggère-t-elle.

Elles traversent l'herbe à pas lents et s'effondrent sur le sol, trouvant des endroits ombragés où s'allonger et s'endormir.

Lorsque Livi se réveille, elle découvre des centaines de papillons qui volettent dans l'air. L'un d'eux ose se percher sur son nez ; elle louche pour essayer d'avoir une vision nette de sa beauté délicate.

— Regardez Livi, entend-elle Aria souffler. Ne bougez pas.

Les filles regardent les papillons atterrir sur le visage de Livi, dans ses cheveux, sur ses bras.

— Je n'ai jamais rien vu d'aussi beau, déclare Magda en retenant ses larmes.

Puis c'est l'heure de partir. Elles laissent les papillons s'amuser et se dirigent vers la route.

Les heures sur la route, les nuits à dormir dans les champs ou les écuries, n'importe où elles trouvent refuge, donnent à Cibi et à Livi trop de temps pour réfléchir, et elles détestent cela. Aucune des deux sœurs n'arrive à chasser les souvenirs de la vie à Auschwitz et à Birkenau, et elles prennent conscience que ces épisodes de brutalité seront à jamais gravés dans leur esprit.

La nuit, Livi se réveille en poussant des hurlements, Cibi en nage, peinant à respirer. Magda se torture avec cette question : *Mumma serait-elle encore en vie si nous étions restées ensemble ?* Peut-être auraient-ils tous dû se cacher dans la forêt, jour après jour, hors de portée des griffes de la Hlinka. Elle n'en dit rien à ses sœurs – quand elle pense à ce qu'elles ont dû endurer en son absence, elle est submergée par la culpabilité.

Eva leur apporte à toutes un peu de réconfort, elle qui écoute avidement les histoires de leur enfance, alors qu'elle a passé une bonne partie de la sienne dans les camps.

— Je n'arrive à me remémorer aucun souvenir heureux, pleure Livi un matin, fatiguée et énervée.

— Alors laisse-moi t'aider, lui suggère Magda. Te souviens-tu de la poupée que Père nous avait donnée ?

Livi opine du chef.

— Cibi ?

— Oui. C'était la plus belle chose que nous ayons jamais eue.

Les jeunes femmes traversent de nouveau un champ. Le soleil est haut dans le ciel. Il n'y a aucun signe de vie à part la leur.

— Et vous vous souvenez que, après sa mort, chaque fois que nous avions la poupée dans les bras, Mumma nous parlait de lui ?

— Je n'ai aucun souvenir de lui, déclare Livi.

— Ne t'en fais pas, chaton, c'est à ça que servent les grandes sœurs.

— Chaton ? médite Livi. Cela faisait longtemps que je ne l'avais pas entendu.

Cibi se rend compte qu'elle n'a pas appelé Livi « chaton » depuis longtemps, en effet, et se demande si c'est un bon signe. Le signe qu'elles sont en train de redevenir les filles qu'elles étaient auparavant.

— Pour moi, tu es un chaton. Une toute petite chose dont je dois prendre soin. Tu étais un si petit bébé aussi, je crois que c'est de là que ça vient.

— Je me rappelle qu'elle pleurait beaucoup, bébé, ajoute Magda.

— N'importe quoi ! proteste Livi en souriant. Raconte-nous d'autres souvenirs, Magda. Des souvenirs de quand nous étions tous ensemble.

Les filles marchent en bavardant et, peu à peu, l'esprit de Livi parvient à se remémorer des moments plus heureux et à s'y cramponner.

— Regardez, des vaches ! Tout un troupeau de vaches ! crie Livi.

C'est la fin de l'après-midi. Le ciel est marbré de rose. Les jeunes femmes ont repris des couleurs. Elles regardent les formes noir et blanc au loin, près d'un bois.

— Il doit y avoir une ferme pas loin, dit Aria.

— Nous pourrions tuer une vache et faire du feu pour la faire cuire, ajoute Eliana.

Toutes éclatent de rire, amusées par l'image de dix femmes frêles pourchassant une vache dans un champ, n'ayant que leurs mains pour la tuer.

Le groupe se rapproche du bois, du vaste chemin qui traverse les arbres. Elles s'enfoncent dans l'ombre fraîche des chênes, des sapins et des épicéas.

Le chemin dévie à droite et les filles continuent d'avancer jusqu'à ce qu'elles arrivent dans une cour pavée à l'orée de la forêt, au milieu de laquelle se dresse une grande maison. Un chemin fait le tour de la cour, rejoignant une route au-delà du bois.

— C'est un château !

— C'est la plus grande maison que j'aie jamais vue !

Livi tambourine à la lourde porte en bois. Sans succès.

— Je crois qu'il n'y a personne. Faites le tour pour voir si vous trouvez quelque chose.

Magda, Livi, Marta et Amelia courent à l'arrière de la maison. Elles reviennent une minute plus tard.

— La maison est ouverte à l'arrière, annonce Magda. Mais il y a un autre mort dans la cour.

Le groupe s'assemble autour de ce nouveau cadavre.

— Je suppose qu'il habitait ici. Regardez ses vêtements, quelle élégance ! constate Livi.

— Peut-on d'abord chercher de la nourriture ? gémit Eva. Je meurs de faim.

— Non, répond Cibi d'un ton ferme. Nous ne sommes pas des animaux, à nous remplir la panse à côté de cadavres. Nous devons l'enterrer.

Les filles fouillent les dépendances à la recherche de pelles, de bêches, n'importe quoi pour creuser la tombe aussi vite que possible. Cibi indique la pelouse impeccablement entretenue, où un petit figuier regorge de fruits.

— Voilà l'emplacement idéal.

Les filles creusent à tour de rôle. Magda trouve une brouette et, avec Livi et deux autres, elles y chargent le corps. Toutefois, Livi refuse de pousser la brouette : le souvenir de l'avoir fait pour emmener Mala au four crématoire est encore trop frais et trop douloureux.

De nouveau, Magda ouvre la bouche pour réciter le *Kaddish*.

— Mais s'il n'est pas juif ? observe Marta.

— Je pense que notre religion n'importe plus une fois que nous sommes morts. Ce sont des paroles de réconfort, que nous croyions en Dieu ou non.

La tête baissée, toutes, à l'exception de Cibi, récitent le *Kaddish* autour de la tombe d'un inconnu.

Les filles se regroupent à la porte arrière de la maison. Cibi les retient un moment, le temps de se décider.

— Il pourrait y avoir cent personnes qui se cachent à l'intérieur, prévient Marta.

Elle n'arrive pas à se débarrasser de sa peur ; Amelia et elle se serrent l'une contre l'autre, tremblantes.

— Deux cents, enchérit Amelia.

Elle a retrouvé sa cousine lors de la marche et n'a aucune envie de la perdre maintenant.

— Nous avons besoin de nourriture, déclare Livi.

— Entrons voir, décide Cibi. Mais je suis sûre que s'il y avait deux cents personnes là-dedans, elles nous auraient entendues, depuis le temps.

Elle sent bien que la demeure est isolée, abandonnée. Alors elle ouvre la voie dans une cuisine de la taille de celle de Vranov. Elle avait raison, les habitants sont partis à la hâte ; il y a encore des assiettes dans l'évier, du pain à peine rassis sur la longue table au centre de la pièce. Les filles se lancent dans leur routine : ouvrir les placards, fouiller les tiroirs. Magda trouve une petite cache contenant confitures, bocaux de légumes, quelques boîtes de conserve de poisson et de viande. C'est alors que Marta et Amelia découvrent le Graal : un grand garde-manger dont les étagères croulent sous les bocaux de nourriture. Elles pleurent de soulagement.

Les filles se retrouvent près de la porte de la cuisine qui les mènera dans le reste de la maison.

— Restons groupées, indique Cibi.

Bouche bée, elles déambulent dans les pièces luxueuses. Salons, bibliothèques, bureaux et vestibules. Livi ouvre une porte et tombe sur un ascenseur, aucune des filles n'est prête à l'essayer, elles préfèrent emprunter l'escalier. *Il y a trop de chambres,* songe Cibi. *Combien de personnes habitent dans cette maison ?* Les lits sont drapés de soies somptueuses, d'épais tapis de laine recouvrent les parquets soigneusement astiqués. Des robinets en or ornent les élégantes salles de bains et les filles laissent des empreintes boueuses partout sur le marbre clair des sols. Elles pénètrent dans des dressings abritant chemises et pulls tout doux. Des robes chatoyantes pendent à des cintres à pampilles. Dans les commodes, elles découvrent des sous-vêtements qu'elles s'amusent à plaquer contre leur corps, en gloussant, avant de les replacer avec soin.

Puis elles trouvent un miroir. Debout devant le cadre décoré au-dessus de la cheminée dans la chambre principale, les dix filles s'arrêtent pour assimiler ce qu'elles sont devenues. Livi et Cibi se reconnaissent à peine. Les cousines polonaises se mettent à pleurer et Eva enfouit son visage dans les bras de Magda.

— Sortons d'ici, murmure Cibi.

En silence, les filles redescendent.

Elles se dirigent vers la salle à manger, passant la main sur la surface de la longue table autour de laquelle sont agencées vingt chaises élégamment tapissées. Les buffets dévoilent un vaste éventail de verrerie, et leurs tiroirs contiennent de beaux couverts en argent. Au bout de la pièce, la porte-fenêtre s'ouvre sur une petite cour avec une magnifique pelouse qui s'étend dans les jardins principaux.

— Cela fait si longtemps que je ne me suis pas assise autour d'une table, observe doucement Eliana.

Neuf têtes acquiescent. Personne n'écarte de chaise.

— Je ne veux pas m'asseoir ici, déclare Cibi. Cela ne me paraît pas du tout approprié. Mais je ne pense pas que les propriétaires de cette merveilleuse demeure nous en voudraient si nous empruntions leur table et leurs chaises.

— Où sont les propriétaires ? interroge Magda.

— Partis, répond Cibi. Bien que cette maison soit somptueuse, elle est très poussiéreuse.

Les filles regardent maintenant plus attentivement les buffets, la surface de la table, les parquets. Cibi a raison, cela fait un moment que les occupants sont partis.

Cibi s'avance vers la porte-fenêtre :

— Emportons tout dehors.

Les filles écartent les chaises et se placent aux deux extrémités de la table pour la déplacer sur l'herbe. Elles reviennent chercher les chaises, puis la nourriture. Livi et les deux Slovaques disparaissent dans le potager derrière la pelouse et reviennent avec des carottes et des laitues. Livi essuie la lame de son petit couteau avant de le remettre dans sa poche.

Juste au moment où elles posent les légumes sur la table, une silhouette d'homme contourne la maison et se poste devant elles, sur le gazon. Il porte un pantalon en grosse toile, une chemise épaisse.

— Qui êtes-vous ? aboie-t-il.

Aussitôt, les filles se regroupent autour de Cibi, sur leurs gardes.

Livi referme la main sur son petit couteau ; cet homme n'est pas si grand, et elles sont dix.

Une nouvelle fois, Cibi prend les choses en main ; elle s'éclaircit la voix :

— Nous étions prisonnières à Auschwitz, lui dit-elle d'une voix assurée. Et nous nous sommes échappées.

L'homme garde le silence un long moment. Il regarde les filles, soudain complexées par les haillons qui pendent sur leurs corps émaciés.

Sa voix se brise tandis qu'il prononce ces mots :

— Aidez-moi à rassembler mes vaches et ce sera pour moi un honneur de vous offrir du lait chaud et du fromage frais.

— Savez-vous où sont les propriétaires ? demande Cibi en montrant l'élégante demeure.

— Je n'en ai aucune idée, répond-il.

Cinq des filles suivent le fermier et toutes les autres retournent au potager. Une heure plus tard, elles couvrent la table de lait, de fromage et de pain du fermier, de tomates et de légumes frais du jardin, et de légumes marinés et de conserves de poisson provenant du garde-manger. Eliana a trouvé la cave et a débouché deux bonnes bouteilles de vin rouge qui attendent d'être versées dans les verres en cristal. Des bougies ornent la table et font étinceler l'argenterie sous leur lueur vacillante.

Alors que le soleil se couche, les filles s'assoient.

— Nous avons survécu aux camps, déclare Cibi. Nous avons survécu aux marches. Nous ne sommes pas encore chez nous, mais aujourd'hui, ce soir, je crois que l'heure est venue de célébrer notre liberté. À notre marche de la liberté ! s'exclame-t-elle en levant son verre.

— À notre marche de la liberté ! reprennent les filles en chœur.

Elles trinquent et, le sourire aux lèvres, commencent à se servir. Elles mangent lentement, savourant chaque bouchée.

La lune est pleine, baignant ses sœurs de lumière, et Cibi est enfin convaincue que, quoi qui les attende, elles l'affronteront ensemble.

25

Allemagne

Le groupe est unanime quant à son désir de se reposer et de reprendre des forces avant de décider de la prochaine étape. Ce premier soir, les sœurs s'accordent sur le fait qu'elles ne peuvent pas coucher dans les chambres et constatent avec étonnement que leurs compagnes partagent ce sentiment. Elles rassemblent couvertures et oreillers et s'installent dans la salle à manger.

Avec l'aide de Livi, Magda établit un tableau de répartition des tâches. Certaines filles aideront le fermier avec ses vaches, d'autres s'occuperont de la maison. Deux semaines durant, elles travaillent, mangent bien et, lentement, chacune se remet peu à peu. Leurs cheveux retrouvent brillance et épaisseur, leurs joues pâles se colorent. Les rêves des sœurs n'en sont pas moins horribles pour autant, et au moins trois des jeunes femmes se réveillent en hurlant chaque nuit, mais c'est à cela que sert ce moment de répit : du temps pour guérir leur esprit autant que leur corps.

*
* *

Cibi sort de la maison pour se rendre à la ferme ; c'est son tour d'aider le fermier à rassembler ses vaches. Tout l'air de ses poumons s'échappe en un long halètement lorsqu'elle aperçoit les camions à ciel ouvert garés dans la cour.

Des soldats.

Elle recule, une main sur la porte, l'autre sur sa gorge. La peur est soudaine et douloureuse, elle se sent défaillir et chancelle contre Magda, debout à côté d'elle.

— Tout va bien, Cibi, chuchote-t-elle. Ce sont des Russes. Regarde leurs uniformes.

En effet, les hommes portent l'uniforme russe. Cibi essaie de se rappeler son dialecte rusyn.

Le chef se présente et demande :

— Êtes-vous la propriétaire de cette demeure ?

Cibi a envie de rire, mais elle se contente de montrer ses haillons, ainsi que ceux de ses compagnes qui l'ont maintenant rejointe.

— Pas du tout, monsieur. Nous étions prisonnières à Auschwitz et nous nous sommes échappées.

Elle retrousse sa manche et tend le bras pour lui montrer son tatouage.

L'officier secoue lentement la tête et parle à voix basse à ses camarades, restés dans le camion.

— Comment vous êtes-vous échappées ?

— Pendant la marche. Nous nous sommes enfuies de la marche.

— Savez-vous pourquoi vous marchiez ? Où vous alliez ?

Cibi n'en savait rien – tant de ce qu'elles ont vécu n'a pas ou peu de sens : la violence, la torture, les machines à tuer. Elle a appris à ne pas poser de questions quand on lui donne des ordres. Elle secoue la tête.

— Les SS allaient vous utiliser pour marchander leur liberté, lui explique-t-il. Et pour d'autres raisons aussi : pour que vous continuiez de travailler pour eux, mais aussi pour vous empêcher de raconter votre histoire aux Alliés. Heureusement que vous vous êtes enfuies, Dieu soit loué.

Les filles piétinent d'un pied sur l'autre, mal à l'aise ; aucune n'a envie d'imaginer d'autres camps, d'autres tâches ingrates, d'autres mauvais traitements.

Cibi lève le menton et se redresse.

— C'est derrière nous désormais. Nous voulons nous projeter vers l'avenir.

L'officier russe sourit et opine du chef.

— Vous avez bien raison. Voulez-vous bien me faire visiter la maison ?

Cibi acquiesce et s'écarte pour le laisser entrer dans la pièce, dont le sol est recouvert des lits de fortune des filles. Après avoir fait le tour de la demeure, il revient au salon.

— Vous êtes toutes juives ?

Les filles gigotent et grommellent, réticentes à l'idée de répondre – le fait d'être juives les a-t-il jamais aidées ?

— Nous sommes toutes juives, déclare Cibi haut et fort, avec un air de défi.

— Je promets que nous ne vous ferons aucun mal. Ni moi ni mes hommes. Vous avez ma parole. Moi aussi je suis juif.

Cibi explique leur routine à l'officier : les tâches ménagères, la cueillette des légumes et le rassemblement des vaches en échange de lait, de pain et de fromage.

— Il faut que je parle à ce fermier, dit-il à Cibi. Nous autres Russes avons besoin de viande !

Cibi assiste à la transformation de l'une des dépendances en un abattoir pour les porcs et introduit une nouvelle tâche à leur tableau. Désormais, elles aideront à préparer les repas des soldats.

— Je sais que c'est du porc, indique Cibi au groupe. Mais rien ne nous oblige à en manger.

— Moi, j'en mangerais, répond Livi en gloussant. S'il n'y avait rien d'autre. Mais qu'est-ce que ça sent mauvais !

Leurs vêtements ont souffert de tout ce travail, et à présent leurs lambeaux sont imprégnés d'une forte odeur de graisse de porc. Cibi arrête Magda en route pour la ferme :

— Veux-tu bien m'aider à les transformer en robes ?

Elle lui montre de vieux rideaux qu'elle a trouvés dans un placard. Elle a aussi mis la main sur une ancienne machine à coudre.

Dorénavant, tous les soirs, Cibi et Magda découpent du tissu à la taille des filles et, bientôt, elles ont des robes fonctionnelles en coton rouge et bleu. Eva danse dans ses nouveaux vêtements, enchantée. Livi trouve qu'elle redevient la petite fille qu'elle était avant les camps, malgré l'expression tourmentée dans ses yeux.

Deux semaines supplémentaires s'écoulent joyeusement en compagnie des soldats, après quoi

Cibi décide qu'il est temps d'aller de l'avant. Elles ont repris des forces, ont de la nourriture et de nouveaux vêtements. Elles glissent pain, fromage et saucisson dans les grandes poches de leurs nouvelles robes et se dirigent vers la maison du fermier pour lui dire au revoir.

— Les Alliés ont pris Brandebourg, leur indique-t-il en griffonnant des instructions sur un morceau de papier qu'il tend à Cibi. C'est là que je vous conseille d'aller.

Le soleil brille sur les filles tandis qu'elles s'éloignent de la demeure, saluant chaleureusement de la main les soldats russes.

Tandis que l'après-midi avance, Cibi cherche un endroit où dormir. Elles trouvent une grange. Le lendemain, elles couchent dans une étable. Cibi est reconnaissante envers les habitants qui leur donnent de la nourriture quand elles croisent leur route.

Alors qu'elles approchent de Brandebourg, elles sont rejointes par des centaines d'autres personnes qui se dirigent vers le même endroit, un endroit sûr.

— Nous sommes tous des rescapés, déclare Cibi à ses sœurs. Nous avons tous été battus, affamés et torturés, mais regardez-nous, nous sommes encore en mouvement, encore vivants.

La ville de Brandebourg a été détruite et les filles se fraient un chemin parmi les décombres afin d'atteindre l'immense base militaire mise sur pied pour aider et rapatrier les dépossédés. C'est là que les sœurs disent adieu aux six filles qui s'étaient unies à elles pour leur marche de la liberté. Les Polonaises resteront ensemble pour essayer de retourner à Cracovie, et Eliana et Aria sont désormais de très bonnes amies, donc aucune ne se retrouve seule. Eva, bien sûr, restera avec les sœurs. Finalement, les adieux ne sont pas larmoyants ; ensemble, ces filles ont retrouvé leur humanité, et cela ne peut qu'être célébré.

*
* *

Cibi lève les yeux vers le soldat blond qui lui parle en anglais. Elle ne connaît pas du tout cette langue, mais elle comprend qu'il est là pour l'aider. Autour d'elle, des filles brisées tombent à genoux et baisent la main des soldats américains.

— D'où venez-vous ? lui demande un autre soldat en allemand.

Cibi se présente, ainsi que ses sœurs, avant d'expliquer qu'elles se sont échappées des camps.

— Mais vous *ne venez pas* d'Auschwitz, dit-il. Ce n'est pas chez vous. Où habitiez-vous avant ?

— En Slovaquie, murmure Magda, parce que Cibi a perdu sa voix.

— En Hongrie, lance une autre voix.

— En Pologne.

— En Yougoslavie.

Les sœurs se retrouvent à faire la queue avec d'autres filles pour indiquer leur identité et leurs origines à des hommes en chemise blanche assis derrière un bureau au milieu du chaos de la base militaire.

— Sommes-nous en sécurité, est-ce que la guerre est finie ? interroge Cibi.

Le responsable lève les yeux vers elle, un sourire chaleureux sur les lèvres.

— Vous êtes en sécurité et, oui, la guerre est finie. Les nazis ont été vaincus.

— Vous en êtes sûr ? demande Magda.

Le sourire de l'homme s'élargit encore davantage.

— Oui. Hitler est mort.

— Mort ? murmure Livi. Vraiment *mort* ?

Les filles fixent cet homme, folles d'envie de le croire. Il sourit toujours.

— Qu'allons-nous faire maintenant ? finit par demander Cibi. Où allons-nous aller ?

— Nous allons vous donner à manger, indique un autre responsable du recensement, et vous fournir un endroit où dormir.

On leur attribue un emplacement à l'intérieur d'un bâtiment en béton.

Livi se met à trembler en entrant dans la pièce bordée de lits superposés.

— Livi, tout va bien, ma chérie, nous sommes libres maintenant, la rassure Cibi.

— Et ce ne sont que des lits, ajoute Magda.

Entre les repas, elles arpentent la base, à la recherche de visages familiers d'Auschwitz, en vain. Cibi est agitée, désireuse de repartir. Pour la première fois depuis plusieurs semaines, elle ne contrôle pas leur routine quotidienne.

— Nous ne resterons plus très longtemps ici, déclare Magda, tandis qu'elles déambulent entre les rangées de tentes, espérant encore apercevoir une amie. Demain nous nous renseignerons pour savoir quand nous rentrerons à la maison.

Le lendemain matin, une femme officier russe apparaît dans leur dortoir. Elle s'assoit derrière un bureau à l'avant de la pièce et fait signe aux filles d'avancer pour répondre à des questions.

Cibi est lasse de ces interrogatoires. Elle ne peut s'empêcher de craindre qu'une de ses réponses ne donne lieu à une punition. Elle répète les informations qu'elle a déjà données à plusieurs reprises : nous sommes slovaques, nous nous sommes enfuies d'Auschwitz. *Ma famille est morte.*

— Trois semaines ! explose Livi. Nous devons rester ici, dans ce camp, encore trois semaines ?

Malgré sa colère, Livi va beaucoup mieux. Ses joues se sont remplies, la chemise blanche et le pantalon de treillis qu'on leur a donnés à leur arrivée lui vont bien, mais ses yeux lancent encore les mêmes flammes de défi. On vient de les informer qu'un car les emmènerait à Prague dans trois semaines.

— Le temps va passer vite, assure Cibi d'une voix aussi convaincue que possible. C'est toujours le cas.

— Mais j'en ai assez, Cibi !

— Nous en avons tous assez, répond Magda avec émotion. Mais à quoi bon se plaindre ? Cela ne sert à rien.

— Notre maison sera là à notre retour, que ce soit dans trois semaines, dans un mois ou dans un an, ajoute Cibi.

— Mais Mumma ne sera pas là.

La colère a disparu de la voix de Livi. Elle se dirige vers leur lit, grimpe et se couvre la tête d'une couverture. Magda fait un pas vers elle, mais Cibi l'attrape par la manche.

— Laisse-la, Magda. Elle a besoin de ressentir cette douleur. Nous ne pouvons pas faire comme si Mumma allait nous attendre à la maison.

Les semaines passent vite en effet ; les filles prendront le car dans trois jours. Leurs noms sont une nouvelle fois rayés d'une liste. Lorsque le responsable a confirmé leur identité, il regarde Eva, dont le nom n'apparaît pas sur la liste.

— Et qui es-tu, toi ? demande-t-il.

— Elle s'appelle Eva, elle est avec nous, intervient Livi.

— D'où viens-tu, Eva ?

— De Yougoslavie, mais elle est avec nous, poursuit Livi d'un ton ferme.

— Je suis désolé, Eva, tu dois venir avec moi. Tu vas retourner à Belgrade.

— Mais elle ne peut pas, proteste Magda. Sa famille est morte.

— Vous n'en savez rien, mademoiselle. Il y a peut-être quelqu'un à Belgrade qui l'accueillera. Un cousin peut-être, une tante. Nos instructions sont claires : seuls les citoyens de Tchécoslovaquie doivent retourner à Prague.

— Quand partira-t-elle ? demande Cibi.

— Vous devez lui dire au revoir maintenant. Je vais l'emmener au dortoir de Belgrade.

Il hoche la tête, les pressant pour qu'elles fassent leurs adieux.

Eva se met à pleurer et Livi la serre dans ses bras. Cibi et Magda se joignent à leur étreinte et les filles restent ainsi enlacées un long moment.

— Je suis navré, les filles, mais maintenant je dois emmener Eva. S'il vous plaît, laissez-la.

À contrecœur, les sœurs s'écartent de l'enfant. L'homme prend Eva par la main et s'éloigne. La petite fille ne résiste pas, mais elle se retourne, tendant le bras comme pour attraper les mains des sœurs.

— Combien d'autres personnes encore nous arrachera-t-on ? sanglote Livi.

— On ne nous arrachera jamais les unes aux autres, répond Magda avec ferveur.

En silence, les filles regagnent leur bâtiment et attendent que s'écoulent les trois derniers jours.

Une chaude matinée de fin d'été, les sœurs montent dans l'un des cinq cars en partance pour la Tchécoslovaquie. Livi regarde par la fenêtre en silence, perdue dans ses pensées, songeant à leur maison et à ce qui les attend. Lorsque l'absence de sa mère devient trop affreuse à envisager, son esprit repart aussitôt vers Auschwitz, vers Birkenau. *C'est tout ?* pense-t-elle. Elles ont traversé toute cette horreur, et voilà qu'on les renvoie simplement chez elles, en car, comme si de rien n'était ? Elle bouillonne de rage. Qui va leur présenter des excuses ? Qui va racheter leurs souffrances, les morts insensées ?

Toutefois, il est difficile de maintenir une telle haine dans son cœur pendant six heures et, la troisième fois, Livi se joint à ses sœurs et aux autres passagers pour chanter l'hymne national de la Tchécoslovaquie et réciter des prières à tue-tête. Livi remarque que, si Cibi chante les chansons, elle ferme la bouche pour les prières.

Les sœurs regardent la campagne qui défile. Les bavardages autour d'elles disparaissent lorsqu'ils traversent les ruines de Dresde. Elles voient des hommes, des femmes et des enfants fouiller les décombres. Tous lèvent les yeux vers les cars qui passent, tendant la main pour un peu de nourriture. *Ce sont ceux qui nous ont réduits en esclavage, qui nous ont affamés, torturés et assassinés,* songe Cibi avec amertume. *Et voilà qu'ils osent implorer notre compassion.*

L'humeur des passagers s'égaie quand ils passent le pont Charles pour atteindre Prague.

Certains sont arrivés *chez eux*.

Le pont est bordé de centaines de personnes qui agitent les mains, des drapeaux, des fleurs, pour les *accueillir*. Alors qu'ils roulent sur le pont, Cibi songe à l'hypocrisie de ces citoyens. Eux qui avaient si facilement tourné le dos aux Juifs de leur ville, les remettant volontiers à Hitler.

Elle se retourne vers Magda, des éclairs dans les yeux.

— Jamais je n'aurais pensé voir une chose pareille. Ils nous ont abandonnés et maintenant ils nous souhaitent la bienvenue ?

Le convoi des cinq cars doit s'arrêter après le pont, car les foules sont infranchissables. Puis les portes s'ouvrent et les hordes exubérantes montent à bord. Les sœurs reçoivent du gâteau, du chocolat, de l'eau, des fruits – un homme place de l'argent dans les mains de Magda. Livi fond en larmes, submergée par ce déferlement d'affection, par les acclamations et les applaudissements qui retentissent.

Un vieil homme prend la main de Cibi et la porte à ses lèvres. Il y a quelques instants encore, elle était en colère, convaincue que leur accueil n'était rien d'autre qu'une mise en scène hypocrite, qu'ils ne manifestaient pas de la joie de les voir revenir, mais de la culpabilité de n'avoir rien fait pour les sauver. Elle n'en est plus si sûre ; elle a du mal à comprendre ce qui se passe autour d'eux.

Le conducteur reprend le volant, klaxonne encore et encore pour se frayer un chemin au milieu de la foule. Bientôt, le convoi arrive place Venceslas, où le maire attend pour saluer le retour de ces citoyens tchécoslovaques. Les sœurs descendent du car, main dans la main, craignant de se perdre dans la foule.

— *Prominte ! Prominte !* crient les habitants de la ville. Pardon !

Le maire joint sa voix aux acclamations, avant de demander le silence. Il leur dit combien il est heureux qu'ils soient rentrés à la maison, que dorénavant on s'occupera d'eux. Que ce qui leur est arrivé ne se produira plus jamais.

Chargées de fleurs, de chocolat et de gâteaux, les sœurs rejoignent les autres passagers et remontent dans leur car. Épuisées, euphoriques, elles sont conduites dans une caserne militaire voisine où elles passent la nuit dans des lits qu'elles n'ont pas à partager. Elles dorment bien.

Leur voyage de retour chez elles ne débute vraiment que lorsqu'elles prennent le train pour Bratislava le lendemain.

Sur le quai, chacune des filles est frappée par des souvenirs violents, douloureux. Sur les rails se trouve un train assez classique ; au moins, il n'est pas constitué de wagons pour le charbon ou pour le bétail.

Mais il n'en demeure pas moins un symbole de leur captivité.

— Cibi, dit Livi, le visage décomposé, je n'en suis pas capable...

Cibi pleure déjà et Magda tremble.

— Nous en sommes capables, sanglote Cibi. Nous ne pouvons pas renoncer maintenant, chaton. Et c'est le chemin de la maison. Tu te rappelles ?

Les sœurs se soutiennent les unes les autres pour traverser le quai et gravir les marches, chuchotant des mots afin de s'insuffler force et courage tandis qu'elles avancent dans l'allée à la recherche de sièges. Elles s'installent à trois sur une banquette pour deux. Elles ne peuvent pas se séparer, pas maintenant.

À la caserne, elles ont reçu un peu d'argent ainsi que de nouveaux vêtements, et Cibi note qu'elles ne sont pas si différentes des autres passagers du train, à l'exception de leurs yeux enfoncés, de leurs joues creuses et de leur carrure décharnée qui les identifient comme victimes d'une terrible guerre.

Le contrôleur penche la tête en approchant. Il refuse de prendre leur argent.

— *Prominte,* chuchote-t-il avant de s'éloigner.

Leur arrivée à Bratislava est aux antipodes de leur accueil à Prague. D'autres survivants s'éclipsent de la gare, craignant encore des ennemis. Cibi demande au guichet quand partira le prochain train pour Vranov nad Topl'ou.

— Pas avant deux jours, lui répond le guichetier avec mépris.

— Pouvons-nous rester ici, à la gare, entretemps ?

Il hausse les épaules et lui tourne le dos.

Les deux jours suivants, les sœurs dorment sur les bancs, utilisent les toilettes et attendent patiemment l'arrivée de leur train.

D'autres trains affluent, des quatre coins de l'Europe, ramenant des rescapés slovaques chez eux. Livi est pétrifiée par leur apparence.

— Est-ce qu'on leur ressemble ? ne cesse-t-elle de demander à ses sœurs.

Cibi et Magda se posent la même question. C'étaient de jeunes gens heureux et en bonne santé qui ont été ravagés par les tortures inhumaines et les humiliations. Comment est-ce arrivé ? Qui l'a permis ? Tout ce qui les rendait humains a disparu. Ce ne sont plus que des silhouettes squelettiques, voûtées sous le poids de leur terrible expérience.

Au moment de payer leurs billets, Cibi s'approche du guichet, s'attendant à moitié à ce que leur argent soit refusé. Au lieu de cela, l'homme tend la main pour le prendre, une lueur d'acier dans les yeux.

Les voilà enfin en route.

Les sœurs descendent sur le quai où tout a commencé. Au moins, le soleil brille. Cibi tient la main de Livi et Magda prend le bras de Cibi. Elles se mettent en marche, s'efforçant chacune de ne pas penser à ce qui les attend au bout de ce dernier tronçon de leur voyage.

Elles avancent lentement, prenant le temps de s'immerger dans ces rues familières. À l'angle de leur rue, elles lèvent les yeux vers l'église catholique dont les cloches ont rythmé toute leur vie. Elles jettent un coup d'œil à travers le portail de la maison du prêtre et s'émerveillent de voir le tilleul en fleur. Aucun voisin ne sort de sa maison pour les accueillir, mais Cibi remarque que certains écartent les rideaux quand elles approchent, avant de les refermer à la hâte sur leur passage.

Arrivées devant leur maison, elles guettent des signes de vie.

— Nous n'avons pas la clé, observe Livi. Est-ce qu'on enfonce la porte ?

— Je crois qu'il convient de frapper, répond Magda. Mumma était certaine que quelqu'un s'y installerait.

— Chez nous ? s'offusque Livi. Qui donc ?

— Le premier arrivé.

Cibi prend les choses en main et frappe à grands coups. Elles entendent du bruit à l'intérieur, des pas, puis la porte est ouverte par un homme vêtu d'un marcel en résille taché et d'un slip gris.

— Qu'est-ce que vous voulez ? demande-t-il d'un ton bourru.

— Nous voulons récupérer notre maison, répond Cibi, le plus naturellement du monde.

— Et qui diable êtes-vous ? C'est ma maison. Maintenant, déguerpissez avant que je vous jette à la rue.

— C'est notre maison ! hurle Livi en faisant un pas vers lui. C'est vous qui n'avez rien à faire ici.

— Foutus Juifs, peste-t-il.

Il ne bouge pas et les sœurs soutiennent son regard jusqu'à ce que Magda donne un petit coup de coude à Livi pour l'écarter.

— Moi, je vais entrer, annonce-t-elle. Il y a quelque chose qui m'appartient et je vais le chercher.

L'homme repousse Magda et essaie de fermer la porte. Mais la vue de cet homme affreux tentant de leur fermer leur propre porte au nez fait réagir Cibi. Elle lui envoie un violent coup de pied dans une jambe, puis dans l'autre.

Livi se faufile derrière lui et le pousse dans l'allée. Magda se précipite dans le salon où elle se retrouve face à face avec une femme et deux jeunes enfants. Ils se fixent mutuellement. Personne ne dit rien. Les enfants s'accrochent aux jupes de leur mère. Magda entend Cibi et Livi hurler leur haine à l'homme resté dehors.

Elle saisit une chaise dans la cuisine, l'emporte dans le hall et la place sous la trappe. En quelques secondes, elle se retrouve dans la cavité et se tortille pour arriver au fond. Elle attrape la taie d'oreiller, sentant les angles des bougeoirs et la surface douce et plane des photos à l'intérieur.

Ils sont intacts. Leurs souvenirs sont intacts.

La femme a écarté sa chaise et Magda s'écrase par terre en ressortant. Mais elle se relève aussitôt et court vers la porte juste au moment où l'homme débraillé revient à l'intérieur. Elle le repousse et sort dans la rue, agitant la taie d'oreiller d'un air triomphal.

— Je l'ai ! Je l'ai ! crie-t-elle.

Toutes trois partent en courant et ne s'arrêtent que deux rues plus loin. Ce n'est qu'alors que Magda se rend compte qu'elle boite. Elle s'est tordu la cheville dans sa chute.

— Est-ce que ça va ? lui demande Cibi.

— Oui, je me suis juste fait mal à la cheville en tombant du plafond.

— Tu es tombée… quoi ? s'étonne Livi.

— Peu importe, dit Magda en souriant. J'ai récupéré ce que je voulais.

— Mais qu'allons-nous faire maintenant ? insiste Livi. Quelqu'un s'est installé chez nous.

— Eh bien, nous ne pouvons pas rester ici. Je crois que nous devrions retourner à Bratislava. Au moins nous serons avec les autres rescapés, suggère Magda.

— Je ne sais pas ce que tu as dans ta taie d'oreiller, mais j'espère que c'est un miracle parce que c'est ce dont nous avons besoin dans l'immédiat, lance Cibi en souriant jusqu'aux oreilles, essayant d'insuffler à ses sœurs le courage qu'elle-même ne ressent pas encore.

TROISIÈME PARTIE

LA TERRE PROMISE

26

Bratislava, juillet 1945

Une nouvelle fois, les trois filles se serrent sur une banquette prévue pour deux, dans le train à destination de Bratislava. Elles ne prêtent pas attention à la campagne qui défile dehors. Il n'y a plus rien pour elles ici.

Au lieu de cela, elles examinent les photos dans la taie d'oreiller.

— J'aimerais tant savoir ce qui est arrivé à Oncle Ivan et à nos cousins, soupire Livi.

— Nous le saurons tôt ou tard, tente de la rassurer Magda. Peut-être sont-ils même à Bratislava.

Magda regarde ses sœurs redécouvrir les photos de famille. Elles ont été séparées pendant plus de deux ans et les jeunes filles qu'elle a retrouvées à Auschwitz ne ressemblent plus du tout à ses sœurs de Vranov. Elle se sent coupable – elle ne peut s'en empêcher. Pendant qu'elles souffraient, elle dormait dans leur lit, mangeait la nourriture qu'elles auraient dû partager, profitait de leur *mumma* qui leur manque si cruellement. Comment réussira-t-elle à se rapprocher d'elles à présent ? Elle caresse les cheveux de Livi, de nouveau forts et épais avec les reflets roux caractéristiques que Cibi et elle lui envient. Elle écarte une mèche du visage de Livi pour la lui glisser derrière l'oreille. La benjamine jette une photo sur la pile.

— Bratislava est immense, Magda ! Comment les trouverions-nous ? Qu'allons-nous faire ? Arpenter les rues en espérant les croiser par hasard ?

— Si tu as une meilleure idée, n'hésite pas à nous en faire part, réplique Magda.

Elle aussi est épuisée. Mais Livi est furieuse. Pas contre Magda, mais contre ceux qui ont décidé que les mettre dans un autre train et les abandonner à leur destin était une sorte de récompense. Quelqu'un vit dans leur maison. Dans la maison de leur *mumma*.

Magda rassemble les photos et les remet dans la taie d'oreiller qu'elle serre contre sa poitrine.

Des heures plus tard, les sœurs Meller traversent la rue principale de Bratislava. Plusieurs magasins sont ouverts et il règne un air de vie normale dans cette ville animée. C'est la fin d'après-midi et elles ont mal aux pieds à force de marcher, dans l'espoir d'apercevoir au moins un ami d'Auschwitz ou de Vranov.

Le regard de Livi s'attarde sur deux jeunes hommes très minces qui s'approchent.

— Ils ont l'air juifs, observe-t-elle en faisant un signe de tête dans leur direction.

— *Ils ont l'air juifs*, l'imite Magda en souriant. En quoi cela nous aide-t-il ?

— N'est-ce pas ce que l'on cherche ? Des Juifs ? réplique Livi, agacée.

— Ça suffit ! lance Cibi, faisant taire ses sœurs.

Elle aborde les jeunes hommes.

— Je me demandais si vous pourriez nous aider.

Les hommes se regardent l'un l'autre, puis Cibi.

— Nous en serons heureux, si nous le pouvons, dit l'un.

— Nous venons d'arriver à Bratislava, commence Cibi.

— Quel camp ? demande le deuxième.

— Auschwitz-Birkenau.

Les hommes échangent un autre regard.

— Je m'appelle Frodo, et voici mon ami Imrich. Nous aussi, nous étions à Auschwitz. Où habitez-vous ?

— À Vranov. Mais quelqu'un a pris notre maison.

Cibi a envie de pleurer, là, dans la rue. C'est trop dur. Chaque mot qui s'échappe de sa bouche dépeint le tableau de leur désespoir qui n'en finit pas, mais Frodo sourit, hoche la tête.

— Ne vous inquiétez pas, dit-il. Nous pouvons vous aider. Il y a de la place dans un appartement de notre immeuble où vous pourrez loger quelque temps. Les filles qui l'occupent sont elles aussi des rescapées.

Cibi lit l'épuisement sur le visage de ses sœurs et accepte pour elles.

— Merci. Nous avons un peu d'argent.

— Gardez votre argent, réplique Imrich.

Cibi hoche la tête et tend la main.

— Je m'appelle Cibi, et voici mes sœurs, Magda et Livi.

Tout en marchant, Cibi et Livi racontent aux garçons leur expérience à Auschwitz, la marche de la mort puis leur escapade. L'horreur de leur supplice s'écoule facilement de leurs lèvres tandis que les garçons écoutent en hochant la tête. Cibi se sent mieux après cet échange et décide de parler à tous ceux qui seront prêts à l'écouter. Magda a peu participé à la conversation. Entendre une nouvelle fois les atrocités que ses sœurs ont endurées en son absence ne fait que renforcer sa culpabilité.

Les jeunes gens se fraient un chemin au milieu d'un lotissement bombardé, jusqu'à atteindre l'immeuble de Frodo et d'Imrich.

— Qui possède l'immeuble et comment se fait-il que vous puissiez loger là ? interroge Cibi tandis qu'ils gravissent une volée de marches.

— Aucune idée, nous squattons. Mais il y a l'eau courante. Pas d'électricité, en revanche, alors nous dînons à la lumière des bougies, c'est romantique, répond Frodo en riant.

— Ici, nous sommes *tous* des survivants, ajoute Imrich. Certains d'entre nous ont déjà trouvé du travail. Nous partageons ce que nous gagnons. C'est un peu comme une communauté.

Au deuxième étage, Imrich les conduit à l'appartement 8. Il frappe et une voix féminine lance :

— Entrez !

La porte s'ouvre sur un petit salon. Deux filles qui doivent avoir l'âge de Cibi se lèvent d'un bond d'un matelas au milieu de la pièce. Elles serrent les hommes dans leurs bras et l'instinct de Cibi lui indique qu'elles peuvent faire confiance à ces jeunes gens.

— Je vous présente Klara et Branka, indique Imrich à Cibi. Ces jeunes filles ont besoin d'une maison, explique-t-il à ses amies.

— Bien sûr, répond Klara, la plus grande des deux. Il y a largement la place pour vous – une pièce entière, en fait, que vous pourriez partager. Il nous faut juste d'autres matelas, pas vrai ? ajoute-t-elle en se tournant vers Branka.

Celle-ci montre le matelas du doigt.

— Klara et moi dormons ici. Et Kamila et Erena partagent l'autre chambre. Nous sommes une petite famille.

Les yeux de Cibi s'emplissent de larmes. Elle prend la main de ses sœurs.

— Comment pouvons-nous vous remercier ? s'enquiert-elle.

Klara rit et se jette au cou de Cibi.

— Ne dis pas de bêtises. Tu as simplement oublié ce que c'est que d'avoir des amis. Comme nous tous.

En silence, Magda et Livi regardent Cibi pleurer dans les bras de Klara ; leur grande sœur, si courageuse, qui craque face à cette simple manifestation de gentillesse.

Frodo et Imrich prennent congé et les amies montrent aux sœurs leur nouvelle chambre.

— C'est parfait, n'est-ce pas, Cibi ? demande Magda.

Cibi se frotte les yeux, mais elle sourit et hoche la tête.

— Aidez-nous à préparer le dîner, appelle Klara.

Une fois que les filles ont ouvert une fenêtre pour aérer la pièce, elles rejoignent leurs colocataires dans la minuscule cuisine.

Cibi et Livi mettent la table avec des couverts et des assiettes dépareillés. Le soleil est en train de se coucher et la pièce s'assombrit.

— J'ai des bougies dans un tiroir, je vais les chercher, annonce Branka. Magda, peux-tu trouver quelque chose où les mettre ? Évitons de brûler ce qui reste du bâtiment.

Alors que Branka sort deux bougies d'un tiroir, Magda pousse un petit cri et se lève d'un bond.

— J'ai exactement ce qu'il nous faut !

Quelques instants plus tard, elle revient avec les bougeoirs en argent, libérés de la taie d'oreiller.

— Est-ce que ça ira ? demande-t-elle.

— Ce sera parfait ! Où les as-tu trouvés ? s'enquiert Branka, enchantée.

— C'est la seule chose qu'il nous reste de notre mère, chuchote Magda.

— Mumma serait ravie de les savoir ici pour notre premier repas avec de nouveaux amis, déclare Cibi, d'une petite voix elle aussi.

— Je vais allumer les bougies, intervient Livi en prenant les bougeoirs des mains de Magda. Cibi a raison. Ce soir, nous dînerons à la lumière des yeux attentifs de Mumma.

Plus tard ce soir-là, à l'issue d'un repas préparé avec les deux dernières résidentes de l'appartement, Kamila et Erena, les jeunes femmes se retirent dans le grand appartement du dernier étage qui a accès à la terrasse. Les rescapés des autres appartements se rassemblent là pour partager le récit de leur vie dans les camps, et de la vie d'après.

Les sœurs apprennent que, tous les jours, les hommes et les femmes partent à la recherche d'un emploi. Certains ont de la chance, et ceux qui n'en ont pas ont pour tâche de rendre leurs conditions de vie plus confortables, en allant explorer les autres appartements en quête de nourriture, de meubles et de produits de toilette.

— Demain, il faut que vous alliez au bureau de la Croix-Rouge, les informe Branka. Ils vous inscriront sur une liste et vous aideront à retrouver famille et amis.

— Quelqu'un va nous aider ? Nous *aider* à retrouver notre oncle ? crie Livi d'une voix perçante, et tout le monde sur la terrasse se tait.

Branka lui prend la main.

— Je l'espère, petite Livi, dit-elle avec douceur. Je l'espère de tout mon cœur.

La soirée touche à sa fin et les gens commencent à se relever pour regagner leurs lits. Cibi voit bien que plusieurs jeunes hommes et jeunes femmes s'attardent pour finir leur conversation, dans une grande proximité. *La vie normale sera peut-être possible, après tout*, songe-t-elle. Elle se remémore Yosi, le garçon effronté de la *Hakhshara*, qui aimait tant lui lancer son pain à la figure. Peut-être qu'un jour, elle aussi trouvera quelqu'un à aimer.

*

* *

La vie des filles prend un rythme agréable, chacune étant heureuse de s'adonner à une nouvelle routine, en toute indépendance. Cibi est la plus chanceuse car, comme elle sait taper à la machine, elle trouve facilement de petits travaux administratifs. Livi et Magda effectuent elles aussi des tâches administratives, qui consistent à remplir des papiers ou à faire les comptes de petites entreprises, ou bien elles font le ménage. Lorsqu'elles ne travaillent pas, elles arrangent l'appartement.

Avec le temps qu'elles ont passé à regarder les Russes construire Birkenau, Cibi et Livi se révèlent être des expertes pour mélanger le ciment, réparer les briques cassées et reboucher les trous des murs, afin de mieux les protéger pour les mois d'hiver.

— Vous êtes drôlement douées pour la construction, observe Frodo, admiratif devant la façon dont Cibi et Livi plaquent le mortier sur les briques.

Au fur et à mesure que les semaines passent, les sœurs ont l'impression de se réveiller d'un mauvais rêve. Chaque soir, avant de se coucher, elles regardent les photos de leur enfance heureuse le cœur lourd. Néanmoins, il ne leur est plus insupportable de se confronter à ces souvenirs. Livi pleure chaque nuit avant de s'endormir ; la douleur d'avoir perdu sa maison de Vranov est encore si fraîche dans son esprit. Ses rêves sont confus : le malfrat chez elles qui les jette à la rue, directement dans les bras d'un officier SS qui leur ordonne de monter dans un wagon à bétail effectivement rempli de vaches. Mais, tous les matins, elle se réveille et décide que la vie doit continuer et, peu à peu, elle se sent plus forte.

Cibi se rend à la Croix-Rouge au moins une fois par semaine, scrutant la liste à la recherche des noms de son oncle et de sa tante, sans succès. Une après-midi, deux mois après leur installation à Bratislava, alors qu'elle rentre à la maison, elle découvre un homme devant la porte de leur appartement. *Ami ou ennemi ?* se demande-t-elle aussitôt, avant de se rappeler qu'elle est en sécurité ici, qu'il lui suffirait de crier à l'aide pour que les occupants des appartements voisins accourent.

— Puis-je vous aider ?

L'homme se retourne lentement. Il serre son chapeau dans sa main, le déformant encore et encore entre ses doigts maigres.

— Je cherche… commence-t-il.

Cibi pousse un petit cri et s'appuie au mur pour ne pas tomber.

— Oncle Ivan ? murmure-t-elle.

— Cibi ! s'exclame-t-il.

Ils s'étreignent, chacun sanglotant sur l'épaule de l'autre.

Cibi l'a reconnu grâce à la lueur dans ses yeux, à la forme de son nez – mais tout le reste a changé. Sa posture fière a laissé place à un dos voûté, ses cheveux noirs sont désormais blancs et hirsutes. Ses traits sont creusés par les rides, mais son sourire est aussi grand et chaleureux qu'il l'a toujours été.

— Magda ? Livi ? demande-t-il d'une voix hésitante.

— Elles vont bien. Nous allons toutes bien. Et Tante Helena ? Les enfants ?

C'est au tour de Cibi de se montrer hésitante. Ivan regarde son chapeau difforme.

— Les enfants ont traversé bien des épreuves ; il va leur falloir du temps pour s'en remettre.

— Tante Helena ?

Ivan baisse la tête tandis que les larmes recommencent à couler le long de ses joues.

— Nous l'avons perdue, Cibi. Elle est partie. Elle est tombée lors de la marche de la mort…

Il n'a pas besoin d'en dire davantage et Cibi n'insiste pas. Les voilà de nouveau en larmes dans les bras l'un de l'autre.

— J'aimerais voir Magda et Livi, finit par reprendre Ivan.

Cibi hoche la tête, lui prend la main et l'emmène dans leur appartement.

Le lendemain, la famille se réunit dans l'immeuble de leur oncle, à quelques minutes seulement du leur. Les sœurs écoutent leurs cousins raconter le moment où leur mère est tombée et a été abattue par un gardien SS. C'est douloureux à entendre, mais Cibi sait que cela les aidera d'en parler.

— Il y a un appartement libre au-dessus, les informe Ivan. Cela me rendrait très heureux que vous vous y installiez toutes les trois. Nous pourrions de nouveau être une famille.

Aussi, dès l'après-midi, les sœurs disent au revoir à Branka et à tous leurs amis, en promettant de rester en contact, et déménagent leurs quelques affaires dans l'immeuble d'Ivan. Pour fêter la première soirée de retrouvailles avec leur oncle, elles installent des chaises et des caisses autour d'une petite table, et servent le repas dans des bols dépareillés. Quand tout est prêt, Magda saisit son sac pour en sortir les bougeoirs, ainsi que les longues bougies que lui a données Branka.

Livi craque une allumette et la pièce s'illumine sous ces flammes vacillantes.

— Est-ce que ce sont… ? commence Ivan.

Mais il ne peut achever sa phrase, car les larmes ont pris le dessus.

Les enfants entourent leur père, lui tapotent le dos, essuient ses larmes.

— Ça va aller, Père, répètent-ils encore et encore.

Lentement, Ivan se redresse, les bras autour de ses enfants.

— Où… ? Comment les as-tu récupérés ?

— Je les avais cachés dans le plafond de notre maison, explique Magda. Avant notre départ. Puis je suis retournée les chercher.

— Magda avait aussi caché des photos, ajoute Cibi.

Tandis que les autres dînent, Ivan ne mange pas une seule bouchée ; il est perdu dans les souvenirs que lui évoquent les photographies en noir et blanc. Peu à peu, l'humeur solennelle se transforme en quelque chose de plus léger tandis que les enfants tombent amoureux de ces images de leur père dans sa jeunesse.

— Père, toi aussi, tu as été un petit garçon !

— Tante Chaya est si jolie.

À la lumière des bougies, tous se remémorent des épisodes de la vie du frère et de la sœur, de leurs conjoints, et de Grand-père.

Ivan gratte la cire fondue pour nettoyer la surface des bougeoirs en argent.

— Je sens la présence de Chaya, dit-il. En regardant ces photos sous cette lumière particulière, nous nous sommes rappelé le passé sans chagrin. Et si nous en sommes capables, nous pouvons aussi nous projeter sans crainte vers l'avenir.

*

* *

Cibi considère le déménagement dans l'immeuble de leur oncle comme un nouveau chapitre de leur vie. Bien que le travail soit encore irrégulier et mal payé, et les manifestations anti juives de plus en plus pénibles, les sœurs sont heureuses d'avoir retrouvé une partie de leur famille. Peu à peu, ils se construisent une vie ensemble dans cette ville.

Cibi ne s'était pas non plus trompée, ce soir-là sur la terrasse ; il y a bien de la romance dans l'air. Mischka, un ami de leur ancien immeuble, est très désireux de garder le contact avec elle et Cibi se retrouve à attendre ses visites avec impatience, malgré les moqueries incessantes de Magda et de Livi.

— Oh, Mischka, je t'aime ! lance Livi d'une voix suraiguë.

— Tu es si beau, Mischka. Si fort ! gémit Magda. Cibi, dépêche-toi de l'épouser, sinon ce sera l'une de nous.

— Berk ! rigole Livi. Ce serait comme épouser un frère !

Mais les taquineries cessent quand, un soir, Cibi annonce la nouvelle.

Oncle Ivan, ses sœurs et ses cousins jouent aux charades dans l'appartement de son oncle. Elle se lève, s'assoit, se relève et se met à faire les cent pas.

— Qu'est-ce qui t'arrive ? l'interroge Livi. Tu gâches le jeu.

— J'ai quelque chose à vous dire, lâche Cibi.

— Eh bien, dis-nous alors, l'encourage Magda, voyant que Cibi se tait.

— D'accord, d'accord. Donnez-moi une seconde. Mischka m'a demandée en mariage !

Toute rouge, Cibi sourit jusqu'aux oreilles, aux anges. Les sœurs la fixent en silence, attendant la suite. Ivan quitte sa chaise pour prendre place à côté de sa nièce.

— Et ? demande-t-il.

— J'ai dit *oui*.

La salle explose de joie. Livi et Magda fondent toutes les deux en larmes. Ivan serre Cibi dans ses bras, lui répétant combien Chaya serait fière, que Mischka est exactement celui qu'elle aurait choisi pour sa fille aînée. Lorsque le bruit se calme, Ivan tient encore les mains de Cibi dans les siennes.

— Moi aussi, j'ai quelque chose à vous annoncer, dit-il en rougissant.

— Oncle Ivan ! crie Livi. Toi aussi, tu vas te marier ?

— Oui. Elle s'appelle Irinka. Elle aussi est une rescapée.

*
* *

Quelques semaines plus tard, en avril 1946, Cibi épouse Mischka. C'est le jour de l'anniversaire de Hitler, mais elle s'en fiche royalement ; ou plutôt, elle en est heureuse. Elle aurait aimé que chaque Juif trouve quelque chose à fêter ce jour-là, afin de montrer à cet homme et à son armée de meurtriers que l'espoir fleurit dans les recoins les plus sombres. Le couple s'installe dans un autre appartement de l'immeuble de leur oncle, prêt à entamer sa vie à deux.

Peu après le mariage, Cibi et ses sœurs prennent le thé dans leur café préféré, une habitude qui perdure malgré son statut de jeune mariée. Depuis leur expérience dans les camps, le souvenir de la faim ne les quitte jamais vraiment ; elles n'oublieront jamais le désir désespéré de se mettre quelque chose, n'importe quoi, sous la dent. Ces jours-ci, elles savourent chaque bouchée mais, surtout, elles chérissent la liberté de se déplacer dans la ville comme bon leur semble, sans avoir à se soucier du regard d'un *kapo* ou, pire, d'un SS.

— L'autre jour, commence Livi en mordant dans une pâtisserie et en gémissant de plaisir, j'étais devant la boutique de Mme Cleo. Vous voyez de quoi je parle ? Juste parce que je le *pouvais*. Personne n'allait m'ordonner de nettoyer les toilettes, de creuser des trous ou de trier le courrier de gens morts ; j'étais *libre* de rester là à rêver, à m'imaginer portant ces robes.

— Je vois très bien ce que tu veux dire, acquiesce Magda.

Elle s'apprête à se lancer dans ses propres histoires, mais elle n'en fait rien, car elle a remarqué que Cibi est devenue toute rouge.

— Est-ce que ça va ? lui demande-t-elle. Tu es devenue toute…

— J'attends un bébé ! explose Cibi.

Les sœurs reposent brutalement leur tasse et poussent des cris d'excitation.

— Si Grand-mère était là, c'est elle qui ferait naître le bébé, finit par dire Livi en reprenant sa pâtisserie.

— Elle lui mettrait des boucles d'oreilles avec des rubis, ajoute Magda en avalant d'une traite son café désormais froid.

— Le ferait-elle même si c'était un garçon ? interroge Livi.

Les filles éclatent de rire.

Chaque jour pendant les sept mois suivants, Magda et Livi rendent visite à Cibi ; elles sentent le bébé donner des coups de pied et s'émerveillent de l'expansion du ventre de leur sœur. Elles posent des questions à la sage-femme et l'informent qu'elles seront présentes pour la naissance. Mischka, en revanche, n'y assistera pas, et on ne s'y attend pas de sa part.

Un jour, Magda et Livi arrivent chez Cibi à l'improviste et exigent qu'elle les accompagne pour une mission secrète.

— Je n'ai envie d'aller nulle part ! Regardez-moi, je suis un éléphant, se lamente-t-elle.

— Même les éléphants font des emplettes, glousse Livi. Allez, Jumbo, debout.

— Où allons-nous ? Tu ne me ferais pas ça si tu savais ce que c'était d'avoir un ballon de foot géant dans le ventre.

— Nous n'en savons rien, tu as raison. Et c'est parce que toi, en tant qu'aînée, tu t'es chargée de tout faire en premier, déclare Magda.

— Mais je suis si grosse et bouffie.

— Il t'est arrivé d'être plus laide, crois-moi, plaisante Livi, un grand sourire aux lèvres.

— C'est mesquin ! Tu étais aussi moche que moi, réplique Cibi.

— Je n'ai jamais eu un aspect aussi terrible que le vôtre, si ? s'enquiert Magda, soudain sérieuse.

— Non, mais ça aurait été le cas si tu avais passé autant de temps que nous là-bas, répond Livi, voulant aussitôt ravaler ses mots. Je suis désolée, Magda, je ne voulais pas dire ça. Je suis une idiote.

Livi baisse la tête.

— Ne t'en fais pas. Aide-moi à lever cet éléphant du canapé, à lui enfiler ses chaussures et à la faire sortir.

Cibi se laisse traîner hors de l'appartement et dans la grand-rue animée. Livi s'attarde devant chaque boutique de vêtements et, chaque fois, Magda la presse.

— Nous sommes là pour Cibi, gronde-t-elle avec impatience, pas pour toi. Allez, nous sommes presque arrivées.

Magda et Livi s'arrêtent devant un grand magasin dont les vitrines regorgent de landaus, de berceaux et de mannequins minuscules arborant des vêtements d'enfant colorés.

— Nous y voilà ! annonce enfin Magda.

— Je n'ai pas les moyens d'acheter quoi que ce soit ici, déclare Cibi, abattue.

— Mais nous, si !

Livi lui prend le bras pour la conduire dans le magasin, mais Cibi résiste.

— Ne t'inquiète pas, la rassure-t-elle. Nous avons mis de côté un peu d'argent de nos salaires de ces derniers mois, et maintenant nous avons assez pour acheter un landau à ce ballon de foot !

— Tout ce que tu as à faire, c'est de choisir celui que tu veux, ajoute Magda.

— Nous n'avions pas l'intention d'acheter un landau ; nous ne pouvons pas nous le permettre.

— Tu auras un landau, Cibi Meller ! insiste Livi. Mumma aurait voulu que tu en aies un, et nous voulons que tu en aies un.

— Veux-tu bien entrer en choisir un ?

Magda prend Cibi par le bras et, enfin, celle-ci accepte d'être traînée dans le magasin.

Une heure plus tard, Cibi pousse un landau tout neuf sur le trajet du retour. Les sœurs marchent en silence, songeant à tous ceux qui ne peuvent être présents pour préparer l'accueil d'une nouvelle génération de Meller, mais c'est Cibi qui paraît la plus triste.

— Est-ce que ça va ? demande Livi en lui prenant la main. C'est le landau ?

Cibi semble revenir de très loin.

— Non, Livi. Bien sûr que non, je suis enchantée de ce landau. C'est tout ce que j'aurais pu souhaiter.

— Est-ce Mumma, alors ? Est-ce que tu penses à elle ?

— Je pense à elle en permanence, mais ce n'est pas cela non plus.

Cibi pousse le landau sur le côté et ses sœurs la suivent.

— Que se passe-t-il alors ? interroge Magda, perplexe.

— C'est Mischka, répond Cibi en croisant le regard de ses sœurs, avant de détourner les yeux. Ce n'est pas son premier enfant.

Livi et Magda fixent Cibi, attendant de plus amples informations.

— Je ne comprends pas, finit par intervenir Magda. Il a un autre enfant ?

Cibi acquiesce.

— Mischka a déjà été marié et il a aussi déjà été père.

La réalité derrière les mots de Cibi frappe Magda et Livi en même temps. Elles placent chacune un bras autour de ses épaules et l'attirent contre elles. *Pauvre Mischka*, songe Magda. *Comme nous, il a tant perdu.*

— Merci de nous l'avoir dit, chuchote-t-elle avec peine, le cœur serré pour le beau-frère auquel elles se sont tant attachées.

— Est-il heureux que vous attendiez un bébé ? s'enquiert Livi d'une voix hésitante.

— Oh oui, très heureux. Il dit que c'est sa deuxième chance.

— Alors ce bébé occupera une place spéciale, déclare Magda. T'a-t-il beaucoup parlé de sa première famille ?

— Avant notre mariage, il m'a tout raconté. Et nous n'en avons plus parlé depuis.

— Son enfant, était-ce une fille ou un garçon ?

— Une fille. Elle s'appelait Judith, répond Cibi la voix tremblante, avant de se racler la gorge. Elle avait trois ans quand elle a été emmenée avec sa mère.

Livi tape du pied, se détourne, lève les yeux vers le ciel. Les sœurs reniflent, s'essuient les yeux, se remémorant chacune les images terrifiantes de très jeunes enfants tendus à leurs parents pour les faire descendre des wagons à bétail. Trop jeunes pour savoir ce qui allait se passer, ils étaient assez grands pour se rendre compte qu'ils étaient arrivés en enfer.

Cibi note les éclairs dans les yeux de Livi.

— Ne t'en fais pas, Livi, tout se passera bien pour lui. Mischka prendra ce petit bébé dans ses bras et il se souviendra de la première fois qu'il a porté Judith. Puis il aimera et protégera son deuxième enfant jusqu'à son dernier souffle. Je le sais.

— Ce fils remplira le trou dans le cœur de Mischka, Cibi, affirme Magda. Tout comme toi.

— Oh, Magda, quand as-tu acquis une telle sagesse ? Et comment sais-tu que c'est un garçon ?

Cibi a retrouvé le sourire, heureuse d'avoir partagé avec ses sœurs l'histoire de son mari.

— J'ai toujours été pleine de sagesse, c'est juste que Livi et toi ne le voyiez pas. Et je suis convaincue que tu vas donner à Mischka son premier fils.

*

* *

Cette nuit-là, Magda se glisse dans le lit de Livi qui sanglote dans son oreiller.

— Veux-tu un câlin ? Je sais que tu as pensé à Mumma toute la journée.

— Oui, et à Mischka aussi. À sa petite fille.

— Moi aussi. Mais tu pleures toutes les nuits – est-ce que tu rêves de Mumma ?

— Non, si seulement... répond Livi en s'essuyant le nez sur la manche de sa chemise de nuit.

— De quoi rêves-tu, alors ?

— Avant de m'endormir, je pense à Mumma et à notre petite maison puis, pour le restant de la nuit, je suis de retour à Birkenau.

Magda enveloppe sa petite sœur de ses bras. Que peut-elle répondre à cela ? Elle l'attire contre elle et lui chante une berceuse jusqu'à ce qu'elle s'endorme.

Lorsque démarre le travail de Cibi, ses sœurs sont à ses côtés, se relayant pour lui tenir la main, la rafraîchir avec des gants de toilette humides et l'encourager avec des conseils que ni l'une ni l'autre ne sont habilitées à donner. Toute une journée et toute une nuit s'écoulent ainsi et le bébé n'arrive toujours pas. Lorsque le soleil commence à se coucher le deuxième jour, tout le monde est épuisé et silencieux. Soudain, Cibi pousse un cri perçant.

— Il arrive ! Ça y est !

Magda et Livi se lèvent d'un bond. Livi essuie le visage de Cibi, baigné de larmes et de sueur ; Magda, au pied du lit avec la sage-femme, hurle :

— Pousse ! Encore une fois, Cibi. Pousse !

Les cris d'un nouveau-né emplissent la pièce. Magda et Livi ne tardent pas à fondre en larmes.

— Mumma devrait être là, sanglote Livi.

— Je sens sa présence ici, déclare Cibi d'une voix fatiguée, en se touchant la poitrine. Je la sens vraiment. Mais mes sœurs, je les *vois*.

— Ne veux-tu pas savoir ce que tu as ? demande Magda, un petit paquet de couvertures dans les bras.

Cibi fixe le nouveau-né et hoche la tête.

— Un garçon, annonce Magda.

— J'ai un garçon ?

Elle prend le paquet et regarde le visage ridé du nourrisson.

— Magda, Livi, nous avons un petit garçon.

— Voulez-vous que j'aille chercher le père ? demande la sage-femme.

— Dans un instant, répond Cibi, plongeant le regard dans les yeux bleus de son fils. Donnez-nous juste quelques minutes. Il comprendra.

Livi se penche, caressant délicatement le visage de son neveu. Cibi lui place dans les bras le paquet qui se tortille et Livi regarde son petit visage rouge et bouffi en commençant à chanter.

Mon petit ange	*Hajej můj andílku*
Allonge-toi mon petit ange, allonge-toi et dors,	*Hajej můj andílku hajej a spi,*
Maman berce son bébé.	*matička kolíbá děťátko svý.*
Allonge-toi, dors bien, mon petit,	*Hajej dadej, nynej, malej,*
Maman berce son bébé.	*Matička kolíbá děťátko svý.*
Allonge-toi mon petit ange, allonge-toi et dors,	*Hajej můj andílku hajej a spi,*
Maman berce son bébé.	*matička kolíbá děťátko svý.*
Allonge-toi, dors bien, mon petit,	*Hajej dadej, nynej, malej,*
Maman berce son bébé.	*Matička kolíbá děťátko svý.*

Lorsque Mischka entre dans la pièce, le visage inondé de larmes, Livi prend le bras de Magda et les sœurs laissent les parents seuls pour accueillir ce précieux enfant dans leur famille.

Au fur et à mesure que les mois passent, Magda et Livi regardent Karol, ce nourrisson minuscule, devenir un grand bébé, mais Livi regarde aussi sa grande sœur se glisser dans son rôle de mère. Leur oncle a désormais Irinka, que ses enfants adorent. Et Livi, qu'a-t-elle ? Elle est gagnée par la fébrilité, tandis que Magda, elle, n'a aucune envie de bousculer leur vie à nouveau.

C'est un acte de racisme du quotidien, l'un de ceux – nombreux – qui définissent les limites de leur existence à Bratislava, qui décide Livi.

— Du chocolat ! Tu te rends compte ?

La jeune fille vient d'entrer en trombe dans l'appartement qu'elle partage avec Magda.

— Je viens d'être insultée pour avoir eu le culot d'acheter du chocolat.

— De quoi tu parles ? s'enquiert Magda.

— Deux imbéciles antisémites sont entrés dans la boutique au moment où je tendais mon argent, et sais-tu ce qu'ils ont dit ? fulmine Livi en faisant les cent pas.

— Je n'en ai aucune idée, qu'ont-ils dit ?

— L'un d'eux a baissé le nez vers moi, et c'était un grand nez, et de sa grosse voix stupide, pour que tout le monde entende, il a lancé : « Foutue Juive. Voilà qu'ils veulent manger du bon chocolat, pour qui se prennent-ils ? »

— Qu'as-tu fait ?

Magda garde son calme ; elle ne souhaite pas mettre de l'huile sur le feu.

— J'ai reposé le chocolat et je suis partie. Je ne veux plus vivre ainsi. Je veux vivre dans un endroit où personne ne m'insultera parce que je suis juive, où je pourrai acheter du chocolat sans me sentir menacée.

— Qu'est-ce que tu racontes ? demande Magda, une pointe d'inquiétude dans la voix.

— Il faut que la situation change, et je ne pense pas qu'elle changera en Slovaquie.

Les semaines suivantes, Livi discute avec d'autres rescapés de la possibilité de quitter le pays. Étant maintenant sous le régime communiste, ils reçoivent peu d'informations au sujet de la situation en Palestine et des efforts pour créer un nouvel État d'Israël.

Lorsque Livi partage ses motifs de frustration avec ses amis, certains des garçons s'expriment et lui annoncent qu'ils partiront bientôt pour Israël, une fois qu'ils auront suivi leur entraînement avec la *Hakhshara*. Elle imagine mener une vie où son travail et ses efforts seraient récompensés équitablement, où elle ne serait pas la dernière à être choisie pour des tâches administratives au motif qu'elle est juive, où elle pourrait croire que ceux qui l'entourent souhaitent la même chose pour eux-mêmes. Finalement, elle est étonnée par la facilité avec laquelle elle prend sa décision.

— Je souhaite me joindre à eux, annonce Livi à ses sœurs un soir.

Magda et elle sont chez Mischka et Cibi. Livi fait sauter Karol sur ses genoux.

— Je veux rejoindre le mouvement de la *Hakhshara* puis aller en Israël. Je souhaite que nous allions tous en Israël.

— C'est de la folie ! explose Magda. Pour commencer, personne n'a le droit de quitter le pays – nous sommes désormais tous des communistes, au cas où tu ne serais pas au courant. Par ailleurs, n'as-tu pas entendu ce que font les Britanniques aux Juifs qui tentent de rejoindre Israël ? Ils font faire demi-tour aux émigrés et les emmènent directement dans des camps de réfugiés.

Ses sœurs tressaillent en entendant le mot « camps ».

— Ils ont même condamné les bateaux à destination d'Israël.

C'est la vérité. Craignant de perdre sa position de puissance dominante au Moyen-Orient, la Grande-Bretagne n'a aucune envie d'aider à la création d'une nation juive. Celle-ci pourrait en effet être vue comme une provocation envers les Palestiniens et compromettre par conséquent la base militaire britannique dans le pays.

— J'ai fait mes recherches, Magda, merci, répond Livi. C'est à cela que sert l'entraînement. Ne crois-tu pas que notre liberté mérite qu'on se batte pour elle ? Nous n'avons pas quitté une prison pour nous retrouver enfermées dans une autre.

Magda ne répond pas.

— N'en avez-vous pas assez de la Slovaquie ? demande Livi à ses sœurs. À quand remonte la dernière fois que tu as eu un emploi de plus d'une semaine, Magda ? Et toi, Cibi, souhaites-tu élever ton bébé dans un pays qui semble encore haïr ses Juifs ?

Magda ouvre la bouche, mais Cibi lui pose une main sur le bras. Magda se tourne vers elle. Cibi sourit.

— Elle n'a pas tort, Magda, et je faisais partie de la *Hakhshara*, tu te rappelles ? Ils veilleront sur elle.

— Nous n'avons pas le droit de quitter ce pays ! répète Magda. Ni nous ni personne. Que lui feront-ils s'ils la capturent ?

Magda frissonne.

— Personne ne me capturera, rétorque Livi. Et je ne serai pas autorisée à partir tant que je ne serai pas prête.

— Livi est maintenant une femme, Magda. Elle a vingt et un ans. Écoutons-la.

Aussitôt Magda s'en prend à Cibi.

— Pourquoi souhaites-tu tout à coup te débarrasser de notre sœur ? Je croyais que nous avions un pacte. Je croyais que nous étions censées rester ensemble, veiller les unes sur les autres. Nous l'avons promis à Père, nous…

— Magda, écoute-moi. Il faut que tu ailles avec Livi. Suis l'entraînement et pars pour Israël. Puis Mischka, Karol et moi vous rejoindrons.

Cibi parle d'une voix calme, rassurante, comme si le choix de Livi allait de soi. Magda en reste bouche bée.

— Nous ne participerons pas à la *Hakhshara* à cause du bébé, poursuit-elle, mais nous trouverons un autre moyen.

Livi s'est levée et donne des coups de poing dans l'air.

— Tu vois, Magda ? Cibi aussi ira, c'est décidé.

— Rien n'est décidé, petite sœur. J'ai besoin de réfléchir.

Magda imagine la vie à Bratislava, toute seule. C'est une perspective inenvisageable.

— Mais tu es ouverte à l'idée ? insiste Livi, pleine d'espoir.

Magda ne répond pas, elle se contente de hocher la tête.

— Dieu vous protégera, intervient Mischka.

Il a gardé le silence durant tout cet échange, mais il se tient maintenant debout à côté de Cibi.

— C'est la meilleure chose à faire, pour toute la famille.

Livi sourit jusqu'aux oreilles.

— Tu vois ? dit-elle à Magda.

Mais celle-ci l'ignore, trop occupée à réfléchir.

27

Bratislava, octobre 1948

Magda et Livi regardent Cibi et Mischka, et bébé Karol dans les bras de sa mère, regagner leur voiture et s'éloigner. Quelques minutes plus tôt, à contrecœur, Magda a remis à Cibi la taie d'oreiller contenant les bougeoirs et les photos, et lui a fait promettre qu'elle les rejoindrait bientôt en Israël pour les lui rendre.

À présent, au bord de la route, deux des sœurs attendent l'arrivée des autres jeunes Juifs. Des Juives et des Juifs qui, comme elles, ont décidé d'intégrer la *Hakhshara*. Elles feront partie d'un groupe disposé à tout risquer pour se forger une vie nouvelle en Israël.

Bien sûr, cela a été difficile de dire au revoir à Cibi. Néanmoins, ces adieux avaient aussi un goût de fête. C'est le mois d'octobre 1948 et le vingt-sixième anniversaire de Cibi. Leur pacte a été renouvelé : elles forment une unité invincible et, même si deux des trois sœurs seront bientôt à trois mille kilomètres, la distance n'égratignera même pas la surface de leur promesse. Toutefois, il est temps pour elles de se remettre en route, et, par chance, Magda a fini par accepter.

— Force et espoir, a-t-elle dit à Cibi la veille de leur départ. Cela devrait suffire pour construire un nouveau monde, n'est-ce pas ? Mais pour cela, nous avons besoin de ton aide, alors ne perds pas de temps.

Les hommes et les femmes affluent par centaines et commencent à monter à bord des camions qui attendent tranquillement au bord de la route. Livi est partagée entre la terreur et l'excitation tandis que démarrent les véhicules. Et si c'était une erreur et qu'elle avait entraîné Magda vers un terrible danger ? Les rabats de toile sont fermés pour les protéger des regards indiscrets des habitants de Bratislava tandis qu'ils quittent la ville ; Livi se demande si un jour viendra enfin où ils pourront se déplacer librement, où bon leur semble.

La route de gravier est accidentée et ils sont ballottés au gré des embardées des camions pour éviter pierres et trous. Magda se remémore le temps passé en captivité, quand un camion similaire l'a conduite à une prison. Elle songe à M. Klein, s'inquiète de ce qui a pu lui arriver. Toutefois, l'excitation dans le véhicule est contagieuse et, bientôt, la jeune femme se détend en compagnie de ces jeunes gens joyeux et pleins d'espoir.

L'hiver est proche et il fait froid, mais les sœurs sont emmitouflées dans des écharpes épaisses, des bonnets, des manteaux bien chauds et des chaussures solides. Elles ont recouvré force et santé. Trois heures et cent cinquante kilomètres plus tard, le camion s'arrête dans un terrain forestier boueux. C'est là qu'elles passeront les trois prochains mois.

— Respire, Magda ! Quelle sensation merveilleuse ! Cela me rappelle la forêt de Vranov, se réjouit Livi.

Magda doit l'admettre : le parfum, l'air de la forêt ne ressemblent à aucun autre. Elle pense à leur petite maison, à Grand-père.

On leur apprend qu'elles sont passées du côté tchèque de la Tchécoslovaquie ; elles se trouvent dans les bois du Karst morave, près de Blansko. Mais ces informations n'intéressent pas Livi et Magda – elles ont froid aux pieds et n'ont qu'une envie, c'est d'entrer se mettre au chaud.

Leur logement est constitué de petites cabanes : les filles d'un côté, les garçons de l'autre, autour d'un vaste bâtiment central où ils se retrouveront pour les repas, ainsi que pour les leçons visant à les préparer à ce qui les attend.

Après avoir déballé leurs affaires, Magda et Livi suivent tous les autres dans le hall principal. On les informe que l'entraînement sera intense et nécessitera du courage ; ils embarqueront bientôt pour un voyage à travers un paysage européen hostile, à travers des pays désormais sous le régime communiste, fermés au monde extérieur.

— Vous apprendrez à voyager léger, à vous déplacer sans vous faire remarquer et à vous battre quand cela sera nécessaire, leur annonce leur instructeur. Nous ne sommes pas des communistes, nous sommes des Juifs, et nous avons payé le prix fort pour avoir la liberté de choisir où nous voulons nous installer et mener notre vie.

Bien qu'elles s'inquiètent de cet entraînement, Magda et Livi ont toutes deux hâte de commencer ce parcours, animées d'un ardent désir de croire que les souvenirs qui les hantent disparaîtront comme par magie, dès qu'elles fouleront la terre d'Israël.

Ce premier soir, elles s'endorment emplies d'un objectif et d'espoir pour l'avenir. Elles ont triomphé quand le monde s'élevait contre elles, et elles sont arrivées jusqu'ici. Magda est convaincue que l'espoir qui les a maintenues en vie dans les camps guidera leur ambition d'être enfin maîtresses de leur propre destin.

Ils s'entraînent dans les forêts de Moravie ; les aptitudes physiques qui manquent à beaucoup d'entre eux sont compensées par un grand enthousiasme. Magda et Livi se retrouvent dans des grottes et des canyons, dans des bois denses et de la neige profonde, défiant les éléments pour survivre à la nuit en pleine nature, avec peu de provisions.

L'endurance des filles s'améliore et elles se découvrent un immense appétit pour les défis ; bientôt, elles réussissent leurs exercices haut la main.

— À Auschwitz, nous avons vécu bien pire, ne cesse de répéter Livi avec gaieté.

C'est lorsque les sœurs reçoivent un revolver qu'elles sont confrontées à leur première véritable difficulté. Aucune des deux ne souhaite apprendre à s'en servir. Et elles ne sont pas les seules.

— Les communistes ne nous laisseront pas quitter l'Europe, leur explique leur instructeur. Et les Britanniques ne veulent pas que nous nous rendions en Israël. Les rafles sont encore monnaie courante, que ce soit sur terre ou en mer. Qui parmi vous souhaite être envoyé dans un camp de détention, voir sa liberté arrachée ? N'avons-nous pas assez souffert ?

Son message est clair : s'ils veulent gagner leur liberté, ils devront apprendre à manipuler une arme.

Au champ de tir, le lendemain matin, les sœurs acceptent les pistolets qu'on leur tend et Livi se révèle être une tireuse d'élite, à la grande surprise de Magda.

— Comment cela se fait-il que tu sois si douée ? demande-t-elle à sa petite sœur, les yeux rivés sur les boîtes de conserve éparpillées sur le sol.

— Il suffit d'imaginer que ce sont des nazis, et c'est alors très facile, répond-elle gaiement.

Pour Livi, chaque boîte de conserve prend la forme de la tête d'Isaac, avec ses cheveux gras et ses dents jaunes. Chaque fois, elle touche la cible.

Magda lève son arme vers les boîtes de conserve alignées sur une souche d'arbre au loin et, bien qu'elle ne vise pas aussi précisément que Livi, elle touche plus de cibles qu'elle n'en rate. Elle se tourne vers sa sœur, ravie.

— Tu as raison. Ils sont tous morts !

Alors que les jours se transforment en semaines, Livi finit par être un peu plus apaisée, et elle s'épanouit en compagnie des autres jeunes gens de la formation. Il y a des danses, des sports d'intérieur, des jeux et des repas conviviaux. Pour la première fois de sa vie, Livi se sent véritablement indépendante, parmi ces amis qui partagent tous le même objectif.

Elle est surprise d'apprendre que certains membres du groupe sont chrétiens et se joignent à la *Hakhshara* pour manifester leur solidarité et leur soutien au rêve juif de créer une nation sur la Terre promise.

La romance fleurit également dans les bois, et Livi est flattée lorsque Zdenko se met à l'inviter pour chaque danse.

La date de leur départ se rapproche à grande vitesse. Bientôt, ils entameront leur longue marche vers la Roumanie, puis jusqu'au port de Constanța. Ils devront notamment traverser l'Ukraine et la Hongrie, dont les frontières sont fermées et hautement sécurisées.

Magda et Livi écoutent attentivement tandis qu'on leur explique les dangers d'une telle expédition. Livi se demande si, comme elle, tout le monde a l'impression que cette partie du voyage est presque une extension de leur captivité, tout en étant le dernier obstacle dans leur course vers la liberté. Malgré sa peur, Livi se sent prête. Après tout, elles ont fui la marche de la mort, ce qui requérait bien plus de courage.

Voyager en petits groupes leur fournira une certaine protection, mais ils devront redoubler de prudence. S'ils atteignent le port de Constanța en Roumanie, ils y trouveront un navire destiné à les emmener à Haïfa. Un navire qui partira avec ou sans eux.

Le jour du départ, le groupe de Magda et de Livi, une centaine de jeunes gens, regagne Bratislava en camion. Ils ont de l'argent dans les poches et prendront le train où ils peuvent, ou alors ils marcheront ou feront du stop. Chacun a un pistolet et une provision de balles. Livi et Magda rangent celles-ci dans leurs sacs et enfoncent les pistolets dans la poche de leurs manteaux.

— Cela t'embête-t-il que Zdenko ne fasse pas partie de notre groupe ? demande Magda.

— Un peu, mais pas tant que ça.

— Est-ce que tu l'apprécies, Livi ?

— Bien sûr que je l'apprécie.

— Ça ne va pas... *plus loin* ?

— Non. C'est un ami, c'est tout.

— L'amitié est un bon début pour autre chose, la taquine Magda.

— Écoute, quand tu auras trouvé l'âme sœur, tu pourras me dire quels sentiments ça inspire, et alors je saurai ce qu'il faut que je recherche. Entre-temps, occupe-toi de tes oignons.

— Est-ce que tu as peur, Livi ? reprend Magda, soudain solennelle.

Livi regarde sa grande sœur et voit sa propre peur reflétée dans les yeux de Magda.

— Cela ne peut pas être pire qu'une marche de la mort, n'est-ce pas ? Ou qu'une sélection ?

— Je suppose que c'est une façon de voir les choses, répond Magda.

— C'est la seule façon.

Les jeunes prennent le train à destination d'un éventail de villes à partir desquelles ils rejoindront le port de Constanța. Vranov était l'une des options, mais Magda et Livi l'ont toutes deux rejetée ; au lieu de cela, elles ont choisi de se rendre à Košice et de traverser la Hongrie. À partir de là, elles espèrent que les locaux leur indiqueront le chemin à suivre.

On leur a donné des cartes et un guide : Vlad. Au côté de trois autres garçons, les sœurs écoutent

Vlad leur expliquer qu'elles devront parcourir encore cinq cents kilomètres une fois qu'elles auront atteint la Roumanie.

— Crois-tu que nous aurons le temps de nous rendre sur la tombe de Père à Košice ? chuchote Livi.

— Je ne pense pas. Nous devons nous dépêcher. Nous reviendrons un jour, répond Magda.

Livi s'appuie contre son dossier, ferme les yeux et s'endort, bercée par le mouvement du train.

Arrivé à Košice, le groupe de six voit ses amis descendre du train, mais ils s'ignorent les uns les autres, comme on leur a indiqué de le faire. Le groupe est désormais seul.

— Plus que treize jours et vous serez sur le bateau, leur dit Vlad alors qu'ils arpentent les rues de Košice. Trouvons un endroit où passer la nuit.

— Un hôtel ? demande Livi, pleine d'espoir.

— Une grange, répond-il.

— Pas de couverture toute douce, ni de matelas rembourré de plumes pour toi, Livi, plaisante l'un des garçons. Est-ce que ça ira ou devons-nous aller à la chasse aux canards et les plumer pour ton oreiller ?

— Ce serait charmant de ta part, merci, rétorque-t-elle.

Il commence à faire sombre quand ils atteignent la périphérie de la ville. Ils se retrouvent sur une route déserte, bordée de bois à droite et à gauche, mais aucune grange en vue. Les garçons veulent camper dans les bois, tout comme Vlad, mais Livi souhaite trouver un abri.

Les six têtes se retournent en entendant le claquement des sabots d'un cheval. Vlad fourre sa main dans sa veste. Livi se tend ; c'est là que tout se désagrège, ils vont de nouveau être faits prisonniers, on va les punir d'avoir espéré davantage qu'une vie dans l'ombre. Magda prend une profonde inspiration pour essayer de contrôler ses mains tremblantes. Elle ne tirera jamais sur personne, elle le sait désormais. Comment le pourrait-elle quand, au moindre signe de danger, elle perd ses moyens ?

— Où allez-vous ?

Un fermier dont la charrette est tirée par une belle jument noire s'est arrêté.

Vlad ressort la main de sa veste et l'agite. Livi et Magda respirent à nouveau.

— À Trebišov, répond-il.

— Vous êtes juifs ?

— Oui.

Livi lance un regard à Vlad, mais celui-ci a les yeux rivés sur le fermier. Si lui n'est pas inquiet, elle n'a pas de raison de l'être.

— Montez à l'arrière et je vous emmènerai aussi loin que possible.

Ils s'exécutent. La charrette empeste le fumier, néanmoins ils sont assez bien installés, dans la paille.

— Désolé, j'ai transporté des cochons, s'excuse le fermier.

La jument trotte environ une heure. Vlad reste parfaitement droit tout le long du trajet. Il pourrait tout aussi bien être dans un train ou une voiture, songe Livi en se redressant. Le fermier finit par s'arrêter à une fourche sur la route.

— Trebišov se trouve à une dizaine de kilomètres plus bas. Vous pouvez vous y rendre à pied maintenant, ou passer la nuit dans ma grange – comme vous voulez.

— Il se fait tard, déclare Livi, pleine d'espoir.

— Merci, répond Vlad au fermier. Nous vous en serions reconnaissants. Je vous promets que nous serons partis avant que vous vous réveilliez demain matin.

— J'en doute fort ! Vous êtes-vous déjà occupé d'une ferme ?

Il fait un clin d'œil puis reprend les rênes et le cheval poursuit sa route sur un chemin étroit jusqu'à une petite maison, à côté de laquelle se dresse une vaste grange.

— Mettez-vous à l'aise, leur dit-il. Il y a encore quelques cochons, mais ils ne devraient pas vous déranger. Et tout à l'heure, ma femme vous apportera de quoi manger.

Il leur adresse un signe de la main et repart vers la maison.

— Merci ! lancent-ils en chœur.

Tandis qu'ils préparent des lits avec les abondants tas de paille, la fermière entre dans la grange.

— Quelqu'un veut-il bien me donner un coup de main ?

Vlad et Magda l'aident à disposer les tasses de thé, ainsi qu'un énorme plat de rôti de porc et de pommes de terre fumantes, accompagné de six fourchettes.

— C'est si généreux de votre part, la remercie Vlad.

— Nous avons aidé d'autres groupes comme vous, vous savez, et nous ferons ce que nous pourrons pour ceux qui viendront après vous.

Sur ces mots, elle disparaît.

N'ayant pas encore l'habitude de cette gentillesse désintéressée, Livi sent sa gorge se serrer.

— Livi, ne sois pas si étonnée, lui dit Vlad. Tout le monde ne déteste pas les Juifs !

Les garçons et Magda éclatent de rire.

— Allez, à table !

Ils se regroupent autour du plat.

— Peut-être qu'elle ne sait pas que les Juifs ne mangent pas de porc, observe l'un des garçons.

— Il nous avait prévenus qu'il avait des cochons, soupire Magda. Mais, Livi, tu te rappelles la maison avec les Russes ?

Livi hoche la tête.

— Quand nous n'avons rien d'autre à nous mettre sous la dent, nous mangeons du porc.

Les garçons sont encore en train de rire quand ils prennent leurs fourchettes et attaquent le plat.

Le lendemain matin, le fermier les réveille avec du thé et du pain frais. Il propose de les emmener à Trebišov.

— Deuxième jour sur quatorze, annonce Vlad.

À Trebišov, ils achètent de la nourriture et se dirigent vers la frontière. Les voilà maintenant en Hongrie. Cette nuit-là, ils dorment dans les bois. Livi préfère désormais dormir à la belle étoile, aussi loin des gens que possible. Bien qu'elle dispose des compétences pour survivre dans la nature, son courage lui fera défaut en cas de confrontation avec un ennemi, elle en est certaine. Elle aimerait tant que Cibi soit avec elles – la promesse qu'elles resteraient ensemble la tracasse. Tentent-elles le diable en l'ayant laissée à Bratislava ?

Au cours des dix jours suivants, ils font de l'autostop, marchent et voyagent en train pour finalement arriver à Constanța, deux jours plus tôt que prévu. Ils ont rencontré peu de résistance, et Livi et Magda en sont extrêmement soulagées. Elles reconnaissent avoir eu de la chance et prient pour que celle-ci les accompagne lors de la traversée.

Au port, le navire est déjà à quai, attendant sa cargaison d'émigrés enthousiastes. Ils sont entourés par les stigmates d'une guerre récente ; de nombreux bâtiments sont encerclés de tas de gravats, mais, dans la ville, les édifices anciens se dressent toujours hauts et fiers, épargnés par le chaos qui s'est abattu sur le port.

Le lendemain, les cent jeunes du camp de la forêt du Karst morave, les premiers à être arrivés, sont rejoints par des centaines d'autres en provenance de camps un peu partout en Europe.

Magda et Livi ressentent un frisson d'excitation, d'euphorie, se réjouissant à l'avance du voyage qui les attend. Vlad rassemble les jeunes gens, les pressant vers le navire.

— Montez tous à bord, et vite !

Au pied de la passerelle, Magda saisit la main de Livi.

— Nous y voilà, petite sœur.

Elle a les yeux brillants. Livi sait que les larmes de Magda sont pour Mumma, pour leur grand-père, mais elles sont aussi pour elles deux. Non seulement elles s'apprêtent à embarquer pour une traversée de l'océan, mais elles passent aussi d'une vie à une autre.

— Je suis prête, déclare Livi. Montons ensemble.

Livi repense aux trois sœurs sur le quai de la gare de Bratislava, lorsqu'elles retournaient à Vranov. Elles avaient si peur qu'elles s'étaient agrippées les unes aux autres toute la durée du trajet. Aujourd'hui, Livi n'est pas dans le même état d'esprit, elle n'a pas peur, et elle est heureuse que Magda soit auprès d'elle. Toutefois, elle ressent soudain un frisson familier le long de sa colonne vertébrale, une certaine crainte. Encore une fois, elle regrette que Cibi ne soit pas avec elles. Cibi, la protectrice constante qui l'a maintenue en vie à Auschwitz grâce à la simple force de sa volonté. *Pas maintenant*, se dit-elle, mais comment embrasser l'avenir avec un cœur ouvert quand ce même cœur a été brisé encore et encore et que ses morceaux ont été réduits en poussière ? *Peut-être est-ce de cela qu'il s'agit*, songe-t-elle, tandis que le navire prend le large, *recoller nos cœurs*. Cibi est en sécurité avec Mischka et Karol et, bientôt, ils honoreront leur promesse et les rejoindront en Terre promise.

Des centaines de jeunes, hommes et femmes, occupent les ponts, penchés au-dessus du bord pour regarder les vagues. Livi met la main dans sa poche et tâte son pistolet. Ses doigts contournent l'arme pour trouver le petit couteau, son talisman. Son rôle dans leur combat pour survivre est aussi important que la présence spirituelle de leur mère.

— Magda, dit-elle doucement, je vais jeter mon pistolet à la mer.

Il n'a pas sa place à côté du couteau. Tous deux peuvent tuer, mais le couteau lui est toujours venu en aide.

— Quoi ? Ne dis pas de bêtises, Livi. Quelqu'un le verra.

— Personne ne me regarde.

— Tu ne peux pas en être sûre. S'il te plaît, laisse ce pistolet tranquille.

Avant que Livi puisse sortir l'arme de sa poche pour la lancer dans les vagues, deux filles de leur camp d'entraînement les rejoignent.

— Vous avez entendu ? fait l'une, essoufflée.

Immédiatement alarmée, Magda plonge son regard dans la vaste étendue bleue, où le port disparaît peu à peu à l'horizon. Pas de bateau communiste ou britannique en vue. Jusqu'ici, tout va bien.

— Il n'y a pas assez de couchettes en bas pour tous les passagers, alors ils cherchent des filles qui accepteraient de dormir sur le pont avec les garçons.

Magda voit à la lueur dans leurs yeux, à leurs joues roses, qu'elles sont enchantées par cette perspective.

— Nous allons dire oui. Est-ce que ça vous dit de vous joindre à nous ?

Magda s'autorise à ressentir la même excitation.

— Bien sûr, répond-elle. Pourquoi pas ? Livi ?

— J'ai signé pour une aventure, dit celle-ci en retirant la main de sa poche. Évidemment que je dormirai sur le pont.

— Nous serons en Israël dans moins d'une semaine, observe Magda en fixant l'immensité de la mer qui s'étend devant elles. Je pense que cinq nuits sous les étoiles représentent une façon formidable de nous y préparer.

— Allons chercher le meilleur emplacement, les presse Livi.

— Eh bien, je suppose que ce sera là où seront les garçons, n'est-ce pas ? commente la fille, essoufflée.

— Je me disais aussi loin du moteur que possible, si nous voulons espérer dormir, tempère Magda.

— Qui a envie de dormir ? interroge la fille. Je crois que je ne dormirai plus jamais.

Livi saisit la main de Magda tandis que les filles ouvrent la voie vers leur nouveau dortoir.

— S'il te plaît, Magda, dis-moi que tu es excitée.

— Oui, très. Mais j'ai peur aussi, Livi. J'espère vraiment que nous arriverons à destination sans encombre. Enfin, nous avons ces pistolets, ajoute-t-elle en tapotant sa poche.

Les filles passent sous une corde et Magda les suit, sans se rendre compte que Livi est à la traîne. Lorsqu'elle s'aperçoit que sa sœur n'est plus à ses côtés, elle se retourne et la voit face à face avec un homme aux cheveux noirs et gras. Il est plus âgé que les sœurs, et quelque chose ne va pas dans l'expression de son visage. Son sourire n'est pas chaleureux, mais méprisant. Ni lui ni Livi ne bougent. On dirait deux statues.

— Livi ! crie Magda. Viens. Qu'est-ce que tu attends ?

Magda repasse sous la corde pour repartir vers sa sœur.

— Eh bien, eh bien, dit l'homme à Livi. Qui avons-nous là ?

— Ne t'approche pas de moi, lui répond la jeune sœur d'une voix tremblante.

— Livi. Que se passe-t-il ? Qui est cet homme ?

Magda lui prend le bras pour l'emmener, mais Livi ne bouge pas.

— Tu veux rejoindre la Terre promise, hein ? siffle-t-il.

Magda frissonne en voyant ses dents jaunes et cassées. Il fait un pas vers les sœurs. Magda met la main dans sa poche.

L'homme remarque son mouvement et recule.

— Je n'aurais jamais pensé que tu t'en sortirais, déclare Isaac.

— Pareil, réplique Livi d'un ton sec, enhardie par la présence de Magda. Tu aurais dû être abattu avec les nazis pour ce que tu as fait.

La main toujours dans la poche, Magda se place devant Livi, l'empêchant de voir cet homme.

— Livi, qui est-ce ? demande-t-elle par-dessus son épaule.

Mais Livi se penche et crache au visage de l'homme.

— Tu vas me causer des problèmes ? demande-t-il en s'essuyant la joue avec sa manche.

— Peut-être bien. Et qu'est-ce que tu feras sans tes amis nazis pour te venir en aide ?

— J'ai droit à un nouveau départ. Tout comme toi.

— Je n'ai *rien* à voir avec toi.

Livi saisit la main de Magda et l'entraîne.

— C'est un gros bateau, lance-t-il alors qu'elles s'éloignent. Qui le remarquerait si une petite souris tombait par-dessus bord ?

Magda se retourne et sort de sa poche la crosse de son pistolet.

— Et qui s'émouvrait si un sale type comme vous recevait une balle dans la tête ? grogne-t-elle.

Dès qu'elles sont assez loin pour se sentir en sécurité, Magda interroge de nouveau sa sœur.

— Livi, dis-moi qui c'est. Qu'est-ce que c'était que cette scène ?

Elle est effrayée par le regard de sa sœur.

— Ce n'est rien, Magda. C'est quelqu'un du passé, répond Livi, essayant de sourire sans succès.

— Mais *qui* est-ce ?

— Tu peux le deviner, non ? Un affreux *kapo* des camps. Un Juif, si tu arrives à le croire, mais je n'ai pas envie d'en parler. Je veux oublier qu'il a existé.

Livi accélère le pas pour rejoindre les filles sur le pont, laissant Magda derrière elle. Elle se sent défaillir au fur et à mesure que lui reviennent les scènes de cruauté d'Isaac. La voilà de nouveau debout près du portail de Birkenau en train de regarder un SS tendre sa matraque au *kapo* aux cheveux gras, qui s'en saisit pour tabasser les prisonniers revenant au camp.

« Je me souviendrai de toi, minette. Isaac n'oublie jamais un visage », lui avait-il dit, et elle sait désormais qu'elle n'oubliera jamais le sien. Mais ce qui l'horrifie, c'est le fait qu'il aurait pu la tuer, là, pendant qu'elle était trop tétanisée pour bouger ou pour appeler à l'aide. Est-ce la réalité qui l'attend ? Devra-t-elle traîner cette peur paralysante dans sa nouvelle vie ? Elle n'est peut-être plus prisonnière, mais sera-t-elle un jour vraiment libre ?

Les sœurs dépassent une bande de filles qui gloussent, puis un groupe de garçons en train de rouler des mécaniques pour attirer leur attention. En voyant la scène, Livi a l'impression d'avoir quitté le camp où Isaac l'avait ramenée et de retrouver la lumière. C'est *ça*, la vraie vie, se rappelle-t-elle. Les gens flirtent, bavardent et font ce que bon leur semble sans être tourmentés par l'ombre d'Auschwitz à chaque instant. Cela ne suffit-il pas qu'elle rêve de Birkenau toutes les nuits ? *Pendant la journée,* se promet-elle, *je me tournerai vers la lumière.*

— Regarde ces garçons, marmonne Magda. De vrais paons.

Livi se tourne vers eux. Élégants, ils portent leurs vêtements de seconde main mieux que la plupart des réfugiés. Les garçons dévisagent les filles, en souriant et en agitant la main, à l'exception d'un homme qui, à l'écart, est adossé à la grille du pont. Il regarde droit vers Livi. Elle détourne les yeux, soudain gênée, et quand elle ose un regard dans sa direction, il la fixe toujours.

— Qui sont-ils ? s'enquiert Magda auprès de l'une des filles qui gloussent.

— Les garçons de l'air.

— Les quoi ?

— Les pilotes, les techniciens. D'excellents maris potentiels.

La fille rit encore de sa dernière remarque quand s'éloignent les sœurs.

Les jours suivants, Livi se force à se joindre à la gaieté ambiante, mais Magda sent son inconfort croissant. « J'ai juste le mal de mer », dit-elle, ou bien : « Magda, tu m'étouffes. Je ne suis plus un “chaton”. »

Livi prend l'habitude de s'asseoir seule le soir à l'avant du bateau, fixant l'horizon à la recherche des premiers signes d'Israël. Elle n'a pas revu Isaac et espère ne plus jamais croiser son chemin. Mais si cela devait arriver, elle jure d'alerter les autres. Elle leur racontera ce qu'il a fait et ils le jetteront par-dessus bord. Bizarrement, l'idée de son corps disparaissant sous les vagues ne l'aide pas à se sentir mieux.

Ils traversent le détroit des Dardanelles et arrivent en mer Égée ; Livi est époustouflée par la couleur de la mer, puis une nouvelle fois quand ils arrivent en Méditerranée, le long de la côte turque. Prochain arrêt, Haïfa, et tout sera derrière elle : Auschwitz, Isaac, la marche de la mort, tout.

Alors que le soleil se couche à l'horizon, le quatrième jour, Magda rejoint Livi à la proue.

— Je comprends pourquoi tu aimes venir ici. C'est si tranquille. Peut-être que, demain, tu seras la première à apercevoir la terre ferme.

— Ici, je me sens en sécurité, comme si rien ne pouvait me faire du mal, explique Livi. Trouves-tu cela bizarre ?

— Un peu. Mais tu es en sécurité désormais. Nous le sommes toutes les deux. Quoi qu'ait fait cet homme, Livi, tu dois l'expulser de ton esprit. Une fois que nous aurons débarqué, tu ne le reverras plus jamais. À présent, allons dîner avant qu'il n'y ait plus rien.

Magda se lève et tend la main à sa sœur, qui la prend.

Alors qu'elles se dirigent vers le réfectoire, elles les entendent avant de les voir : les Paons, comme Magda a pris l'habitude de les appeler. Ils discutent entre eux, très fort, pour le plus grand plaisir des filles qui se sont attroupées afin de contempler le spectacle.

— Oh non, encore eux, déclare Magda, assez fort pour être entendue par les garçons et les filles.

Le rire de Livi s'éteint dans sa gorge quand elle le revoit : le « Paon » solitaire, sur le côté, en train de la regarder. Rougissante, elle saisit le bras de Magda et elles partent dîner en courant.

Le lendemain, en fin d'après-midi, le port de Haïfa se dessine à l'horizon. Aussitôt, le navire résonne d'exclamations et de cris d'excitation. Les passagers trépignent sur le pont, impatients de poser le pied sur la terre ferme.

C'est alors que le monde tangue. Les hurlements de Livi percent l'air au moment où retentit un coup de feu. Elle se baisse aussitôt, s'aplatissant par terre tandis que la joyeuse cacophonie se poursuit autour d'elle. Elle passe ses mains le long de son corps. Est-elle blessée ? A-t-il réussi à l'atteindre ?

Magda vient s'agenouiller près d'elle.

— Livi ! Livi ! Que se passe-t-il ? C'est juste un idiot qui a tiré dans les airs pour fêter notre arrivée. Viens.

Alors que Livi se relève, encore tremblante, le capitaine surgit sur le pont et les exclamations cessent aussitôt. Il est tout rouge et semble furieux. Il lève un porte-voix devant sa bouche.

— Qui vient de tirer sur mon bateau ? rugit-il.

Personne ne parle, même si tous les hommes et toutes les femmes mettent la main dans leur poche pour toucher leur pistolet.

— Je ne poserai pas deux fois la question, hurle le capitaine. Je vais faire demi-tour avec ce foutu bateau et tous vous ramener si le coupable ne se dénonce pas immédiatement.

Un jeune homme lève une main hésitante au milieu de la foule.

— Je suis désolé, capitaine. Je me suis emballé. Je ne le ferai plus.

— Viens là, ordonne le capitaine, la main tendue. Le pistolet, s'il te plaît.

Le jeune homme s'avance et remet l'arme au capitaine. Celui-ci la met dans sa poche et tape violemment le coupable sur la tête. Le jeune homme accepte sa punition sans broncher.

Après cela, la foule est plus silencieuse et les deux sœurs se dirigent vers la proue du navire d'où le port de Haïfa grossit à vue d'œil.

Les voilà chez elles.

28

Haïfa, Israël, février 1949

Le soleil brille sur la passerelle où les cris d'excitation se mêlent aux prières pour rendre grâce. Il fait frais, mais pas froid. Le port de Haïfa croule sous les nouveaux arrivants et les spectateurs.

Magda observe avec émerveillement ces foules qui se pressent. Tant de Juifs, et personne ne va venir les arrêter ni les faire monter dans un train à cause de leurs croyances. Ils pourront enfin proclamer leur nom et découvrir leur bras sans craindre de représailles ou de railleries de la part d'antisémites.

— Magda, murmure Livi. Tu es prête ?

Elle s'agrippe au bras de sa sœur ; si elle la lâche, elle risque de flotter au loin, dans le ciel. Mais alors le poids dans sa poche la ramène sur terre.

— Crois-tu qu'on va nous fouiller avant le débarquement ?

— Aucune idée, répond Magda. Mais si c'est le cas, nous sauterons tous par-dessus bord et nous devrons nager jusqu'au port.

Livi éclate de rire et commence à dire à Magda que ce serait dommage, quand les mots s'assèchent dans sa gorge.

— Voilà qui est malin de ta part. Tu as gardé la bouche fermée, raille Isaac en se plaçant devant elles.

Aussitôt, Livi ressent la terreur familière, la pression sur sa vessie, la peur, l'épuisement et le malheur des camps. Elle a la main dans la poche mais, au lieu du pistolet, ses doigts se referment autour de son petit couteau. Elle le sort lentement et le tient sur le côté.

Isaac ne bouge pas. Ses yeux passent du couteau aux autres passagers qui se bousculent sur le quai.

— Si je hurle maintenant, lui dit Livi à voix basse, qui crois-tu que mes frères et sœurs croiront ? Toi ou moi ?

— Ne sois pas stupide, siffle-t-il.

— Essayons, d'accord ? intervient Magda en levant le menton.

La panique s'invite soudain dans les yeux d'Isaac. Il lève les mains en l'air et recule.

— Où vas-tu ? demande Livi en haussant le ton.

Mais le *kapo* a fait volte-face et court vers la passerelle.

— Tu sais, Livi, déclare Magda, je regrette presque que tu ne l'aies pas fait.

— Quoi ? Le poignarder ou appeler à l'aide ?

— Les deux.

Magda pose les mains sur les épaules de sa sœur.

— C'est la toute dernière fois que nous voyons ce type, Livi. Nous ne l'amènerons pas en Israël avec nous. Regarde-le s'enfuir, après quoi nous l'oublierons.

Livi respire avec peine – les souvenirs menacent de remonter à la surface, une fois de plus – mais elle hoche la tête. Comme elle aimerait n'avoir qu'Isaac à oublier.

Du haut de la passerelle, elles regardent le quai, souhaitant fixer cette image dans leur esprit pour toujours. Avant qu'elles puissent avancer, un jeune homme les bouscule.

Livi se tend, mais c'est juste un garçon pressé de descendre.

— Désolé, marmonne-t-il.

Livi est étonnée de constater qu'il s'agit du « Paon » solitaire.

— Pas de problème, répond-elle avec un large sourire.

Le garçon lui adresse un clin d'œil avant d'être englouti par la foule d'hommes et de femmes qui se déverse du navire sur le quai.

— Prête ? demande Magda.

Chacune sa valise à la main, bras dessus, bras dessous, Magda et Livi descendent ensemble. Arrivées au bas de la passerelle, elles marquent une pause.

— Maintenant ! lance Livi.

Au moment où les sœurs posent le pied sur la terre ferme pour la première fois depuis une semaine, les joues baignées de larmes, leur visage est tourné non vers le soleil, mais vers le sol qu'elles vont fouler.

Deux hommes en uniforme militaire se distinguent sur le quai. Leur béret porte un insigne représentant des ailes autour d'une étoile de David.

Ils font signe aux Paons, qui les suivent jusqu'à un camion orné du même insigne.

— Sans doute l'armée de l'air, suppose Magda.

— Israël dispose déjà d'une armée de l'air ? s'étonne Livi.

Néanmoins, elles n'ont pas le temps d'y réfléchir, ni de penser plus longuement aux Paons, car on demande aux nouveaux Israéliens de faire la queue pour s'enregistrer et obtenir un logement.

*

* *

Magda et Livi parcourent les rues de Haïfa à bord d'un camion ouvert avec d'autres hommes et femmes. Sur les trottoirs, les gens les saluent et les acclament pour leur souhaiter la bienvenue et tous dans le camion les saluent en retour. À la périphérie de la ville, les sœurs s'émerveillent des immenses orangeraies ; l'air embaume de leur doux parfum pénétrant.

Quand ils se sont un peu éloignés de Haïfa, le camion quitte la route au profit d'un chemin accidenté, sur lequel ils sont ballottés pendant une bonne demi-heure.

Ils s'arrêtent à l'intérieur d'une petite enceinte de cabanes et de granges, installée dans une clairière au milieu d'une orangeraie luxuriante. Un homme émerge de l'une des cabanes et regarde les nouveaux arrivants descendre du véhicule. Il sourit et ouvre grand les bras pour les accueillir.

— *Shalom aleichem !*

— *Aleichem shalom*, répondent-ils.

— Bienvenue en Israël. Bienvenue à Hadera. Bienvenue dans votre kibboutz. Merci d'avoir entrepris ce périlleux voyage pour venir ici, pour être les fondateurs de votre nouvelle patrie.

Les hommes et les femmes s'attroupent autour de lui. Magda tient la main de Livi mais celle-ci se dégage.

— Tu serres trop, se plaint-elle.

Alors Magda lui prend le bras à la place.

— Je m'appelle Menachem, je suis le superviseur et votre ami, poursuit l'homme. Comme vous le voyez, vous vous trouvez dans une orangeraie. En ce moment, il n'y a pas d'oranges à cueillir, mais il y a beaucoup de travail pour préparer la saison de la récolte. Je veux que vous profitiez de votre temps ici pour faire connaissance les uns avec les autres. Vous êtes l'avenir de cette terre – respectez-la et elle veillera sur vous. Voici où vous logerez, dit-il en indiquant les cabanes. Les garçons d'un côté, les filles de l'autre, ajoute-t-il avec un sourire en coin. Mais si jamais vous vous retrouvez au milieu, eh bien, cela vous regarde. Là-bas se trouvent les cuisines et le réfectoire où travailleront certains d'entre vous, car je ne vais pas faire la cuisine et le ménage pour vous. À présent, allez vous trouver un endroit où vous installer et nous nous retrouverons pour le dîner.

— Quand saurons-nous que c'est l'heure du dîner ? s'élève une voix.

— Ah, quelqu'un qui pense à son estomac. C'est bien, vous ne pouvez travailler et vous amuser que si vous avez le ventre plein. Pour répondre à ta question, il y a une grande cloche de vache devant la cuisine qui retentira à l'heure des repas. Maintenant, zou.

— Il a le même prénom que Père, déclare Magda.

— C'est de bon augure, non ?

Livi fixe le superviseur. Les filles et les garçons se dirigent tous vers les cabanes, mais les sœurs n'ont pas bougé. Menachem non plus.

— *Shalom*, mesdemoiselles, est-ce que tout va bien ?

— Tout va parfaitement bien, c'est juste que… que… bégaie Livi.

— Je t'écoute.

— Vous portez le prénom de notre père, dit-elle timidement.

— Vous m'en voyez honoré. Et comment vous appelez-vous ?

— Je m'appelle Livi et voici ma sœur, Magda.

Menachem regarde le bras des filles.

— Montrez-moi ? demande-t-il.

Magda tend son bras et tous deux examinent le tatouage.

— Livi, Magda, vous êtes toutes deux en sécurité ici et c'est pour moi un honneur de faire votre connaissance. Si vous avez besoin de quoi que ce soit, n'hésitez pas à venir me voir. Promis ?

— Promis, répond Magda.

Alors que les sœurs s'éloignent, Livi reste grave.

— Est-ce que ça va, chaton ? Cette rencontre t'a perturbée ?

— J'aimerais que nous puissions l'enlever, Magda. Je voudrais pouvoir me couper le bras.

Magda passe un bras autour des épaules de Livi.

— Et donner aux nazis nos membres aussi ? Ils nous ont assez pris comme ça.

— Es-tu contente, Magda ? Que nous soyons là ?

— Je veux juste me sentir de nouveau en sécurité, Livi, et n'est-ce pas ce que nous a promis Menachem ?

— Magda, réveille-toi. Réveille-toi !

L'une de leurs quatre camarades de chambre s'est approchée du lit de Magda. Il fait encore noir dehors, mais la lune éclaire d'une pâle lueur les silhouettes endormies sous leurs couvertures. Le camp est silencieux.

— Que se passe-t-il ? interroge Magda d'une voix ensommeillée, désorientée.

— C'est ta sœur. Elle pleure et elle appelle – je pense qu'elle a besoin de toi.

Magda entend à présent les marmonnements, les sanglots en provenance du lit de sa sœur. Elle se lève d'un bond pour traverser la pièce.

— Cibi ? Cibi, où es-tu ? répète Livi encore et encore en s'agitant sous ses draps.

Magda s'assoit sur le lit de Livi et la prend par les épaules.

— Livi, tout va bien, je suis là. Tout va bien, Livi.

— J'ai besoin de Cibi. J'ai besoin de Cibi, gémit Livi.

— C'est Cibi, Livi. Juste là.

Les autres filles de la chambrée sont maintenant toutes réveillées et, assises dans leur lit, elles regardent l'échange entre les sœurs.

Magda enveloppe Livi dans ses bras.

Livi semble entendre les mots de Magda, car son corps se détend et elle se rendort. Magda se glisse dans son lit.

Le lendemain matin, Livi s'étonne de découvrir sa sœur endormie à côté d'elle. Elle la secoue pour la réveiller.

— Que fais-tu dans mon lit ?

Une nouvelle fois, Magda se réveille, désorientée. L'espace d'un instant, elle non plus n'a aucune idée de ce qu'elle fait là, puis elle se rappelle.

— Tu as fait un cauchemar, c'est tout. Et je me suis dit qu'un câlin te rassurerait.

Livi se lève et se dirige vers les toilettes dans la cabane qui jouxte la leur.

La camarade qui a réveillé Magda arpente la pièce, ramassant les vêtements qu'elle a fait tomber la veille.

— J'avais une sœur qui parlait et criait dans son sommeil. Ma mère disait qu'il valait mieux ne jamais lui en parler.

— Peut-être as-tu raison, soupire Magda.

— Qui est Cibi ?

— Notre sœur aînée. Elle et sa famille seront là bientôt.

— Et Livi est proche d'elle ?

— Très. Elles ont passé près de trois ans ensemble à Auschwitz.

— Et toi ? J'ai vu le numéro sur ton bras.

— Je suis arrivée plus tard, beaucoup plus tard. Je n'ai pas enduré ne serait-ce que la moitié de ce qu'elles ont subi.

La fille pose ses vêtements sales sur son lit et traverse la pièce pour étreindre Magda.

— Tout ira bien pour Livi, nous formons tous une grande famille maintenant.

— Et toi ? As-tu quelqu'un ici ?

La fille fronce les sourcils et se détourne pour regarder le magnifique soleil par la fenêtre.

— Non. Ils sont tous morts et je ne sais pas comment, ni même pourquoi, j'ai survécu, mais me voilà.

Le froncement de sourcils disparaît aussi vite qu'il était apparu et la voilà qui sourit.

— Nous devons aux défunts de vivre la meilleure vie possible, de devenir les meilleures personnes possible, et ici nous le pourrons.

Livi revient en trombe, accompagnée de deux filles qu'elle tient par les épaules.

— Magda ! Regarde qui j'ai trouvé ! crie-t-elle.

Magda regarde les filles qui s'agrippent à Livi comme si elles ne voulaient plus jamais la quitter.

— Qui as-tu trouvé, Livi ?

— Shari et Neli ! Elles aussi sont sœurs. Nous étions à Auschwitz ensemble, elles travaillaient au *Kanada*.

Shari et Neli tendent la main à Magda.

— Nous avons tellement entendu parler de toi, déclare Shari. Livi et Cibi n'arrêtaient pas de parler de leur famille. Je suis si heureuse qu'elles t'aient retrouvée.

— Et Cibi sera là bientôt, leur annonce Magda. D'un jour à l'autre.

Les quatre filles rejoignent la cuisine, pour leur premier petit déjeuner en Terre promise.

*

* *

Magda et Livi s'habituent à la vie dans un kibboutz et commencent à apprendre l'hébreu, la langue de leur nouveau pays. Elles assistent aux conférences de fonctionnaires de Tel Aviv et de Jérusalem venus leur expliquer le projet de transformation d'Israël en une patrie pour les Juifs du monde entier. Ils rempliront le pays de bébés et d'entreprises, ils se souviendront des défunts et célébreront les vivants. Ils n'oublieront jamais, mais ils doivent aussi profiter de la vie. Ces grands discours inspirent les sœurs, pourtant, souvent, à la fin d'une de ces interventions, Livi se sent très petite, trop petite pour porter le poids de cette tâche monumentale qu'est la création d'une nouvelle patrie au nom de tous ceux qui ont été assassinés. Magda est en revanche plus optimiste.

— Cibi te manque, c'est tout, la rassure-t-elle. Elle va arriver, Livi, et quand elle sera là, nous pourrons cesser de nous inquiéter pour elle.

La tâche pour laquelle elles manifestent le plus d'assiduité est leur rituel du dimanche soir qui consiste à écrire à Cibi. Les lettres de Livi la supplient de venir le plus tôt possible, lui disent qu'elle adorera cet endroit, mais qu'elle doit se dépêcher, alors que celles de Magda s'attachent à des aspects plus pratiques, comme des listes de choses qui seraient utiles sous ce nouveau climat.

Cibi leur répond qu'elle, Mischka et Karol arriveront en mai.

Grâce à cette perspective, l'humeur de Livi s'améliore. Le passé commence à s'estomper, juste un peu, au fil des jours dans les orangeraies, parmi les arbres, à regarder pousser les fruits, leur teinte passant du vert au jaune pâle, du jaune pâle à l'orange éclatant. Elle grimace en goûtant le jus acide du premier fruit qu'elle cueille, mais elle le boit quand même.

— Il est trop tôt, lui explique Menachem, un grand sourire aux lèvres. Il faut attendre encore un mois, petite Livi.

Enfin, les gros camions arrivent. C'est le moment de récolter les oranges. Les travailleurs apprennent à attacher les paniers en osier à leur corps et ils partent dans les champs, s'alignent devant les rangées d'arbres. Ce n'est pas censé être une course, mais Livi ne peut s'en empêcher ; c'est la première du kibboutz à porter un panier rempli à ras bord au hangar destiné au tri.

Pendant la saison de la cueillette, les sœurs s'écroulent dans leur lit juste après le dîner ; les longues journées leur ont ôté tout désir de sociabiliser, ce qui est le cas de tous. Néanmoins, quatre semaines plus tard, lorsque la dernière orange est cueillie sur le dernier arbre, on leur accorde une semaine de congé. Ils peuvent aller à Haïfa ou se reposer à la ferme.

Les sœurs restent où elles sont, profitant du silence des orangeraies désertées, un silence bientôt brisé par des cris d'excitation délirante lorsqu'elles reçoivent une lettre de Cibi leur indiquant la date de son départ.

— Nous serons à nouveau réunies, Magda, proclame Livi en agitant la lettre dans l'air. Les trois sœurs Meller au même endroit, comme il convient. Elle dit qu'ils prendront le bateau en Italie - ce n'est pas toi qui voulais aller en Italie ?

— Moi ?

Magda ne se rappelle pas avoir souhaité quoi que ce soit depuis des années, hormis la sécurité de ses sœurs.

— Oui, toi, mais peu importe. J'espère juste que Cibi ne décidera pas d'y rester.

— J'aimerais bien avoir davantage d'informations sur leur voyage.

— Tu sais qu'ils ne peuvent pas donner trop de détails dans leurs lettres. Il y a des yeux partout ! s'exclame Livi en ouvrant les siens au maximum.

Magda éclate de rire et imite son expression.

— Des espions partout !

Puis elle semble soudain abattue, la plaisanterie est finie.

— Mais peuvent-ils vraiment venir ici ? Il n'y a même pas d'autres enfants au kibboutz, s'inquiète Magda.

Livi replie la lettre et la glisse dans sa poche.

— Pouvons-nous nous préoccuper de cela plus tard ? Ne gâche pas la nouvelle !

*

* *

— Combien de choses veux-tu emporter ? soupire Mischka en regardant les trois valises ouvertes sur leur lit, débordant de vêtements, de livres, de jouets et – dépassant de la manche d'un manteau d'hiver – des précieux bougeoirs de Chaya.

— Que veux-tu que je laisse ? Les jouets de Kari ? Tes vêtements ? réplique Cibi en faisant la moue.

— Nous pourrons racheter des jouets en Israël. Je peux *fabriquer* d'autres jouets à Kari – pouvons-nous au moins laisser cet énorme camion jaune ?

— Pouvons-nous seulement emporter son train ? C'est toi qui l'as fait, et il serait désespéré de le laisser.

— Gardons le train, d'accord, mais pas le camion. Et deux livres seulement – nous pouvons donner les autres aux enfants de ton oncle.

À contrecœur, Cibi retire le camion jaune en bois et plusieurs livres de l'une des valises.

— Je ne prendrai qu'une paire de chaussures de rechange, déclare Cibi en examinant les deux paires qu'elle comptait emporter, se demandant laquelle abandonner. Et de la nourriture ? Pour le voyage ?

Elle n'avait pas l'intention de fourrer des boîtes de sardines entre les jouets de son fils, mais elle se sent poussée à le faire.

— Encore une fois, pas trop. Nous n'abandonnons pas la civilisation, tu sais. Nous pourrons acheter ce dont nous aurons besoin au fur et à mesure.

— Oncle Ivan viendra demain matin pour nous aider, il pourra prendre tout ce que nous n'emporterons pas.

— Irinka l'accompagnera-t-elle ?

— Non, il viendra seul. Il dit qu'il sera bien plus efficace s'il est tout seul. Et, de toute façon, leur bébé est encore si petit. J'espère qu'il nous rejoindra bientôt et alors la famille sera au complet, ajoute Cibi, pensive.

En réalité, la famille ne sera jamais au complet, songe-t-elle. Faire ces valises l'a ramenée dans le passé, à un moment qu'elle préférerait oublier, quand sa mère et elle avaient soigneusement plié des vêtements pour elle et Livi dans deux petites valises.

— Qu'as-tu envie de faire aujourd'hui ? Nous devrions marquer le coup – notre dernier jour dans le pays de notre naissance, déclare Mischka.

Cibi pousse les livres qu'ils n'emporteront finalement pas, s'assoit sur le lit et lâche un profond soupir.

— Tu crois que nous ne reviendrons jamais ?

— Je ne sais pas. Peut-être pour une visite.

Mischka s'assoit près de sa femme et l'entoure de son bras. Elle se blottit contre lui.

— Quand Kari se réveillera, mettons-le dans son landau pour une balade. Je crois que c'est ainsi que j'aimerais dire au revoir, en me promenant une dernière fois dans la ville.

Lentement, la petite famille arpente les rues de Bratislava. Cibi voit le chocolatier où Livi a un jour été humiliée pour avoir eu l'audace de vouloir s'acheter une friandise. La goutte qui a fait déborder le vase. Elle est prête pour faire ses adieux.

*

* *

Oncle Ivan peine avec le landau, bien conscient de la contrariété du chauffeur d'autocar qui attend pour le charger à l'arrière du véhicule avec le reste des bagages. Kari dans les bras, Mischka essaie de se retenir de rire tandis qu'Ivan bataille en pestant.

— Donne-lui un coup de main, Cibi, s'il te plaît. Abrège son malheur, finit par lancer Mischka.

Ivan lève les mains en l'air comme pour se rendre tandis que Cibi plie aisément le landau et le tend au chauffeur.

Ivan serre la main de Mischka, tapote la tête de Kari et ouvre les bras à sa nièce.

— Irinka, les enfants et moi vous rejoindrons bien vite.

— Nous ne serons sereins que lorsque nous serons de nouveau réunis, murmure Cibi. Et en sécurité.

— Ce car partira avec ou sans vous, grommelle le chauffeur.

Cibi, Mischka et même Kari font des signes de la main à Ivan jusqu'à ce qu'il disparaisse.

Sur les genoux de Cibi, Kari est collé à la fenêtre, fasciné par les immeubles, les voitures et les gens dans la rue. *Dis au revoir, mon bébé,* songe Cibi. *Nous partons à l'aventure*. Et quelle aventure, ils ont des frontières à traverser, des documents à montrer et des interrogatoires à subir avant d'atteindre – et de parcourir – l'Italie où un navire les attend à Gênes pour leur traversée vers Haïfa. Ce sont les interrogatoires qui rongent Cibi ; elle en a assez des militaires en uniforme impeccable qui se dressent entre elle et sa liberté.

— Dans combien de temps arriverons-nous à la frontière ? demande-t-elle d'une petite voix.

Ils sont les seuls à avoir autant de bagages ; il est évident pour tous les passagers qu'ils essaient de quitter le pays. La tête haute, Cibi croise le regard de certains qui ont marmonné « Juifs » quand elle et Mischka avançaient dans le car.

— Laquelle ? interroge Mischka.

— La frontière autrichienne, notre premier test.

— Dans pas longtemps, environ une demi-heure. Cela dépendra du nombre d'arrêts. Tout ira bien parce que nous avons tous les documents qu'il faut. Veux-tu bien cesser de t'inquiéter ?

Cibi serre les poignées de son sac à main qui contient leur avenir : des documents du gouvernement leur donnant la permission d'émigrer en

Israël. « Bon débarras », a dit le fonctionnaire de la mairie en les lui remettant. Toutefois cela n'a pas perturbé Cibi – elle ressentait la même chose à son égard.

Deux arrêts plus tard, le car se gare au milieu d'une rangée de voitures et de camions à la frontière entre la Tchécoslovaquie et l'Autriche. Le pouls de Cibi s'accélère quand elle aperçoit les soldats armés qui déambulent le long des rangées de véhicules. Bien que simple et dépourvu de médailles, leur uniforme marron la fait frissonner. Instinctivement, elle serre Kari contre sa poitrine. Il pousse un cri et Cibi desserre son étreinte.

Derrière la barrière, elle voit les soldats autrichiens parcourir les rangées de véhicules qui patientent pour entrer en Tchécoslovaquie. La barrière se lève et s'abaisse, se lève et s'abaisse et, très lentement, les véhicules commencent à avancer. Cibi regarde la plupart des voitures passer la frontière, mais note, avec une terreur croissante, que certaines se voient l'accès refusé.

Enfin, les portes de l'autocar s'ouvrent et deux soldats montent à bord, l'un se dirigeant vers l'arrière et l'autre commençant à l'avant. Sachant ce qui les attend, tous les passagers ont préparé leurs documents et les tendent aux militaires quand ceux-ci les leur demandent.

Cibi passe leurs papiers à Mischka qui les montre au soldat. Pendant que celui-ci les examine, Kari crie de joie. Le soldat sourit au bébé avant de demander « *Jude ?* » à Mischka.

— Oui. Nous déménageons en Israël.

— Pourquoi ? Ne souhaitez-vous pas vivre dans le pays où vous êtes nés ?

L'homme les regarde avec aplomb et Cibi a envie de le gifler. « Est-ce que *vous* vous aimeriez rester ici après ce que nous avons enduré ? » voudrait-elle hurler.

— Les seuls parents qu'il nous reste se sont installés en Israël et nous souhaitons les rejoindre, lui répond Mischka avec le même aplomb.

— Bonne chance.

Le soldat leur rend les documents. Ils ont réussi la première épreuve.

Cibi ferme les yeux et expire, prenant conscience qu'elle retenait sa respiration. Mischka se renfonce dans son siège et adresse à Cibi un petit sourire de triomphe.

De l'autre côté de la frontière, les soldats autrichiens insistent pour contrôler leurs documents de transit entre Gênes et Haïfa, avant de leur intimer l'ordre de traverser l'Autriche aussi vite que possible – ils n'ont pas de visa leur permettant de rester dans le pays ne serait-ce qu'une journée.

Cibi se dépêche de sortir leurs billets de train pour le voyage à Vienne plus tard ce jour-là.

— Et ensuite ?

Cibi leur tend d'autres billets de train : de Spielfeld jusqu'à Trieste en Italie, en traversant la Yougoslavie, mais elle constate, le cœur serré, que ce trajet n'est prévu que pour le lendemain.

— Où comptez-vous passer la nuit ? s'enquiert l'un des militaires.

— Nous dormirons à la gare afin de quitter l'Autriche par le premier train demain matin, lui répond Mischka.

— Eh bien, vous feriez mieux de ne pas le rater.

Une heure plus tard, l'autocar s'arrête à la gare de Hauptzollamt près du centre-ville. Cibi et Mischka récupèrent leurs bagages et attachent Kari dans son landau. Ils ont un peu de temps avant le départ de leur train et Cibi insiste pour que Mischka trouve un endroit où laisser leurs affaires pendant qu'ils font un tour.

— C'est un grand marché ! s'exclame Cibi.

Ils se trouvent face à un vaste bâtiment rempli d'étals proposant des produits plus appétissants les uns que les autres. Cibi n'a jamais vu autant de nourriture : des fromages, toutes sortes de pains, de la viande, de la volaille. Elle a envie de tout acheter et dévore tous les échantillons offerts par les marchands au fur et à mesure qu'ils parcourent les rangées de tables bien garnies. Cibi achète une sélection de ses aliments préférés, assez pour que cela leur dure les quelques jours qui les séparent du port italien d'où ils quitteront l'Europe, peut-être pour toujours.

De retour à la gare, Cibi installe Kari dans son landau pour la nuit et s'allonge sur le banc, la tête sur les genoux de Mischka, afin de dormir un peu avant la prochaine étape de leur voyage. Mischka veille sur eux.

Le lendemain matin, leur train arrive à l'heure et la deuxième épreuve se profile ; Cibi, Mischka et Kari attendent sur le quai qu'arrivent les agents pour s'occuper des modalités de leur entrée en Yougoslavie.

Cibi sent la tension envahir son corps et prend de profondes inspirations pour s'apaiser.

— Tout ira bien, Cibi, tente de la rassurer Mischka. Regarde, ils jettent à peine un œil aux papiers.

Mischka a raison, les agents regardent à peine les documents des passagers qui embarquent.

Quand arrive enfin leur tour, Cibi tend papiers et billets à un agent en uniforme.

— Qu'est-ce que c'est que ça ? dit-il en agitant les documents après avoir essayé de lire une langue que, de toute évidence, il ne parle pas.

Si Cibi ne comprend rien au yougoslave, Mischka connaît assez bien la langue pour deviner qu'il y a un problème.

— Parlez-vous allemand ? demande Mischka.

— *Ja*.

Mischka lui indique d'où ils viennent et où ils vont, tandis que Kari commence à s'énerver et à s'agiter pour qu'on le sorte de son landau.

— Ce petit est pressé de partir, dit l'agent en tapotant la tête du bébé.

— Oui, comme nous tous, déclare Cibi.

— Dans ce cas, vous feriez mieux de monter. Le train s'apprête à partir.

— Heureusement que Kari était là, souffle Cibi en s'écroulant sur son siège. Personne n'aime entendre pleurer un bébé.

Quatre heures plus tard, ils s'arrêtent à une petite gare en périphérie de Trieste. Deux soldats vêtus de l'uniforme et du béret bleu clair des Nations unies montent dans le train et se mettent à vérifier les papiers des passagers. Une fois de plus, Cibi est rassurée de voir que les documents sont rendus aux autres voyageurs sans questions – jusqu'à ce que les leurs soient examinés.

Les hommes se passent les papiers l'un à l'autre.

— Parlez-vous allemand ? demande Mischka pour la deuxième fois ce jour-là.

— *Ja*, mais vous n'êtes pas allemands.

Tandis que Mischka explique leur itinéraire, Cibi voit bien que ses réponses ne sont pas ce qu'ils veulent entendre. Les hommes font un pas de côté pour discuter entre eux, à voix basse.

— Vous ne pouvez pas poursuivre vers Trieste. Vous devez prendre vos bagages et descendre avec nous maintenant.

Cependant, Cibi ne bouge pas. Elle a soudain très chaud.

— Nous avons la permission d'émigrer, insiste-t-elle en montrant les documents. C'est légal et nous partons.

— Madame, veuillez vous calmer. Tous les migrants à destination d'Israël sont retenus le temps que nous évaluions la légitimité du territoire de Trieste. À l'heure actuelle, c'est une zone contestée. Les Nations unies ne sont pas votre ennemi, mais nous avons besoin d'une autorisation supplémentaire avant de vous laisser poursuivre votre voyage.

Le soldat sourit, ce qui ne rassure pas Cibi pour autant. Elle est consciente de l'impatience des autres passagers tandis que Mischka et elle récupèrent leurs bagages, et cela ne fait qu'intensifier sa fureur – qu'est-ce qu'un léger retard pour ces gens quand l'avenir de sa famille est en jeu ?

À l'issue d'un court trajet dans la Jeep blanche des soldats, ils arrivent à Trieste. La voiture se gare devant le quartier général des Nations unies et ils sont conduits dans un grand bureau spacieux pendant que leurs documents sont emportés pour inspection.

— Pouvons-nous vous offrir quelque chose à manger ou du café ? Du lait pour le bébé ?

Mais Cibi rejette leur hospitalité d'un revers de main. Elle ne pense à présent plus qu'à ses sœurs. Elles l'attendent, et ces gens sont en travers de son chemin.

— Nous n'avons pas de billets entre Trieste et Gênes, chuchote-t-elle à Mischka quand ils se retrouvent seuls dans la pièce. Nous aurions dû faire plus d'efforts pour les acheter.

Le couple avait supposé qu'il serait assez facile d'acheter des billets de train ou d'autocar pour le dernier tronçon de leur voyage sur terre, mais ce manque de précautions leur cause à présent des soucis.

Un agent revient dans la salle.

— Comment imaginiez-vous passer de Yougoslavie en Italie sans visa ni droit de passage ?

Ils n'ont pas de réponse à lui apporter. *Nous avons été idiots*, songe Cibi. *Et nous qui pensions être si malins.*

On les a conduits au réfectoire, mais elle ne peut rien avaler. Elle a l'estomac noué. Magda et Livi les attendent ; elle est obsédée par cette pensée, elle le sait, mais elle n'arrive pas à s'en défaire.

— Cibi, la dernière chose dont nous ayons besoin maintenant, c'est que tu craques, insiste Mischka.

Il lui tend une tasse de café et elle se brûle la langue en essayant de la boire.

L'un des bérets bleus s'approche de leur table et Cibi se redresse, impatiente d'entendre la nouvelle qu'ils peuvent poursuivre leur route.

— Je ne trouve pas de haut responsable italien pour discuter de votre cas, leur annonce-t-il. Ce sont les autorités italiennes qui doivent vous autoriser à entrer sur le territoire.

— Et si elles refusent ? interroge Cibi, sentant s'écouler ses dernières gouttes d'énergie.

Le béret bleu regarde ses pieds.

— Alors vous devrez rentrer chez vous.

— Chez nous ? explose Cibi.

Elle se débarrasse de son manteau, de sa veste et remonte la manche de son pull, plaçant son bras tatoué sous le nez du soldat.

— Voilà ce qui m'est arrivé chez moi !

Le visage du militaire se décompose tandis qu'il examine le bras de la jeune femme.

— Je suis tellement navré.

Mischka rabaisse la manche de Cibi et l'attire contre lui.

— Nous avons déjà traversé trop d'épreuves, dit-il au béret bleu. Aidez-nous, s'il vous plaît.

— Madame, monsieur, nous ne pourrons pas résoudre cela aujourd'hui. Ce soir, vous serez nos hôtes.

Le soldat s'adresse maintenant à eux avec plus de gentillesse.

Néanmoins, impossible de dormir. Située au dernier étage du bâtiment, leur chambre est étouffante, et Kari n'est pas content, malgré toute l'attention qu'il a reçue au dîner.

— Il nous faut juste patienter jusqu'à demain matin, l'encourage Mischka.

Mais Cibi ne parvient même pas à fermer les yeux. Leur destin est entre les mains d'agents anonymes qui n'ont aucune idée de ce qu'ils ont enduré pour arriver jusque-là.

— J'ai besoin d'être avec mes sœurs, et je me servirai d'Auschwitz, de Birkenau et de la mort de ma mère pour arriver en Israël.

Le lendemain matin, ils sont de retour au réfectoire pour le petit déjeuner. Le haut responsable est arrivé et vient s'asseoir à leur table.

— Voici vos billets.

Il tend à Cibi une enveloppe contenant des jetons pour le trajet de quatorze heures en autocar entre Trieste et Gênes, où ils devront rester deux nuits avant que leur navire soit prêt pour la traversée. Il y a aussi un bon pour les loger.

— L'hôtel est tout près du port. Ce petit doit avoir hâte d'arriver chez lui, dit-il en adressant un chaleureux sourire à Karol.

Les yeux de Cibi s'emplissent de larmes de gratitude et Mischka lui prend la main. *La gentillesse des autres,* songe-t-elle. Quand a-t-elle oublié que de tels gestes étaient possibles ? Elle balaie la salle des yeux, et toutes les personnes présentes lui sourient et lui adressent des signes de la tête pour leur souhaiter bonne chance.

— Nous avons tous hâte d'arriver chez nous, déclare Mischka.

Et bientôt ils parcourent la campagne italienne, traversent de petites villes et des villages minuscules, puis Venise, Vérone, avant de longer la côte. Enfin, Cibi pose les yeux sur le bleu éblouissant de la Méditerranée et sur les bateaux amarrés sur le port. *Quel est le nôtre ? L'*Independence *?* Un bon nom pour un navire, car c'est exactement ainsi qu'elle se sent en cet instant : indépendante et libre de poursuivre son voyage vers la Terre promise.

Le jour de leur départ, des centaines d'autres passagers se matérialisent des quatre coins de la ville pour se joindre à eux ; Cibi et Mischka se tiennent la main pour gravir la passerelle vers leur avenir, Kari dans les bras de Cibi.

Sur le pont de l'*Independence*, le couple regarde onduler les vagues. Cibi est aussi calme que la mer qui les porte. Mischka la tient par la taille, Kari sur ses épaules.

— J'arrive, mes chères sœurs, j'arrive, murmure Cibi alors que le soleil se couche.

*

* *

Après leur semaine de repos, le travail des sœurs à l'orangeraie est plus facile. Elles veillent à ce que les arbres soient en bonne santé, prêts pour une autre récolte abondante l'année suivante. Avec l'approche de l'été, il fait plus chaud et les sœurs s'en réjouissent. Allongées sur le dos, jour après jour, elles contemplent le magnifique mont Carmel dont les flancs regorgent d'une végétation verdoyante. Livi se demande si elles arpenteront un jour son arête calcaire. *Qui sait ?*

Elles sont étendues à l'ombre le jour où Menachem apparaît près d'elles avec la nouvelle, un grand sourire aux lèvres.

— Nous venons d'apprendre que le prochain bateau arrivera dans deux jours. C'est celui de votre sœur, n'est-ce pas ?

Les filles se redressent.

— L'*Independence* ?

Livi est maintenant debout.

— Exactement.

Magda est encore hébétée par la chaleur, mais elle se lève aussi.

— Quel jour sommes-nous ? J'ai perdu la notion du temps !

— Le 15 mai. Le navire accostera le 17.

— Alors nous devons aller à Haïfa ! Il faut que nous soyons là pour les accueillir ! s'exclame Livi.

— Du calme, Livi. Il a dit dans deux jours. Haïfa n'est qu'à une heure d'ici.

— Mais comment irons-nous ?

— Vous y serez, j'organiserai votre trajet, leur promet Menachem. Mais sachez que tous les nouveaux arrivants sont maintenant emmenés dans un camp à Sha'ar Ha'aliya – ce n'est pas loin d'ici, rassurez-vous. C'est pour l'enregistrement et un bilan médical. C'est juste une précaution, il paraît que la plupart des migrants n'y restent que deux ou trois jours.

Les sœurs sont aussitôt abattues ; elles voulaient aller chercher Cibi au port et l'amener à l'orangeraie. Livi rêvait de promener Karol parmi les rangées d'orangers en fin d'après-midi, sous un merveilleux ciel rouge… mais il va encore falloir attendre.

Magda remarque que le port a changé. Des barricades ont été érigées pour séparer les arrivants des locaux. Livi et elle se placent près d'une barrière à côté de l'endroit où s'abaissera la passerelle. Alors que l'*Independence* entre au port, elles scrutent le visage de tous les voyageurs sur les différents ponts.

La mise à quai est terriblement lente mais, enfin, les nouveaux venus en Israël se déversent sur le port.

— Ils ne seront pas parmi les premiers, prévient Magda alors que Livi tente d'escalader la barricade. Un peu de patience ou tu vas nous attirer des ennuis, ajoute-t-elle en la faisant redescendre. N'oublie pas qu'ils ont un bébé. Ils ne vont pas risquer qu'il se fasse bousculer.

Des bus sont alignés sur les quais pour emmener les migrants à Sha'ar Ha'aliya. Hommes, femmes et enfants montent à bord, impatients de passer à cette première étape de leur nouvelle vie sur la Terre promise.

— Ils en mettent du temps, s'exaspère Livi.

— Non, répond Magda avec émotion. Les voilà !

Cibi les a repérées en descendant ; elle tend Karol à Mischka et fend la foule pour courir vers ses sœurs. Elle leur tombe dans les bras, sans se soucier de la mince barrière de fil de fer qui se dresse entre elles.

Aucune d'elles ne parle pendant un long moment. Mischka les regarde en silence, trop bouleversé par ces retrouvailles entre sa femme et ses sœurs pour dire quoi que ce soit. Ce sont les lamentations de Karol qui finissent par séparer les sœurs. Livi essuie les larmes de Mischka, tandis que Magda caresse les joues de son neveu.

— Vous êtes là, Dieu soit loué, se réjouit Magda.

— Il n'y est pour rien, rétorque Cibi.

Magda et Mischka échangent un regard. Rien n'a changé quant à la relation entre Dieu et Cibi.

— Nous devons passer un bilan médical, soupire Cibi.

— Mais ce ne sera pas long, Cibi. Juste un jour ou deux et nous serons là à ta sortie.

— Avancez, allez. Vous ne pouvez pas rester ici, lance une voix.

Mais c'est la voix bienveillante d'un agent qui vient d'assister à ces tendres retrouvailles.

— Les bougeoirs, as-tu les bougeoirs et les photos ? appelle Magda tandis que Cibi est emmenée plus loin.

— Oui, je les ai dans mon sac. Je promets de te les donner dès que possible.

— À dans deux jours ! crie Livi à sa sœur.

— Disons plutôt trois, intervient l'agent.

— Deux, insiste Livi en souriant.

— Adjugé pour deux.

Magda et Livi suivent leur sœur des yeux jusqu'à ce que le bus l'emmène au loin.

Après le dîner, Magda et Livi vont voir Menachem et lui demandent de se promener un moment avec elles dehors. Filles et garçons errent main dans la main au milieu des orangers. Des discussions animées dans le réfectoire parviennent aux quatre coins du kibboutz ; c'est comme ça tous les soirs, et cela manquera aux sœurs.

— Nous envisageons de partir, lui annonce Livi.

Elle voudrait donner l'air d'en être attristée, mais elle n'y arrive pas. Plus que toute autre chose, elle a besoin d'être avec ses *deux* sœurs.

— C'est charmant ici et, en l'absence de Cibi, nous resterions, explique Magda en ramassant une feuille par terre.

Elle la déchire en deux et la porte à son nez pour sentir le parfum d'agrume. La soirée est chaude, presque trop chaude, mais cela reste plus frais qu'à l'intérieur.

— C'est un endroit merveilleux, mais ce n'est pas adapté aux familles.

— Je comprends, répond Menachem. Je serai triste de vous voir partir. Savez-vous où aller ?

— Pas vraiment, dit Magda. Nous espérions que vous pourriez nous aider pour cela aussi.

Menachem éclate de rire, puis réfléchit un moment.

— Il y a un endroit à une centaine de kilomètres d'ici, Kfar Ahim, où de nombreux migrants choisissent de s'installer et cultivent la terre. Vous pourriez participer à ce mouvement là-bas.

Deux jours plus tard, Magda et Livi se tiennent devant le camp de quarantaine avec la voiture et le chauffeur que leur a fournis Menachem. L'homme qui porte le nom de leur père a tout fait pour les aider.

Les sœurs bavardent sans discontinuer tout le long du trajet vers Kfar Ahim, mais Karol ne cesse de pleurer, gêné par la chaleur. Mischka est le seul à garder le silence, accueillant le bruit et le paysage avec un grand sourire aux lèvres.

Le gouvernement a garanti à tous les nouveaux migrants qu'ils seraient logés, et la famille se retrouve face à une rangée d'habitations préfabriquées identiques, contenant chacune deux petites chambres, une cuisine et une salle de bains. Cibi, Mischka, Magda et Livi pénètrent dans celle qui leur a été assignée ; le couple emporte ses bagages dans l'une des chambres et les deux sœurs dans l'autre. La famille n'est désormais plus séparée que par une cloison toute mince. Les sœurs sont de nouveau réunies.

Avec une population de deux cents habitants, Kfar Ahim est une ville agricole émergente dont la terre fertile est parfaite pour la culture et la transformation des oranges. Parmi les orangers, Livi et Cibi sont en terrain connu. Mischka trouve lui aussi du travail et, bientôt, Cibi, Karol et lui déménagent dans une petite maison à une chambre, à quelques rues seulement des sœurs, avec assez de terre pour débuter leur propre exploitation.

Les sœurs regardent la ville croître. Au fur et à mesure que les migrants affluent, les besoins en logements augmentent. Lorsque Livi apprend que les autorités locales cherchent des volontaires pour aider à construire de nouvelles maisons, Magda et elle proposent aussitôt leurs services.

— Moi aussi, je vais aider, déclare Cibi en entendant la nouvelle. Je veux remercier Israël de nous avoir accueillis.

— Mais tu as Karol, lui rappelle Livi.

— Je trouverai quelqu'un pour s'occuper de lui.

Trois jours par semaine, Cibi rejoint ses sœurs sur le site de construction. Elles sont heureuses de découvrir qu'elles ne sont pas les seules femmes. En chemise et pantalon, elles se mettent au travail. Plus d'une fois, Livi et Cibi échangent un regard, et même une larme, en se remémorant leurs « emplois » à Auschwitz et Birkenau. Les briques, le mortier, les gravats – c'est difficile mais, avec le temps, et en compagnie de tant de nouveaux visages et de nouvelles histoires, les aspérités de leurs terribles souvenirs s'adoucissent un peu.

De longues rangées de femmes s'assemblent pour passer les briques jusqu'au chantier. La première femme de la rangée saisit la première brique et la passe à la deuxième, qui la reçoit en prononçant les mots « *Koszonom*, Hongrie ».

— *Dyakuyu*, Ukraine, dit la troisième.

Et ainsi de suite, chacune des femmes disant « merci » dans sa langue maternelle avant d'indiquer son pays d'origine.

— *Blagodarya ti*, Bulgarie.

— *Dank je*, Pays-Bas.

— *Hvalati*, Bosnie.

— *Dakujem*, Slovaquie, dit Cibi.

— *Efcharisto*, Grèce.

— *Dekuki*, Tchéquie.

— *Spasibo*, Russie.

Lors de leur pause, les femmes se regroupent pour admirer le travail des maçons qui ont installé les premières fondations. Cibi raconte l'histoire d'un autre site de construction, cette fois-ci en Pologne, où Livi et elle ont aidé à construire Birkenau.

Assise sur une caisse vide, Livi frissonne tandis que Cibi parle, malgré la température élevée. Elle regarde le visage des femmes qui écoutent sa sœur, les yeux baissés. Elle tourne son attention vers les magnifiques collines en toile de fond, vers la terre qui deviendra sa patrie. Tant d'espace, tant de couleurs, d'espoir et de promesses ; alors pourquoi a-t-elle l'impression que des murs de béton se referment autour d'elle ?

— Est-ce que ça va, Livi ?

Magda l'a rejointe sur la caisse.

— Ça va, je crois, murmure Livi. C'est juste que, parfois, j'ai l'impression d'être de retour là-bas, tu vois ?

Magda hoche la tête.

— Je vois. Nous avons changé de continent, traversé la mer, et pourtant...

Sa voix s'éteint, mais Livi comprend ce qu'elle veut dire. Malgré la distance, elles n'en sont pas moins sous le même ciel et leurs souvenirs sont inscrits dans leur chair. Il va falloir plus que la terre d'un nouveau pays sous leurs ongles pour qu'elles se sentent de nouveau en sécurité.

Au fur et à mesure que s'intensifie la chaleur de l'été, il en va de même pour les sentiments de Magda envers un jeune homme qui travaille sur un site voisin.

Un soir, sur le chemin du retour, elle est particulièrement silencieuse.

— Il y a quelque chose qui ne va pas, Magda ? s'inquiète Cibi.

— Non.

— Cela fait plusieurs jours maintenant que tu ne parles presque plus. Es-tu malade ? insiste Cibi.

— Si tu veux tout savoir, je discute avec un garçon, répond Magda, rouge écrevisse.

Cibi et Livi s'arrêtent net.

— Depuis quand ?

— Cela fait un moment maintenant.

— Et ? Es-tu amoureuse ?

Livi est à la fois choquée et enchantée.

— Vous savez, je crois que oui, répond Magda, rayonnante. Il s'appelle Yitzchak, comme Grand-père.

— Quand pouvons-nous le rencontrer ? interroge Livi, tout excitée.

— Cibi, tu connais même sa sœur ; elle habite en face de chez toi !

— Ça alors ! s'exclame Cibi en éclatant de rire. Yeti m'a dit qu'elle avait un frère très beau qu'elle voulait présenter à mes sœurs, mais il semblerait qu'elle n'ait plus besoin de faire les présentations.

— Alors, quand pouvons-nous le rencontrer ? répète Livi.

— Du calme, nous ne nous connaissons pas depuis si longtemps que ça, répond Magda, pas pressée de céder à leur curiosité.

— D'accord, nous allons nous calmer, mais tu ne rajeunis pas, Magda, la taquine Cibi.

— Nous irons nous promener tout à l'heure. Il dit qu'il doit me parler.

— *Lui* ne se calme pas en tout cas ! Il va te demander en mariage, je le sais !

Livi ne tient plus en place.

Depuis la fenêtre du salon, Cibi et Livi regardent leur sœur marcher vers un homme grand aux cheveux bruns et ondulés. Une couverture verte coincée sous son bras, il sourit. Ce sourire confirme aux sœurs tout ce qu'elles ont besoin de savoir : c'est l'expression d'un homme amoureux. Livi et Cibi soupirent à l'unisson tandis que le couple part se promener, main dans la main.

Yitzchak emmène Magda dans un petit parc non loin de la maison de Cibi. Ils s'arrêtent sous un oranger dont les fruits bien mûrs menacent de tomber d'une seconde à l'autre. Le coucher du soleil rappelle les tons profonds des oranges au-dessus de leurs têtes. Yitzchak donne quelques coups de pied aux fruits qui jonchent le sol pour leur libérer un espace où s'asseoir. Il ouvre alors sa couverture et l'installe sur l'herbe. Magda s'assoit, saisit une orange à terre, puis glisse un ongle sur sa peau ridée et la porte à son nez, son parfum vif et sucré la ramenant aussitôt au kibboutz.

— Tu disais que tu voulais me parler, l'encourage Magda.

Elle se sent soudain intimidée et ose à peine croiser le regard de cet homme.

— Oui, Magda. Il y a quelque chose que je dois te dire avant de te poser une question.

Yitzchak lui prend l'orange et elle le regarde alors dans les yeux.

— Ma sœur m'a beaucoup parlé de toi, de Cibi et de Livi, et du temps que vous avez passé à Auschwitz.

— Elles ont été dans les camps bien plus longtemps que moi, tempère Magda. J'y ai passé moins d'un an.

— Et vous avez toutes survécu à la marche de la mort.

Magda hoche la tête. C'est au tour de Yitzchak de détourner le regard.

— Je suis tellement navré que tes sœurs et toi ayez été dans ce terrible endroit.

— À présent nous voilà ici et ce terrible endroit est derrière nous.

Yitzchak retrousse la manche de sa chemise pour révéler un tatouage de chiffres. Magda en reste bouche bée.

— Tu y étais aussi ? À Auschwitz ?

— Oui, avec mon frère, Myer.

— Et toi aussi, tu as survécu, dit-elle en souriant.

Toutefois Yitzchak ne sourit pas ; il semble inquiet. Elle attend qu'il poursuive, mais il est maintenant silencieux et fixe le numéro sur son bras.

— Qu'y a-t-il, Yitzchak ? Dois-tu me dire autre chose ?

— C'est difficile à expliquer. Yeti m'a raconté votre histoire ; une histoire abominable. Je peine même à comprendre comment vous êtes encore aussi saines d'esprit après ce que vous avez enduré.

— Nous étions toutes les trois ensemble, répond simplement Magda.

— Cela ne s'est pas passé comme ça pour moi.

Il laisse errer son regard au loin.

— Tu n'étais pas dans un camp de vacances, tu étais à Auschwitz, s'exclame Magda. Cela n'a été facile pour personne. Il ne faut pas que tu compares nos expériences. Je t'en prie, Yitzchak, cela te rendra fou.

— Comment ne pas comparer, Magda ? Mon frère et moi avons survécu parce que nous étions cuisiniers. Nous préparions des repas pour les SS et mangions ce qu'ils laissaient. Je ne me souviens pas d'avoir eu faim, pas une seule fois.

— Tu te sens coupable ? De ne pas avoir souffert autant que mes sœurs et moi ?

— Oui, répond Yitzchak avec ferveur. Tellement coupable.

Magda lui prend la main. Elle le comprend.

— Je sais ce que tu ressens ; j'ai vécu deux ans chez moi avec Mumma et mon grand-père pendant que mes sœurs souffraient. Peux-tu imaginer comment j'ai réagi en les revoyant ? J'étais en bonne santé et elles semblaient à l'article de la mort.

— Mais quand même...

— Mais rien du tout ! Mes sœurs ne veulent pas que je me sente coupable ; il n'y a rien que je puisse faire pour changer ce qui s'est passé ni la façon dont cela s'est passé. J'apprends à vivre avec, mais voici ce que je crois fermement : toi et moi nous avons survécu et c'est tout ce qui importe. Nous avons tous *survécu*. La façon dont nous nous en sommes sortis ne veut absolument rien dire. Nous voilà ici, sur notre Terre promise.

— Es-tu en train de dire que tes sœurs me pardonneraient ?

— De quoi ? D'avoir eu le ventre plein ? Ne crois-tu pas que nous aurions échangé notre place avec toi si nous avions pu ? Ce que j'essaie de te dire, c'est qu'il n'y a aucun honneur à souffrir.

Magda a les yeux brillants ; elle sait qu'elle parle aussi bien pour elle que pour cet homme si gentil.

— Merci de m'avoir raconté ton histoire ; cela ne change strictement rien à mes sentiments envers toi, le rassure-t-elle.

Il lui presse la main.

— Il y a autre chose.

— Je t'écoute.

— J'étais marié avant la guerre, lui avoue-t-il en levant les yeux vers l'oranger.

— Beaucoup de gens étaient mariés avant la guerre. C'est aussi le cas de Mischka.

— Le mari de Cibi ? Je l'ignorais. Non seulement j'étais marié, Magda, mais j'avais deux petites filles.

Sa voix se brise et son visage se décompose.

— Oh, non, je suis vraiment désolée, murmure Magda.

— Je les ai perdues à Auschwitz.

Magda se rapproche de lui et essuie délicatement les larmes sur ses joues. Son regard croise le sien, et elle y voit de la douleur, mais elle y reconnaît aussi autre chose : de l'espoir. Il n'a pas besoin d'en dire davantage, Magda comprend la façon dont ils peuvent partager leur souffrance et leur chagrin.

Yitzchak se penche pour glisser les mèches rebelles de Magda derrière ses oreilles et un sourire se dessine lentement sur ses lèvres. *C'est ici, maintenant,* songe Magda, *que nous nous sommes trouvés.*

— Je t'ai dit que je devais te dire quelque chose avant de te poser une question.

— Alors, la question, l'encourage Magda en souriant jusqu'aux oreilles.

— Magda Meller, veux-tu m'épouser ?

Elle regarde disparaître les derniers rayons de soleil par-dessus l'épaule de Yitzchak. La pleine lune est déjà dans le ciel, les éclairant de sa douce lumière.

29

Kfar Ahim, 1950

Magda et Yitzchak se marient dans le jardin de Cibi, au milieu des fleurs et des amis qu'ils se sont faits depuis leur arrivée en Israël. Lorsque le verre, enveloppé dans un élégant tissu en lin, se brise sous les pieds du couple, la foule exulte et crie : « *Mazel tov !* »

Le lendemain, au petit matin, Magda dit au revoir à ses sœurs et prend congé avec son mari. Cibi et Livi s'attardent dans le jardin jusqu'à ce que tout le monde soit parti.

— Elle avait l'air si heureuse, tu ne trouves pas ? constate Livi.

— Elle est heureuse. Elle est amoureuse.

Cibi plie des serviettes d'une main distraite.

— Crois-tu que je trouverai quelqu'un ? demande Livi avec mélancolie.

Cibi laisse tomber les serviettes et prend les deux mains de sa sœur dans les siennes.

— Bien sûr, chaton. Peut-être l'as-tu déjà rencontré, on ne sait jamais.

— Je ne suis pas pressée, Cibi.

La sœur aînée lève les yeux vers le ciel de l'aube.

— Qui est pressé de nos jours ? La vie apporte ce qu'elle apporte. Te souviens-tu de ce que disait Grand-père à propos du temps ?

C'est au tour de Livi de tripoter les serviettes. Elle plisse les yeux tandis que son esprit la projette dans son enfance à Vranov.

— Quelque chose du genre « La vie est longue si l'on en savoure chaque instant » ?

— Exactement. Que nous ne devrions pas voir chaque jour comme une série de tâches à accomplir, mais comme un cadeau de Dieu dont nous devrions chérir chaque instant.

Cibi déglutit. L'expression « cadeau de Dieu » lui reste en travers de la gorge.

— Tu ne pries toujours pas ? l'interroge Livi en pliant les serviettes.

Elle déteste mettre Cibi dans l'embarras, mais cela arrive parfois.

Celle-ci secoue la tête.

— Ne t'en fais pas. Cela reviendra.

— Je n'en suis pas certaine, Livi. Autrefois, Dieu habitait ici, répond-elle en se touchant la poitrine. Maintenant, ce sont mes sœurs qui occupent cet espace.

— Si ton cœur est plein, peut-être que cela revient au même.

— J'ai toujours eu mes sœurs, Livi. J'ai toujours pu compter sur l'une ou l'autre de vous, mais Dieu, où était-Il quand nous avions besoin de Lui dans ces camps ?

Livi n'a pas de réponse à lui apporter. Sa sœur a eu le cœur brisé, tout comme elle, tout comme Magda. À l'instar de Cibi, elle ne sait absolument pas si, quand ou comment elles commenceront à guérir.

Cibi se lève et prend la main de Livi.

— Le soleil se lève et nous avons tout le temps du monde pour discuter de ta vie amoureuse et de ma foi, ou de mon absence de foi. Pour l'heure, nous avons besoin de dormir un peu avant que Karol ne se réveille.

Une semaine plus tard, Magda et Yitzchak, ainsi que Livi, retournent chez Cibi pour dîner. Cibi trouve Magda pâle. Les convives se remémorent avec joie les souvenirs du mariage, mais Magda demeure étrangement silencieuse. Peut-être sa sœur a-t-elle une annonce à faire, songe Cibi malicieusement, mais quand elle essaie de croiser son regard, Magda détourne les yeux.

— J'ai des nouvelles, déclare Cibi, se demandant si cela ne pourrait pas remonter le moral de Magda. Oncle Ivan m'a écrit. Irinka, les enfants et lui ont obtenu la permission de venir en Israël. N'est-ce pas merveilleux ?

— Si ! s'exclame Livi en tapant dans ses mains. Nous serons de nouveau une famille, tous ensemble.

— Cela te fait-il plaisir, Magda ? demande Cibi avec prudence, face à l'absence d'enthousiasme de sa sœur.

— Évidemment ! Irinka est enceinte, n'est-ce pas ?

— Oui, ils veulent que leur bébé naisse en Israël. N'est-ce pas romantique ?

Magda hoche la tête.

— Magda, allez ! Dis-moi ce qui t'arrive. Tu as à peine ouvert la bouche de toute la soirée, lui fait remarquer Cibi pendant que leurs maris remportent les assiettes à la cuisine.

— N'oublie pas que c'est une jeune mariée, intervient Livi avec un air effronté. Peut-être estelle simplement trop heureuse pour parler.

Livi lance un clin d'œil à Magda. Celle-ci lève les yeux et Livi et Cibi sursautent toutes les deux : leur sœur semble effrayée.

— Tu m'inquiètes maintenant. Dis-nous, s'il te plaît, lui intime Cibi.

— Yitzchak, appelle Magda, peux-tu venir un instant ?

Les sœurs sont toujours assises côte à côte autour de la table quand Yitzchak et Mischka reviennent dans la pièce. Magda déglutit.

— Tu as raison, Cibi. J'ai quelque chose à vous dire et cela ne va pas vous plaire.

— Quoi donc ? demande Livi, la main sur la gorge. Et pourquoi ne suis-je pas au courant ? J'habite avec toi, nom d'un chien.

— Nous voulions vous l'annoncer à toutes les deux en même temps. Comme vous le savez tous, j'ai adoré vivre ici. Après tout, c'est là que j'ai rencontré Yitzchak, dit-elle en regardant son mari. Mais… nous souhaitons déménager.

Cibi semble perplexe, Livi très étonnée.

— Qu'est-ce que tu racontes ? Vous voulez quitter Israël ? murmure Cibi.

— Bien sûr que non ! s'exclame Magda. Comment peux-tu penser une chose pareille ! Nous souhaitons nous installer à Rehovot. C'est une plus grande ville, en pleine expansion. C'est mieux pour nous, pour notre avenir.

Cibi s'en prend à Yitzchak.

— C'est ton idée ?

— Mais non ! répond celui-ci en levant les mains. Ce n'est pas ce que tu crois, Cibi. Il ne s'agit pas d'abandonner la famille.

— Cibi, ne dis pas de bêtises, s'il te plaît. Regarde-moi, dit Magda. Ici, c'est une ville agricole et je ne suis pas une fermière. Yitzchak non plus. Je veux faire quelque chose d'autre de ma vie, c'est tout.

Cibi ne sait pas quoi dire. Elle fixe ses mains, rêches, un peu calleuses – mais elle s'en fiche, elle s'est découvert un amour de la terre.

— Écoutons-les, déclare Livi en soupirant.

Elle fait signe à Magda de poursuivre.

— Cela n'a pas été une décision facile, mais nos décisions l'ont-elles jamais été ? Quoi qu'il en soit, il y a davantage d'opportunités professionnelles là-bas et nous souhaitons fonder une famille.

La voix hésitante de Magda semble atteindre Cibi depuis très, très loin.

— Et toi, ça ne te pose pas de problèmes ? finit par lancer Cibi en se tournant vers Livi.

— Je n'étais pas au courant, Cibi, ne crois pas que je sois complice. Mais ils forment maintenant un couple et les couples doivent prendre leurs propres décisions, non ?

Cibi est blessée.

— Je pensais que tu serais de mon côté.

— Il ne s'agit pas d'être d'un côté ou de l'autre. Je veux que Magda soit heureuse et si cela signifie qu'elle doit partir, alors c'est le bon choix.

— Et notre promesse à Père ? insiste Cibi. Que nous resterions toujours ensemble ? Cela ne veut rien dire pour vous ? Ni pour l'une ni pour l'autre ?

Magda tend le bras pour prendre la main de Cibi, mais celle-ci s'écarte.

— Cibi ! Si je pensais un seul instant que mon déménagement marquerait la fin de notre promesse, je ne le ferais pas, comment peux-tu en douter ? Comment peux-tu douter du fait que je ferais n'importe quoi pour toi ou pour Livi ?

— Vraiment ? Y a-t-il autre chose que tu penses et que je devrais savoir ?

— Tu devrais savoir que je t'aime. Que déménager à quelques kilomètres d'ici n'a rien à voir avec notre promesse à Père et à Mumma.

Magda parle avec les yeux brillants et Cibi se radoucit. Elle laisse Magda lui prendre la main.

— Tu as raison. Bien sûr que tu as raison. Et vous êtes tous les deux assez inefficaces à la ferme, de toute façon.

Magda la serre dans ses bras.

— Crapahute dans la terre si ça te fait plaisir, je ne t'en aimerai pas moins, déclare Magda. Je serai à une demi-heure d'ici et n'avons-nous pas déjà été séparées ? Ne nous sommes-nous pas toujours retrouvées ?

— Laisse-les partir, dit Mischka à son épouse. Donnons-leur tous la possibilité de se forger une existence à Rehovot. Si cela ne fonctionne pas, nous serons toujours là pour eux.

Cibi pousse un soupir.

— Quand partirez-vous ?

Elle attrape la bouteille de vin rouge et remplit son verre.

— Yitzchak a des amis en ville qui nous accueilleront jusqu'à ce que nous trouvions un logement.

C'est au tour de Yitzchak de prendre la parole :

— Mes sœurs... Je veillerai toujours sur Magda, mais nous aimerions avoir votre bénédiction.

— Cette idée ne me plaît pas, je ne peux pas faire semblant, mais Livi a raison, même si cela signifie que vous devez déménager, bien sûr que vous avez ma bénédiction.

Cibi porte son verre à ses lèvres.

Les sœurs s'étreignent, une étreinte qui représente bien plus qu'un réconfort physique. C'est un lien qui traverse le temps et l'espace, qui franchit leur douleur et atténue leur souffrance. Toutes comprennent implicitement qu'un simple éloignement ne brisera pas ce lien.

Cibi songe à l'espace dans son cœur où Dieu habitait autrefois et se demande si la paix qu'elle ressent dans les bras de ses sœurs est un signe qu'Il n'est peut-être jamais vraiment parti.

Lorsqu'elles se séparent, Livi se tourne vers Magda, puis vers Cibi.

— Cibi, tu sais combien je t'aime.

— Livi ! la met en garde Cibi.

— Laisse-moi partir avec eux.

Trois semaines plus tard, Magda, Yitzchak et Livi se rendent à Rehovot.

Yitzchak trouve du travail dans une boucherie et rêve d'ouvrir un jour sa propre boutique. Magda et Livi reprennent les emplois ponctuels qui leur plaisaient à Bratislava. Elles gèrent les comptes de petites entreprises et font aussi du bénévolat pour aider les nouveaux migrants à s'installer.

L'Agence juive a ouvert un bureau à Rehovot pour soutenir les recherches d'emploi et de logement. Magda et Livi s'y inscrivent.

Un mois plus tard, Yitzchak demande à un ami de les conduire à Kfar Ahim et les sœurs se retrouvent.

— Nous allons nous agrandir ! leur annonce Cibi. Nous avons assez de terres pour élever des poules et des vaches.

— Des poules et des vaches ! s'émerveille Magda. Eh bien, moi aussi, j'ai du nouveau.

— Oh non, dit Cibi en fronçant les sourcils.

Elle imagine que Magda s'apprête à annoncer son départ pour Tel Aviv.

— Encore ? demande Livi d'un air contrarié. Comment se fait-il que je ne sois pas au courant ?

— C'est une bonne nouvelle. Ne prends pas cette mine inquiète, Cibi, la rassure Yitzchak. Tu seras heureuse de l'apprendre.

Magda est toute rouge, folle d'excitation à l'idée de partager son triomphe avec ses sœurs.

— On m'a offert un poste. Je vais travailler chez le président Weizmann.

— Tu plaisantes ? dit Livi.

— Non, répond Magda, un grand sourire aux lèvres.

— Le président ? Le président d'Israël ? Raconte-nous tout ! Vite !

Cibi est soulagée que ses sœurs ne s'éloignent pas plus d'elle.

— L'Agence juive m'a dit qu'il y avait un poste de femme de ménage à pourvoir à la maison du président et m'a demandé si je serais intéressée.

— Et qu'as-tu répondu ? demande Livi.

— Évidemment, j'ai dit que oui. J'ai rencontré Mme Weizmann et elle m'a donné le poste. Je commence la semaine prochaine.

— Tu as rencontré Mme Weizmann ? Comment est-elle ? interroge Cibi, désormais aussi excitée que Magda.

— Elle a un regard d'une grande douceur et m'a parlé comme à une amie. Elle m'a posé des questions sur vous, aussi.

— Sur moi ? demande Cibi.

— Sur vous deux – elle voulait en savoir plus au sujet de ma famille. Je lui ai montré mon bras et elle a demandé si vous aussi vous aviez un numéro.

— Qu'as-tu répondu ?

— J'ai dit que vous n'en aviez pas. J'ai dit que les nazis ne gratifiaient d'un matricule que les meilleurs.

— Magda !

— Je plaisante ! Elle m'a posé des questions sur Auschwitz et m'a écoutée raconter notre histoire pendant des heures. J'en ai sans doute trop dit, mais elle me laissait parler.

— Voilà qui mérite de porter un toast ! s'exclame Mischka.

Ils lèvent leurs verres de thé glacé en proclamant :

— À Magda, au président et à Mme Weizmann !

Magda sait qu'elle a eu raison de déménager à Rehovot. Quand elle se rend chez les Weizmann, son cœur déborde d'enthousiasme. Dans la belle maison du président, où le personnel est bienveillant et où son travail est assez facile, elle a le sentiment, peut-être pour la première fois, d'apporter sa contribution à cette nouvelle patrie. Elle se connaît assez bien pour savoir que ses démons ne sont jamais loin, mais elle profite de tous les moments de répit. Plongée dans son travail, elle oublie, parfois des heures durant, que pendant deux années entières elle ignorait la souffrance de ses sœurs.

Livi a trouvé un emploi de cueilleuse dans une exploitation fruitière locale et, bientôt, elle est également chargée de l'inscription et de la supervision des cueilleurs. Elle s'enorgueillit de savoir que ses fruits font maintenant partie des milliers d'oranges exportées dans le reste du monde. Néanmoins, cet emploi est dénué de continuité : dès qu'elle se fait des amis, ils partent dans une autre communauté, ou dans une autre région du pays, chacun espérant trouver un endroit où il se sentira enfin chez soi.

Livi travaille aux côtés des nouveaux arrivants, mais aussi avec les Palestiniens qui reviennent régulièrement cueillir les fruits. Elle aime la façon dont sa langue s'enroule autour des mots arabes qu'elle souhaite tant apprendre. « *Sabah alkhyr kayf halik alyawm* » – « Bonjour, comment vas-tu aujourd'hui ? » – est la première phrase qu'elle maîtrise, avec l'aide d'une jeune fille timide, Amara. Elle l'utilise tous les jours pour saluer ses amis arabes.

« *Lina'a bikhayr kayf halik* » – « Je vais bien, et toi ? » – à laquelle Livi répond : « *Ana bikhayr shukraan lak* », « Je vais bien, merci ».

Un matin, Amara arrive avec un sachet de dattes.

— Elles sont moches, dit-elle à Livi dans un hébreu simple, mais quand tu les croques… ah, le paradis !

Livi en prend une et mord dedans. Ses dents se heurtent brutalement au noyau. Elle fait la grimace.

— Oh, désolée ! dit Amara. Il y a un noyau.

— Ça, je m'en suis rendu compte, répond Livi avec un sourire, en mâchant le fruit collant. C'est absolument délicieux ! Encore meilleur que les oranges.

Les échanges avec les nouveaux venus commencent toujours par les mêmes questions : « D'où viens-tu ? » et « Qui connais-tu en Israël ? ». Livi parle couramment plusieurs langues ; son expérience à Auschwitz lui a appris que les langues peuvent être un moyen de survie. Et désormais elle utilise son hébreu tout récent, en plus de l'allemand et du russe, pour accueillir les cueilleurs à l'exploitation.

C'est lors de l'une de ces conversations qu'elle se lie d'amitié avec une fille de son âge. Bientôt, elles se rendent ensemble dans les orangeraies, cueillant côte à côte les oranges dans un silence agréable.

— As-tu un petit ami, Livi ? lui demande un jour Rachel.

De quoi je me mêle ? songe Livi. Mais à la ferme tous les jeunes ne parlent que de ça : qui sort avec qui.

Livi lance les oranges dans l'énorme panier. Quand il sera plein, elles l'emporteront aux espaces de tri.

— Non, répond-elle. Je travaille ici toute la journée, après quoi je rentre me coucher, et aucun de ces garçons ne me plaît.

— Je connais quelqu'un qui pourrait te plaire. C'est mon cousin. Et ce n'est pas un cueilleur.

Malgré les protestations de Livi, et avec les encouragements appuyés de Magda, Ziggy Ravek est invité à déjeuner le samedi suivant.

Livi passe le reste de la semaine à essayer de se concentrer sur son travail, sans succès. Elle n'arrive pas à décider si elle a hâte de faire la connaissance de cet étranger ou si elle est terrifiée. Sans doute un peu des deux.

Mais samedi finit par arriver, malgré ses doutes, et Livi se prépare. Magda vient examiner sa petite sœur d'avec un œil critique.

— Tu es toute belle, mais il faut arranger tes cheveux.

Magda la fait asseoir face à la coiffeuse de sa chambre et attache ses boucles à l'aide d'épingles. Elle lui applique un peu de rose sur les joues, ainsi qu'une touche de rouge à lèvres d'une teinte claire.

— Beaucoup mieux, déclare-t-elle en reculant pour contempler son œuvre.

Mais Livi n'est pas convaincue.

— J'ai l'air d'une poupée, se plaint-elle au moment où retentit la sonnette. Je suis stressée, Magda, ajoute-t-elle en saisissant l'épaule de sa sœur qui s'apprête à quitter la pièce.

— Stressée de rencontrer un *garçon* ? Après tout ce que nous avons traversé ?

Livi ne peut s'empêcher de rire.

— Pourquoi compares-tu une entrevue avec un garçon à la faim qui nous rongeait à Birkenau ?

— Ce n'était pas le cas. Tu l'as fait toute seule, petite sœur.

Livi suit Magda dans le salon. Un homme grand aux épais cheveux noirs lui tend la main.

— Nous sommes-nous déjà vus ? demande Ziggy.

— Je ne crois pas, répond Livi en appréciant la poignée de main chaleureuse.

— Ton visage m'est familier.

— J'ai une tête assez banale. Je ressemble à tout le monde.

Ziggy éclate de rire.

— Tu as de l'humour. Ça me plaît.

Plus tard, à table, Livi voit le hochement de tête approbateur de Magda quand Ziggy leur dit qu'il est technicien aéronautique pour El Al, la compagnie aérienne israélienne. Livi n'aime pas devoir toujours donner raison à sa sœur, mais elle s'est détendue dès sa poignée de main avec Ziggy.

Après le déjeuner, Ziggy demande à Livi s'il pourrait la revoir.

— Oui, répond-elle avec une timidité affectée.

— Pour un film, peut-être ?

— Cela dépend.

— De quoi ?

— De qui paye, dit-elle avec un sourire en coin.

— Livi, on ne dit pas ce genre de choses ! s'offusque Magda.

Ziggy rit à nouveau.

— Elle peut se le permettre. J'aimerais t'emmener au cinéma. C'est moi qui offre.

— Dans ce cas, merci beaucoup, ça me plairait.

*

* *

Livi voit Ziggy deux fois par semaine et apprécie sa compagnie, notamment pour sa simplicité et sa vive intelligence. Et il lui semble familier, en effet, mais elle n'arrive pas à se rappeler où elle l'a déjà vu. *Peut-être sont-ils des âmes sœurs*, songe-t-elle.

— Merci d'avoir partagé ton histoire avec moi, lui dit-il à la fin de leur quatrième rendez-vous.

Ils sont dans un parc, assis sur un banc, près de l'aire de jeux pour les enfants. C'est un endroit inhabituel pour divulguer une terrifiante histoire de torture et de mort, pendant que les cris joyeux des enfants résonnent dans l'air. Au départ, Livi n'avait pas très envie de parler avec Ziggy de la vie des sœurs dans les camps ; elle ne le connaît pas encore assez bien, et les souvenirs sont douloureux, mais à présent elle se sent mieux. *Maintenant il sait tout de moi, comme le devrait une âme sœur.*

— Me diras-tu ce qui t'est arrivé, à toi ?

— Un jour peut-être, répond Ziggy en soupirant. Mais aujourd'hui le soleil brille. Ne crois-tu pas qu'une histoire de camp de concentration suffit ?

Livi se met à rire et s'émerveille de réussir à rire. Il l'a écoutée et l'a même prise dans ses bras quand elle pleurait. Elle n'en revient pas que quelqu'un d'autre que ses sœurs puisse lui donner un tel sentiment de sécurité.

« Sécurité », encore ce mot. Comme un bouton qu'on a beau gratter encore et encore et qui nous démange toujours.

*

* *

— J'attends un bébé ! annonce Magda à Livi, qui se tient sur le pas de la porte, la clé à la main.

Livi a de la terre sous les ongles et est bronzée après ces longues journées au soleil ; elle se sent épuisée et heureuse et a hâte de raconter à Magda son dernier rendez-vous avec Ziggy, mais elle l'oublie dès qu'elle entend la nouvelle.

— Un autre bébé Meller ! s'écrie-t-elle. Je vais *encore* être tante.

— Eh oui. Et tu seras là pour m'aider, Dieu merci.

Les filles s'assoient autour d'un jus d'orange.

— J'ai tout le temps faim, surtout d'olives, explique Magda. Et il y a des tas d'olives chez les Weizmann.

Livi se remémore aussitôt la première fois que Cibi a goûté des olives. Elle a pensé qu'il s'agissait de prunes – et elle a été bien étonnée en enfonçant ses dents dans la chair dure et amère. Toute nourriture était précieuse dans les camps, donc peut-être aurait-elle dû les avaler sans broncher, mais la joie de la jeune Grecque quand Cibi les lui a données a illuminé la journée de sa sœur aînée.

— Jusqu'à quand vas-tu travailler ? interroge Livi.

— Ah, tu fais bien d'en parler. J'ai une bonne nouvelle pour toi, petite sœur. Peut-être peux-tu dire adieu à toute cette terre sous tes ongles, déclare Magda, rayonnante, en indiquant les mains de Livi.

— Mes ongles ?

Livi regarde ses mains, perplexe.

— Oublie tes ongles. Mme Weizmann aimerait te rencontrer et, si tu lui plais – et comment pourrais-tu ne pas lui plaire –, tu pourrais me remplacer après mon départ.

— Te remplacer ?

— Je suis enceinte, Livi, réveille-toi ! Est-ce que ça t'intéresserait ?

Livi boit une gorgée de jus d'orange. Travailler chez le président ? Elle a du mal à l'imaginer. Ces derniers temps, elle ne connaît que les orangeraies. La ville est en pleine expansion, mais la croissance n'est pas assez rapide pour lui permettre de trouver un emploi de bureau à plein temps. Cela pourrait être parfait.

— Bien sûr que ça m'intéresse.

— Tant mieux. Parce que j'ai arrangé un entretien pour toi. Pas avant quelques mois, mais Mme Weizmann dit que si tu as ne serait-ce que la moitié de mes qualités, tu seras assez bonne pour elle.

— La moitié de tes qualités ? Quel culot !

— D'accord, d'accord, peut-être que j'exagère un peu.

— Alors, quand partiras-tu ?

Livi a les yeux brillants. Elle s'imagine déjà en train de rencontrer le président.

— Qui est-ce qui a du culot maintenant ?

Ce soir-là dans son lit, Livi pense à ce que ce serait de travailler dans un endroit où elle ne serait pas une anonyme parmi tant d'autres, à exécuter les mêmes tâches que les autres. Elle se sent gonflée d'espoir à l'idée d'un avenir différent. Peut-être que, ce soir, elle ne pleurera pas pour s'endormir, comme tous les soirs depuis que ses sœurs et elle ont été chassées de leur maison à Vranov. Elle n'a jamais l'intention de pleurer mais, au moment où elle ferme les yeux, le visage de sa mère lui apparaît. Mumma aimait tant cette maison ; elle a travaillé si dur pour en faire une demeure à la fois belle et chaleureuse. Et voilà qu'une brute et sa famille prenaient leurs repas dans leur vaisselle, s'asseyaient dans leurs fauteuils, dormaient dans leurs lits. Lorsqu'elle pose la tête sur l'oreiller, Livi se retrouve toujours transportée vers ce jour. Une fois de plus, elle donne un coup de pied dans la jambe de ce truand, l'éloignant de Magda.

Elle respire profondément et sent sa gorge se serrer. Malgré tout son optimisme à l'idée d'un nouveau travail, cette nuit-là ne diffère en rien des autres. Toutefois, alors qu'elle sombre dans le sommeil, elle chuchote une promesse à sa mère, entre deux sanglots :

— Je vais te rendre fière de moi, Mumma.

Trois mois plus tard, le jour de l'entretien, habillée, coiffée et bien arrangée, Livi se rend à la maison du président. Derrière elle, Magda l'implore d'avoir pitié de son état de femme enceinte et de ralentir.

Maintenant qu'elle se trouve enfin à l'intérieur de la demeure, son excitation est rongée par une pointe de terreur. Nerveuse, la gorge sèche, Livi pénètre dans le salon où Mme Weizmann est assise sur un petit canapé blanc, la main tendue. Livi la saisit.

— Assieds-toi, ma chère, lui dit-elle en lui indiquant un fauteuil. Je trouve plus facile de parler allemand, si tu n'y vois pas d'inconvénient. Ou hébreu, si tu maîtrises mieux cette langue que ta sœur. Car, malheureusement, je ne connais pas du tout le slovaque.

— L'allemand m'ira très bien.

— Parle-moi de toi.

— Il n'y a pas grand-chose à dire, répond Livi, songeant que le monde ne comptait pas assez de temps pour lui permettre de parler d'elle, de raconter tout ce qu'elle avait traversé.

— Oh, je ne te crois pas, Livi. Magda m'a déjà raconté beaucoup de choses, mais j'aimerais les entendre de ta bouche.

Une heure plus tard, Livi se tait. Elle a donné à Mme Weizmann un condensé de l'histoire de sa vie et se voit offrir le poste sur-le-champ.

Le reste de la semaine, Livi est sur un petit nuage. Elle a rencontré un homme qui la fait rire, et voilà qu'elle travaille chez le président d'Israël ; ses sœurs sont mariées et heureuses, l'une avec un enfant, l'autre enceinte.

Mais moi, suis-je vraiment heureuse ?

C'est lors de moments comme celui-là, lorsqu'elle se retrouve à la charnière de grands changements, que ce qui commence comme un frisson le long de sa colonne vertébrale se met à battre. Elle l'a ressenti juste avant de poser le pied à Haïfa, puis de nouveau lorsque Magda, Yitzchak et elle sont partis à Rehovot pour une nouvelle vie, et encore une fois lors de son premier jour chez les Weizmann. En général, Livi accepte cette sensation sans se poser trop de questions ; elle est simplement excitée par une nouvelle aventure, pourquoi ne ressentirait-elle pas cette hâte, ce frisson ? Mais parfois, comme ce soir, la sensation le long de son échine la ramène à Birkenau, à l'hôpital, quand elle a été soignée du typhus.

Il y a un souvenir précis de son temps passé à Birkenau qui lui donne le sentiment de ne pas mériter sa chance.

Matilda et elle étaient allongées sur deux lits d'hôpital identiques, toutes les deux fiévreuses, toutes les deux souffrantes, mais un étrange tournant du destin lui avait permis de survivre à la nuit, quand Matilda avait succombé.

Tandis que Livi était « sauvée » – obligée de s'allonger sur le sol des latrines, sa chemise de nuit imbibée d'excréments –, Matilda a été sortie de son lit et emmenée directement à la chambre à gaz. Cette jeune femme s'est vu refuser une nouvelle vie en Israël, un emploi chez les Weizmann, et l'amour de deux sœurs. C'est fou, elle le sait, mais c'est ce qu'elle ressent : elle a l'impression d'être dans la peau d'une défunte.

Livi ne comprend pas pourquoi ce souvenir en particulier lui revient dans des moments comme celui-là – elle ne s'accuse pas de la mort de Matilda, mais elle suppose qu'elle se demandera toujours si, si elle avait vécu, ce n'est pas elle qui serait là, excitée à l'aube d'une nouvelle aventure…

Cibi et Magda tentent de la réconforter, racontent certains événements qui, pour elles aussi, prennent le pas sur les autres, mais ni l'une ni l'autre ne parviennent à expliquer pourquoi Livi revit la mort de cette fille encore et encore. Peut-être est-ce parce que cette simple histoire est devenue le symbole de toute son expérience à Birkenau, une nuit lors de laquelle elle a survécu, quand une autre fille est morte.

Une nuit où Mala, par quelques mots prononcés à l'oreille d'une infirmière, lui a sauvé la vie.

Ces deux souvenirs présentent une horrible symétrie, songe-t-elle en se revoyant en train de transporter le corps de l'interprète au four crématoire.

30

Rehovot, 1951

La chaleur du soleil de midi est implacable ; Livi et Ziggy s'échappent dans un café pour quelques minutes de répit. Livi est à la fois angoissée et effrayée : angoissée à l'idée d'aborder un sujet qui ramènera Ziggy dans un passé qu'il préférerait oublier – cela lui semble à présent évident, sachant qu'ils sont ensemble depuis deux mois et que Ziggy n'a encore jamais parlé de sa vie en captivité ; et effrayée, car s'il n'arrive pas à s'ouvrir sur cette partie de lui-même, ils n'ont sans doute pas d'avenir tous les deux.

— Tu m'as l'air si inquiète, Livi... Tu as à peine dit un mot de tout le trajet jusqu'ici.

— Je ne suis pas inquiète, répond-elle à la hâte. Enfin, peut-être un peu.

— Veux-tu bien me dire ce qui se passe ?

Lorsque Ziggy concentre toute son attention sur elle, comme il le fait à présent, elle se trouble, ne trouve plus ses mots.

Elle prend la carte.

— Si on commandait quelque chose à boire ?

— Et après tu me diras ?

Une partie de Livi regrette qu'elle ait décidé de se confronter à Ziggy aujourd'hui. Ils boivent leur café glacé et partagent une pâtisserie en silence. *Ziggy est un homme patient*, songe Livi. *Il pourrait sans doute rester assis une heure ici en attendant que je dise quelque chose.*

— Ziggy, tu m'as tant parlé de ta vie depuis ton arrivée en Israël, se lance-t-elle enfin. Mais je ne sais pas ce qui t'est arrivé.

— Est-ce cela qui te préoccupe ?

Il pose son verre sur la table. Il semble soudain très fatigué, et Livi voudrait retirer ses mots.

— Je te l'ai dit. Tout ça, c'est du passé, Livi. En quoi est-ce important ?

— C'est important pour *moi*. Tu sais tout de moi. Veux-tu bien au moins me parler un peu de ta famille, me dire où tu es né ?

Elle est intimement convaincue que son histoire fait d'elle ce qu'elle est, malgré la douleur que ravivent les souvenirs.

Ziggy soupire, se passe les mains sur le visage, puis dans son épaisse chevelure.

— Je viens de la ville de Český Těšín, en Moravie. Ou du moins, c'était la Moravie quand j'y habitais. Cela fait désormais partie de la Tchécoslovaquie.

— Et ta famille, est-elle encore en vie ?

Maintenant que Ziggy a commencé, Livi est impatiente d'entendre toute son histoire.

— D'accord, Livi, j'y arrive. J'étais le plus jeune de quatre frères. Mon père était tailleur et ma mère…

Il s'interrompt, baisse la tête et renifle.

Elle ressent sa douleur, bien sûr ; c'est une torture pour elle aussi, la torture de chaque survivant, mais Livi se rend compte également qu'elle doit le laisser lui raconter son histoire à son rythme.

— Ma mère… oh, Livi, elle faisait les meilleurs gâteaux de toute la ville ; chaque jour, nous revenions de l'école dans une maison qui sentait le paradis. Du pain, des gâteaux, des biscuits… (Ziggy se replonge dans ses souvenirs et les yeux humides ont laissé place au sourire.) Quand la situation a commencé à dégénérer pour nous et que nous n'avions plus le droit d'aller à l'école, ni au travail, mon frère aîné est parti se battre aux côtés des Russes et a été tué. Mon père avait peur pour moi, car j'étais encore très jeune, alors il m'a envoyé avec ma mère chez un oncle à Cracovie. Nous y sommes restés des mois, et finalement Mère a voulu repartir à la maison pour retrouver mon père, mes frères et, bien sûr, sa cuisine.

Ziggy soupire de nouveau. Il repousse son assiette et fait signe à la serveuse de lui rapporter du café.

— Sur le chemin du retour, nous avons été arrêtés par les nazis.

Il agrippe à présent le devant de sa chemise, triture le tissu et un bouton s'échappe. Livi place une main réconfortante sur les siennes. Il sourit et lâche sa chemise.

— Ils l'ont battue, Livi. Ils l'ont battue sous mes yeux. Mais ils n'ont pas levé la main sur moi.

Livi presse sa main dans la sienne pour qu'il se sente moins seul dans ses souvenirs.

— Quand ils nous ont enfin laissés, j'ai aidé Mère à regagner la maison de notre oncle à Cracovie. Quelques semaines ont passé, pas longtemps, et nous avons appris qu'ils arrêtaient tous les Juifs de la région. Mère et moi nous sommes cachés dans un placard, mais ils nous ont trouvés et ensuite… ensuite nous avons tous été emmenés sur la place de la ville et ils nous ont séparés. C'est la dernière fois que je l'ai vue.

Livi ne dit rien car elle sait que Ziggy rassemble ses forces pour lui raconter la partie la plus noire de son histoire, tout comme elle avant lui.

— Elle a été emmenée à Auschwitz et n'en est jamais ressortie.

— Oh, Ziggy, je suis tellement, tellement désolée.

Les larmes ruissellent sur les joues de Livi.

— Quant à moi, je suis passé du camp de Fribourg à celui de Waldenbourg où ils m'ont fait construire des fibres optiques pour des sous-marins allemands, puis à Gross-Rosen et enfin à Reichenbach.

— Tu en as vu du pays, murmure Livi avec un petit sourire.

— C'est une façon d'envisager les choses. J'ai été libéré à Reichenbach et ramené à Prague, mais j'ai fini par retourner chez moi en Moravie.

Ziggy prend une gorgée du grand verre de café glacé que la serveuse vient de poser devant lui.

— Chez moi, façon de parler ! peste-t-il. Des Allemands s'étaient installés dans notre maison, alors je les ai chassés et…

— Attends, tu les as chassés ?

— Évidemment ! Ils avaient pris nos vies, Livi, je n'allais quand même pas en plus leur laisser ma maison.

Les yeux de Ziggy lancent des éclairs et Livi n'a aucun mal à imaginer ce bel homme, si costaud, en train de faire déguerpir ces Allemands.

— Continue, lui dit-elle en buvant son café, regrettant que Ziggy n'ait pas été là pour chasser les intrus chez elle, à Vranov.

— Eh bien, je me suis réinstallé puis, un jour, quelqu'un a frappé à la porte et c'était mon père. Tu te rends compte ? Mes deux frères et lui avaient été emmenés à Łódź en Pologne et, quand les Russes sont arrivés, ils se sont enfuis et ont rejoint la Légion tchèque. Mes frères étaient encore à Prague, mais nous avons fini par être tous réunis.

— Ziggy, merci de m'avoir raconté ton histoire.

Il soupire, ferme les yeux et secoue lentement la tête.

— Ma vie a été relativement facile pendant la guerre, Livi – ne m'as-tu pas écouté ? Je n'ai pas souffert comme toi ou tes sœurs. Je n'ai même pas de numéro sur le bras.

— Un numéro sur le… ? Ziggy, qu'est-ce que tu racontes ? Ce n'est pas une compétition. Ton histoire est terrible, toutes nos histoires sont aussi abominables les unes que les autres.

— Je dis juste que tu as souffert davantage que moi, bien davantage. Je le vois encore dans tes yeux, Livi… chaque fois que tu penses que personne ne te regarde, tu disparais.

— Et toi aussi ! Comme nous tous. S'il te plaît, Ziggy, tu as encore ton père, tes frères. Moi, j'ai mes sœurs. Pensons aux côtés positifs et apprécions-les. Crois-tu que cela importe que tu aies eu plus de soupe que moi ? Ou que tu aies eu deux couvertures au lieu d'une seule ? Nous étions prisonniers, ils sont venus nous chercher chez nous sans raison et ont tué nos familles.

Ziggy pose son verre et lui prend la main.

— J'habite avec mon père à Rishon, Livi. J'aimerais beaucoup que tu fasses sa connaissance.

Livi est étonnée. Elle est avec Ziggy depuis des semaines, mais il n'a encore jamais mentionné son père. En même temps, elle sait aussi qu'il n'y a rien de malintentionné chez Ziggy ; que ce pan de sa vie est si étroitement entremêlé à la tragédie de son passé que parler de l'un l'aurait forcé à parler de l'autre. Jusqu'à aujourd'hui, il n'était tout simplement pas prêt.

— Moi aussi, j'aimerais le rencontrer, répond Livi en essayant de contrôler la tension dans sa voix.

Elle aussi est prête à laisser de côté le passé pour le moment.

— Tant mieux, parce qu'il meurt d'impatience de mettre un visage sur la jeune fille ravissante dont je ne cesse de lui parler.

Il ouvre la bouche pour ajouter quelque chose, mais se ravise et la referme en fixant Livi avec intensité.

— J'ai quelque chose sur le menton ? demande-t-elle.

— C'est juste cette étrange sensation de t'avoir déjà vue quelque part, Livi. Cela me rend fou.

— Je suppose que nous étions sur le même navire et qu'un jour nos regards se sont croisés.

Livi sourit jusqu'aux oreilles, soulagée que Ziggy ne s'appesantisse pas sur le passé, qu'ils puissent aller de l'avant et… tout à coup, une petite lumière s'allume dans son esprit et la voilà qui fixe Ziggy tout aussi intensément que lui.

Un groupe de frimeurs entourés de filles en adoration.

— Tu es un Paon ! chuchote-t-elle, ravie.

— Un quoi ?

Ziggy semble effaré.

Livi se remémore le jeune homme, à l'écart, pendant que ses camarades se délectaient de l'attention que leur accordaient de jolies filles…

— C'est ainsi que Magda vous appelait. Toi et le groupe dont tu faisais partie sur le bateau. Les pilotes, les techniciens. Les garçons de l'air.

Ziggy est silencieux, puis son visage s'illumine d'un immense sourire.

— Bien sûr ! Tu es la fille qui avait toujours l'air si sérieuse. Tu ne nous regardais jamais.

— Ce n'est pas vrai, Ziggy. Je t'ai rendu ton regard au moins deux fois, répond Livi en rougissant.

Cette coïncidence l'enchante. Elle n'a pas croisé Ziggy sur une exploitation ; Ziggy est *bel et bien* son âme sœur, et peut-être même plus que cela : son destin.

Ils reprennent du café et partagent une autre pâtisserie. Toutefois Livi est troublée ; Ziggy est passé à autre chose – le voilà qui raconte des anecdotes amusantes au sujet de ses collègues, qui lui parle de ses ambitions en ingénierie et qui se demande quels sont les meilleurs endroits où boire un café glacé, comme s'il avait complètement oublié que, quelques instants plus tôt, il pleurait en se remémorant la perte de sa mère.

*

* *

Mme Weizmann accueille Livi avec un grand sourire.

— Mon mari est rentré hier soir et, sachant qu'il n'a pas encore eu l'occasion de faire ta connaissance, je me demandais si tu voudrais bien venir lui dire bonjour dans son bureau.

— Dire bonjour au président Weizmann ? demande Livi, la voix légèrement tremblante.

Mais Mme Weizmann ouvre déjà la voie à grandes enjambées. Elle frappe à la porte du président et l'ouvre avant même qu'il lui ait dit d'entrer.

— Chaim, je te présente Livi, la nouvelle fée du logis.

Le président se lève derrière son bureau. Il porte un bouc et des lunettes rondes ; on dirait un professeur d'université.

— Bonjour, Livi. On m'a beaucoup parlé de toi.

Son regard est amical et elle l'apprécie sur-le-champ. Il lui tend la main et, en la saisissant, elle cache instinctivement son bras gauche derrière son dos, un geste que le président remarque aussitôt. Il lui prend le bras et, avec beaucoup de délicatesse, remonte sa manche. Tendrement, il passe les doigts sur le tatouage.

— Ces chiffres racontent tout un périple, n'est-ce pas ? dit-il avec douceur.

Livi hoche la tête.

— Veux-tu bien me raconter ?

*

* *

— Lorsqu'il m'a pris la main, j'ai remercié Dieu de nous avoir envoyé un homme comme Chaim Weizmann, un homme doté d'une telle vision. J'ai vraiment ressenti, sans doute pour la première fois, que je contribuais à la promesse d'Israël.

Livi dîne avec Magda et Yitzchak et leur raconte en détail sa rencontre avec le président.

— Il n'a pas dit un mot pendant qu'il écoutait mon histoire. Pas un seul, il m'a simplement laissée parler.

— Pauvre homme, commente Magda en riant. C'est la deuxième fois qu'il entendait notre histoire.

— Mon histoire est différente de la tienne, tempère Livi, en le regrettant aussitôt. Je ne voulais pas dire ça, Magda. Excuse-moi. Excuse-moi.

Magda sourit.

— Ne t'en fais pas, Livi. Je sais que tu n'avais aucune intention de me blesser.

Néanmoins, Magda ressent une nouvelle fois la double douleur de la culpabilité et du désespoir.

— Eh bien, se contente-t-elle de dire, tout ce que je sais, c'est qu'il a mérité son surnom de Père d'Israël, et je crois que Mme Weizmann pourrait elle aussi être appelée Mère d'Israël.

Lorsque Magda se retire dans sa chambre pour s'allonger après le dîner, Livi l'accompagne. Magda voit bien que sa sœur est encore contrite.

— Livi, tout va bien. Je n'ai pas pensé une seule seconde que tu voulais me faire de la peine.

Les yeux de Livi sont pleins de larmes.

— Je suis heureuse que tu n'aies pas été là, Magda, vraiment. Sais-tu ce qui nous permettait de continuer, Cibi et moi ? C'était de penser que tu étais à Vranov et que tu prenais soin de Mumma et de Grand-père.

Cela ne réconforte en rien Magda.

— Ce qui fait le plus mal, déclare-t-elle en se redressant, c'est de me remémorer nos derniers jours à Vranov. Soir après soir, nous nous asseyions pour dîner – nous n'avions jamais grand-chose, mais nous avions assurément plus que vous – et nous récitions une prière pour vous deux. Je ne considérais pas la nourriture à sa juste valeur et, parfois, je ne profitais pas non plus assez de la présence de Mumma et de Grand-père. Ils me disaient toujours de me cacher, de vivre en recluse, d'être un fantôme. Et souvent je m'énervais, je les harcelais pour qu'ils me laissent partir à votre recherche, poursuit-elle en essuyant une larme.

— Je suis désolée, Magda.

— Ma sécurité était aussi importante pour eux que pour vous, mais moi je n'avais pas envie d'être *en sécurité* – je voulais être avec Cibi et toi. Puis mon souhait s'est réalisé, un souhait bien différent du vôtre et de celui de Mumma, mais c'était le mien. Et alors personne n'était heureux, moi la première.

À présent Magda sanglote, de grosses larmes tombent sur son ventre arrondi. Livi grimpe sur son lit et les sœurs s'étreignent.

— Magda, crois-tu que nous ne savions pas combien il devait être douloureux pour toi de te demander ce qui nous était arrivé ? Cela devait te rendre folle. Si j'avais été à ta place, je sais que j'aurais fait quelque chose de stupide.

— Comme te rendre à Visik ?

Magda sourit derrière ses larmes.

— Ce type, j'espère qu'il est mort, grogne Livi avec amertume. Mais oui, je me serais moquée de l'avis de Mumma et des autres et je me serais sans doute fait tuer.

— Dans ce cas, j'imagine que je devrais me réjouir d'avoir été celle qui est restée à la maison.

— Mais ensuite tu es arrivée dodue et en pleine forme, la taquine Livi, avant de retrouver son air grave. Et Dieu merci. Sinon, comment aurions-nous survécu aux marches ?

Un jour, Magda et Livi reçoivent une lettre de Cibi leur annonçant qu'elle est de nouveau enceinte et Yitzchak demande à un ami de les emmener tous les trois à la ferme. *Bientôt il y aura trois enfants Meller,* songe Livi. Ces bébés naîtront dans un pays qui veut devenir une patrie juive prospère et cultivée, où ils auront un rôle à jouer.

— Dépêche-toi de te marier, Livi, lui dit Cibi. Nous voulons remplir nos maisons de bébés.

— Je ne vais pas me marier juste pour donner un autre cousin à tes enfants, rétorque Livi avec indignation.

— Je ne dis pas que c'est la seule raison, chaton. Mais tu aimes Ziggy, non ?

— Je ne sais pas !

Cibi regarde Magda.

— Est-ce qu'elle va bien ?

— Je suis là, Cibi, tu peux me le demander directement.

— Oh, mon Dieu, qu'est-ce qui ne va pas ? intervient Magda. C'est Ziggy ? Il s'est passé quelque chose ?

Soudain, Livi fond en larmes.

— Désolée, sanglote-t-elle. Je ne suis pas malheureuse, juste… perdue.

Livi s'assoit sur le canapé entre ses sœurs, chacune pose une main dans son dos.

Cibi se retrouve en territoire familier : elle sait comment réconforter Livi ; ne l'a-t-elle pas déjà fait, et dans des endroits bien pires ?

— Perdue ? interroge Magda. Veux-tu bien nous raconter ce qui s'est passé ?

— Il ne s'est rien passé. Mais il s'agit de Ziggy, oui. Plus d'une fois maintenant, lorsque nous parlions des camps, il m'a dit qu'il ne devrait même pas se plaindre sachant que, nous, nous avons tant souffert.

— Ce n'est pas une compétition, déclare Cibi en fronçant les sourcils.

— C'est ce que je lui ai répondu.

— Livi, écoute-moi, reprend Cibi, l'air soudain sérieuse. D'après ce que tu m'as dit à propos de Ziggy, il est clair qu'il était tout seul – ses frères n'étaient pas avec lui pour l'aider à comprendre ce qui lui arrivait. Peut-être se sent-il coupable.

— Coupable ? s'étonne Livi.

— Eh bien, s'il a le sentiment que son expérience n'était pas aussi horrible que la nôtre, peut-être que, quelque part, au plus profond de lui, il croit qu'il aurait fallu qu'elle le soit – et Dieu sait qu'il y a des histoires abominables. Il pense probablement qu'il s'en est mieux tiré que ce qu'il méritait.

Ce soir-là, bien après le départ de ses sœurs et pendant que Mischka couche Karol, Cibi se met au lit et ferme les yeux. La conversation avec ses sœurs à propos de Ziggy a ravivé en elle un souvenir marquant, un souvenir qu'elle préférerait se remémorer le moins souvent possible.

Elle a beau essayer d'effacer leurs visages, ils lui reviennent malgré tout.

Bien au chaud dans son lit, Cibi se rappelle cette nuit à Birkenau où – alors que Livi et elle grelottaient et qu'elles avaient décidé de se tuer avant que le froid ne s'en charge pour elles, la nuit où elles avaient été sauvées par une fille qu'elles ne connaissaient pas et qu'elles ne reverraient plus – la fille avait enlevé les couvertures d'une autre couchette pour les leur donner.

Le lendemain matin, les filles de la couchette en question étaient mortes, blotties l'une contre l'autre pour se réchauffer un peu, en vain. Peut-être ces filles étaient-elles déjà mortes lorsque leurs couvertures avaient été dérobées, mais Cibi ne le saura jamais. Cibi n'a pas volé ces couvertures, mais elle les a acceptées. Cela la rend-elle complice ?

Elle se retourne dans son lit, agitée. Une semaine plus tôt, partie acheter de la *hallah* et des petits pains en ville, elle a aperçu deux adolescentes dans la cuisine au fond de la boutique – les filles de la boulangère qui aidaient leur mère après l'école. Elles venaient de sortir du four une plaque couverte de moules et étaient enchantées des mies dorées et des génoises pâles. Elles se sont enlacées et, sans crier gare, quelque chose dans leur étreinte a ramené Cibi à ce matin glacial. Chacune les bras enroulés autour du dos de l'autre, le menton niché au creux de l'épaule, les yeux grand ouverts, elles ont adopté exactement la même position que les défuntes. Cibi a frissonné et est repartie à la hâte, les mains vides. Cette après-midi-là, elle a récupéré les bougeoirs de sa mère et les a garnis de nouvelles bougies qu'elle a allumées à la mémoire des deux filles mortes de froid, tout en sachant que ce geste visait surtout à apaiser sa culpabilité.

Combien d'histoires comme celles-ci hantent-elles les survivants ?

*

* *

Magda a vécu une belle grossesse ; cela l'a aidée d'avoir Cibi à qui parler de ses diverses envies et douleurs, mais sa mère ne lui a jamais autant manqué. Lorsque le travail commence, elle est reconnaissante que Livi soit là pour lui tenir la main, pour l'encourager au moment de pousser, mais c'est sa mère qu'elle veut, et sa grand-mère, qui avait épaulé tant de femmes à Vranov lors de leurs accouchements.

La question du prénom de sa petite fille ne se pose pas : le prénom de sa mère signifie « vie » et c'est exactement ce que représente bébé Chaya pour Magda en cet instant. Une nouvelle vie, ainsi que cette opportunité en Israël – elle espère pouvoir se défaire, un peu, de la culpabilité qu'elle ressent chaque fois que Cibi et Livi évoquent le temps passé dans les camps.

Sa culpabilité est apparue à Bratislava, dans leur appartement, avec leurs amis sur le toit de leur immeuble. Lorsque les survivants ont commencé à raconter leurs histoires. Alors, Magda a vraiment compris son privilège : elle n'a pas été affamée, n'a pas eu le typhus et n'a même pas eu le crâne rasé. Le numéro sur son bras lui a été appliqué par un homme bienveillant, à la demande de Cibi, et non sur ordre d'un nazi. Quand elle s'est enfin retrouvée face à face avec ses sœurs, peinant à les reconnaître, la première chose qu'elle a ressentie a été de la colère à l'égard de sa mère : pourquoi ne l'avait-elle pas laissée partir ? C'était la culpabilité qui perdurait, le fait de ne pas avoir été là pour Cibi et Livi.

— Je suis bien contente que tu n'aies pas été là, lui a dit Livi sur cette terrasse, comme elle le lui a si souvent répété depuis. Sans toi, nous n'aurions jamais survécu aux marches de la mort.

— As-tu oublié les histoires que tu nous racontais ? a ajouté Cibi, peinant à croire que Magda ne comprenne pas le rôle qu'elle avait joué. Ces souvenirs nous ont toutes aidées à tenir. La neige au chocolat ! a soudain exulté Cibi, et Magda s'est émue à ces mots.

Elle a regardé ses sœurs et les a soulevées dans ses bras. Elle leur était si reconnaissante d'essayer d'apaiser sa culpabilité.

— Et ta journée dans les bois avec Grand-père, a encore dit Livi. Magda, sérieusement, nous n'aurions pas réussi sans toi. Dieu soit loué que tu aies été à l'hôpital quand ils sont venus nous chercher.

Dieu, songe Magda. *Au fait, où était-Il pendant tout ce temps ?* Contrairement à Cibi, elle continue de prier, mais sa foi est ébranlée, terriblement ébranlée. Ce n'est que quand elles ont posé le pied à Haïfa qu'elle a rendu grâce pour la première fois depuis des années et, maintenant, penchée au-dessus de sa petite Chaya, elle rend de nouveau grâce au Seigneur et se sent plus sereine.

Trois semaines plus tard seulement, Chaya a un nouveau cousin, quand Cibi met au monde Joseph.

Prenant son neveu dans ses bras, Livi se rend vite compte que Karol est loin d'être attendri par son petit frère. Il s'énerve chaque fois que Cibi prend le bébé, fait une colère quand elle disparaît pour coucher Joseph et, de façon générale, souffre de la diminution de l'attention dont, jusque-là, il jouissait pleinement.

Heureusement, la présence de Livi permet à Cibi de passer plus de temps avec Karol et, peu à peu, le petit garçon, de nouveau la prunelle des yeux de sa mère, se met à aimer son petit frère.

De retour à Rehovot, Livi amuse Magda en lui racontant la transformation de Karol d'un monstre terrifiant en grand frère aux petits soins, quand sa sœur interrompt ces joyeux souvenirs avec une dose de réalité malvenue.

— Il faut que tu invites Ziggy pour Hanoukka. Ça fait longtemps que nous ne l'avons pas vu.

Livi devient aussitôt morose.

— Moi non plus, je ne l'ai pas vu depuis longtemps. Peut-être a-t-il rencontré quelqu'un d'autre.

— Que s'est-il passé ?

— Il ne s'est rien passé, c'est juste que… eh bien, c'est ce que je vous ai dit. Cibi avait raison, Ziggy se sent en effet coupable. Chaque fois que j'évoque les camps, il se tait, comme s'il ne fallait pas que j'en parle, mais je deviendrai folle si je ne peux pas en parler, Magda ! Tu comprends ? C'est plus fort que moi.

— C'était la même chose pour Yitzchak, tu te souviens, Livi ? Il a perdu sa femme et ses enfants, et considère malgré tout qu'il n'a pas assez souffert. La culpabilité est une émotion puissante, Livi, explique Magda à sa sœur, ressentant la sienne dans sa poitrine. Nous la portons tous en nous, non ?

Livi acquiesce.

— Mais nous en *parlons,* nous parlons de tout. Tandis que Ziggy s'y refuse.

— Alors il te faut décider s'il vaut la peine que tu te battes pour lui, Livi. En vaut-il la peine ?

— Je n'en sais rien.

Livi fait les cent pas dans le petit salon, les mains sur les hanches.

— Est-il important pour toi, Livi ? insiste Magda.

— Bien sûr qu'il est important pour moi, mais que puis-je faire ?

— Tu dois lui dire ce que tu ressens.

À présent Magda s'affaire, fouillant dans un tiroir pour en sortir une feuille de papier et un stylo qu'elle fourre dans les mains de sa sœur.

— Invite-le pour Hanoukka – s'il vient, c'est que ce n'est pas terminé entre vous, que vous avez encore des choses à vous dire. S'il ne vient pas, eh bien, ce sera ta réponse.

Livi n'a aucune envie de se plier à cet exercice, mais elle se rend compte qu'elle a besoin de savoir, dans un sens ou dans l'autre, où ils en sont.

Sous le regard attentif de Magda, elle griffonne un petit mot.

— Emporte-le sans traîner, la presse Magda en allant chercher le manteau de sa sœur.

Tout le long du trajet vers l'immeuble de Ziggy, Livi hésite à jeter la missive et à rentrer chez elle, mais voilà qu'elle arrive devant la porte. Elle sonne. Personne ne répond, alors elle sort le mot de sa poche dans l'intention de le déchirer en petits morceaux. Mais comment réussirait-elle à regarder Magda en face ? Elle n'a jamais menti à sa sœur et n'est pas lâche. Elle glisse la lettre sous la porte en espérant que quelqu'un la portera à l'appartement de Ziggy.

— Il n'était pas là, annonce-t-elle à Magda à son retour. Alors, soit il viendra, soit il ne viendra pas. Dans tous les cas, nous le saurons dans trois jours.

— Il viendra, déclare Magda. Quelle que soit votre relation, elle n'est pas terminée. N'oublie pas : je suis ta grande sœur et j'ai toujours raison.

*

* *

Livi a rempli de bouquets la maison des Weizmann. Les grands vases débordent de fleurs magnifiques. À partir du jour où elle a placé un bouquet de roses dans la chambre de Weizmann, elle s'est vu attribuer le rôle d'arrangeuse de fleurs pour tout le foyer. Même le président a été surpris en train d'admirer les sublimes compositions dans le vestibule ou sur la table de la salle à manger avant un dîner officiel.

— Accorde-toi une pause, conseille la cuisinière tandis que Livi lave et essuie des vases dans la cuisine.

— Merci. Les roses sont si belles en ce moment, je vais juste aller m'asseoir quelques instants dans le jardin.

Livi prend place sur un banc à l'ombre du pin de Jérusalem, oriente son visage vers le soleil et inspire le parfum des fleurs. Elle ferme les yeux et pense à Ziggy. Viendra-t-il dîner ce soir et, si oui, que lui dira-t-elle ? Et lui, que lui dira-t-il ?

— Ah, je vois que quelqu'un d'autre aime s'asseoir sous mon arbre magnifique.

Livi ouvre aussitôt les yeux et se lève d'un bond.

— Monsieur Weizmann, dit-elle en rougissant. Je ne vous ai pas vu arriver.

— Assieds-toi, Livi. Je suis juste un vieil homme sorti se promener.

Il lui adresse un chaleureux sourire et Livi se rassoit.

— Est-ce que tout va bien, ma chère ? Tu sembles préoccupée. Cela t'embêterait-il que je m'assoie quelques minutes avec toi ?

— Bien sûr que non. Je vous en prie.

— Ainsi nous pouvons discuter côte à côte, ou garder le silence côte à côte en appréciant simplement le jardin. Je sais que tu l'aimes autant que moi, je t'ai regardée pendant que tu cueillais les fleurs pour la maison. Tu n'en prends jamais trop – c'est ce qui me plaît.

— C'est si paisible ici, déclare la jeune femme. Et vous avez tous deux travaillé si dur pour le rendre aussi beau.

— C'est vrai, convient le président. Puis-je te faire une confidence ? Je préférerais de beaucoup passer mes journées ici que dans n'importe quelle pièce de la maison. Oh, ne te méprends pas, j'adore la maison, mais ça, poursuit-il en agitant la main pour montrer les jardins, c'est là que je me sens en paix et que je peux me cacher des regards indiscrets.

Le président rit et Livi l'imagine sortant discrètement de la maison pour traverser la pelouse et disparaître dans les buissons.

— Ce n'est pas entièrement vrai, si ? déclare Livi avec un sourire.

— Qu'entends-tu par là, jeune fille ?

— Je vous ai vu plusieurs fois ici avec le Premier ministre Ben Gourion, et pour de longues périodes. Vous le laissez toujours vous trouver.

Le président Weizmann éclate de rire.

— Tu as entièrement raison, Livi. Puis-je te confier autre chose ? C'est le Premier ministre Ben Gourion qui demande à venir ici, ce qui prouve qu'il y a quelqu'un d'autre qui trouve mon jardin apaisant.

— Je dois me remettre au travail. J'étais préoccupée, vous avez bien deviné, mais après avoir discuté avec vous... Je ne sais pas, je me sens beaucoup mieux.

— Des problèmes de petit copain ?

Livi se met à rire.

— Oui ! Comment avez-vous su ?

— Comme je l'ai dit, je suis un vieil homme, et il y a peu de choses que j'ignore. Mais tu dois dire à ce jeune garçon qu'il a de la chance ne serait-ce que de connaître ton nom, alors si en plus tu le laisses entrer dans ta vie...

Livi baisse la tête.

— D'accord. Merci.

Une fois le repas de Hanoukka disposé sur la table, Livi, Magda et Yitzchak échangent un regard.

Livi secoue lentement la tête, soudain abattue.

— Tant pis. Installons-nous. C'est Hanoukka, nous sommes censés faire la fête.

Ils s'apprêtent à s'asseoir quand trois coups sont frappés à la porte.

— J'y vais, déclare Yitzchak. Asseyez-vous. Bienvenue, Ziggy, entendent les sœurs juste après.

Magda sourit jusqu'aux oreilles et pose un doigt sur ses lèvres.

— Sois gentille, avertit-elle.

Quand Ziggy entre dans la pièce, Livi remarque l'élégance de sa tenue. Le jeune homme adresse un signe de tête à Livi et tend à Magda une boîte toute simple, qu'elle ouvre pour dévoiler des pièces en chocolat emballées dans de la feuille d'or.

— Et voici pour toi, Livi, dit-il en lui remettant un rouleau de parchemin.

Livi déplie la feuille de papier et lit :

« *Baruch atah Adonai Eloheinu Melech ha-olam, she-asah nisim la-avoteinu v-imoteinu ba-yamim ha-heim ba-z'man ha-zeh.* »

Bénis sois-Tu, notre Dieu, maître de l'univers, qui as accompli des miracles pour nos pères et nos mères en leur temps, en cette saison.

Livi sent sa gorge se serrer et elle a soudain trop chaud. Elle marmonne un « merci » à Ziggy, sans croiser son regard, et quitte la pièce.

Magda la retrouve dans sa chambre, assise sur le bord du lit, les yeux rivés sur le rouleau.

— Est-ce que ça va ?

— Oui, répond Livi en levant le parchemin. C'est juste cette prière… aucun garçon ne m'avait encore jamais écrit de lettre, ni même de petit mot, et quand l'un d'eux prend la plume, c'est pour m'écrire la magnifique bénédiction de Hanoukka, explique-t-elle, les larmes aux yeux. Je suis désorientée, Magda, et je n'avais pas envie de pleurer devant lui.

Magda s'assoit près de sa sœur et la prend dans ses bras.

— Ah, Livi, il y a pire…

— Ne le dis pas, Magda ! glousse Livi. Je sais bien qu'il y a pire que de pleurer devant un garçon. J'aimerais bien que tu ne ramènes pas Birkenau à la moindre occasion.

Magda éclate de rire.

— Regarde-nous, hilares à cause d'un camp de concentration. Allez, Yitzchak est affamé, au cas où tu ne l'aurais pas remarqué.

Les sœurs regagnent la salle à manger à la hâte.

À la fin de la soirée, sur le perron de la petite maison de Rehovot, Ziggy demande à Livi si elle veut bien se promener avec lui le lendemain matin.

— Pour discuter ?

— Pour discuter, confirme-t-il.

La journée est fraîche, mais au moins il ne pleut pas. Livi prend son manteau et sort de chez elle.

Ils marchent un moment en silence, saluant les voisins de la main, échangeant des bénédictions. Ziggy emmène Livi au parc où ils s'assoient de nouveau près de l'aire de jeux. Elle doit avouer qu'elle est heureuse de revoir Ziggy, et la prière qu'il lui a remise est un signe prometteur.

— Ziggy, s'il te plaît, dis-moi ce qui t'arrive. J'ai envie d'entendre tout ce que tu as à me confier, quoi que ce soit.

Elle s'apprête à ajouter qu'elle a vécu bien pire, mais elle se ravise.

Ziggy prend une profonde inspiration.

— Il se passe quelque chose, Livi, tu as raison. Je veux t'épouser. Je veux que tu deviennes ma femme.

Livi ne sait pas quoi répondre. *Le mariage*. Ça, elle ne l'a pas vu venir.

— Tu veux m'épouser ? Comment pouvons-nous nous marier, Ziggy, alors que tu ne me dis jamais ce que tu penses ?

Livi sait qu'elle semble en colère, et peut-être l'est-elle, mais quand Ziggy baisse la tête et fixe ses mains, son cœur fond. Son geste est si bouleversant, et elle a envie de dire oui.

— Ziggy, pardonne-moi...

— Ne t'excuse pas, Livi ! dit-il en levant une main. Je t'en prie, ne t'excuse jamais auprès de moi. Tu es... tu es un ange. Je ne mérite pas de m'asseoir sur le même banc que toi.

Il lui prend la main. Elle le regarde d'un air grave.

— S'il te plaît. Si tu recommences, nous devrons nous dire adieu ici et maintenant. Tu te sens coupable, je le sais. Je le comprends, même, mais moi j'ai l'impression d'être punie quand tu te retranches en toi-même.

Ziggy pousse un profond soupir et regarde le ciel.

— Livi, je ne sais pas si deux survivants peuvent être heureux ensemble. Toute cette souffrance – parfois, c'est tout simplement trop. Mais je t'ai entendue et, si tu veux bien de moi, je ferai des efforts. Je te le promets.

Les yeux de Ziggy la supplient et elle voit qu'il souffre, mais elle ne répond pas tout de suite pour autant. Cela suffira-t-il qu'il *fasse des efforts* ?

Ziggy remonte la manche de sa veste pour dévoiler sa peau immaculée.

— Comme tu le vois, Livi, je n'ai pas de numéro sur mon bras.

Il baisse la tête.

— Comme tu le sais, Ziggy, je m'en *moque*. Je m'en moque si tu as menti, triché, volé pour rester en vie – personne ne peut nous juger pour ce que nous avons traversé. Je veux juste que nous soyons assez proches pour partager nos histoires, chaque fois que nous le souhaitons. Et je ne suis ni une sainte ni un ange – nous avons tous survécu en faisant ce que nous devions faire.

Livi sent que le moment est venu pour elle de lui dire ce qu'elle veut, et soit il acceptera, soit elle ne le reverra plus jamais.

— Je t'épouserai à une condition, Ziggy Ravek. Que nous parlions de ce qui nous est arrivé chaque fois que nous en aurons envie, que nous le racontions à nos enfants et à nos petits-enfants, que nous ne cessions jamais d'en parler. Nous ne pouvons pas cacher tout ça ou prétendre que c'est du passé et qu'il faut essayer de l'oublier. (Elle marque une pause.) Dis-moi, as-tu oublié ne serait-ce qu'un détail des camps ?

Ziggy secoue la tête.

— Je me rappelle chaque seconde de chaque jour.

— Cela fait beaucoup de souvenirs, non ? Nous ferions mieux d'accepter le fait que les camps font autant partie de notre vie que notre attachement l'un à l'autre.

— Tu as dit que tu m'épouserais.

Souriant jusqu'aux oreilles, Ziggy prend une petite boîte dans sa poche. Il l'ouvre et en sort une bague qu'il glisse au doigt de Livi. Elle lève la main pour admirer la minuscule pierre verte.

— C'est la couleur de la forêt de Vranov au printemps ! s'exclame-t-elle.

31

Rehovot, 1952

Livi déambule à travers les jardins de roses des Weizmann, les bras chargés de fleurs pour créer de nouvelles compositions. Elle les pose sur un banc et poursuit son chemin parmi les buissons, attentive aux minuscules bourgeons annonciateurs d'une abondante floraison l'année suivante. Les jardiniers ont retourné le sol plus tôt ce matin-là et la terre riche et sombre est si attirante que la jeune femme se penche pour l'empoigner, la laissant ensuite s'écouler entre ses doigts.

— Tu es désormais *ma* terre, lui chuchote-t-elle. Ma patrie. Merci de nous avoir accueillis.

Elle n'entend pas le président approcher en compagnie de David Ben Gourion ; les deux hommes s'assoient sur le banc où elle a déposé les roses. Ils la fixent avec intensité.

Le président Weizmann toussote pour attirer son attention.

Livi sursaute, la terre glissant encore de ses mains.

— Je suis désolée, je suis navrée, je…

— Livi, de quoi es-tu désolée ? la coupe le président en riant. Tu as raison, c'est *ta* terre. (Il se tourne vers le Premier ministre.) David, peut-être conviendrez-vous que cette terre appartient davantage à Livi qu'à nous autres.

Ben Gourion hoche la tête en souriant tristement.

— Tu as tant perdu, Livi, souffert davantage que nous ne pouvons l'imaginer ; si quelqu'un a mérité le droit de vivre ici, c'est bien toi et tes sœurs, poursuit le président.

Livi s'essuie les mains sur son tablier, faisant tomber la terre sur la pelouse parfaitement entretenue. D'un pas vif, elle se dirige vers le banc et récupère les fleurs.

— Le président a raison, tu sais, Livi. Tu es chez toi ici, et c'est pour nous un honneur de te regarder prendre possession de cette terre.

Ben Gourion se lève et s'incline devant elle.

— Merci, monsieur le Premier ministre. Je vais maintenant vous laisser, vous avez sûrement des questions importantes à traiter.

Livi est toute rouge, impatiente de repartir.

— Ah oui, David ? Devons-nous discuter de choses importantes ? demande le président Weizmann d'un ton malicieux.

— Oh, je suis certain que nous pouvons trouver quelque chose, répond Ben Gourion tandis que Livi s'éloigne à la hâte.

*

* *

Livi ne se rend plus au travail en sautillant, et cela fait déjà un moment : le président est très malade et ses pires craintes se réalisent quand, un jour de novembre, on lui apprend qu'il est décédé dans la nuit.

Toute la journée, Livi voit des centaines d'hommes, de femmes et d'enfants s'amasser devant le portail pour pleurer l'homme qui a consacré sa vie à leur obtenir une Terre promise.

Livi songe aux promesses tandis que coulent ses larmes. Vœux, pactes, promesses, engagements, tout cela revient au même, au fond : une déclaration de réaliser un rêve. Israël lui a déjà apporté plus que ce qu'elle osait espérer. Ses sœurs ont veillé sur elle, comme elles l'avaient promis à leur père, et elle aussi a veillé sur elles. Elle referme ses doigts sur le petit couteau ; il ne la quitte jamais, qu'il soit dans son sac ou dans une poche. Elle se rappelle comment Cibi l'a utilisé pour lui donner à manger des tranches d'oignon – une si petite chose, mais qui faisait autant partie de leur pacte que les bougeoirs de Mumma. L'enfer s'est échappé et a surgi sur terre sous la forme d'Auschwitz et de Birkenau ainsi que de tous les autres camps, et pourtant, et pourtant, elle a trouvé le couteau, Cibi et elle ont retrouvé Magda, et celle-ci les a maintenues en vie lors de leur marche vers la mort. Même en enfer, elles ont rassemblé assez d'espoir pour les aider à tenir une promesse.

Alors qu'elle regarde le cercueil de Chaim Weizmann être transporté dans la maison puis dehors pour permettre aux milliers de personnes derrière le portail de lui rendre hommage, Livi incline la tête et murmure une prière d'action de grâce pour cet homme qui leur a donné, à elle et à ses sœurs, un endroit sûr pour guérir et pour créer une nouvelle famille. Le cercueil est déposé sur un catafalque dressé dans le jardin sous un dais d'épais rideaux blancs, près de ses massifs de roses chéris. Depuis le vestibule, Livi regarde sa femme, Vera, sortir au bras du Premier ministre pour s'asseoir une dernière fois à côté de son mari.

Livi se trouve toujours dans le vestibule avec le reste des employés quand la Première Dame revient. Ils n'ont pas échangé un seul mot depuis que le cercueil a été emporté dans le jardin.

— Si vous alliez rendre hommage à Chaim avant qu'on n'ouvre les portes au public ? suggère Mme Weizmann. Je sais que vous l'aimiez tous et j'espère que vous savez combien lui vous aimait.

— Je l'aimais tant, déclare Livi avec ferveur.

Elle prend conscience qu'elle gratte son tatouage quand Vera lui prend la main pour la presser contre son cœur.

— C'était si important pour lui de t'avoir ici, jeune Livi, dit-elle. Tu n'as pas idée.

Lorsque Mme Weizmann repart, le Premier ministre s'approche.

— Et c'est si important pour moi aussi, déclare David Ben Gourion en s'inclinant comme la fois précédente. Allez tous dire au revoir à votre président, je vous en prie.

Des soldats sont au garde-à-vous aux quatre coins du catafalque, sous le soleil éclatant. Les genoux de Livi manquent de s'entrechoquer tandis qu'elle avance vers le cercueil du président, mais par chance le jardinier est là pour l'empêcher de tomber.

— Je ne sais pas quoi dire, s'inquiète-t-elle d'une voix rauque.

— Tu n'as rien besoin de dire, Livi, la rassure le jardinier. Tout ce que tu dois faire, c'est rester là et ressentir l'amour que Chaim Weizmann éprouvait pour cette terre.

Livi essaie de se remémorer les nombreuses conversations, les bavardages, les plaisanteries qu'elle a échangés avec ce grand homme. Au lieu de cela, elle se rappelle la dernière fois qu'elle a vu sa mère et son grand-père à Vranov dans leur petite maison ; ils lui apparaissent avec une telle clarté que c'est comme si elle leur avait dit au revoir le matin même. Elle ferme les yeux, ressent l'amour intense de Chaim Weizmann pour Israël et son peuple, et demande à Mumma de veiller sur son ami au ciel.

— Nous allons ouvrir le portail, annonce un soldat au personnel.

Livi se tourne vers la foule qui attend pour entrer et faire ses adieux. Puis, lentement, elle regagne la maison où l'atmosphère ne sera plus jamais la même.

*

* *

Livi et Ziggy s'effondrent sur le canapé de Magda ; ils sont épuisés après avoir passé le week-end à parcourir les rues à la recherche d'un logement. Cela fait des mois qu'ils passent leurs week-ends à cela. Le problème est d'ordre financier : Ziggy, technicien spécialisé pour El Al, une compagnie aérienne en pleine croissance mais encore petite, ne gagne pas beaucoup d'argent, et les heures de Livi chez les Weizmann ont été réduites depuis la mort du président.

— Nous ne pouvons nous permettre aucun de ces appartements, explique Livi à Magda avec exaspération. Et pourtant, ils ne sont pas chers.

— Et il y a maintenant tant de gens en Israël ; j'ai l'impression que tout le monde veut s'installer à Rehovot, se plaint Ziggy.

— Vous avez le temps, vous allez trouver quelque chose, les rassure Magda.

— Je veux l'endroit parfait pour ta sœur, lui dit Ziggy.

Livi se penche, tournant le visage pour recevoir ses baisers.

— Où que nous allions, nous pouvons mettre notre main à couper que nous avons tous vécu dans des endroits pires, tempère Livi avec sagesse.

Magda et elle se mettent à rire, mais Ziggy reste grave.

— Tu es la seule personne que je connaisse, Livi Meller, qui plaisante sur la vie dans un camp de concentration.

— Elle ne plaisante pas, Ziggy, déclare Magda, et il fait un petit sourire.

— Quoi qu'il en soit, en dernier recours, un de mes amis, Saadiya Masoud, possède une petite ferme avec quelques habitations sur sa propriété, juste en bordure de la ville, soupire Ziggy. Je pourrais lui demander s'il a un abri vide que nous pourrions occuper.

— Un abri vide aurait été un rêve à Birkenau, répond Livi les yeux pétillants.

Une semaine avant le mariage, Saadiya montre à Livi et Ziggy le seul bâtiment vacant de son exploitation.

— Autrefois, je l'utilisais pour abriter mes chèvres lors des nuits froides, explique-t-il avec un grand sourire.

Livi se moque qu'il soit arabe. Elle est arrivée en Israël le cœur empli d'espoir et cet homme leur a donné une maison. Pour elle, c'est un ami.

À présent, elle regarde à l'intérieur. L'abri est dépourvu de fenêtres et il y a encore un trou dans l'un des murs pour permettre aux chèvres d'entrer et de sortir.

— Nous pouvons le nettoyer et je vous donnerai une petite cuisinière à gaz. Il y a un robinet pas loin pour l'eau et vous utiliserez la salle de bains dans notre maison. À vous de voir, mais cet abri est à vous si vous en voulez.

— Qu'en penses-tu ? demande Ziggy.

Il plisse le nez. Livi entend l'hésitation dans sa voix – cet endroit est pire que ce qu'il imaginait.

Elle soupire, mais garde le sourire.

— Comme je l'ai dit, nous avons vécu dans des endroits moins agréables. Nous pouvons bien l'astiquer et il y a assez de place à l'intérieur pour un lit. Quand il fait beau, nous pouvons prendre nos repas dehors.

Ziggy est étonné.

— Tu en es sûre ?

— Je ne vais pas vivre ici toute seule, tu sais. Si je souffre, tu souffres. Donc nous allons tous les deux devoir nous en accommoder un moment.

Le matin du mariage, la maison est en désordre complet. Cibi et Mischka arrivent tôt avec Karol et Joseph. Avec leur cousine, Chaya, les enfants sèment la pagaille, traînant derrière eux leurs mères qui les nourrissent, mettent des pansements sur des genoux égratignés, changent les bébés encore et encore. Au milieu de ce chaos, Livi demeure calme, appréciant le bruit et l'excitation que les jeunes enfants apportent à toute occasion.

Cibi essaie encore une fois de comprendre pourquoi le mariage a lieu sur le toit d'un immeuble.

— Parce que, comme je te l'ai déjà expliqué, l'oncle de Ziggy a un appartement dans cet immeuble qui dispose d'un accès au toit. Je sais que tu as peur que les enfants sautent dans le vide, dit-elle en prenant le bras d'une Cibi horrifiée. Allez, Cibi, poursuit Livi en riant, ne te souviens-tu pas de ces soirées à Bratislava avec nos amis, à discuter toute la nuit sous les étoiles ? C'est là que, pour la première fois, j'ai eu l'impression d'être adulte. Et qu'y a-t-il de plus adulte que de se marier ?

Après avoir changé la tenue de la petite Chaya pour la troisième fois, Livi est enfin satisfaite. Sa nièce est absolument adorable.

— Maintenant, il est temps de te faire enfiler ta robe de mariée, lance Magda à sa jeune sœur.

— S'il le faut, réplique celle-ci avec un grand sourire.

Enfin prêtes, Livi et ses sœurs, accompagnées par les vœux de leurs voisins, parcourent les trois rues qui séparent l'immeuble de Magda du toit du mariage. À cet instant, la colonne vertébrale de Livi commence à la picoter. *Pas maintenant,* pense-t-elle. Mais elle ne lutte pas contre le souvenir et laisse son esprit la ramener à l'hôpital, à Matilda. La jeune fille est avec elle le jour de son mariage, et Livi prend conscience qu'elle sera avec elle lorsqu'elle aura ses enfants, ses petits-enfants, lorsqu'elle sera âgée ; qu'elle fait autant partie de son histoire que ce jour de joie. Livi lève le menton et gravit les marches vers le toit.

La terrasse est parfaite. Les sœurs poussent en chœur un cri d'émerveillement en découvrant les guirlandes, les compositions florales au milieu de nappes colorées, et le dais au-dessus de leurs têtes, composé d'un épais tissu orné de couronnes de branches d'olivier. Le doux parfum de la nourriture embaume l'air, le rendant à la fois sucré et épicé.

Mischka et Yitzchak se chargent des enfants tandis que Cibi et Magda escortent Livi jusqu'à Ziggy qui l'attend avec un immense sourire. Livi se précipite à son côté, ne souhaitant pas retarder leur union un instant de plus.

Le troisième verre vole en éclats et la troisième sœur est mariée. L'air retentit d'acclamations et de « *Mazel tov !* ». Les festivités démarrent par un banquet et se terminent avec un bal.

Livi songe qu'elle n'a jamais été aussi heureuse, avant de se rappeler que si. Elle se souvient d'elle et de ses sœurs quittant la marche de la mort, épuisées, presque mortes, sans doute trop fatiguées pour ressentir quoi que ce soit, mais cela constituait véritablement un moment majeur, le début de leur retour à la vie.

Mme Weizmann, désormais veuve, prend Livi et Ziggy à l'écart avant de partir.

— Je veux vous souhaiter une vie longue et heureuse ensemble. Si votre mariage est ne serait-ce qu'à moitié aussi aimant que le mien, vous aurez réussi.

Livi étreint Mme Weizmann et, l'espace d'une seconde, elle s'imagine que c'est sa *Mumma,* présente sur la terrasse pour assister à son mariage, pour partager l'amour et les bons vœux de leurs amis, pour célébrer le bonheur de la plus jeune de ses filles.

Lorsqu'elle s'écarte, Mme Weizmann essuie une larme sur la joue de Livi.

— Je suis navrée que ta mère ne soit pas là, lui dit-elle, comme si elle avait lu dans ses pensées. Mais tu as des sœurs merveilleuses et, à présent, un mari merveilleux.

À l'issue de la dernière danse, Livi s'éloigne de Ziggy pour retrouver ses sœurs. Elles se prennent par le bras et murmurent une prière pour Mumma, Père et Grand-père et, ce faisant, elles renouvellent leur promesse.

— Sens-tu leur présence, Livi ? murmure Cibi. Moi, oui. Je vois Mumma vêtue de sa plus belle robe et Grand-père dans son costume. Il porte un bouquet de glaïeuls et…

Sa voix faiblit.

— Et Mumma sourit, Livi, continue Magda en serrant l'épaule de Cibi. C'est le sourire qu'elle nous adressait avant de nous souhaiter une bonne nuit.

— D'habitude, je ne ressens que leur absence, déclare Livi, les yeux brillants. Mais ce soir, cet espace est rempli de mon bonheur. Je pense que c'est ce que tu veux dire, Cibi, quand tu parles de leur présence ?

Cibi acquiesce, puis regarde sa plus jeune sœur.

— J'avais quatre ans quand tu es née, Livi, et je m'en souviens parfaitement.

— Moi aussi, je m'en souviens, dit Magda. Même si je n'avais que deux ans.

— Mais non ! s'exclame Cibi. C'est impossible !

— Figure-toi que si. Père nous a emmenées toutes les deux voir le nouveau bébé. Tu étais si petite, Livi, comme un chaton nouveau-né.

— Ne vous lancez pas dans ces histoires, c'est le jour de mon mariage ! réplique Livi en riant.

Tout autour d'elles, la fête touche à sa fin ; les invités repartent et les assiettes sales sont empilées.

— Père m'a laissée te prendre dans mes bras, poursuit Cibi. J'ai dû m'asseoir dans son grand fauteuil et, avec précaution, il t'a allongée dans mes bras. Il m'a dit qu'avoir une petite sœur, c'était comme garder un secret très spécial.

— Ça, je ne m'en souviens pas, intervient Magda.

— Tu vois ? commente Cibi. Tu étais trop jeune. Quoi qu'il en soit, les secrets spéciaux, il faut les garder pour toujours, voilà ce qu'il m'a dit. Ils doivent vivre en vous, ajoute-t-elle en se touchant le cœur. Il n'y a rien que quiconque puisse faire pour vous faire révéler votre secret. Et c'est ainsi que Magda et moi étions censées te protéger.

— Vous m'avez protégée, en effet, déclare Livi en prenant la main de ses sœurs. Mais ce n'est pas le moment d'abandonner, d'accord ?

— Peut-être juste un peu, plaisante Magda. Ziggy a peut-être quand même son mot à dire.

— Même pas pour rire, rétorque Cibi, sérieuse. Les maris ne font pas le poids face aux sœurs.

Alors qu'elle sombre dans le sommeil cette nuit-là, Cibi se rappelle le jour de la naissance de Livi encore plus en détail. Sa petite sœur était enveloppée dans une couverture douce et jaune. Leur mère, exténuée, ne lui a offert qu'un faible sourire quand elle a eu la permission d'entrer la voir. Cibi s'inquiétait qu'elle soit mourante, jusqu'à ce que son père lui rappelle que Mumma avait accouché d'un bébé tout entier et qu'elle avait le droit d'être fatiguée. Elle s'est assise sur le lit de sa mère, lui tenant la main, et Mumma lui a dit de rendre grâce à Dieu pour le « chaton » dans ses prières de ce soir-là. Ce qu'a fait Cibi.

Au moment de s'endormir, elle se remémore un détail supplémentaire : pendant qu'elle priait, son père est entré dans la chambre qu'elle partageait avec Magda pour lui dire qu'il était temps de se coucher, que Dieu serait là demain aussi, pour entendre ses remerciements. *Dieu sera là demain aussi.*

Elle ouvre les yeux en sursaut. Elle saisit la main de Mischka. *Dieu est là aujourd'hui.*

Le lendemain matin, Livi et Ziggy sont réveillés par le chant du coq, proclamant haut et fort l'aube d'un jour nouveau.

— Je n'arrive pas à croire que nous vivions dans un abri pour chèvres, déclare Livi en regardant la pièce dépourvue de fenêtres.

— Je t'ai promis que ce ne serait pas éternel. Tu mérites un palais, digne d'une reine, et tel est mon objectif.

Ziggy l'attire contre lui. Il l'embrasse sur chacune des joues, puis sur la bouche.

— Je voudrais juste des fenêtres, réussit à prononcer Livi avant de l'embrasser en retour.

Une fois habillés, ils ouvrent leur porte et découvrent deux grands cageots d'oranges par terre. Un troisième cageot est recouvert d'une nappe blanche en lin, que Livi soulève pour révéler un plateau de victuailles accompagné d'un petit mot : « Votre premier petit déjeuner de jeunes mariés ! Tous nos vœux pour votre mariage, Saadiya, Leah et leur famille. »

Le couple emporte le petit déjeuner pour s'installer sur deux souches d'arbres dans la clairière autour de leur abri et mange dans un joyeux silence, savourant chaque bouchée de pain tout chaud, de fromage, chaque gorgée de café et chaque quartier d'orange.

— C'est donc ça, la vie de jeunes mariés, observe Livi en s'essuyant la bouche. Je crois que ça me plaît.

— À moi aussi. Et dans l'optique de partager nos histoires, déclare Ziggy en les resservant de café, il y a quelque chose que j'ai besoin de savoir.

— Demande-moi tout ce que tu voudras.

Ziggy pose sa tasse, prend ses mains dans les siennes et, l'espace d'un instant, Livi se sent troublée par son air soudain grave tandis qu'il la regarde droit dans les yeux.

— Qu'y a-t-il ?

— Livi, je suis maintenant de ton côté. J'ai du mal à parler de ces choses, et toi non, alors, s'il te plaît, sois honnête avec moi. Hier soir, tu t'es endormie en pleurant. Je ne voudrais pas que ce soit à cause de… eh bien… à cause de quelque chose que j'ai fait… que nous avons fait. Je… bredouille-t-il en rougissant.

— Ziggy, non ! Je n'ai aucune envie de pleurer tous les soirs, mais les larmes sont pour Mumma, pour sa maison à Vranov. Il semble que je n'arrive pas à digérer ce jour où ce porc nous a chassées de chez nous.

Ziggy semble perplexe, mais également un peu soulagé.

— Tu te mets dans tous tes états pour une maison ?

— Je sais que cela semble absurde, au vu de tout le reste. Mais quand je ferme les yeux le soir, je vois Mumma en train de s'affairer dans la cuisine, de faire les lits, de se détendre dans son fauteuil.

— Livi, cela ne me pose aucun problème. J'avais juste besoin de comprendre.

Livi souhaite que leur mariage soit parfait. Ziggy a-t-il raison de s'inquiéter ? Est-ce stupide de croire que deux survivants pourront être heureux ensemble ? Elle secoue la tête pour éloigner cette pensée. Ils vont se bâtir une vie à deux. Ne viennent-ils pas de se marier ?

— J'espère qu'un jour je m'arrêterai de pleurer, souffle-t-elle d'une toute petite voix. Je suis désolée, Ziggy.

— Je t'ai déjà dit de ne jamais t'excuser auprès de moi, Livi. Pleure autant que tu veux, mais, un jour, j'espère te rendre assez heureuse pour que tu oublies cet épisode de la maison de Vranov, ou que ce souvenir soit moins douloureux. (Il se lève et lui tend la main.) À présent, allons voir tes sœurs avant que Cibi ne reparte.

Livi sourit aussitôt d'enthousiasme.
— Tu veux vraiment qu'on y aille ?
— Oui.

De retour à la maison après son premier jour de travail en tant que femme mariée, Livi est enchantée de découvrir son mari assis devant l'abri, avec un repas sur la table bancale que leur a donnée Saadiya.

— J'ai une bonne nouvelle, annonce-t-il, alors que Livi s'assoit. Mon patron m'a appelé aujourd'hui dans son bureau pour me dire que j'avais obtenu le poste auquel j'avais postulé à El Al, et que j'avais été promu.

— Promu ? interroge Livi en piquant un haricot vert avec sa fourchette. À quel poste ?

— Tu te trouves devant le responsable technique d'une nouvelle flotte d'avions Constellation.

— Ziggy, c'est... c'est formidable.

— Et c'est aussi plus d'argent. Bientôt, je serai en mesure de t'offrir des fenêtres.

Un mois plus tard, Magda et Yitzchak aident Livi et Ziggy à déménager dans leur nouvel appartement, à quelques rues seulement du leur. C'est la demeure dont Livi ne s'était jamais autorisée à rêver.

— J'ai vu un très beau canapé en vente dans un magasin de Tel Aviv, l'informe Ziggy.

Livi est en train de rentrer un ressort dans le vieux canapé que leur a cédé un voisin.

— Avons-nous besoin d'un nouveau canapé ?

Elle sourit jusqu'aux oreilles. Elle se moque des meubles. Tout l'enchante, que ce soit d'occasion

– et c'est le cas de la plupart de leurs affaires – ou neuf.

— Tu ne te plains jamais, Livi. Nous avons si peu de choses, et pourtant tu ne te plains jamais.

— J'ai tout ce dont j'ai besoin.

— C'est ce que j'aime chez toi.

— Est-ce tout ce que tu aimes chez moi ?

— J'aime tout de toi.

32

Rehovot, 1955

Deux ans plus tard, le jour de la naissance de leur premier enfant, Livi et Ziggy font le vœu de raconter leur histoire au petit Oded et, surtout, comment ils ont survécu pour pouvoir partager cette partie d'eux-mêmes avec lui.

— C'est toutefois si triste, réfléchit Livi. Mais pour nous connaître, il doit savoir ce qui nous est arrivé.

— Livi, notre bébé est né hier et la nuit dernière, pour la première fois, tu ne t'es pas endormie en pleurant. Sais-tu pourquoi ?

Livi est silencieuse, songeuse. Oded est en train de téter, bien qu'elle ne soit pas certaine d'avoir encore eu sa montée de lait.

— Oui, Ziggy. Je pense que c'est parce que je suis maintenant mère. Mumma me manquera toujours, mais hier soir j'ai senti qu'elle débutait un nouveau voyage, qu'elle me guidait pour devenir la mère qu'elle était. Notre maison nous a été enlevée, mais Mumma est toujours là. Elle est plus forte que la maison de Vranov. Notre bébé est plus fort que la maison de Vranov.

Lorsque Oded a un mois, les sœurs se retrouvent chez Livi. Leurs maris sont au travail et les enfants jouent à cache-cache en courant dans tout l'appartement, aux anges.

Magda est enceinte jusqu'aux yeux de son deuxième enfant.

— J'espère que c'est une fille, dit-elle. J'aime l'idée d'avoir deux filles.

— Comme je te comprends, fait Cibi en riant. Mes garçons me font tourner en bourrique.

À cet instant, Karol et Joseph crient à Chaya de sortir de sa cachette.

— Tu es bien silencieuse, Livi. Encore épuisée ? s'inquiète Magda.

— Tout va bien, je pense juste à quelqu'un.

— Du camp ? demande Cibi.

— Du camp, oui. La fille avec qui j'étais à l'hôpital.

— Matilda, disent à l'unisson Magda et Cibi.

Magda frissonne.

— Je pense que nous avons tous un souvenir qui surnage au-dessus des autres.

— Vous connaissez toutes les deux le mien, soupire Cibi.

— Les filles des couvertures, répondent Livi et Magda.

Cibi hoche la tête, frissonnant elle aussi.

— Je ne connais pas le tien, Magda, observe Livi. Tu le connais, toi, Cibi ?

— Eh bien, j'en ai quelques-uns qui se disputent la première place, déclare Magda en souriant tristement. Mais il y en a un qui me poursuit plus que les autres. Vous souvenez-vous du jour où Volkenrath m'a amenée à Auschwitz ?

— Quand elle ne t'a pas dit où vous alliez ? demande Cibi.

Magda opine du chef.

— Elle n'a pas prononcé un mot de tout le trajet, mais mon souvenir se situe avant qu'elle ne m'ordonne de monter dans la voiture. J'étais dans la salle de tri, ouvrant misérablement ces colis destinés aux morts, quand elle est entrée et a appelé mon nom. Eh bien… je m'étais fait une amie là-bas, une fille de mon âge qui était tchèque et avait une sœur à Auschwitz. Elle m'a demandé de lui transmettre un message, de lui dire qu'elle allait bien et qu'elle essayait de trouver un moyen de rejoindre Auschwitz elle aussi.

— As-tu transmis le message ? interroge Livi, étonnée de ne jamais avoir entendu cette histoire.

— J'ai découvert que sa sœur était morte. J'aurais pu l'en informer par l'une des prisonnières qui allaient encore travailler à Birkenau, mais je ne l'ai pas fait.

Magda baisse la tête.

— Et pourquoi ? s'enquiert Livi.

— Je crois que je sais pourquoi, déclare Cibi.

— Je me suis imaginée à la place de cette fille recevant la nouvelle que l'une d'entre vous était morte. (Magda prend une profonde inspiration.) Je ne supportais pas cette idée, alors j'ai préféré l'oublier.

— Sauf que tu ne l'as pas oubliée, murmure Cibi.

Livi secoue la tête, incrédule.

— Dans cet endroit inhumain, nous arrivions encore à ressentir de la culpabilité, vous vous rendez compte ?

Les enfants pleurent tous à présent ; même Oded s'est réveillé de ses rêves et réclame à manger. Livi l'installe sur son sein tandis que Magda et Cibi assemblent un repas dans la minuscule cuisine de leur sœur.

— Mange, ordonne Magda en passant à Livi une pile de *latkes* sur une assiette. C'est bon pour ton lait.

Livi en fourre un dans sa bouche et mâche. Les enfants sautent sur son lit et personne ne leur dit d'arrêter.

— Je crois que j'aimerais que ce moment dure toujours, observe-t-elle en prenant une plus petite bouchée d'un autre *latkes*. Je suis en compagnie de mes sœurs et de nos enfants et…

— Et nous avons des *latkes* et, si je ne m'abuse, de l'excellent vin de Ziggy pour tout à l'heure, complète Cibi. Tu sais, un jour nous serons grands-parents, peut-être même arrière-grands-parents.

— Tu ne vivras pas assez longtemps, Cibi. En tant qu'aînée, tu partiras bien avant d'avoir des arrière-petits-enfants, rétorque Livi en gloussant.

— Je serai peut-être encore là, on ne sait jamais. Dans tous les cas, je me demande si nous nous entendrons toujours aussi bien.

— Bien sûr que oui, répond Livi.

Oded s'est rendormi, elle l'emmène dans son berceau dans sa chambre. Les cousins dorment profondément sur son lit, épuisés d'avoir autant sauté.

— Prenons un verre de l'excellent vin de Ziggy, d'accord ? Juste un petit ?

Magda secoue la tête en montrant son ventre.

— En revanche, je ne dirais pas non à du jus d'orange.

Les sœurs lèvent leur verre et, d'une seule voix, déclarent : « À Mumma. »

Magda songe à la dernière fois qu'elle a vu leur mère, dans cette salle de classe. Elle et son grand-père insistaient pour l'accompagner où que l'emmène la Garde Hlinka, mais elle les avait rassurés en leur disant qu'elle serait bientôt de retour, tout en sachant que c'était sans doute un mensonge.

Elle regarde ses sœurs boire leur vin et grignoter des *latkes*. Elle se rend compte qu'elle différait la douleur de sa mère, ce n'était rien de plus que cela. Un petit acte de gentillesse. C'est cela qui unit désormais les sœurs, de petites attentions. Elles n'ont plus besoin de renouveler leur promesse de veiller les unes sur les autres, car leur promesse fait tout autant partie d'elles que leurs enfants. Toutefois, cela ne l'empêche pas de lever une nouvelle fois son verre.

— À notre promesse.

Les sœurs font tinter leurs verres et, tous en même temps, les enfants se réveillent.

Quatre ans après la naissance de leur fils, Livi et Ziggy ont le bonheur d'accueillir une petite fille. Ils l'appellent Dorit. Odie savoure son rôle de grand frère, de protecteur de sa sœur.

Épilogue

Rehovot, décembre 2013

— Les voilà ! Oded, prends l'ascenseur et ramène ta tante ! J'ai hâte de voir Cibi, crie Livi.

Livi est penchée sur le balcon de son appartement situé au premier étage, donnant sur la rue Moshe Smilansky. La rue où elle vit depuis vingt-cinq ans.

Sa fille, Dorit, et la femme d'Oded, Pam, se joignent à elle sur le balcon pour faire de grands signes aux visiteurs. Trois générations de descendants de la famille Meller remontent la rue, dans une cacophonie d'embrassades, de rires et de cris d'enfants. Chaque adulte porte soit un grand panier, soit un plateau de nourriture.

— *Shalom, shalom !* lancent-ils aux femmes au-dessus de leurs têtes.

— Odie descend avec l'ascenseur ! crie Dorit.

Enfin, Livi voit ses sœurs. Magda tient une canne dans une main, le bras de Chaya, sa fille aînée, de l'autre. Cibi est derrière elle, dans le fauteuil roulant dont elle dépend de plus en plus depuis le jour où elle s'est cassé la hanche lors d'une chute. Son fils, Yossi, la pousse sur le trottoir. Magda et Cibi lèvent toutes les deux les yeux et aperçoivent Livi. Magda agite sa canne et sa sœur lui souffle un baiser.

— Dorit, Pam, allez les aider avec les victuailles ! les exhorte Livi.

Livi sait que dans moins de deux minutes sa maison s'emplira des personnes qu'elle aime le plus au monde : sa famille. Elle passe l'une de ces minutes à regarder le toit de l'immeuble d'en face où, il y a soixante ans, aux côtés de ses sœurs, de ses amis et d'un rabbin, elle a épousé l'homme qu'elle aime.

Dans la chambre, Ziggy se prépare à l'assaut imminent, qui fait partie du lot quand on épouse une sœur Meller.

— Ema, Ema !

Les cris de ses petits-enfants ramènent Livi au présent.

Elle reste sur le balcon tandis que la famille élargie des sœurs afflue pour recevoir ses étreintes et baisers.

— Et moi ? lance Ziggy en entrant dans le salon. Je n'ai pas le droit à un bisou ?

Les plus jeunes se ruent sur lui et il s'appuie contre le mur pour accueillir leur attaque.

Livi entend la porte de l'ascenseur s'ouvrir. Qui entrera en premier ? Cibi, au nom de son privilège d'aînée, ou Magda, qui aura demandé le droit de s'asseoir, sachant qu'elle en a besoin contrairement à Cibi, déjà en fauteuil ?

Yossi pousse Cibi à l'intérieur.

— Je pensais que tu laisserais Magda entrer en premier, déclare Livi en se penchant pour planter des baisers sur les joues de sa sœur.

— Elle est plus jeune que moi. Elle peut se permettre d'attendre, déclare Cibi avec un geste du poignet.

— Entrez. Entrez ! Préfères-tu rester dans cette chose ou t'asseoir dans un fauteuil digne de ce nom ? s'enquiert Livi.

— Je suis bien là où je suis. Et, de cette façon, quand j'en aurai marre de vous, je pourrai repartir toute seule.

— Si seulement je ne t'aimais pas autant que ça, je te pousserais dans l'escalier pour dire des choses pareilles.

— Continue comme ça et je vais me pousser moi-même dans l'escalier.

Elles entendent toutes les deux la porte de l'ascenseur s'ouvrir de nouveau.

— La voilà ! Combien de temps encore va-t-elle continuer de nous rappeler qu'elle est l'aînée ? déclare Magda en rejoignant ses sœurs.

— Tous les jours de notre vie, répond Livi.

— Tous les jours de sa vie, après quoi ce sera mon tour.

Magda embrasse Livi.

— Quoi ? Ta grande sœur n'a pas droit à un baiser ? lance Cibi avec indignation.

— Je t'ai embrassée dans la rue. As-tu déjà oublié ? rétorque Magda. Livi, où est le fauteuil de Ziggy ? J'ai besoin de m'asseoir, et son fauteuil est le plus confortable que vous ayez.

— Ai-je entendu quelqu'un prononcer mon prénom ? demande Ziggy en étreignant ses belles-sœurs.

— Magda veut s'installer dans ton fauteuil, explique Cibi. Dis-lui que c'est impossible.

— Pourquoi ? Parce que toi aussi tu veux mon fauteuil ?

— Non, je suis très bien dans le mien – comme ça je peux m'enfuir.

— Viens, Magda, allons nous asseoir, propose-t-il en lui prenant le bras pour l'accompagner au salon.

— Il faut que je retourne chercher des boissons dans la voiture. Est-ce que ça va maintenant, Mumma ? demande Yossi à Cibi.

— Je m'occupe d'elle, Yossi. Je me suis toujours occupée d'elle, intervient Livi en prenant les poignées du fauteuil de sa sœur pour la pousser dans le salon, esquivant enfants et tables basses sur son passage.

— Mets-moi dans un coin quelque part, demande Cibi.

— Hors de question. C'est une fête et tu dois t'amuser. Viens dire bonjour à Odie et à Pam. Ils sont arrivés du Canada il y a deux jours seulement.

— Tante Cibi, comment vas-tu ?

Oded s'agenouille pour étreindre et embrasser sa tante.

— Tu as l'air plus vieux, observe Cibi.

— Je *suis* plus vieux. C'est juste que tu ne me vois pas assez souvent. Je regrette que nous ne puissions nous permettre de venir plus fréquemment.

— Contente-toi de ne plus vieillir. En comparaison, tu me donnes l'impression d'être une antiquité. Bon, où est ta femme ?

— Je suis là, tante Cibi.

Rayonnante, Pam s'agenouille près de son mari et prend les deux mains de Cibi dans les siennes.

— Elle n'a pas vieilli, dit Cibi à Odie. Mais elle est encore plus belle.

— Ma tante, déclare Pam, Odie et moi avons quelque chose de très spécial à vous montrer tout à l'heure, à vous tous.

— Vous ne pouvez pas me le montrer maintenant ?

— Non, vous allez devoir être patiente, mais en attendant je peux vous apporter quelque chose à manger, propose Pam.

— Un verre de vin rouge ne serait pas de refus.

Livi balaie son appartement du regard. Chaque centimètre carré de la grande table de salle à manger est recouvert de plats. Les verres sont remplis, de petites mains se glissent dans les bols de fruits, de chips, de gâteaux et dérobent la nourriture.

L'arrière-petite-fille de Cibi pleure.

— Veux-tu bien la prendre ? lui demande sa petite-fille, plaçant un bébé hurlant dans les bras de Cibi.

La petite fille tend une main dodue vers le verre de vin de Cibi.

— Tu es encore un peu jeune, mais reviens me voir dans quelques années, lui dit-elle.

— Tu ne seras plus là quand elle sera assez grande pour boire, rigole Livi.

Celle-ci se fraie un chemin au milieu des convives, se baissant au moment où Yossi lance sa petite-fille de huit ans dans les airs. Les jeunes adultes, la troisième génération de la famille, se sont échappés sur le balcon.

— Ça vous embête qu'une vieille se joigne à vous ? demande Livi à son petit-fils.

— Ema, je serai vieux avant toi, dit-il en prenant sa grand-mère toute menue dans ses bras pour la soulever de terre.

— Avez-vous vu toutes les victuailles là-dedans ? lance-t-elle.

— Il n'y en a pas plus que d'habitude, répond sa petite-fille. Tu sais que nous allons tout manger, non ?

— Hé, j'espère qu'on ne va pas tout manger, j'aimerais bien en remporter un peu. Je compte sur ces réunions de famille pour me nourrir toute une semaine, insiste son cousin.

— Je vais vous laisser parler de ce dont discutent les jeunes d'aujourd'hui, déclare Livi en s'apprêtant à retourner à l'intérieur.

— Nous parlons de ce dont vous parliez tes sœurs et toi à notre âge.

— C'est bien cela qui m'inquiète et c'est pour ça que je m'en vais.

Ziggy l'attrape au moment où elle revient, lui plaçant amoureusement un bras autour de la taille.

— Viens manger quelque chose. Dieu sait qu'il y a assez de nourriture, l'encourage-t-il.

— Quel vacarme, Ziggy ! Je ne sais pas si j'adore ou si je déteste ça, dit-elle en appuyant la tête contre lui.

— Tu adores ça – depuis toujours et pour toujours.

— Je vais préparer une assiette et aller bavarder avec Magda. Tout le monde est debout et c'est la seule assise, annonce Livi.

— Cibi est assise.

— Cibi est en fauteuil roulant.

Livi tire une chaise à côté de Magda. Sans y avoir été invitée, sa sœur commence à picorer dans l'assiette.

— Cibi n'a pas l'air bien, fait-elle remarquer.

— Si seulement elle sortait de ce fauteuil et se servait de ses jambes, elle se remettrait bien plus vite, répond Livi.

— Ema, Tante Amara et Oncle Udom sont arrivés ! hurle Dorit de l'autre côté de l'appartement.

Livi se retourne pour voir sa fille étreindre Amara, son amie des orangeraies, la fille timide qui lui a fait goûter les dattes il y a si longtemps. Son mari, Udom, porte un énorme plat de falafels et un petit panier en osier rempli de dattes.

— Prends le plat, Dorit ! crie Livi en retour, se levant de sa chaise pour traverser la pièce. À présent, toute la famille est là.

Livi rayonne de joie en serrant sa vieille amie dans ses bras.

Odie fait tinter un couteau contre son verre, demandant le silence. Le niveau sonore augmente tandis que chacun dit à son voisin de se taire.

Les jeunes adultes reviennent dans la pièce et les enfants saisissent aussitôt cette occasion pour s'emparer du balcon.

— Ema, Tante Magda, voulez-vous bien vous asseoir à côté de Tante Cibi ? demande Odie.

Les trois sœurs se retrouvent côte à côte à l'avant de la salle.

Odie prend Pam par la main.

— Pam et moi sommes si heureux d'être avec vous tous et nous vous remercions infiniment d'être venus. J'aimerais profiter de ce moment pour vous montrer quelque chose de très spécial.

— Quoi donc ? chuchote fortement Cibi à Livi.

— Attendons de voir, lui répond sa jeune sœur.

— Cela fait longtemps que Pam et moi travaillons sur une sculpture en verre. Elle fait actuellement partie d'une exposition intitulée « GUERRE Lumière durant/après l'Obscurité » dans une galerie de Toronto. Nous l'avons appelée *Le Miracle des Trois Sœurs*.

— L'avez-vous ici ?

— Non, Tante Magda, elle est trop grande pour être transportée en Israël, et puis elle est encore exposée. En revanche, nous en avons une photo, dans le catalogue de la galerie.

Odie le tend à Livi. Cibi et Magda se penchent pour regarder la photo.

Elles sursautent comme une seule femme en voyant le nombre 4559 gravé à la base de l'imposante structure en verre.

— C'est ton numéro, constate Cibi.

Livi est bouche bée. Ziggy vient placer ses deux mains sur ses épaules. Cibi prend une gorgée de vin, en respirant lentement et bruyamment. Magda s'essuie les yeux et se tourne vers ses filles, qui se penchent pour l'embrasser.

Pam essaie de parler, mais ses larmes entravent ses paroles.

— Est-ce que… ça vous plaît ? réussit-elle enfin à prononcer.

Livi remet le catalogue à Magda et étreint son fils et sa bru. Odie pleure sur son épaule.

— Je ne savais pas de quelle autre façon vous rendre hommage à toutes les trois et honorer ce que vous avez fait pour survivre et nous donner la vie, sanglote-t-il.

— Tu m'honores en étant mon fils, lui dit Livi, provoquant un nouveau torrent de larmes chez Pam.

À genoux, Karol serre sa mère dans ses bras. Au bout d'un moment, il se relève et prend son verre sur lequel il fait tinter son alliance. Le silence s'installe une nouvelle fois dans la pièce.

— En tant qu'aîné des enfants des trois sœurs, j'aimerais dire quelques mots, annonce-t-il.

— Telle mère, tel fils, s'amuse Magda.

Les éclats de rire succèdent à un silence stupéfait.

— D'accord, d'accord, j'ai appris de la meilleure – merci, Mère. Non, sérieusement, juste un instant, avant de reprendre nos réjouissances…

— Et du vin, ajoute Cibi.

— Et du vin, concède Kari. Nous savons depuis toujours que notre famille est très spéciale et tous ceux qui nous ont rejoints continuent de la rendre spéciale. Odie et Pam, vous nous manquez au Canada et nous ne vous voyons pas assez, et voilà que vous nous présentez cet extraordinaire hommage. Nous voulons vous remercier pour ce que vous avez créé à leur mémoire. Aux Trois Sœurs ! crie-t-il en levant son verre.

— Aux Trois Sœurs ! reprennent en chœur les convives.

— Mon verre est vide, se plaint Cibi.

— Que quelqu'un donne à ma mère un autre verre de vin, s'il vous plaît ! lance Yossi.

Au milieu de l'empressement à remplir les verres, à se servir de nourriture et à reprendre les conversations interrompues, Livi passe un bras autour des épaules de chacune de ses sœurs.

— Où est Ziggy ? Il devrait être avec nous, déclare Magda.

— Je suis là, Magda, répond Ziggy derrière elle, en se penchant entre elle et Livi. Si j'avais un verre à la main, je le lèverais pour porter un toast à Mischka et Yitzchak.

— À Mischka et Yitzchak ! s'exclament les sœurs.

Elles balaient la pièce du regard ; à eux six, ils ont constitué cette grande famille réunie aujourd'hui.

Cibi ouvre la bouche pour dire quelque chose, puis se ravise.

— Qu'y a-t-il, Cibi ? l'interroge Ziggy.

Elle ferme les yeux. Mille souvenirs défilent dans sa tête.

— Nous avons tenu notre promesse, n'est-ce pas ? À Père, à Mumma et à Grand-père.

Livi prend la main de sa sœur.

— Te souviens-tu de l'oignon, Cibi ? Encore aujourd'hui, chaque fois que je coupe un oignon, je repense à la façon dont tu m'as sauvé la vie.

— La couchette, chuchote Magda. Vous souvenez-vous de la couchette que nous partagions ? Chaque soir, quelles qu'aient été les horreurs de la journée, je savais que si je pouvais me blottir près de vous dans l'obscurité, je ne serais jamais seule.

— Nous nous sommes sauvées les unes les autres, déclare Cibi.

Elle retrousse sa manche gauche, imitée par ses sœurs. Leur peau est désormais ridée, mais les chiffres sont aussi visibles que le jour où ils ont été inscrits dans leurs bras à coups de lame.

— Lorsqu'ils ont planté ces numéros dans notre chair, ils ont scellé notre promesse. D'une certaine façon, ils nous ont donné la force de lutter pour nos vies.

Les sœurs sont silencieuses tandis que la fête bat son plein autour de leurs silhouettes voûtées. Les morts ne sont jamais loin de leurs pensées, et à présent chacune s'imagine les innombrables pièces vides à travers le monde qui devraient résonner d'éclats de rire, emplies de maris, de fils et de filles, de petits-enfants, de neveux, de nièces et de cousins.

— Nous sommes peut-être bien diminuées, déclare Livi, un grand sourire aux lèvres, mais autrefois nous étions les filles Meller.

Note de l'autrice

Menachem Emil (Mendel) Meller, le père des sœurs, mourut le 27 octobre 1929. Il est enterré au cimetière juif de Košice, en Slovaquie.

Civia « Cibi » Meller naquit le 13 octobre 1922 à Vranov nad Topl'ou, en Slovaquie. Elle mourut le 25 novembre 2015 à Rehovot, en Israël.

Magda Meller naquit le 1er janvier 1924 à Vranov nad Topl'ou, en Slovaquie. Elle mourut le 1er mai 2022, à Holon, en Israël.

(Ester) Gizella « Livia/Livi » Meller naquit le 16 novembre 1925 à Vranov nad Topl'ou, en Slovaquie. Elle habite à Rehovot, en Israël.

Une quatrième fille, Emilia, naquit trois mois après le décès de leur père Menachem Meller et mourut de la tuberculose avant son troisième anniversaire.

Les grands-parents paternels des sœurs, Anyka et Emile Meller, vécurent et moururent à Vranov nad Topl'ou, en Slovaquie.

La grand-mère maternelle des sœurs, Rosalie Strauss, mourut en 1934 à Vranov nad Topl'ou, en Slovaquie. Elle était sage-femme et avait mis au monde toutes les filles Meller.

Le grand-père paternel des sœurs, Yitzchak Strauss, fut assassiné à Auschwitz-Birkenau le 24 octobre 1944.

La mère des sœurs, Chaya Sara Meller (née Strauss), fut assassinée à Auschwitz-Birkenau le 24 octobre 1944.

Le mari de Cibi, Mordechai Maximilian « Mischka » Lang, naquit le 2 avril 1908. Il mourut le 30 mars 2000 à Kfar Ahim, en Israël.

Le mari de Magda Yitzchak « Yitzko » Guttman naquit le 1er novembre 1911. Il mourut le 5 mai 1982 à Holon, en Israël.

Le mari de Livi, Viteslav Zigfried Shmuel Ravek, connu dans la famille sous le surnom de Ziggy, naquit le 8 avril 1925 en Moravie. Il mourut le 14 décembre 2015 à Rehovot, en Israël.

Cibi épousa Mischka à Bratislava, en Slovaquie, le 20 avril 1947. Leur fils Karol (Kari) naquit le 16 mars 1948 à Bratislava. Leur second fils, Joseph (Yossi), naquit le 12 août 1951 en Israël.

Magda épousa Yitzko en 1950 en Israël. Leur fille Chaya naquit le 28 mai 1951 en Israël. Une seconde fille, Judith (Ditti), naquit le 22 septembre 1955 en Israël.

Livi épousa Ziggy le 2 mai 1953 en Israël. Leur fils Oded (Odie) naquit le 1er août 1955 en Israël. Leur fille Dorit naquit le 12 juillet 1959 en Israël.

L'oncle des sœurs, Ivan Strauss, son épouse Helena et leurs enfants Lily, Gita et David, arrivèrent à Auschwitz-Birkenau le 25 octobre 1944. Il n'y eut pas de sélection pour les chambres à gaz ce jour-là, ni aucun des jours suivants. La guerre était presque terminée. Ils furent emmenés pour une marche de la mort et Helena, faible et malade, tomba et mourut. Ivan et ses enfants retournèrent à Bratislava où ils retrouvèrent les sœurs. Il y rencontra sa seconde épouse, Irinka, et déménagea en Israël en 1949. Ils eurent trois autres enfants.

Le docteur Kisely était le médecin chrétien qui sauva Magda de la déportation en l'admettant à l'hôpital. Magda se souvient très bien de son nom.

Avant d'être emmenée à Auschwitz, Cibi souhaitait vivement se rendre en Palestine et participer à la création d'une patrie juive. Un Juif nanti, converti au christianisme, acheta une propriété à trente kilomètres de Vranov. Là, il organisa un entraînement de *Hakhshara* pour les jeunes hommes et jeunes femmes, afin de leur apprendre à cultiver la terre, à cuisiner en grandes quantités et autres compétences essentielles sur une terre nouvelle, au climat et au sol très différents de la Slovaquie.

Visik avait le même âge que Cibi. Ami de Cibi durant de nombreuses années, il avait fait partie d'un groupe de jeunes idéalistes, essentiellement juifs, qui se réunissaient régulièrement, souvent chez les Meller, pour rêver, fomenter et planifier une vie meilleure. Il rejoignit les gardes de la Hlinka et essaya d'intimider et de harceler Cibi tandis qu'elle et d'autres jeunes Juifs parcouraient le trajet entre la synagogue et la gare, d'où ils seraient déportés à Auschwitz.

Cibi et Livi figurent sur la liste de transport quittant Poprad, en Slovaquie, pour la Pologne le 3 avril 1942.

Mme Marilka Trac habitait en face de chez les Meller et cacha fréquemment Magda dans ses combles au cours des mois d'hiver de 1942 et 1943.

La prison d'Ilava, en Slovaquie, où Magda fut emmenée après avoir été capturée, était la même prison où le tatoueur d'Auschwitz, Lale Sokolov, fut emprisonné en 1948.

Le camp familial de Theresienstadt fut vidé, et tous ses occupants furent assassinés dans les chambres à gaz, les 8 et 9 mars 1944.

Maria Mandel (10 janvier 1912 – 24 janvier 1948, également connue sous le nom de Maria Mandl), fut jugée, condamnée et exécutée pour crimes de guerre. https://fr.wikipedia.org/wiki/Maria_Mandl

Elisabeth Volkenrath (5 septembre 1919 – 13 décembre 1945) fut jugée, condamnée et exécutée pour crimes de guerre. https://fr.wikipedia.org/wiki/Elisabeth_Volkenrath

Heinz Volkenrath (28 décembre 1920 – 13 décembre 1945) fut jugé, condamné et exécuté pour crimes de guerre le même jour que son épouse.

Mala Zimetbaum (matricule 19880) (26 janvier 1918 – 15 septembre 1944) fut la première femme à s'échapper d'Auschwitz-Birkenau. Elle était tombée amoureuse d'un détenu polonais, Edward (Edek) Galinski. Ils s'enfuirent ensemble le 24 juin 1944. Galinski se rendit à la SS lorsqu'il vit que Mala était arrêtée. Interrogés et torturés, ils furent exécutés en même temps, respectivement dans le camp des hommes et dans celui des femmes. Galinski tenta de sauter dans le nœud coulant avant la lecture du verdict, en criant les mots « Longue vie à la Pologne ! ». Forcés d'assister à son exécution, les prisonniers retirèrent leur casquette en guise de marque de respect à l'égard de Galinski, provoquant la fureur des gardiens.

Les récits de la mort de Mala varient selon les documents officiels. Livi confirme la version selon laquelle elle est morte d'hémorragie dans la charrette alors qu'elle était emmenée au four crématoire. Une comédie musicale (*Mala, the Music of the Wind*) ainsi qu'un film (*The Last Stage*) s'inspirent de la vie de Mala. https://fr.wikipedia.org/wiki/Mala_Zimetbaum

Pendant la Seconde Guerre mondiale, Banská Bystrica devint le centre de l'opposition antinazis en Slovaquie lorsque le Soulèvement national slovaque, l'un des plus grands événements de résistance en Europe, fut lancé depuis la ville le 29 août 1944. Les insurgés furent défaits le 27 octobre 1944.

Le 24 octobre 1944 fut le dernier jour où les chambres à gaz et les fours crématoires furent opérationnels à Auschwitz-Birkenau. Livi vit sa mère et son grand-père dans la file des prisonniers sortant du train à l'intérieur du camp de Birkenau. Ne sachant pas quoi faire, elle courut trouver Cibi pour l'en informer. La scène décrite est fidèle à ce qui se produisit : Cibi affrontant Kramer, puis parvenant brièvement à échanger quelques mots avec sa mère et son grand-père alors qu'ils entraient dans la chambre à gaz.

Eva, la petite Yougoslave dont les sœurs s'occupèrent pendant les marches de la mort et à la fin de la guerre, leur raconta que son père avait été le médecin personnel du président Tito. Cette situation n'avait pas empêché sa femme juive et sa fille d'être déportées à Auschwitz. Eva était avec sa mère quand celle-ci avait péri lors de la marche de la mort. On ne sait pas ce qu'il advint d'Eva après son retour en Yougoslavie.

Les bougeoirs et les photos que Magda avait dissimulés dans les combles demeurent en sa possession.

La sculpture en verre *Les Trois Sœurs* mentionnée dans l'épilogue fut créée par Pam et Oded Ravek. C'est à la fois un hommage et un mémorial. Elle commémore les six millions de Juifs assassinés par les nazis (figurés par des morceaux de roses avec des épines éparpillés sur le socle), ainsi que le million et demi d'enfants de moins de treize ans (douze roses naissantes, sans épines, au deuxième niveau). Les numéros inscrits sur trois des quatre côtés sont les matricules tatoués sur le bras des trois sœurs. Le côté vierge sert à illustrer que le spectateur peut le compléter avec le numéro d'un de ses proches, et ce vide honore également ceux qui ont péri pendant l'Holocauste et qui n'étaient pas tatoués.

Magda travailla pour le président Weizmann et la Première Dame entre 1950 et la naissance de Chaya en mai 1951.

Livi travailla pour le président Weizmann et la Première Dame de mars 1951 à juin 1955.

Le président Chaim Weizmann et la Première Dame Vera Weizmann sont enterrés dans le jardin de leur maison à Rehovot, devenu un jardin public. Livi va les voir, avec ses enfants et ses petits-enfants, à qui elle propose une visite guidée bien particulière qui transcende les époques et ramène à la vie les jardins et les personnages historiques.

Postface
de Livia Ravek

Dès le moment où elle est entrée chez moi, Heather m'a plu. J'ai été séduite par son beau sourire, sa gaieté et son accent charmant. Cela me semblait miraculeux qu'elle vienne me voir. J'étais stupéfaite qu'elle modifie son calendrier chargé et vienne me rencontrer en Israël, depuis l'Afrique du Sud, avant de repartir chez elle, auprès de sa famille, en Australie.

Nous avons un point commun. Le premier roman d'Heather, *Le Tatoueur d'Auschwitz*, raconte l'histoire de Lale et Gita, et je les connaissais depuis mon jeune âge – « avant » – chez moi, en Slovaquie. Heather porte Lale et Gita dans son cœur et manifeste un grand amour et une grande empathie à l'égard des gens.

Vous connaissez la suite. C'était incroyable que Heather écrive au sujet de mes sœurs et moi. Elle a un don pour écouter tranquillement et pour comprendre. *Trois Sœurs* est un projet qui a pris deux ans. Je connais maintenant bien Heather, je la considère comme une sœur et comme un membre de ma famille et je l'aime tendrement. Je suis si fière et honorée de la connaître.

Ma famille et moi avons hâte de bientôt la revoir en Israël.

Postface d'Oded Ravek

Parfois, les planètes s'alignent et la chance sur des millions que votre rêve se réalise se présente.

Du plus loin qu'il me souvienne, je souhaitais ardemment que soit racontée l'histoire de ma mère, Livia, et de ses deux sœurs aînées, Cibi, *z"l*, et Magda. Au printemps 2019, ma femme, Pam, et moi nous apprêtions à partir pour Israël pour rendre visite à nos enfants et à leurs familles, ainsi que pour fêter le mariage de notre nièce. Alors que je faisais quelques courses de dernière minute, *Le Tatoueur d'Auschwitz* attira mon attention et nous l'achetâmes pour le lire au cours du voyage. J'étais loin d'imaginer que l'acquisition du *Tatoueur* serait la première étape vers la réalisation de mon rêve de toujours.

Nous nous retrouvâmes dans la joie avec nos enfants et ma mère, mon Ema, en Israël ; au même moment, Heather Morris se préparait à partir pour l'Afrique du Sud pour la tournée de promotion de son roman à succès, un ouvrage percutant inspiré de la vie de Lale Sokolov, *Le Tatoueur d'Auschwitz*. Quand je donnai le livre à Ema pour qu'elle le lise, elle fut enchantée de s'apercevoir qu'elle connaissait Lale et, sans avoir besoin de lire, elle savait que sa tendre épouse était Gita, une de ses anciennes camarades d'école.

Un e-mail de Pam à Heather mit la machine en marche. Heather modifia son projet de rentrer en Australie depuis l'Afrique du Sud et arriva en Israël quelques jours après notre fête de famille, dans le but de rencontrer Ema et notre famille. Entre les mains compétentes d'Heather, une histoire captivante et inspirante de la vie des trois sœurs commença à prendre forme. Mon rêve devenait peu à peu réalité.

L'histoire de ma mère, de Cibi et de Magda témoigne de la puissance de l'amour et du dévouement. Contre toute attente, les trois sœurs ont survécu au génocide le plus odieux, le plus systématique que le monde ait jamais connu. Non seulement cela, mais elles sont également parties vivre et travailler dans un nouveau pays, le pays de ma naissance, où elles ont appris une nouvelle langue et une nouvelle culture. Elles ont mené une vie remplie de rires, de satisfactions et de joies, toujours entourées d'amour, chaque génération suivante d'enfants, de petits-enfants et d'arrière-petits-enfants grandissant et s'épanouissant en liberté.

Ce livre rassemble toutes les histoires que j'entends depuis ma tendre enfance. Heather a su saisir la vie heureuse et paisible d'Ema et de sa famille à Vranov, ainsi que l'impuissance, le chaos et les horribles tragédies que ces sœurs incroyables, si fortes, ont subi et auxquels elles ont assisté.

Enfant, je voyais la tristesse dans les yeux de mon Ema. Je sentais son chagrin, mais je ne comprenais pas. J'économisais l'argent de mes étrennes pour lui acheter des cadeaux, afin de voir son beau sourire illuminer ses yeux. Ma sœur, Dorit, et moi eûmes la meilleure enfance possible, emplie d'amour et de rires, de sécurité et de liberté. Nous avions la chance que mon père, mon Aba, et mon Ema soient ouverts avec nous et ne cherchent pas à nous cacher leur vie d'avant.

Au fur et à mesure que les années passaient, je commençais à comprendre qu'ils avaient survécu à l'inimaginable.

Un moment charnière est gravé dans ma mémoire, celui où je me tenais avec Ema à côté de la clôture au camp de la mort, Auschwitz-Birkenau. Ema me décrivit la dépravation qui avait lieu à cet endroit, ainsi que la vie derrière la barrière électrique de séparation. « C'est le même soleil, le même ciel bleu au-dessus du camp de la mort et des champs, des forêts au-delà, de l'autre côté de la clôture. » Elle voyait des familles, des enfants qui jouaient et des gens qui travaillaient dans les champs. Tous ignoraient totalement ce qui se passait dans le camp de la mort, continuant de mener leur vie et leurs affaires comme si c'était une journée comme une autre, comme si ceux de l'autre côté de la clôture étaient invisibles. Là, où se tenait Ema, d'un côté de la clôture, s'élevait la puanteur de la mort, des meurtres et de la souffrance, alors que de l'autre côté régnaient la vie et la liberté. Tout cela sous le même ciel bleu. Comment était-ce possible ?

Plus tard, arrivés à un hôtel de luxe qui venait d'ouvrir dans une station de ski non loin d'Auschwitz-Birkenau, Pam et moi regagnâmes la voiture pour dire à Ema et Aba, ainsi qu'à Dorit et à notre nièce, Ruth, ce que nous venions d'apprendre. Cette belle demeure transformée en hôtel avait une histoire tristement célèbre. Elle avait servi de lieu de retraite pour les SS qui travaillaient aux camps d'extermination. « Voulez-vous que nous cherchions un autre logement ? »

Comme toujours, la réponse d'Ema fut succincte et pertinente : « Nous sommes là. Pas eux. »

Postface d'Ayala Ravek

Je me rappelle.

Je me rappelle, enfant, quand je passais les doigts sur son bras, effleurant les chiffres à l'encre estompée.

Je me rappelle être rentrée à la maison un après-midi et avoir découvert ma *Safta* en train de parler à une inconnue, des larmes dans la voix, immortalisant son histoire face à une caméra ; je me rappelle avoir été effrayée et curieuse, ne pas avoir su quoi faire, ni quoi dire.

Je me rappelle le petit couteau qu'elle avait toujours dans son sac à main, à côté des bonbons à la menthe qu'elle partageait avec moi lors des trajets en voiture ; le couteau qu'elle sortait parfois, le tenant tendrement dans sa main en caressant de son pouce le manche usé.

Je me rappelle la première fois qu'elle m'a raconté où elle avait trouvé le couteau – au camp – quand je lui avais demandé d'où il venait, et j'avais répondu « Cool ». Nous étions au milieu d'un centre commercial, assises sur un banc. J'étais petite, mais je me rappelle tout de même le regret que j'avais aussitôt ressenti, comprenant que ma réponse était inappropriée mais ne sachant pas vraiment pourquoi ; je voyais bien la tristesse dans ses yeux.

Je me rappelle, des années plus tard, que le couteau fut égaré dans un taxi et que je pleurai à chaudes larmes ce soir-là, ressentant une perte que je ne pouvais expliquer.

Je me rappelle les nuits passées dans la chambre de mes grands-parents, les glaces dégustées dehors après une promenade au bord de l'eau sous le soleil d'été.

Je me rappelle les rires autour de la table, si intenses que nous en avions mal au ventre et que des larmes nous roulaient le long des joues, si intenses que nous avions du mal à reprendre notre respiration ; tandis que la douleur qui était toujours là, sous-jacente, trouvait une échappatoire.

Mais ce que je me rappelle plus que toute autre chose, c'est quand *Safta* me serrait dans ses bras en murmurant : « Tu es ma victoire. Ma famille est ma victoire. »

Postface de Yossi Lahav (Lang)

J'aimerais remercier Heather Morris qui a plongé la tête la première dans ce projet et a donné vie à la remarquable histoire des trois sœurs. Grâce à ce livre, leur trajectoire sera documentée pour toujours.

Par ailleurs, je souhaite dire un grand merci à mon cousin, Oded Ravek, et à son épouse, Pam, qui sont à l'origine de la collaboration avec Heather Morris.

Je suis né et j'ai grandi à Kfar Ahim, une communauté de survivants de l'Holocauste.

À l'époque de ma naissance, ma mère souffrait de tuberculose et ne pouvait pas s'occuper de mon grand frère et d'un nouveau-né – nous avons donc été envoyés dans des foyers pour enfants. J'ai passé les deux premières années de ma vie à Jérusalem, pendant que mon frère était à Tiv'on.

Pendant mon enfance, mes parents, Cibi et Mischka, œuvraient pour se construire une nouvelle vie dans un nouveau pays, après avoir survécu à la Seconde Guerre mondiale. Ils ne parlaient jamais ouvertement de ce qui leur était arrivé « avant », et mon frère et moi n'avons jamais vraiment posé de questions, ni n'étions inquiets du tatouage sur le bras de ma mère. Que ce soit parce que mes parents n'ont jamais souhaité particulièrement partager leur histoire, ou parce que personne d'autre dans mon entourage immédiat ne racontait spontanément son passé, je n'avais pas l'impression que quelque chose clochait.

C'est lorsque j'ai rencontré ma future femme, Ronit (Sophie), et que j'ai découvert qu'elle avait connu ses arrière-grands-parents, que j'ai été frappé par tout ce qui m'avait manqué : j'avais raté une génération que je n'avais jamais connue ; je n'avais même pas imaginé qu'elle puisse être présente dans ma vie.

Ce n'est que lorsque mes filles, Noa et Anat, ont été assez grandes pour poser des questions que j'ai été confronté à l'étendue de ce qui était arrivé à ma mère. C'était la première fois que je prenais conscience de son héroïsme : la façon dont elle et ses deux sœurs avaient survécu à cette période abominable.

L'histoire de ces trois sœurs, Cibi, Magda et Livia, est un extraordinaire récit d'espoir et de courage. Leur incroyable survie, leur arrivée et leur installation en Israël, ainsi que leur « tribu » florissante, sont autant d'exemples de leur victoire.

1. máj 1945

A my sa zas balíme a ideme ďalej. Prechádzame okolo lágru, je to taký zvláštny pocit, aký sme ešte dosiaľ nemali. Dnes neženú nás postom za drôty! Strážne búdky sú opustené — nikto tam nie je, kto by na nás strieľal, keby sme chceli vyjsť.

Žirov.

Skoro nepoznávame Žirov, je to malé mestečko, chodili sme tam často pre mlieko a mäso pre láger. Tu je však miesto Žirova len zbombardované domy, horiace stodoly, vypálené obchody — holé do neba trčiace, dymiace trosky. Je to strašný pohľad, na dvoroch zhorený dobytok — jak strašne to smrdí! Ideme ďalej, veľmi pomaly nám to ide, lebo je už poludnie a slnce už dosť silne začína zohrievať. — Konečne zas dedinka, kde sa dobre umyjeme, najeme, vyspíme a zajtra ráno zas s novou silou sa dáme do cesty. Našli sme si čistú izbičku, veľmi dobre si tu odpočineme. Žitov je veľmi malinká dedinka,

Le document page précédente est un extrait du journal de Magda. La jeune femme trouva un cahier et un stylo à Retzow (qui faisait partie du camp de concentration de Ravensbrück) quand les sœurs y furent conduites après leur départ d'Auschwitz-Birkenau, et les conserva sur elle lors des marches de la mort et après leur fuite. Ici, Magda note ses réflexions quand elle apprend que la guerre est terminée. Les sœurs étaient alors dans un petit village au sud de l'Allemagne, Mirow, qui avait été abandonné par ses habitants. Des soldats russes qui passaient leur annoncèrent la nouvelle.

8 mai 1945

Nous avons rassemblé nos affaires et avons de nouveau pris la route. Nous sommes passées devant notre camp à Retzow. C'est étrange de ne pas être derrière cette clôture et de ne pas être poussée d'un endroit à l'autre. Il n'y a personne pour nous rappeler à l'ordre en hurlant si nous choisissons de partir en courant.

Mirow

Mirow est un si petit village. Nous venions y chercher du lait et de la viande pour le camp (quand nous étions à Retzow). Toutefois, on ne le reconnaît plus. Les maisons ont été bombardées, les granges et les magasins brûlent encore. C'est une vision horrible – même le bétail a été incendié –, l'odeur est affreuse ! Le soleil brille haut et fort. Nous continuons de marcher. Bientôt, nous arrivons dans un autre village où nous pouvons nous laver et reprendre des forces avant la suite du trajet. Nous trouvons une pièce propre et charmante où nous pouvons loger. Ce minuscule village s'appelle Zirtow. Il a été abandonné – il n'y a plus de civils. Nous sommes presque seules. Il y a des soldats russes, mais ils sont assez gentils et ne nous embêtent pas. C'est une agréable surprise.

Minuit, 8 mai 1945 – La fin de la guerre

Nous ne pouvons imaginer ce que font les autres hors du village. Ceci n'est pas facile à écrire : c'est la fin de la guerre. Ce n'est pas seulement la fin de la guerre, c'est la fin des larmes, la fin de la mort, la fin du bruit des armes à feu, la fin des raids aériens ; et enfin, la capitulation de l'Allemagne.

C'est la fin de cet empire allemand énorme et sadique. L'empire qui croyait que personne, jamais, ne pourrait le vaincre. La fin d'un empire qui a réduit en esclavage des milliers d'honnêtes gens et de nombreuses nations.

Le Grand Troisième Reich est désormais en ruine et ses puissants dirigeants, les Bandits de l'Europe, seront maintenant punis.

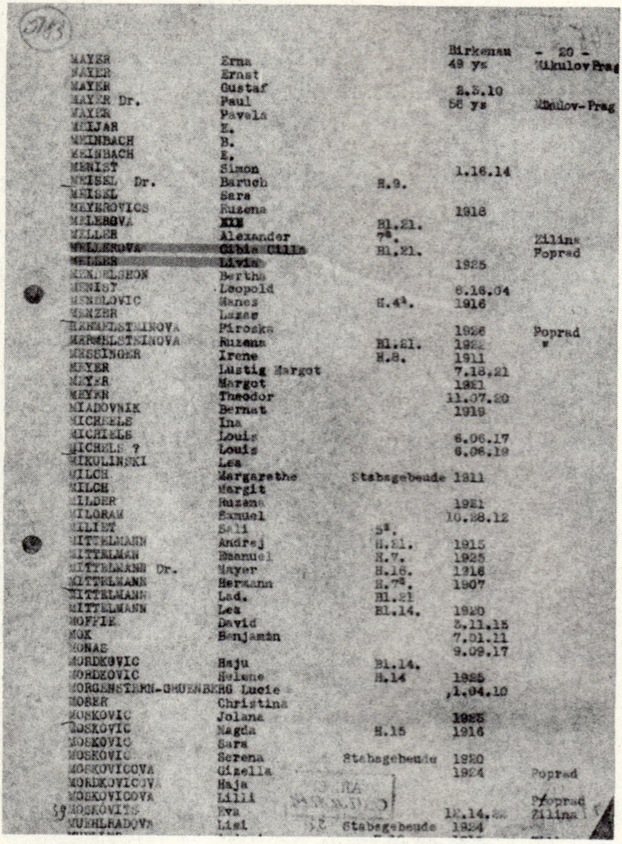

			Birkenau	- 20 -
MAYER	Erna		49 ys	Mikulov Prag
MAYER	Ernst			
MAYER	Gustaf		2.5.10	
MAYER Dr.	Paul		56 ys	Mikulov-Prag
MAYER	Pavela			
MEIJAR	E.			
MEINBACH	B.			
MEINBACH	E.			
MENIST	Simon		1.16.14	
MEISEL Dr.	Baruch	H.9.		
MEISEL	Sara			
MEYEROVICS	Ruzena		1918	
MELEROVA	XXX	Bl.21.		
MELLER	Alexander	7a.		Zilina
MELLEROVA	Cibia Cilli	Bl.21.		Poprad
MELLER	Livia		1925	
MENDELSOHN	Bertha			
MENIST	Leopold		6.16.04	
MENDLOVIC	Manes	H.4a.	1916	
MENZER	Lazar			
MANDELSTEINOVA	Piroska		1926	Poprad
MANDELSTEINOVA	Ruzena	Bl.21.	1922	"
MESSINGER	Irene	H.8.	1911	
MEYER	Lustig Margot		7.18.21	
MEYER	Margot		1921	
MEYER	Theodor		11.07.20	
MIADOVNIK	Bernat		1919	
MICHELS	Ina			
MICHIELS	Louis		6.06.17	
MICHELS ?	Louis		6.06.19	
MIKULINSKI	Lea			
MILCH	Margarethe	Stabsgebeude	1911	
MILCH	Margit			
MILDER	Ruzena		1921	
MILGRAM	Samuel		10.28.12	
MILIET	Sali	5a.		
MITTELMANN	Andrej	H.21.	1915	
MITTELMAN	Emanuel	H.7.	1925	
MITTELMANN Dr.	Mayer	H.16.	1916	
MITTELMANN	Hermann	H.7a.	1907	
MITTELMANN	Lad.	Bl.21		
MITTELMANN	Lea	Bl.14.	1920	
MOFFIE	David		3.11.15	
MOK	Benjamin		7.01.11	
MONAS			9.09.17	
MORDKOVIC	Haju	Bl.14.		
MORDKOVIC	Helene	H.14	1925	
MORGENSTERN-GRUENBERG	Lucie		,1.04.10	
MOSER	Christina			
MOSKOVIC	Jolana		1925	
MOSKOVIC	Magda	H.15	1916	
MOSKOVIC	Sara			
MOSKOVIC	Serena	Stabsgebeude	1920	
MOSKOVICOVA	Gizella		1924	Poprad
MORDKOVICOVA	Haja			
MOSKOVICOVA	Lilli			Poprad
MOSKOVITS	Eva		12.14.[illegible]	Zilina
MUEHLRADOVA	Lisl	Stabsgebeude	1924	

Liste de Birkenau, quelque temps après juin 1942, quand Cibi et Livia y furent transférées après avoir quitté Auschwitz. On voit le nom des sœurs parmi les prisonnières du Bâtiment 21.

Sp z n a m č. 1. osob deportovaných do
Birkenau, b.Neu-Berun O/S

x	č.611	Adler Isak, Haus 18 a
x	612	A dlerová Pipi p.A.Hellinger Magda Bl.14
x	613	Amster Ruth p.A.Schwarz Piri,Block 14
	614	Baum Sura p.A.Weinfeld Ida, bl.27/4692
	615	Becherová Manci p.A.Weinfeldova Ida bl.27/4692
x	616	Beer Elza p.A.Trenkova Elze Bl.21/3807
x	617	Billig Růžena
	618	Brand Jakob
	619	Braun Bora p.A.Teichnerova Baba,St.
x	620	Braun Ladislav .
	621	Braunova Lulu p.A.Teichnerova Baba St.
	622	Braun Manci p.A.Teichnerova Baba,St.
x	623	Citron Helene
x	624	Citron Hinda p.A.Weinfeldova Ida,bl.27.4692
	625	Cinnova Piri,Block 21
	626	Cuprova Hilda p.A.Schlesingerova Zela,4125/bl.21
x	627	Delikat Fiera
x	628	Deutsch Bozena p.A.Hollingerova Magda,Block 14
x	629	Einhorn Gisela p.A.Zoltanova Lenk,Block 25
x	630	Einhorn Magda,Block 21
x	631	Engelmannova Edit p.A.Weinfeld Ida bl.27/4692
	632	Farkasova Paula
	633	Farkasova Růžena p.A-Treuhaft Helene bl.27:13268
x	634	Feldmannova Erika p.A Gross Johana,Block 9
	635	Fischer Lily
x	636	Fischer Olga p.A.Gross Jola,Block 9
x	637	Friedova Magda p.A.Schwa rz Piri,Block 14
	638	Friedbergova Lili p.A.Silbermann Margit 4093
x	639	Friedmannova Hedy p.A.Trenkova Elza bl.21/3807
x	640	Friedmannova Martha Block 1
x	641	Friedrichova Ida p.A-Weinfeld Ida bl.27/4692
x	642	Furhmannova Gita p.A.Meller Cibia,Block 21
	643	Gartnerova Malci p.A.Treuhaft Helene,bl.27/13268
	644	Gelbova Cili p.A.Rothova Grete St.
x	645	Gelb Fritz Haus 12a
	646	Goldblum Sara,Block 11,
	647	Grünbergerova Kata p.A.Steinerova Anna, 4049/bl.21
x	648	Guzik-Weinstein Sara p.A-Schearz Piri,Block 14
x	649	Hammerova Etel
	650	Hammerschlag Rudolf p.A.Hammerschlag Stella bl.20/4531
	651	Hammerschlag Stella,bl.20/4530
x	652	Hausner Lili p.A.Weinfeld Ida, bl.27/4692
x	653	Heitlinger Aranka Stbg
x	654	Hellerova Růžena
x	655	Hellingerova Magda Bl.14
	656	Hoenigova Jolanka p.A.Rothova Herta
	657	Kacerova Krete p.A.Szivessy Maria St.
x	658	Kaempfner Alice
x	659	Katzova Ilonka
x	660	Kollermannova Erika
x	661	Kleinova E
x	662	Kleinova Růžena
x	663	Kohnova Magda Block 9
x	664	Kornova Libuša
	665	Kornhauserova Mira p.A.Hammerschlag Stella bl.20/4530
	666	La ndauova Eta, 6037
	667	Laxova Erica
	668	Laxova Paula
	669	Lissauerova Elza p.A.Trenkova Elza,bl.21/3807
x	670	Lissauerova Luize o.A.Trenkova Elza bl.21/3807
x	671	Loewenbergova Eleonore
	672	Loewy Livia 4752,Block 3
x	673	Lustigova Aliska p.A.Sternova Ema,3993/bl.13.1919
	674	Lustigova Kata p.A.Sternova Ema,3993/bl.13.1919
	675	Lustigova Klara p.A. Sternova Ema 3993/bl.13.1919
	676	Magyarova Baba p.A.Rothova Grete St-
x	677	Markovits Helene p-A.Weissova Berta,Block 2
	678	Melerova p.A .Trenk Elza bl.21/3807
x	679	Mellerova Cibia,Block 21

Liste de Birkenau, quelque temps après juin 1942, quand Cibi et Livia y furent transférées après avoir quitté Auschwitz. À la ligne 642, le nom de Cibi et celui de Gita Furhmannova, future épouse de Lale, le tatoueur d'Auschwitz, sont côte à côte, logées au Bâtiment 21, une coïncidence notable.

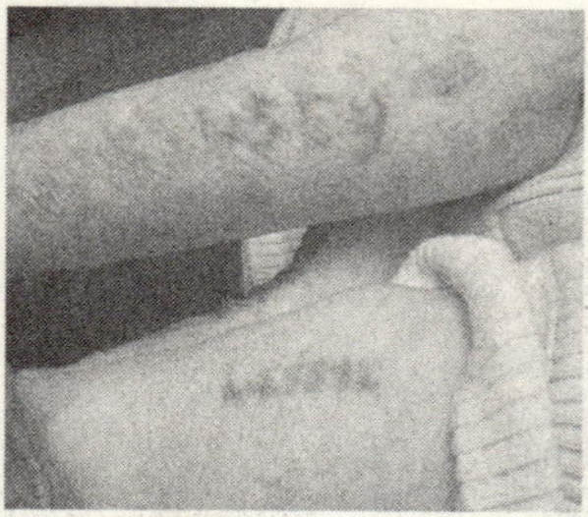

Matricules de Livi
(en haut) et de Magda (en bas)
— 4559 et A-25592

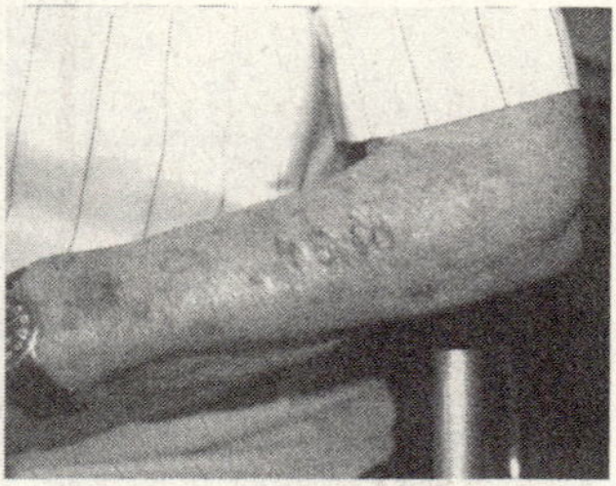

Matricule de Cibi – 4560

Livia, Cibi et Magda
enfants (de gauche à droite).
Vranov nad Topl'ou, vers 1930

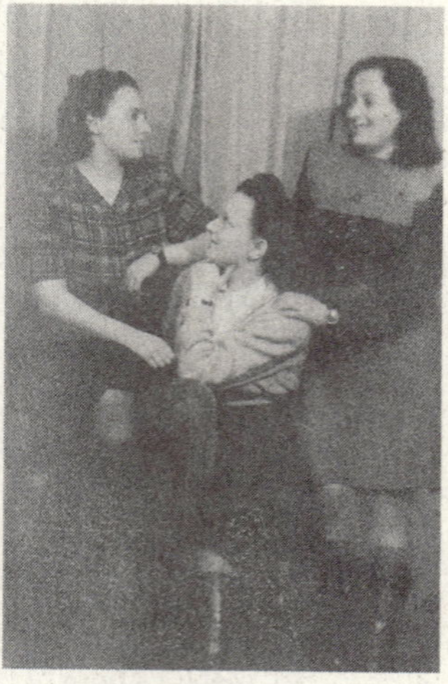

Livia, Cibi et Magda (de gauche à droite). Bratislava, vers 1947

Les parents des filles, Chaya Sara Meller (née Strauss) et Menachem Emil (Mendel) Meller.
Vranov nad Topl'ou, vers 1920-1922

Livia et Magda le jour du mariage de Magda, 1950

Cibi et Mischka le jour de leur mariage, Bratislava, 1947

Ziggy et Livia le jour de leur mariage, aux côtés de Vera Weizmann, la Première Dame d'Israël, 1953

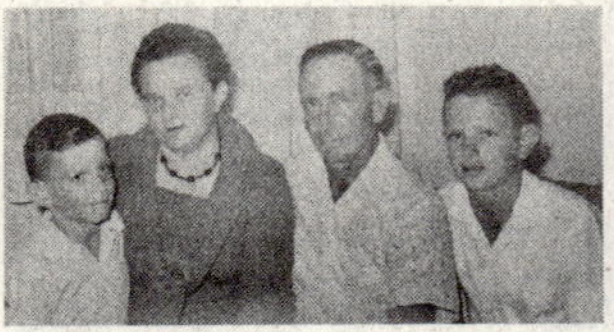

Cibi et Mischka avec leurs enfants : Yossi (à gauche) et Kari (à droite), vers 1957

Magda et Yitzko avec leurs enfants : Judith (Ditti) dans les bras de sa mère et Chaya, Israël, vers 1956

Livia et Ziggy avec leurs enfants Oded (à gauche) et Dorit (à droite) chez eux à Londres, en Angleterre, vers 1962

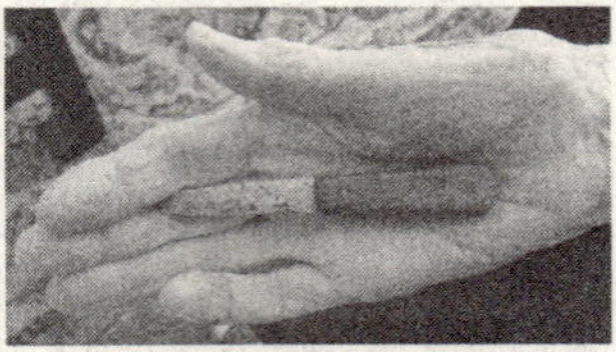

Livia tenant le couteau

Magda, Livia et Cibi (de gauche à droite), la dernière fois que leurs trois familles ont été réunies. Purim 2014, comme ré-imaginé dans l'épilogue d'Heather. Les sœurs discutent de la sculpture en verre *Les Trois Sœurs*.
(Photographie par Pamela Ravek)

Livia et Magda (de gauche à droite) avec les bougeoirs dans l'appartement de Magda à Holon, en Israël, 2020

Deuxième visite d'Heather en Israël avec Livia (à gauche) et Magda (au milieu). Janvier 2020

Expression artistique lumineuse en verre qui saisit l'essence du lien indéfectible, du dévouement et de l'amour entre elles, la sculpture *Les Trois Sœurs*, créée par les artistes Oded et Pamela Ravek, est dédiée à la mère d'Oded, Livia, ainsi qu'à ses tantes Cibi z"l et Magda

Remerciements

Livia et Magda, merci de m'avoir invitée chez vous, d'avoir partagé vos repas avec moi, de m'avoir montré les bougeoirs et les photos, de m'avoir fait confiance pour raconter votre histoire. Vous avez mon amour et mon dévouement éternels, ainsi que mon respect et mon admiration pour votre courage, votre résilience, votre engagement l'une envers l'autre et envers Cibi et vos familles.

Kari et Yossi, merci de tout cœur pour votre soutien et vos encouragements pour raconter l'histoire de votre mère, extraordinaire et tant aimée : Cibi. Sa force continue de me donner de la force, son amour pour sa famille en inspirera d'autres à imiter ses valeurs de soin et d'amour inconditionnels, quels qu'en soient les risques.

Chaya et Ditti, merci infiniment de m'avoir soutenue et encouragée pour obtenir des souvenirs de votre mère, Magda, et merci de les avoir partagés avec moi. Sans cela, je n'aurais pas pu raconter l'histoire des *Trois Sœurs*. Son courage, son amour et sa compassion sont un phare qui éclaire le chemin pour les autres qui peuvent parfois se sentir seuls et perdus.

Odie et Dorit, aucun mot ne peut exprimer l'amour et la gratitude que je ressens pour vous qui m'avez invitée dans votre monde, dans la maison et dans la vie de votre mère Livia. Vous avez été mes guides pour obtenir les souvenirs – douloureux et joyeux – de Livia, qui ont donné vie à cette histoire. Les nombreuses heures que j'ai passées avec vous, en personne ou par vidéo interposée, ont été joyeuses, tristes, hilarantes.

Kari, Yossi, Chaya, Ditti, Odie et Dorit, vous avez toute ma reconnaissance pour le voyage parfois très douloureux que vous avez tous vécu en revivant l'horrible période de l'histoire que vos mères extraordinaires ont subie et à laquelle elles ont survécu. Je vous suis éternellement redevable pour les montagnes russes émotionnelles dans lesquelles vous vous êtes embarqués pour veiller à ce que je puisse raconter la véritable histoire des *Trois Sœurs*.

Pam, c'est vous qui avez initié pour moi cette merveilleuse aventure qui a changé ma vie. Merci infiniment de m'avoir envoyé ce premier e-mail, que j'ai ouvert au petit matin en Afrique du Sud, où vous me disiez que votre belle-mère, Livia, qui avait vu un exemplaire du *Tatoueur d'Auschwitz*, avait reconnu le personnage de l'histoire et avait fait le lien avec son amie d'enfance, Gita. Vous avez mis en branle une série d'événements qui a mené à cette publication. Merci.

À ma fille Azure-Dea qui m'a envoyé de multiples SMS pendant que j'étais en Afrique du Sud, pour me dire : « Maman, il faut que tu lises cet e-mail », « Maman, ouvre cet e-mail, tu dois le lire tout de suite ». Elle qui a aussitôt vu dans un court e-mail l'histoire qui devait être racontée ; et qui a compris qu'il me fallait faire tout mon possible pour la raconter. Merci, chérie.

Je dédie notamment ce roman aux petits-enfants de Cibi, de Magda et de Livia, que j'ai eu le plaisir de rencontrer pour la plupart, et que je remercie pour leur soutien. Je ne peux qu'imaginer la fierté que vous ressentez à l'égard de vos grands-parents dont la survie et le courage vous ont placés sur cette terre.

Kate Parkin, directrice de l'édition pour adultes chez Bonnier Books UK. Dans *Le Voyage de Cilka*, je t'appelais mon amie ; je t'appelle désormais ma très chère amie. Dès l'instant où je t'ai transféré l'e-mail de Pam et où je t'ai dit que je voulais, non, qu'il me fallait suivre cette histoire, tu m'as aidée et encouragée à l'écrire et à raconter au monde l'histoire de ces trois incroyables sœurs. Tu es passionnée et c'est pour moi un honneur et une bénédiction de faire partie de ta vie.

Margaret Stead (Mav/Maverick), éditrice, Bonnier Books UK. Ce roman est autant le tien que le mien. Tes excellentes capacités de rédaction et de correction, ton aptitude à voir les histoires derrière l'histoire, la profondeur et la signification derrière les expériences de Cibi, Magda et Livia, sont ce qui rend ce récit remarquable, même si c'est moi qui le dis. Sans toi, il n'existerait pas. Tu as voyagé avec moi, tu as été à la fois une amie et une compagne, tandis que nous rencontrions la famille et que nous réfléchissions à la meilleure façon de raconter cette histoire. Tu fais de moi quelqu'un de meilleur et une meilleure autrice. *Ko taku tino aroha me taku whakaute I nga wa katoa. Mauruuru.* (Mon amour et mon respect les plus profonds pour toujours. Merci.)

Benny Agius, directrice générale, Echo Publishing Australia. Que puis-je dire pour exprimer mon amour et ma gratitude envers toi d'être mon amie, ma directrice, ma conseillère : tant de sagesse. Tu me fais rire ; tu me fais pleurer. Tu es la meilleure, tout simplement. J'ai hâte que nous nous embarquions dans notre prochaine aventure.

Ruth Logan, directrice des droits, Bonnie Books UK : quelle femme ! Ton ouverture et ton amitié sont désormais aussi importantes pour moi que ta capacité remarquable à faire traduire et voyager mes histoires dans tant de pays. Tu es bien épaulée dans cette tâche : Ilaria Tarasconi, Stella Giatrakou et Amy Smith – vous apprenez auprès de la maîtresse en la matière. Merci pour tous vos efforts.

Claire Johnson-Creek – je te présente mes excuses pour t'avoir remis un manuscrit aussi tardif et imparfait. Tes qualités de correctrice sont ce que le lecteur voit à la fin du processus ; tu as toute ma gratitude.

Francesca Russell, directrice de la publicité chez Zaffre, et Clare Kelly, chargée de la publicité, Zaffre – mes compagnes, mes Mary Poppins. J'adore passer du temps avec vous en personne, sur Zoom ou par e-mail. Vos talents pour me faire monter sur scène ou pour m'obtenir des articles sont vivement appréciés. Vous savez que j'adore parler en public et vous rendez ces prestations possibles. Merci.

Blake Brooks, directeur de la marque chez Zaffre, tu as ri et pleuré en t'impliquant dans le récit de cette histoire. Merci infiniment d'être entré en contact avec les familles en Israël et au Canada et d'avoir réalisé les formidables vidéos dont nous disposons désormais. Tu as fourni d'immenses efforts et j'apprécie ta passion et ton engagement. Merci.

Il y a une équipe chez Zaffre qui a contribué au fait que vous ayez *Trois Sœurs* entre les mains. Leur génie se trouve au service artistique, au marketing et à la vente. Nick Stern, Stephen Dumughn, Elise Burns et son équipe, ainsi que Paul Baxter. J'adore faire partie de vos équipes.

Celli Lichman, tu as participé au récit de cette histoire tout du long. Sans ta traduction experte des témoignages de Cibi, Ziggy et Livia, l'histoire n'aurait pu être racontée. Merci infiniment pour ton dévouement à traduire avec passion et honnêteté les mots auxquels je n'avais accès que par le biais de témoignages enregistrés, ainsi que pour ta lecture sensible et judicieuse du manuscrit final.

Mon amour et mes remerciements à Lenka Pustay, de Krompachy, en Slovaquie, sans qui tant d'informations et de documents précieux identifiant noms, dates de naissance, etc., n'auraient pas été trouvés. Tu es un prodige.

Sally Richardson, Jennifer Enderlin chez St Martin's Press aux États-Unis, vous avez adhéré à cette histoire après n'en avoir entendu qu'une vague trame. Vous m'avez accueillie à bras ouverts avec *Le Voyage de Cilka* et encore une fois pour célébrer Cibi, Magda et Livia. Aux côtés de Kate, Margaret et Benny, nous formons un groupe de femmes qui célébrons et honorons des femmes fortes et courageuses. Je vous suis tellement reconnaissante pour votre amitié chaleureuse – merci de garder contact avec moi et de me faire sentir la bienvenue lors de mes visites.

Le reste de l'équipe chez St Martin's Press, veuillez accepter mes sincères remerciements – je vous remercierai individuellement dans l'édition américaine.

J'ai mentionné Benny d'Echo Publishing Australia et le rôle significatif qu'elle joue dans ma vie de publication en Australie ; cependant, elle ne travaille pas seule. Il a quitté Echo, mais je dois remercier James Elms pour son expertise technique qui m'a permis de m'entretenir sur Zoom avec des personnes situées aux quatre coins du monde, et surtout pour son dévouement et son attitude merveilleuse, lui qui n'hésitait pas à m'aider à toute heure du jour et de la nuit. Tu me manques, James. Ma chargée de presse, Emily Banyard, comme j'apprécie ton approche toujours souriante et pleine de vitalité. Tegan Morrison et Rosie Outred, comme je suis heureuse de vous avoir dans mon équipe australienne.

À l'équipe d'Allen and Unwin Australia, mes livres ne seraient pas lus si vous ne les distribuiez pas en Australie et en Nouvelle-Zélande. Un grand merci à vous tous d'être cet important rouage de la roue sur « mon » territoire.

À la direction et au personnel de Saffire Freycinet en Tasmanie, merci d'avoir manifesté de l'intérêt pour mon travail et de m'avoir dorlotée et restaurée, me fournissant une oasis où me cacher et me concentrer sur ce livre quand je prenais du retard. L'isolement de la pandémie ne m'a pas fourni l'environnement pour être créative ; votre coin du monde exceptionnel s'en est chargé.

Peter Bartlett et Patrick Considine, merci infiniment pour vos conseils et votre soutien.

Kevin Mottau et Adriano Donato, un et un ne feraient pas deux si ce n'était pas pour vous. Ta.

Enfin, ceux qui font de chacune de mes journées une bonne journée : ma famille. Steve, Ahren et Bronwyn, Jared et Rebecca, Azure-Dea et Evan, je vous aime et merci encore de m'avoir supportée alors que ma présence fluctuait dans votre vie : présente un jour, absente le lendemain. Et aux cinq petites personnes qui continuent de m'apporter tant de joie et de rires : Henry, Nathan, Jack, Rachel et Ashton – vous illuminez ma vie. Mon amour pour vous n'a pas de limites.

Chers lecteurs,

Merci infiniment d'avoir choisi *Les Sœurs d'Auschwitz*, une histoire que je suis honorée d'avoir eu l'occasion de raconter. Tout au long de ma carrière d'écrivaine, j'ai eu la chance de rencontrer et de discuter avec des gens remarquables. C'est grâce à votre aide et votre soutien que j'ai pu partager l'histoire de Lale et de Gita, celle de Cilka, et maintenant celle de Cibi, Magda et Livia.

L'histoire de ces trois sœurs incroyables m'est parvenue à travers une extraordinaire série de circonstances. J'étais en Afrique du Sud pour une tournée de promotion littéraire, lorsque ma fille m'a contactée pour m'informer qu'elle avait reçu un e-mail de la part d'une femme et de son mari, qui avaient rendu visite en Israël à la mère du mari, Livia, à qui il avait apporté un exemplaire du *Tatoueur d'Auschwitz*, sachant que ses sœurs et elle étaient des survivantes de l'Holocauste. « Ça doit être l'histoire de Lale et Gita, avait déclaré Livia en voyant le livre. J'étais à Birkenau avec eux – et Gita et moi étions à l'école ensemble. » Cet homme, Oded Ravek, que je considère désormais comme un frère, m'a demandé si j'accepterais de venir en Israël pour faire la connaissance de Livia et de sa sœur Magda. Leur aînée, Cibi, n'est malheureusement plus de ce monde.

Que pouvais-je faire ? Je suis montée directement dans un avion pour Tel Aviv, où j'ai rencontré Livia et Magda qui m'ont raconté l'histoire incroyable qu'elles avaient à partager et que vous venez de lire. Les sœurs étaient originaires de Vranov nad Topl'ou, en Slovaquie. À quinze ans seulement, Livia fut déportée à Auschwitz par les nazis. Cibi, elle-même âgée de dix-neuf ans seulement, suivit Livia, déterminée à protéger sa sœur, ou à mourir avec elle. Âgée de dix-sept ans, Magda échappa un temps à la déportation, mais finit par être conduite au camp d'extermination. Réunies, les sœurs se firent une promesse : vivre. Leur combat pour la survie les emmena de l'enfer d'Auschwitz-Birkenau à une marche de la mort à travers une Europe déchirée par la guerre, puis enfin chez elles en Slovaquie, désormais sous le joug communiste. Résolues à prendre un nouveau départ, elles embarquèrent pour un voyage de renouveau, en Israël. Magda et Livia vivent aujourd'hui en Israël, entourées de leurs proches et de leurs amis. Livia, Magda, leurs enfants et petits-enfants sont devenus pour moi une nouvelle famille. Et ce fut un grand honneur quand ils m'ont fait confiance pour que je raconte leur histoire et m'ont demandé de la réinventer dans *Les Sœurs d'Auschwitz*. C'est un plaisir pour moi de partager *Les Sœurs d'Auschwitz* avec mes lecteurs. C'est une histoire déchirante, inspirante et exaltante que je suis honorée de transmettre au monde. J'espère qu'elle vous a plu.

Si vous souhaitez davantage d'informations au sujet de mon travail du moment ou de mes livres, *Les Sœurs d'Auschwitz*, *Le Tatoueur d'Auschwitz*, *Le Voyage de Cilka* et *Stories of Hope*, rendez-vous sur http://eepurl.com/dIuF-P où vous pourrez rejoindre mon Club de lecteurs. Il suffit de quelques instants pour s'inscrire, c'est gratuit et cela n'engage à rien, et les nouveaux membres recevront automatiquement un message de ma part. Mon éditeur, Bonnier Books UK, veillera à la confidentialité de vos données et ne les transmettra jamais à un tiers. Nous ne polluerons pas votre boîte e-mail d'une multitude de messages, nous vous contacterons uniquement de temps en temps pour vous donner des nouvelles de mes livres, et vous pouvez vous désinscrire à tout moment. Et si vous souhaitez participer à une conversation plus vaste à propos de mes livres, n'hésitez pas à rédiger une critique de *Les Sœurs d'Auschwitz* sur Amazon, sur GoodReads, ou sur tout autre magasin en ligne, sur votre propre blog ou sur les réseaux sociaux, ou bien discutez-en avec vos amis, votre famille ou au sein de groupes de lecture. Échanger ses réflexions aide les autres lecteurs, et c'est pour moi toujours un plaisir d'entendre ce que les autres retirent de mes ouvrages.

Encore merci d'avoir lu *Trois Sœurs*. Si ce n'est déjà fait, j'espère que vous aurez envie de lire l'histoire de Lale et Gita dans *Le Tatoueur d'Auschwitz*, celle de Cilka dans *Le Voyage de Cilka* et de découvrir ce qui m'a inspirée pour ces romans à travers une série de récits de gens remarquables que j'ai rencontrés, à travers les histoires incroyables qu'ils ont partagées avec moi, et les leçons que nous pouvons tous en tirer dans *Stories of Hope*.

Avec toute mon amitié,

Heather

13669

Composition
NORD COMPO

Achevé d'imprimer à Barcelone
par CPI Black Print
le 4 décembre 2022

Dépôt légal décembre 2022
EAN 9782290377963
OTP L21EPLN003341-543089

Éditions J'ai lu
82, rue Saint-Lazare, 75009 Paris

Diffusion France et étranger : Flammarion